S. FISCHER

Liao Yiwu

Die Liebe in Zeiten Mao Zedongs

Roman

Aus dem Chinesischen von
Brigitte Höhenrieder und Hans Peter Hoffmann

S. FISCHER

Erschienen bei S. FISCHER

Die Originalausgabe erschien 2016 unter dem Titel
»Máo shídài de àiqíng (毛 時 代 的 愛 情)« im Verlag Asian Culture
(Yunchen Wenhua 允晨文化) in Taiwan.
© 廖亦武 (Liao Yiwu) 2016

Für die deutschsprachige Ausgabe:
© 2023 S. Fischer Verlag GmbH,
Hedderichstr. 114, D-60596 Frankfurt am Main

Redaktioneller Mitarbeiter und Dolmetscher: Hung-Yu Dominik Wu
Satz: Dörlemann Satz, Lemförde
Druck und Bindung: GGP Media GmbH, Pößneck
Printed in Germany
ISBN 978-3-10-397291-7

In Erinnerung an
Chinas Große Proletarische Kulturrevolution
vor fünfzig Jahren
1966 * 2016

Inhalt

Eins

Lang lebe der Vorsitzende Mao

Die Pilgerreise nach Peking

Der Zug keuchte und schnaufte und schnaufte und keuchte, bis er sich schließlich in Bewegung setzte. Zhuang Zigui beugte sich aus der Gepäckablage, in die er sich geflüchtet hatte, und sah hinunter auf ein wildes Gewoge aus Köpfen. Aus dem brodelnden Einerlei aus uniformierten Jugendlichen und Kindern schaute ein einzelnes Babygesicht herauf, die traurigen Kulleraugen voller Tränen, der zarte Körper schon fast so platt wie der einer Flunder. Zhuang Zigui höhnte: »Selbst schuld!« Dann konnte er allerdings doch nicht anders, er streckte die Hand aus und rief: »Komm rauf, Fräulein.«

Unter einem Konzert aus Buhs und Pfiffen wurde das Mädchen hinaufgezogen. Die enge Gepäckablage war bereits restlos überfüllt und ein kleiner roter Teufel kreischte mit schriller Stimme: »Ist das Mädel deine Alte?«

Die weinte so laut los, dass der kleine Affe es mit der Angst bekam. Zhuang Zigui räusperte sich und deklamierte in bestem Hochchinesisch: »Oberste Direktive: ›Von allen Enden der Welt sind wir zusammengekommen für das gemeinsame revolutionäre Ziel ...‹« Einstimmige Bravorufe von allen Seiten, jemand klatschte sogar Beifall. Da auf einmal pappte ein klebriger Mund an Zhuang Ziguis Gesicht: »Bruder Hering, ich lasse Schwester Sardine den Vortritt.« Er stellte fest, dass es der kleine Kerl war, der ihn vorhin an den Ohren gezerrt hatte, nahm die Armeemütze ab und platzierte sie auf dessen zum Himmel stinkender Birne als Belohnung für seine große Hilfsbereitschaft: »Von jetzt an werde ich dich Kleiner Lei Feng* nennen.«

So verbrachten sie drei Tage und Nächte, Kopf an Kopf auf der Gepäckablage, lediglich wenn sich Hunger meldete oder der Bauch schmerzte, stiegen sie hinunter, zum Essen oder zum Klo. Über die Rundfunklautsprecher kam nichts als Lieder mit *Worten des Vorsitzenden Mao*, rund um die Uhr, was auf Zhuang Zigui extrem einschläfernd wirkte, das Mädchen jedoch, das irgendwas mit »hong«, »rot«, hieß, summte die Melodien begeistert mit, wobei ihre dünne Stimme allerdings nicht kräftig genug war, um gegen die imposanten Marschrhythmen anzukommen. Zhuang Zigui schien ihr Summen voller Schwermut, es war das erste Mal, dass er jemanden mit einer so unsäglichen Traurigkeit ein Revolutionslied anstimmen hörte, doch er empfand es als wohltuend. Auch wenn es zur überbordenden revolutionären Leidenschaft in Zeiten Mao Zedongs nicht so recht passen wollte.

---

* Lei Feng, 1940–1962, Soldat der Volksbefreiungsarmee, trat mit zwanzig Jahren in die Armee ein und starb mit zweiundzwanzig bei einem Unfall mit einem Armee-LKW, als er diesen beim Rückwärtsfahren einwies; diente der Propaganda der Kommunistischen Partei Chinas nach seinem Tod in der offiziellen und landesweiten Erziehungskampagne »Vom Genossen Lei Feng lernen« von 1963 an als ein Musterbeispiel für Hilfsbereitschaft und Altruismus, das angeblich nach den höchsten kommunistischen Idealen lebte, indem er unter anderem Bauern, Arme und Kinder unterstützte und sich für Mao Zedongs Schriften begeisterte.

Zhuang Ziguis Erinnerung begann mit einer Kritikversammlung. Weil er in Peking vom Großen Vorsitzenden und Führer Mao empfangen werden wollte, musste er eine strenge, die tiefsten Tiefen der Seele ergründende Überprüfung seiner revolutionären Gesinnung über sich ergehen lassen, sich wie andere Abkömmlinge von dunklen Elementen vor allen Leuten in den Finger beißen und mit Blut unterschreiben, dass er entschlossen seine zur Ausbeuterklasse gehörende Familie preisgeben werde. Danach brachte er seine überdrehte Mutter, die das ganze Jahr mit einem großen Strohhut auf dem Kopf umherspazierte, in die Psychiatrie und sprang bei der Massenversammlung zur Truppenvereidigung für die »Zerschlagung der Zeitungskolumne *Sanjiacun*«[1] allen voran auf die Bühne und versetzte seinem Vater, der dort in einer Ecke am Pranger stand, eine Ohrfeige, woraufhin dieser sich langsam umdrehte und, als er ihn sah, voller Mitgefühl rief: »Xiao Gui, mein Junge!«

Doch der warf ihm aus lodernden, blutunterlaufenen Augen nur einen hasserfüllten Blick zu, und auf dem Platz brandete stürmischer Beifall auf. Er stand wie versteinert, als habe ihn der Ausruf des Vaters sacht in eine ferne, stillere Welt versetzt, verwandelte sich zuletzt selbst der tosende Beifall, umwuchs seine Ohren mit dem Namen seiner Kindheit: »Xiao Gui, Xiao Gui, Xiao Gui ...« Als ihm zwei Tränen aus den Augen liefen, zog der Versammlungsleiter ihn schnell zur Seite. Er wurde als Musterbeispiel für die »Auflehnung der Söhne gegen die reaktionären Väter« vom Fleck weg in die Organisation der Roten Garden aufgenommen und übernahm den Posten eines für Propaganda zuständigen Unterführers.

Bei der Durchsuchung seines Zuhauses war er wieder

der Erste und übergab sämtliche Meisterwerke der Literatur, aus China und aus dem Ausland, älteren und neueren Datums, die sein Vater über die Jahre gesammelt hatte, den Flammen. Fortan kannte er im Kampf für die gerechte Sache keine Verwandten mehr, er zog aus, quartierte sich im Rundfunksender des Hauptquartiers der Roten Garden ein und stürzte sich mit Leib und Seele an die vorderste Front. Zwei Monate später allerdings, es war mitten in der Nacht, fühlte er sich mit einem Mal erschöpft und einsam und stahl sich heimlich nach Hause, nur um dort rasch nach dem Rechten zu sehen. Das Eingangstor war versiegelt, er linste durch einen Spalt, hörte jedoch nur die Mäuse fiepen. Ihm wurde schwer ums Herz, er lehnte den Kopf gegen das Tor und weinte. Ein schwacher Atemzug schreckte ihn schließlich auf, rasch wischte er die Tränen ab, drehte sich um und stand vor einem großen, ihm nur allzu bekannten Strohhut, unter dem die Augen seiner Mutter funkelten, er atmete auf. Über der blassen Straßenlaterne war tiefe Nacht, die Mutter schien wie vom Himmel gefallen, ganz in Schwarz wirkte sie vornehm und wie aus einer anderen Welt. Zhuang Zigui schaute sich vorsichtig in alle Richtungen um und zog die Mutter zur Seite. Als sie ihrem Jungen liebevoll das Gesicht streichelte, brachte Zhuang Zigui eine Weile kein Wort heraus, er presste Mutters Finger an seine Lippen und ließ angenehm kalte Luft von hoch droben vom Himmel über die Zungenspitze in sich hineinsinken, tiefer und tiefer, in den Leib, durch den ganzen Körper, und er hatte das undeutliche Gefühl, dass auch die Mutterliebe eine irgendwie heulsusige Religion war.

Wie von Geisterhand geführt, zog er mit seiner Mutter durch die Gegend, bis im Morgengrauen die Sonne rot und strahlend am Horizont aufströmte und ihn aus der romantischen Sentimentalität seiner Kindheitsträume riss. Rasend schnell breitete die Welt der Wandzeitungen und roten Fahnen sich wieder vor ihm aus und stimulierte seine Nerven. Die roten Dämonen ergriffen erneut Besitz von ihm und er bedachte seine Mutter mit einem hasserfüllten Blick. Der Mutter kippte, als hätte sie ein Stromschlag getroffen, der Kopf nach vorn und der Strohhut glitt zu Boden. Da entdeckte er das Rouge auf den blutleeren Wangen dieses Gerippes aus Haut und Knochen, und die Lippen knallten ihm entgegen wie Klatschmohn. Zhuang Zigui dachte an diese Nacht damals, er war noch ein Kind und es schneite, als seine Mutter vor Mann und Sohn um ihren im Gefängnis gestorbenen Geliebten bittere Tränen vergoss. So war seine Mutter, das war die harte, ungeschminkte Realität! Noch immer trug sie Make-up und Puder, war immer noch Ausbeuterklasse durch und durch – diese verkommene, übergeschnappte Person, warum musste sie ausgerechnet seine Mutter sein?! Er packte sie und brachte sie zurück in die Klinik.

Auch dort wurde Revolution gemacht und die Ärzte trugen grüne Militäruniformen über den weißen Kitteln. Zhuang Zigui stürzte auf den Pförtner zu und brüllte: »Oberste Direktive: ›Sterbenden helfen, Verletzte heilen, für einen revolutionären Humanismus‹. Kämpfer der Nachtpatrouille der Roten Garden der Jinggang-Berge bringt eine entlaufene Patientin zurück.« Der Pförtner stand krachend stramm und gab mit noch lauterer Stimme zurück: »Unser großer Führer, der Vorsitzende Mao, lehrt uns: ›Dem Volke dienen.‹ Ich übernehme!« Daraufhin griff er mit fester Hand nach der Mutter und marschierte wie aufgezogen zur Eisentür am Ende des Korridors, eins, zwei, eins, zwei, hohl und monoton hämmerten die Schritte gegen Zhuang Ziguis Stirn.

Bis plötzlich wahnsinnige Schmerzensschreie aus dem Sprechzimmer links, die Tür war nur angelehnt, hervorbrachen, Zhuang Zigui ablenkten, er die Tür aufschob, hineinging und wie vom Donner gerührt stehen blieb. Einer der Rebellen mit roter Armbinde stand da als »Goldener Hahn auf einem Bein«, eine Kampfsportfigur, und klatschte seinen freien linken Fuß einem älteren Mann immer mitten ins Gesicht, es war in höchstem Maße artistisch, denn, wie der andere auch auswich, die Fußsohle traf jedes Mal präzise und mit einem lautem Patschen. Dem Alten klebte schon Blut an Mund und Nase, ein blutiger Backenzahn lag auf dem Boden. Zhuang Zigui konnte nicht an sich halten, er rief: »Oberste Direktive: ›Kämpfe mit Worten, nicht mit Gewalt.‹« Der magische Fuß blieb mitten in der Luft stehen: »Unser großer Führer, der Vorsitzende Mao, lehrt uns: ›Reaktionären Abschaum muss man prügeln, sonst kriegt man ihn nicht klein.‹ Dieser Ausbund an Unverschämtheit ist Leiter dieser Klinik, Autorität der reaktionären Wissenschaften, und will ums Verrecken nicht gestehen, habe ihm deshalb eine Lektion erteilt.«

Der Meister der Kampfkunst bemerkte, dass Zhuang Zigui noch immer seinen Fuß im Visier hatte, drehte ihn im Halbkreis über den Kopf des Alten weg und legte ihn auf dem bereitstehenden Schreibtisch ab: »Ich bin in der Klinik hier Chef der ›Kampftruppe Januarsturm‹, das Kungfu hier, mit Fuß statt Hand, habe ich lang geübt, gut und gern zehn Jahre, an den Visagen der Irren hier. Wenn das Gesocks vor Bazillen nur so stinkt, dann gibt's keine Spritzen und keine Elektrotherapie, da gibt's was hinter die Ohren, mit meiner berühmten Fußtechnik, da werden selbst die bockigsten Kerle zu braven Lämmern. Und jetzt, wo man mit diesen verkommenen Rinderdämonen und Schlangengeistern endlich echten Spielraum für so ein heldenhaftes Können hat, da soll ich auf einmal die Hand nehmen?«

Zhuang Zigui wurden die Knie weich, als er begriff, was er seiner Mutter angetan hatte, indem er sie in die Obhut dieses Tyrannen abschob. Er fragte sich plötzlich, wie weit diese Große Kulturrevolution wohl gehen werde, und sogleich wurde ihm wiederum klar, was für ein Verbrechen allein schon dieser Gedanke war. Schweißgebadet biss der große Junge von gerade siebzehn Jahren die Zähne zusammen und fasste den Entschluss, hart an der Veränderung seiner Weltanschauung zu arbeiten.

Schließlich erhielt Zhuang Zigui die Erlaubnis, als offizieller Vertreter der Roten Garden der Jinggang-Berge in die Hauptstadt zu pilgern.

★

Die Reise wäre fast nicht in Gang gekommen, denn der Bahnhof war durch die Revolution lahmgelegt, es gab keine Kontrolleure mehr, ein endloses grünes Menschenmeer schwappte über die Fahrkartenkontrollstelle und strömte dem Zug entgegen, der asthmatisch schnaufend auf den Schienen lag und, wie es Zhuang Zigui schien, immer tiefer in den Boden sank. Aus den Lautsprechern kamen endlos Aufrufe: »Kameraden! Genossen! Stärkt die Disziplin, Sieg der Revolution!!« – »Achtet auf eine Handvoll Klassenfeinde und ihre Sabotageakte!!« Die Zugtüren waren durch die kräftigen, großen Kerle blockiert. Also stieg man auch durch die Fenster ein, ein paar großgewachsene Rotgardisten drückten Zhuang Zigui hinein, Kameraden, die schon drinnen waren, zogen nach Kräften, eine kleine Rotznase wollte ebenfalls helfen und zerrte Zhuang Zigui mit verbissenem Eifer an den Segelohren, bis der laut aufheulte: »Verdammte Scheiße, ich bin doch aus Fleisch und Blut!« Drinnen wie draußen wurde schallend gelacht: »Und wir dachten, du gehörst zum Gepäck!«

Zhuang Ziguis Hose war zerrissen, aber er schenkte dem keine weitere Beachtung, hockte sich schnell auf den kleinen Klapptisch am Fenster und zog seinerseits an einem Mädchen, in etwa so alt wie er, das ihn, als es sich hereingezwängt hatte, sehr direkt anlachte und zwei vorstehende Eckzähne sehen ließ. Der ganze Zug war eine einzige schwüle, diesig-dampfende Waschküche, über Wangen und Nacken der Leute rannen Ströme von Schweiß, auch Zhuang Zigui war patschnass und hielt dennoch sein zerkrumpeltes kleines Handtuch, das er hervorgekramt hatte, dem Mädchen hin. Es schüttelte den Kopf, fischte ein eigenes, gemustertes Taschentuch, ordentlich gefaltet, heraus und fächelte sich Luft zu, ein neckisch gelockter Haarschopf platzte unter der Armeemütze vor. Verblüfft musste Zhuang Zigui über dieses Gehabe lachen, das sie wie eine Kinderpuppe aus dem Westen aussehen ließ. Er nahm seine Mütze ab und demonstrierte ihr, was für einen kräftigen Wind er damit machen konnte, das Mädchen gab ein »Dankeschön« von sich, ließ das Taschentuch Taschentuch sein und nahm mit fast geschlossenen Augen seine freundliche Aufmerksamkeit entgegen. So hochzufrieden mit sich und der Welt, wirkte sie wie eine Prinzessin. Darüber ärgerte sich Zhuang Zigui und schimpfte grimmig: »Ein gnädiges Fräulein Kapitalistin!« Dann kletterte er allein auf die Ge-

päckablage und rückte dort mit ein paar anderen klapper-
dürren jungen roten Teufeln zusammen.

Keuchend und schnaufend, schnaufend und keuchend
hatte sich der Zug endlich in Bewegung gesetzt. Während
der Kleine Lei Feng bäuchlings auf seinen angewinkel-
ten Beinen schnarchte, spürte Zhuang Zigui tief in sich
ein Verlangen aufsteigen. Gern hätte er diesem Mädchen
Zärtlichkeiten zugeflüstert, niemals zuvor hatte er solche Gefühle gehabt. Nach seiner Mutter war sie das erste
weibliche Wesen, dem er jemals nahegekommen war. Das
Gesicht der Mutter unter dem großen Strohhut allerdings
erschien in der roten Wirklichkeit dieses weiten Landes
mit seinen Flüssen und Bergen hässlich, aus der Zeit gefallen. Mit fast geschlossenen Augen schaute er zur Decke
des Abteils, als könne er auf diese Weise über die Köpfe
hinaus, die sich so dicht aneinanderpressten, dass kein
Lüftchen mehr durchpasste, aufsteigen in eine ruhige,
einsame Tempelhalle. Und die Heilige Mutter, die ihm
dort die Beichte abnähme, tröstete ihn, verstünde ihn
und fühlte mit ihm, alles. Leise erzählte er, hastig, unzu-
sammenhängend. Wie er dem Vater gegenüber schuldig
geworden war, er liebe ja den Vorsitzenden Mao, liebe
aber auch seinen Vater und begreife nicht, wann der Vorsitzende und sein Vater in Widerspruch zueinander geraten konnten. Er offenbarte das Geheimnis, dass er mit seiner Mutter, die aus der Familie eines Warlords kam, eine
Nacht lang in der Stadt herumgezogen war. Wie traurig es
doch mit den Eltern sei, die ganz in der Vergangenheit lebten, in einer hoffnungslosen, unerwiderten Sehnsucht. Er
selbst habe ja einst mit ihnen Mitleid gehabt, insgeheim,
was beweise, dass auch er noch durch und durch ein Bas-

tard sei. Auch Mitleid zeige den Klassencharakter, Mitleid mit den Eltern sei Verrat an der Revolution. Aber seine Verehrung für den Vorsitzenden Mao, die er geschworen habe, sei aufrichtig und übersteige alles andere, und er frage die Heiligselige Mutter, die noch keinen Ton gesagt habe, ob er es denn verdiene, beim Empfang des Vorsitzenden Mao dabei zu sein. Feige kleinbürgerliche Gefühle könnten nämlich im entscheidenden Augenblick die Interessen der Revolution verraten. Während er sich in diesem Hin und Her erklärte und aussprach, was immer ihm gerade in den Sinn kam, vergaß er ganz, wo er war, wer er war und was er vorhatte. Das war hier eine Gelegenheit, die man nicht alle Tage bekam, inmitten der großen roten Welle konnte er seinen schweißtriefenden Nacken aufrichten. Der Schatten seiner Familie lastete schwer auf seinem Leben, warum war er nicht in eine Arbeiterfamilie mit bitteren Ressentiments geboren worden? Klar, leichtfertige und selbstsüchtige Gedanken musste er sich auf dieser Pilgerfahrt entschieden abgewöhnen, sonst verdiente er es wirklich nicht, am Torturm auf dem Platz des Himmlischen Friedens zu stehen. Er fragte sie: Ist das Herz des Menschen am Ende rot oder schwarz? Gibt es überhaupt reines Rot oder reines Schwarz?

Eine kleine Hand streichelte sein Gesicht, er wagte nicht, die Augen zu öffnen, aus Furcht, das Blinzeln der Wimpern könne sie verschrecken. Der Zug war in einen endlosen Tunnel eingefahren, ein langer, schwer schnaufender Revolutionswurm, der ans andere Ende der Welt zu wollen schien, mit Passagieren, die im Halbdunkel einem wilden Durcheinander grüner Insekten glichen. Auch der Rundfunk war verstummt, vermutlich brauchte der

Sprecher eine Mittagspause, selbst diese menschlichen Maschinen mit ihren eisernen Kehlen wurden irgendwann müde. Für Zhuang Zigui aber war die Ruhe dieses Augenblicks ein Wunder, das die kleine Hand bewirkt hatte, so klein also war die Hand eines Mädchens, noch nie war er mit einer so weichen, kleinen Hand in Berührung gekommen. Er biss die Zähne zusammen, um nicht zu schluchzen, die Tränen reizten ihm die Kehle, und er musste husten, was zahlreiche erstaunte Blicke auf ihn lenkte und ihm, obwohl er gleichzeitig im siebten Himmel schwebte, unendlich peinlich war. Aber auch Weinen konnte ein Genuss sein, dieses in einer abartigen Familie aufgewachsene Kind hatte siebzehn Jahre lang viel zu selten geweint, in seiner Erinnerung war das sogenannte Weinen nicht mehr als ein starres Froschgesicht mit aufgerissenem Mund, nichts weiter.

Immer mehr Tränen flossen, die gut und gerne den ganzen Zug, ja, die ganze rote Welt hätten überfluten können. Zhuang Zigui halluzinierte zahllose weinende Menschen, hinter den fanatischen Gesichtern zahllose rotgeschwollene Augenpaare, an der Oberfläche des weiten Ozeans der Revolution schwamm Blut, darunter waren Tränen, und inmitten der Tränen bewegte sich eine Hand, eine Hand, die zierlich wie ein Fisch und zärtlich wie eine Meeresalge in mattem Lichtschimmer auf ihn zu schwamm. Seine rissigen Lippen saugten die Hand heran, und die Elfe, fünf Schweife hinter sich herziehend, machte halt an dem Riff seiner Wange und bog behutsam um seine Nasenspitze herum. Weil er fürchtete, sie könne verschwinden, zeigte er die Zähne und schnappte sie sich vorsichtig. »Guigui!«, hörte er ein schwaches Vibrato herabschweben wie fernes Laub, das Abteil war fort, ringsum gab es nur noch Laub, nur noch ... Laub ... er biss sanft zu, Zungenspitze berührte Fingerspitzen, wich rasch zurück. Er zitterte am ganzen Körper, warmes Verlangen jagte ihm von der Zungenwurzel bis in die Fußsohlen.

»Armer Guigui!«, seufzte das Mädchen leise, ohne ihre Hand zurückzuziehen, sie hatte ihn beißen lassen und das Verlangen wie von einem kleinen Tier drang durch die Schneidezähne in ihr Herz.

Sie wussten damals nichts davon, dass das »erste Liebe« genannt wurde. Zu Zeiten Maos gab es nur revolutionäre Genossen und einen gemeinsamen revolutionären Standpunkt, doch für diese kleine Hand, diese fünfschweifige Elfe, hätte er jederzeit sein Leben gegeben. Außer dem Vorsitzenden Mao gab es also für ihn noch etwas, wofür er sich ohne jedes Zögern opfern konnte.

Der Zug erreichte die Hauptstadt kurz nach zwei Uhr nachts, die Sterne funkelten kalt, im und um den Bahnhof aber herrschte eine Bruthitze. Allerlei Rotgardisten-Organisationen aus allen Teilen des Landes pflanzten ihre roten Fahnen auf, ließen sie im Wind flattern und riefen pausenlos über Megafon verlorengegangene Kameraden aus. Eine lange Reihe großer Schilder von Auffangstationen schaukelten vor Lastwagen und Bussen hin und her, die so dicht standen, dass kein Durchkommen war, und Dutzende Lautsprecher überboten sich in enthusiastischen Lobgesängen wie: »Kameraden der Revolution, Genossen der Revolution, alle Völker der Welt sehnen sich Tag und Nacht nach unserer Hauptstadt Peking, hier bei uns ist der Ort, an dem die allerröteste rote Sonne unserer Herzen aufgeht.«[2]

Zhuang Zigui hatte vor zwei Jahren den alten sowjetischen Film *Lenin 1918* gesehen und fand, dass das nächtliche Peking dem Moskau des Films recht ähnlich war, wobei er natürlich nicht wissen konnte, dass die chinesische Revolution generell nichts anderes tat, als Westliches abzukupfern und es mit Einheimischem zu verschmelzen.

Das Mädchen, das zusammen mit ihm unterwegs gewesen war, hieß Nie Honghong, besuchte in seiner Nachbarschule die zweite Klasse der Oberstufe und stammte aus der Arbeiterklasse. Ihr musikalisches Talent sowie ihr zartes Wesen waren andererseits auf Eltern zurückzuführen, die in einem Werk für Musikinstrumente Klaviere reparierten. Die Rotgardisteneinheit »Fordert mutig neuen Himmel ein«[3], in der sie Mitglied war, war eine Partnerorganisation von Zhuang Ziguis Einheit, weshalb sie, nicht ohne der Gruppenleitung zuvor vorgemacht zu haben, Zhuang Zigui sei ihr Cousin, bei ihm bleiben konnte. Der Kleine Lei Feng war von seinem älteren Bruder abgeholt worden, und das Teenager-Pärchen vermied, um den Vorsitzenden Mao nur ja nicht mit persönlichen Gefühlen zu entweihen, tunlichst jeden Blickkontakt. Zhuang Zigui warf sich zur Strafe mit gesteigertem revolutionärem Kampfgeist in die Bewegung. Als die Rotgardisten erfuhren, dass der Vorsitzende Mao noch am gleichen Morgen zum achten (und letzten) Mal seine Kleinen Generäle empfangen werde, schlugen die Wellen der Erregung hoch und noch in der Nacht ging es in Scharen zum Platz des Himmlischen Friedens. Große und kleine Fahrzeuge waren schnell von anderen Rebellenorganisationen mit Beschlag belegt, jeder Trupp wollte der erste sein. Da war es Zhuang Zigui, der geistesgegenwärtig mit dem Blechmegafon, das er bei sich trug, seine Leute aufrief, in der ruhmreichen Tradition der 25 000 Meilen des Langen Marsches der Roten Armee aus der Nacht heraus in den roten Sonnenaufgang auf dem Platz hineinzumarschieren. Zu den klangvollen Parolen, die er ohne Unterlass skandierte, trabte alles in die gleiche Richtung los, ein geordneter Marsch, der bei Passanten vielfach anerkennendes Staunen erregte. Zahllose andere Einheiten von Roten Garden, die eben angetreten waren, nahmen sich an ihnen ein Beispiel und rannten mit schnellem kurzem Schritt hinter ihrer kleinen Einheit von gut zehn Leuten her. Wurde man müde, fiel man eine Weile in Gleichschritt und sang, so laut es ging, das Lied: *Wir Rotgardisten sehnen uns nach dem Vorsitzenden Mao.*

Zhuang Zigui schielte zu Nie Honghong hinüber, ihrem wie eine Weide schwingenden Körper, sie rang nach Luft, aber im Licht der Straßenlaterne kräuselte sich auf ihrem Gesicht ein zartes Lächeln. Er fühlte eine tiefe Befriedigung – die harmonische Einheit von allgemeiner Revolution und privater Liebe, musste das zu Zeiten Maos nicht das größte Glück sein?

Der Platz des Himmlischen Friedens frühmorgens um vier: Im diffusen Licht der Laternen strömen die Menschen in Erwartung des Empfangs durch den Vorsitzenden Mao aus allen Richtungen vor die Jinshui-Brücke am Haupttor der Verbotenen Stadt, Lobgesänge branden auf, Slogans aus den Lautsprechern reden dazwischen. Dem gegenüber steht wie das müde Auge Gottes der Haken des abnehmenden Mondes am bodenlosen Himmel und schaut von oben herab, der Platz gleicht einem Kessel voll Menschenfleisch, schwimmend in schäumendem Öl, das mit dem herannahenden Tagesanbruch immer heißer werden wird. Das Große Vortor und das Tor des Himmlischen Friedens sind seine Griffe, und das Denkmal für die Helden des Volkes, das in seinem Zentrum aufragt wie ein zum Himmel erigiertes männliches Genital, schickt die menschliche Vorstellung in graue Vorzeiten zurück – Urahnen, in Tierfelle gehüllt, umringen einen primitiven Totempfahl und beten in Trance für ewige fruchtbare Vermehrung. Die Herbstwinde wirbeln die weiten Ärmel des Kosmos, ebnen leichthin die gigantische Kluft von Jahrtausenden ein. Mit den Windstößen dringt uralter Wahnsinn in die blutunterlaufenen Pupillen der Zeitgenossen, von damals bis heute, von hier bis dort, vom Anfang bis ans Ende. Aug in Aug steht man sich in weiter Ferne gegenüber, bis schließlich alle Augen durch und durch gerötet sind und kollektive Erschütterung die Ergriffenheit des Individuums ersetzt.

Es war die eindrucksvollste Götzenverehrung auf der Erde des zwanzigsten Jahrhunderts.

Zhuang Ziguis kleine Einheit wurde schon am ersten, dem Großen Vortor aufgehalten, zwischen ihnen und dem Turm am Tor des Himmlischen Friedens erstreckte sich noch der gesamte Platz. Die Leute zankten sich, alle führten für die eigene Argumentation oder Rechtfertigung die tief vertrauten *Worte des Vorsitzenden Mao* im Mund, jeder wollte möglichst nah und von bester Stelle aus zu dem wohlgenährten Gesicht aufschauen, das Glück für ein ganzes Leben bedeuten konnte. Doch es war leichter gesagt als getan, dieses gigantische Meer von Menschen zu durchqueren! Nie Honghong fürchtete, im Gedränge verlorenzugehen, und klammerte sich eisern an Zhuang Ziguis Militärgürtel fest. Das Kommandosystem vor Ort war ausgefallen (möglicherweise hatte sich der Sprecher auch einfach die Stimmbänder zu Schanden geschrien), und Tausende Mitarbeiter traten, wie Ertrinkende wild mit den Armen rudernd, den Rückzug an. Die Roten Garden hingegen rollten unaufhaltsam weiter voran, und auch Zhuang Zigui war mit eindrucksvoller Ausdauer dem Heldendenkmal am Ende immer näher gerückt. Nie Honghongs entkräfteter Körper klebte an seinem Rücken, ihr Geist und ihre Körper waren miteinander eins geworden, wie alle anderen in diesem kollektiven schwindelerregenden Wirbel miteinander eins wurden.

Um fünf Uhr in der Früh begann aus dem Lautsprecher an der Südostecke des Heldendenkmals eine dynamische Soldatenstimme den gigantischen Mob herumzumanövrieren, sämtliches Personal auf dem Platz hielt sich wie von selbst und ohne vorherige Absprache an seine Anweisungen, und das wilde Durcheinander der Kleinen Rotgardistengeneräle trat in einigen übergroßen Phalangen an. Quadrat Region Südwest befand sich direkt beim Denkmal, Zhuang Zigui schaute sich nach einer Verschnaufpause ein wenig um und bemerkte erst jetzt, dass nach dieser »blutigen Schlacht« von den gut zehn Leuten ihrer kleinen Einheit nur noch vier, fünf übrig waren. Die hingen herum wie gekochte Nudeln, nach drei Tagen und Nächten auf Achse und stundenlangem enthusiastischem Marschieren war mancher, kaum dass man hier gelandet war, eingeschlafen. Wie zum Auftakt eines noch größeren Tschingderassabum war es auf dem Platz für den Augenblick vollkommen still. Zhuang Zigui spürte plötzlich ein dringendes Bedürfnis, die Toiletten befanden sich jedoch jenseits des gigantischen Menschenmeers. Er hielt die Nase in den Wind wie ein Hund und drehte sich in die Richtung, aus der jener ganz besondere Geruch kam, musste, als er los wollte, allerdings feststellen, dass Nie Honghong, seinen Gürtel immer noch eisern umklammernd, an der Steinbalustrade eingeschlafen war.

Er legte ihr sein zusammengerolltes Reisebündel als Kissen unter den Arm, zog ihr die Kappe so weit herunter, dass der Schirm ihr Gesicht verdeckte, und ging um die Balustrade herum. In Gruppen verrichteten die Jungs dort, wo immer Platz war, nacheinander ihr kleines Geschäft, und hinter der Menschenwand stiegen weiße Dampfschwaden auf. Zhuang Zigui wartete einen Augenblick, hielt dann, konspirativ wie im Untergrund, in alle Richtungen Ausschau, wann jemand Anstalten machen würde, sich abzusetzen, und schloss diese Lücke schließlich mit einem schnellen Satz. Als er seinen kleinen Kerl endlich draußen hatte und laufen ließ, schnurrte sein Unterleib zischend zusammen. So lange hatte er es sich sein Lebtag noch nicht verkniffen, keine derartige Erleichterung hatte ihm bisher so gutgetan.

Zurück an ihrem Platz sah er, dass Nie Honghong mit gerunzelter Stirn dahockte und sich, ein Bild des Jammers, den Bauch hielt. Er bückte sich und sagte: »Hey, was ist los mit dir?«, sie kämpfte dagegen an, rot zu werden, schüttelte den Kopf und nickte gleich darauf panisch. Zhuang Zigui konnte sich keinen Reim darauf machen und fragte noch mal, was los sei, sie schnitt in größter Not Grimassen und wand sich noch eine halbe Ewigkeit, bis es aus ihr herausplatzte: »Mädchensachen!«

Es gab in der Nähe keine anderen Mädchen, Zhuang Zigui stand völlig begriffsstutzig da, wie ein Volltrottel registrierte er ihr Nicken und Kopfschütteln: »Was haben denn Mädchen für Sachen?«

Nie Honghong wedelte schließlich mit einer Damenbinde.

»Musst du groß?«

Nie Honghong tippte ihm wütend mit dem Finger an die Stirn: »Du, du – du bist echt dümmer als ein Schwein!«

Nach einigen Minuten verstand Zhuang Zigui endlich, was sie meinte, und wurde puterrot. Er führte sie in eine Ecke am Sockel des Denkmals und weckte die Kameraden, die dort versteckt geschlafen hatten; völlig geistesabwesend standen sie auf, stellten sich, Gesicht nach außen, in einem Halbkreis vor die Ecke und Nie Honghong konnte sich hinhocken. Als an einer Turmdachschwinge am Tor des Himmlischen Friedens die Dämmerung als marmorweißer Streif anbrach, fragte Zhuang Zigui nervös: »Fertig?« Doch erst nach mehrmaligem Drängen kam Nie Honghong wieder zum Vorschein. Zhuang Ziguis Blick fiel unwillkürlich in die Ecke auf ein blutgetränktes Etwas in einer Pfütze Urin, und etwas Kleines zwischen seinen Beinen schnellte auf, ohne dass er etwas dagegen tun konnte, ein unbekanntes Ziehen schoss ihm von unterhalb des Nabels in sämtliche Glieder. Der große Junge hatte erstmals Einblick in die Geheimnisse einer Frau erhalten, er war völlig derangiert, ließ sich aber nichts anmerken und richtete seinen Blick in die Ferne. Dort schlängelten sich rote Mauern dahin und schwaches Morgenlicht breitete sich von schräg oben über ihre Zinnen aus, die Straßenlaternen verblassten. Im mächtigen Schatten der Verbotenen Stadt kam es in den grünen Quadratformationen von Zeit zu Zeit zu Unruhe, hier und dort tauchten von Menschenmauern umbaute Toilettenkübel auf, und im Wind trieben feine Urinwolken dahin. Zhuang Zigui bemerkte, wie diese Notmaßnahme allgemein aufgegriffen und zu einem unsichtbaren Produkt kollektiver Intelligenz wurde. Er grinste, doch gleich wurde ihm siedend heiß klar, dass das ein Standpunktproblem war, und ihm brach der kalte Schweiß aus. In diesem Augenblick schallten die ersten Takte des Liedes »Der Osten ist rot« über den Platz.

Strahlend kam eine rote Sonne heraus, was die Millionen Pilger allerdings völlig kalt ließ, denn in einer Zeit, die alles Materielle verachtete, war es nicht die natürliche Sonne, die man willkommen heißen wollte. Auch wenn man noch jeden Tag essen, trinken und seine Notdurft verrichten musste, hatte man längst vergessen, dass der Mensch zum Überleben auf Luft, Sonne und Wasser notwendig angewiesen war. Der Vorsitzende Mao war der Herr selbst noch über Luft, Sonne und Wasser, und ohne ihn, den ehrwürdigen Herrn Vorsitzenden würde man, so jedenfalls sagten es die offiziellen Zeitungen, wie die Bevölkerung Taiwans durch Feuer gehen und im Wasser ersaufen. Um acht Uhr hörte man aus allen Richtungen Trillerpfeifen, die Kleinen Generäle der Revolution wurden aus ihren Träumen gerissen, schüttelten Reste von Mantou-Hefebrötchen, Keksen und Mixed Pickles ab, standen auf, bliesen die Backen auf wie Fische, denen Sauerstoff fehlt, und konnten das Aufgehen der Sonne des reinen Geistes, die die Welt der schwer arbeitenden Massen wachrütteln würde, kaum mehr erwarten. Genau in diesem Augenblick erwachte jene fleischliche und ganz normal sterbliche »Sonne« im labyrinthhaften Regierungsbezirk Zhongnanhai, ließ sich, eine Hand in der Hüfte, in der anderen eine hochwertige Edelzigarette, von einer hoch aufgeschlossenen jungen Krankenschwester mit mächtigem Busen die im Schritt besonders weiten Unter- und

Überhosen anziehen und schickte sich an, aus dem nach außen recht durchschnittlichen ebenerdigen Haus zu treten und in aller Herrlichkeit über seine Untertanen, immerhin ein Viertel der Erdbevölkerung, zu strahlen.

Nie Honghong war, wie es bei zarten Mädchen passieren kann, durch die allzu große Erschöpfung der Monatszyklus durcheinandergeraten. Ihre Lippen waren blutleer, die Augenhöhlen eingefallen. Trotzdem hatte sie sich sehr sorgfältig zurechtgemacht, das nach der Mode der Kulturrevolution sportlich kurze Haar hatte sie vollständig unter den Rand der Mütze geschoben, um möglichst männlich auszusehen. Sie rückte eine halbe Ewigkeit ihre Armeemütze zurecht, ihr Gesicht, kalt wie Eis und Schnee, war reiner, heiliger Glanz, sie wirkte in frappierender Weise wie eine Märtyrerin auf dem Weg in einen heroischen Tod. Was eine junge Frau ausmacht, runde Brüste und eine schmale Taille, war bei ihr fast zur Gänze verschwunden, und das Mädchen, das vorhin im Freien seine Notdurft verrichtet hatte, schien eine andere Person gewesen zu sein.

Wie auf Befehl zog auf dem Platz alles die rote Mao-Bibel heraus (das milliardenfach aufgelegte kleine Buch mit dem Titel *Worte des Vorsitzenden Mao*), überall in den smaragdgrünen Phalangen wehten blutrote Militärfahnen, endlos wie ein Ozean, Dutzende Lautsprecher, die stundenlang der mächtigsten Stimme der Zeit gefrönt hatten, waren nach und nach verstummt, im Handumdrehen wurden die Menschen zu perfekt trainierten Balletttänzern, auf Zehenspitzen, mit angehaltenem Atem, zeigten alle Körper in die gleiche Richtung. All die unzähligen Menschen waren derart aufgeregt, dass die Mienen sich verzerrten und sie voller Erwartung nur noch murmeln konnten: »Der Vorsitzende Mao, der Vorsitzende Mao ...« In einer Stille wie dieser, die Zhuang Zigui so noch nie erlebt hatte, schien ihm sogar das Blut in den Adern zu stocken, jedes Schlucken hallte lange in seinen Ohren nach. Plötzlich juckte es ihn in der Kehle, er tat alles, um das zu unterdrücken, ging sich selbst regelrecht an die Gurgel, denn das war ein Problem des Klassengefühls. Die Kehle aber juckte einfach weiter, und er musste die dummen dicken Lippen mit fünf Finger rigoros zusammenzwingen. »Pschuh!« Der Huster hatte sich als Nieser einen Weg durch die Nase gebahnt, zwei kleine goldfarbene Schlangen sprangen direkt in den Nacken eines Kleinen Generals in der Reihe vor ihm. Glücklicherweise sah der sich nicht einmal um. Zhuang Zigui spitzte in alle Richtungen, ob jemand seine Untat bemerkt hatte, aber niemand schenkte ihm die geringste Aufmerksamkeit, also verlor er keine weitere Zeit, wischte mit dem Jackenärmel die Reste der Verunreinigung von seiner roten Mao-Bibel und entspannte sich.

Der Vorsitzende ist da!!!

Wie ein Wirbelsturm fegte eine magische Wolke über den Turm am Tor des Himmlischen Friedens und hinter dem Vorsitzenden Mao traten im Gänsemarsch seine Günstlinge heraus: Lin Biao[4], Zhou Enlai[5], Jiang Qing[6], Kang Sheng[7], Zhang Chunqiao[8], Yao Wenyuan[9] und Chen Boda[10], wobei diese Oberhäupter der Kommunistischen Partei Chinas ausnahmslos ausstaffiert waren wie die Kleinen Generäle: grüne Uniform mit roter Armbinde. Weit über eine Million metallischer Stimmen schrien wie aus einem Mund: »Lang lebe der Vorsitzende Mao! Der Vorsitzende Mao, die röteste aller roten Sonne in unseren Herzen, lebe hoch, hoch, hoch!« Die reale Sonne erbebte und verschwand hinter den Wolken wie ein gerupfter Phönix. Der Riesenkessel wurde heißer und heißer, die grünen Heuschrecken, diese Landplage, hüpften wie verrückt von einem Fuß auf den anderen. Zhuang Zigui konnte nicht mehr denken, den Mund bis zum Anschlag aufgerissen, der Bauch krötenhaft gebläht, strömten ihm heiße Tränen über die Wangen, als wollten sie die ganze Welt unter Wasser setzen. Nie Honghong war irgendwann auf seinen Rücken gesprungen, zerrte mit ihren kleinen Händen wie wahnsinnig an seinen Schultern, reckte den Hals, so weit es ging, und quakte wie ein batteriebetriebener Spielzeugfrosch.

In einer kollektiven Halluzination stieg das Tor des Himmlischen Friedens empor, stieg und stieg und stieg, über Kontinente und Ozeane hinaus, über die Atmosphäre hinaus, es stieg selbst über die Sonne hinaus und fraß sie schließlich Bissen für Bissen auf. Der im Weltraum hängende kaiserliche Drachenpalast war rot und glühte, überall hingen farbenprächtige Algen. Der den Millionen und Abermillionen revolutionärer Massen vertraute und von ihnen verehrte Vorsitzende Mao wirkte dabei so klein, so unerreichbar hoch, wie ein einsamer Fisch, der sich langsam von Seinesgleichen entfernt und in einer anderen Dimension seine Flossen bewegt.

In diesem Augenblick waren die Menschen ein von ihm abgelegter Laich. Er hatte das Geländer aus weißem Marmor jenseits des Turmdachvorsprungs ganz für sich und nahm dort die jubelnden Huldigungen seiner Jünger entgegen. Ein Ozean roter Mao-Bibeln, geistige Zuchtfläche – Mao nahm die Armeemütze ab und fachte und fachte die Kleinen Generäle zu seinen Füßen weiter an.

Mit einer uralten Magie, einem aus dem ländlichen China stammenden und über Generationen weitergegebenen Zauber verteilte sich mit dem Wehen seiner Hand ein roter, dem bloßen Auge nicht sichtbarer Fischlaich über das Land, ein kurzes Nicken, und der Himmel und Erde bedeckende Fischlaich, den er nicht aus den Augen ließ, fand Eingang in die Herzen der Massen, und er köderte kühl berechnend die Brut in seinem unverständlichen Hunan-Dialekt mit einem nicht enden wollenden: »Lang leben die Roten Garden!«

Viele verloren die Kontrolle über Blase und Darm. Umso verzweifelter schwangen die Kleinen Generäle ihre Mao-Bibeln und erwiderten mitten im Glücksgefühl des Laufenlassens: »Der Vorsitzende Mao, er lebe hoch, hoch, hoch!« Der materielle Körper zerfiel in immer kleinere Bestandteile, Zhuang Zigui fühlte sich leicht wie eine Feder in einer sich durch die Zeiten ziehenden erotischen Phantasie versinken. Wind wehte, Gras wuchs, Blüten sprangen auf, schluchzende Augäpfel klebten an Staubblättern, die Erde häutete und häutete sich, Menschen wurden zu Heuschrecken, Heuschrecken zu Fischlaich, Fischlaich zu Sperma. Es nahm kein Ende. Gegen den Strom schwamm Zhuang Zigui mit Abermillionen Spermien zur Quelle zurück. Wer war er? Woher kam er, wohin ging er? Staatspräsident Liu Shaoqi[11], wer war das? Was hatte »Nieder mit Liu Shaoqi« mit ihm zu tun? Gras, Gras, der gesamte Platz des Himmlischen Friedens, *wusch*, war wild wucherndes Gras, vor ein paar tausend Jahren war hier nichts als Gras, später hatte man Höhlen gegraben, Häuser gebaut, Städte errichtet, Reiche gegründet, einen Kaiser gehabt. Der Kaiser war eine große Heuschrecke, Heuschrecken hüpften im dichten Gras herum, doch was taten am Ende die Chinesen in diesem uferlosen Hirngespinst? Im *Buch der Lieder*[12] heißt es: »*Guan guan*, Kiebitz, im Fluss die Bank; edles Fräulein passt zum Edelmann.« Auf dem noch überwucherten Platz erkannten ein Mann und eine Frau einander, der Mann biss der Frau in die Wange, doch sie zählte die Sterne am Himmel, es waren so viele Sterne wie ihr Spermien in den Uterus schossen. Welche Geschlechtsorgane hatten nur den Kosmos hervorgebracht? Wie lange hat dieser jenseits aller Vorstellung liegende Geschlechtsakt gedauert! Die Erde, die Sonne und der Mond waren Spermien in einem kosmischen Schoß, die Menschen waren die Spermien in den Spermien. Mao war die Sonne der Chinesen, doch wer war die Sonne Maos?

»Lang leben die Roten Garden!« Noch immer winkte Mao schwach mit der Mütze, und der Shaoshan-Dialekt klang trostlos und schrill wie sein murmelndes Selbstgespräch: »Ich bin ein einsamer Wandermönch mit schwarzem Schirm im Regen.«

Weil die Zhuang Ziguis fest im Land eingeschlossen waren, wussten sie natürlich nicht, dass die Menschheit als Ganzes im 20. Jahrhundert eine geistige Seuche nach der anderen heimgesucht hatte. Vor, nach und zwischen den beiden Weltkriegen machten weltweit Horden von Rohlingen mit roten Armbändern Aufruhr. Der von einem verrückten Deutschen namens Marx aus dem Nichts fabrizierte kommunistische Spuk spie gleich der Büchse der Pandora pausenlos Geister und Dämonen aus. Mao war nur einer unter einem ganzen Haufen politischer Irrer wie Hitler, Lenin, Stalin, Kim Il Sung, Mussolini, Hoxha und Castro, der einzige Unterschied zwischen den roten

Armbinden der Nationalsozialistischen Arbeiterpartei und den roten Armbinden der Kulturrevolution war das Hakenkreuz anstelle der chinesischen Schriftzeichen für »Rote Garden«.

Als alles schon vorüber war, konnten Zhuang Zigui und Nie Honghong sich lange nicht entschließen zu gehen. Sie stellten sich sogar vor, für immer auf dem Platz zu bleiben, sich in Figuren auf dem Relief des Denkmals zu verwandeln und für immer in diesem glücklichen Augenblick zu verharren. Nie Honghong sagte unter Tränen: »Ohne den Vorsitzenden Mao gäbe es uns nicht!« Sie verstand sich jetzt ganz und gar als Maos leibliche Tochter.

Die im Westen untergehende Abendsonne tauchte den Platz des Himmlischen Friedens in Farbe, als habe Gott die Welt mit seinem Blut übergossen. Umfangen von dieser blutigen Aura fühlte sich Zhuang Zigui müde und hungrig, in seinem Kopf dröhnte es wie Brandung. Er sah die Kameraden von den Roten Garden auseinanderlaufen, sich allmählich verlieren und sagte zu sich selbst: »Sehr seltsam!«

Nie Honghong wandte sich ihm zu: »Was sagst du?«

»Wieso, was denn?«, fragte er zurück.

Nie Honghong erwiderte ärgerlich: »Wo bist du mit deinem Kopf?«

Er antwortete gedankenlos: »Wo schon.«

Nie Honghong schüttelte ihn: »Sei doch nicht so! Die Kameraden sind alle fort, wir beide sind ganz allein.«

»Wir beide allein? Eben war hier doch noch alles voll«, versonnen ging er auf dem Platz einmal im Kreis, »auf einmal da, auf einmal fort, alles ist so leer ...« Ein Sturm der Seele rüttelte an seinen Ohren, er stopfte sich die Zeigefinger mit aller Kraft hinein, bohrte, er wollte die Stimmen herauspulen. Aus den Ohren kam Blut, mischte sich in das Blut der Abendsonne – ob Gott auch einsame Zeiten hatte?

»Es rettet uns kein höh'res Wesen, kein Gott, kein Kaiser, noch Tribun. Uns aus dem Elend zu erlösen, das können wir nur selber tun!« Die plötzlich anhebende *Internationale* mischte sich in sein Ohrensausen, Zhuang Zigui wusste noch nicht viel von dieser Welt und konnte die Bedeutung dieses Liedes nicht wirklich erfassen, er spürte nur, dass eine riesige Leere ihm bedrohlich nahekam, doch noch war das Gesicht des Vorsitzenden Mao größer, ging tiefer als diese Leere, die Wolken zogen dahin und wischten das Blut vom Himmel … Ein weiteres Mal war die Phantasie in sträflicher Weise mit ihm durchgegangen, das kam aus der Familie seiner Mutter. Schnell senkte er den Blick, doch auch da war ein wildes Durcheinander, und er stand mit beiden Füßen mitten in einem Haufen Scheiße, Nie Honghong schrie bestürzt auf: »Guigui!«

Die Halluzination war weg, es stank fürchterlich, er stampfte mit aller Kraft auf, um den Dreck von den Schuhen zu schütteln. Wohin er schaute: Berge von Exkrementen, Klopapier, Obstschalen, Einpackpapier und so weiter und so fort, die heilige Stätte der Revolution war eine einzige große Freiluft-Kloake, er konnte es sich nicht verkneifen, Honghong ein wenig auf den Arm zu nehmen: »Dazu hast du auch deinen Beitrag geleistet.«

»Du hast auch …«, das Mädchen schämte sich zu sehr, um fortzufahren, und zum ersten Mal, seit sie sich kannten, hatten sie Streit. Sie warf ihm vor, er sei neurotisch und habe den Kopf voller schräger bourgeoiser Ideen. Er spöttelte: »Oh, tun Sie doch nicht so, wertes Fräulein, als wären Sie die Musterrevolutionärin Li Tiemei aus der *Le-*

gende der roten Laterne[13] – wer hat mir denn auf der Gepäckablage im Zug das Gesicht gestreichelt?«

Sie lief knallrot an: »Das hat nichts mit der Treue zu unserem Vorsitzenden Mao zu tun.«

»Und wieso nicht? Immerhin hast du kleinbürgerliche Gefühle gehabt.«

»Besser ich hätte es nicht getan ... du mieser Hund von Ausbeuterklasse ...«, sie verstummte, drehte sich um und lief weg.

Dabei sprang sie wie eine Ziege zwischen den Kot- und Urinlachen hin und her, hielt dann und wann inne, zögerte und rannte auf einem Umweg weiter. Die ersten Straßenlaternen gingen an und überzogen den Schmutz mit einem romantischen Schimmer, Wasserwagen kamen aus Osten und Westen über den Chang'an-Boulevard gefahren, hinter sich jeweils einen Trupp von der Straßenreinigung. Nie Honghong war kurz unaufmerksam und fiel hin, Zhuang Zigui setzte ihr nach und war, ohne darauf zu achten, wo er überall hineintrat, im Nu bei ihr. Sie starrte vor Dreck und wich ihm unter Tränen aus, doch das scherte ihn nicht, er beugte sich zu ihr hinunter und nahm sie in die Arme.

Sie schlug nach ihm, zwickte ihn, bespuckte ihn, er ließ es sich ohne einen Ton gefallen, sie stanken inzwischen beide zum Himmel. In ihrer Not biss sie ihn schließlich. Er schrie vor Schmerz, dann lachte er.

Sie fragte verblüfft: »Was gibt es zu lachen?«

»Ich freu mich einfach, du bist das erste Mädchen, das mich gebissen hat.«

»Mach mich bloß nicht dumm an!«

»Honghong, lass uns nicht streiten, wir sind auf dem Langen Marsch auf der Strecke geblieben, wir haben uns für die Rote Armee geopfert, jetzt suchen wir uns einen Ort zum Umziehen«, sagte Zhuang Zigui mit großem Ernst.

Plötzlich kreischte Nie Honghong los: »Wie kommst du stinkiger Kerl dazu, mich zu umarmen?!«

Zhuang Zigui ließ sie schlagartig los: »Wer umarmt dich? Wer denn? Kein Rotgardist des Vorsitzenden Mao würde das jemals tun. Buh, du müsstest dich mal selber riechen!«

Damit verließen die beiden stinkenden Kinder, unbefangen vor sich hin streitend, die im Dämmerlicht schimmernde »Kloake«, Zhuang Ziguis Schuldgefühle waren wie weggeblasen und er spintisierte den ganzen Weg vor sich hin. In ein paar Jahren würde die Revolution erfolgreich abgeschlossen sein, die großen und kleinen Machtfraktionen um Liu Shaoqi, Deng Xiaoping[14], Tao Zhu[15] und Li Jingquan[16] mit ihrem kapitalistischen Weg würden niedergerungen sein und für alle Ewigkeit nicht mehr hochkommen und dann würden auch seine Eltern mit ihrem Blut unterschreiben, dass sie mit der reaktionären Klasse nichts mehr zu tun haben wollten. Er würde Nie Honghong zur Frau nehmen, und die Mutter müsste nicht länger in die Psychiatrie. So dachte er sich froh, und während er Nie Honghong auf seltsame Weise ansah, improvisierte er ein Revolutionslied: »Ein Sohn erbt des Vaters Revolution, ein Sohn verrät des Vaters Reaktion, folge Mao in die Revolution, sonst fahr zur Hölle, Hundesohn!«

Nie Honghong stimmte nicht mit ein, sondern fasste ihn verstohlen an der Hand und murmelte: »Vater bleibt Vater, Guigui, du bist wirklich ein Idiot.«

Noch viele Jahre später stiegen Zhuang Zigui Tränen in die Augen, wenn er an diese verstohlenen Worte dachte, in jenen Jahren ein richtiges Wunder.

Die große Verbrüderung

Zhuang Zigui und Nie Honghong fuhren von dem Ort, an
dem die rote Sonne aufgegangen war, mit dem Zug nach
Süden, um bei der großen revolutionären Verbrüderung
dabei zu sein. Da sie ihre Organisation verloren hatten,
mussten sie sich fürs Erste einer anderen kleinen Einheit
von Rotgardisten aus Sichuan anschließen, um nicht in
Verdacht zu geraten, als allein reisendes Pärchen die Revolution für eine Liebelei zu nutzen.

In ihrem Waggon war es kaum anders als zuvor auf der
Reise in den Norden, und nachdem sie bis hinter Shijiaz-
huang eng aneinander gepresst gestanden hatten, begann
Zhuang Zigui sich mit den Sitzplatzinhabern auf guten
Fuß zu stellen, er übertrieb lebhaft sein Glück, beim Empfang des Vorsitzenden Mao dabei gewesen zu sein, zeigte
sich in Hochstimmung, steckte damit alle an, und da kein
Thema die Gefühle der Chinesen tiefer rühren konnte und
nichts sie so zu einer großen Familie machte, stand am
Ende tatsächlich einer in bester kommunistischer Manier
für die Kampfgenossin Nie Honghong auf. Zhuang Zigui
döste neben ihr ein. Die Chinesen aber waren damals allesamt Pulverfässer, ein einziger Funke und sie gingen hoch.
Gerade wurde am Fenster ein Mann mittleren Alters von
Rotgardisten attackiert. Soeben hatte er seine Brille zu-
rechtgerückt und setzte bedächtig mit einem Zitat aus den
Worten des Vorsitzenden Mao an: »›Kämpfe mit Worten,

nicht mit Gewalt.‹ Könnten Sie mir bitte freundlicherweise nicht mit Ihren Fingern vor der Nase herumfuchteln? Ich bleibe bei meinem Standpunkt, Rebellion sollte nicht zu vollkommener Anarchie werden und nicht jede Führung einer staatlichen Organisation ist gleich eine Machtclique auf kapitalistischen Abwegen. Wenn in der Zentrale und in den Regionen überall nur schlechte Menschen an der Macht wären, würden wir denn dann unser Land und die Kommunistische Partei noch wiedererkennen?«

»Gerede, bist wohl auch einer von diesen Hunden, diesen Royalisten?«, bohrte jemand nach.

»Ich bin kein Royalist,« rechtfertigte sich der andere schnell, »ich befürworte Rebellion gegen alle, die wirklich auf kapitalistischen Abwegen sind, durchaus. Ich befürworte es allerdings nicht, alle Basisorganisationen der Partei zu stürzen, wenn die Partei lahmgelegt ist, kommt das ganze Land in Unordnung, gegenwärtig ist die gesellschaftliche Ordnung ja auch schon außer Kontrolle.«

»Patsch!«, die Antwort war eine schallende Ohrfeige links, ein Kleiner Rotgardistengeneral setzte den Fuß auf den Klapptisch und tat mit lauter Stimme kund: »Kampfgenossen der Revolution, ihr alle habt es gehört, genau so klingt ein hundertprozentiger Hund von einem Royalisten! Wir, die Roten Garden des Vorsitzenden Mao, wir gehorchen nur dem ehrwürdigen Vorsitzenden, er hat das lodernde Feuer der Großen Proletarischen Kulturrevolution entfacht, das die Liu Shaoqis, die Deng Xiaopings und ihre gesamte Brut ausräuchert. Und jetzt redet dieser Speichellecker des Herrn Liu Shaoqi hier so einen Scheiß daher, von wegen, ›wenn die Partei lahmgelegt ist, kommt das ganze Land in Unordnung‹, und wirft uns auch noch vor, unser Land sei nicht das der Kommunistischen Partei.

Wir müssen dich nachdrücklich warnen: Der Vorsitzende Mao ist unser Rückgrat, wo unser ehrwürdiger Vorsitzender ist, ist die Kommunistische Partei, ist Rotes Land! Und zurzeit ist alles bestens, denn ›die Volksmassen sind vollständig mobilisiert‹.«

Die Brille des Angegriffenen war bei dem Schlag davongeflogen, er erhob sich tastend, wollte sich aber nicht geschlagen geben und hielt mit zusammengekniffenen Augen und mit gleichfalls lauter Stimme dagegen: »Genossen der Revolution! Hört nun mir zu! Auch mir wurde die Ehre zuteil, von unserem Vorsitzenden Mao empfangen zu werden! Nicht nur diesmal in Peking, sondern bereits 1942 in Yan'an, dreimal wurde ich dort herzlich von unserem Vorsitzenden Mao empfangen. Ich bin ein erfahrenes Parteimitglied, seit über zwanzig Jahren stehe ich in den Diensten der Partei, ich weiß, wie wichtig Disziplin für den totalen Sieg der Revolution ist, auch in der Rebellion muss es geordnet zugehen! Unser ehrwürdiger Herr Vorsitzender Mao hat euch nicht erlaubt, alles zu zerstören und umzuwälzen, und auch die willkürlichen Schikanen und die wahllose Gewalt hat er euch nicht erlaubt.«

Diese Ansprache zeigte wirklich keinerlei Verständnis für die Stimmung der Zeit, überlegte Zhuang Zigui, schließlich war man gerade im ganzen Land dabei, die »Vier Großen Freiheiten« umzusetzen: freie Rede und freie Meinungsäußerung, freie Wandzeitungen und freie Debatten, und all das derart hitzig, dass Handgreiflichkeiten an der Tagesordnung waren. Solange der Vorsitzende Mao verteidigt wurde, bedeutete es überhaupt nichts mehr, jemanden zu schlagen. Was zählte es denn schon, wenn jemand Prügel bezog, wo man doch klaglos Kopf und Kragen riskierte!

Wie nicht anders zu erwarten, wurden dem »royalistischen Hund mit seiner über zwanzigjährigen Parteierfahrung« von den Kleinen Generälen die Arme nach hinten gedreht, er wurde in einem 90-Grad-Winkel auf den Sitz gepresst und an den Pranger gestellt. Applaus und Bravorufe erfüllten den Waggon, »macht ihn alle«, »macht Hackfleisch aus ihm« wurde geschrien, während man diesem royalistischen Hund das Abzeichen des Vorsitzenden Mao und die roten Ärmelschoner herunterriss und ihm zwei Vorderzähne ausschlug. Die öffentliche Ad-hoc-Kampfversammlung nahm ihren ungebremsten Lauf, jeder, der etwas sagen wollte, kramte seine *Worte des Vorsitzenden Mao* heraus, las zuerst einen Abschnitt des kaiserlichen Ediktes vor wie: »Wir widmen uns dem Klassenkampf Jahr für Jahr, Monat für Monat, Tag für Tag«, und packte dann noch ein bisschen Grundsatzkritik darauf. Einer deckte an Ort und Stelle auf, dass dieser Hund sich in seinem Klassencharakter in nichts von Liu Shaoqi unterscheide, Liu habe 1927 einen Arbeiterstreikposten in Wuhan, woher er selber stamme, verraten und im Gefängnis der Nationalen Volkspartei ein schriftliches Reuebekenntnis abgelegt, er sei vor der Flucht Chiang Kai-sheks nach Taiwan eine tickende Zeitbombe an der Seite der Roten Sonne gewesen, und dieser Hund hier, als Lius gehorsame Brut, habe mit Sicherheit eine ähnlich reaktionäre Geschichte.

Die Wellen der Erregung schlugen hoch, der allgemeine Lärm setzte sich unermüdlich fort, einige Kerle nutzten das Chaos und sicherten sich ein paar Sitzplätze. Nie Honghong verwandte vornübergebeugt eine ganze Weile darauf, diesem royalistischen Hund die Brille zu suchen, als sie sie ihm zurückgab und der Hund zu ihr »Danke«

sagte, schimpfte sie mit scharfer Stimme: »Widerwärtige Kapitalistenhöflichkeit!« Der Versammlungsleiter stutzte kurz und nickte ihr dann lächelnd zu. Reisende aus anderen Waggons, die sehen wollten, was hier los war, drängten inzwischen so zahlreich von beiden Seiten heran, dass der Wagen kurz vor dem Bersten stand, trotzdem wurden die Genossen weiter pausenlos über Lautsprecher ermuntert, sich in Wagen Acht einer Ad-hoc-Erziehung in Klassenkampf zu unterziehen. Zhuang Zigui ergriff die Gelegenheit, Nie Honghong enger an sich zu drücken, und ließ sie an seiner Brust kauern. Ihr nervöses Keuchen berauschte ihn, sein Unterleib presste sich hart gegen sie, von der Berührung ausgehend, überlief ihn ein um das andere Mal ein schwer beschreibbares Zittern, er zog seinen Mützenschirm weiter herunter und verdeckte so die blauen Adern auf seiner Stirn. Beide wünschten, diese Kampfversammlung möge niemals enden, der öffentlichste Ort war zugleich der sicherste, ihre Gefühle verbanden sich vor aller Augen ohne jede Scheu und Scham und ihre Herzen schlugen durch die dünnen Rippen aneinander. Der Rhythmus des Herzschlags war eine Sprache, die selbst der ehrwürdige Vorsitzende Mao nicht würde kontrollieren können. Nie Honghong griff unwillkürlich mit ihrer Hand nach der seinen, und während ihre Hände feucht ineinanderglitten, rieben die Finger aneinander, bis sie unter Strom waren, eine außergewöhnliche Form der Masturbation, unter der die Augen heller strahlten und die Wangen ein Flair von Trunkenheit aussandten, wobei die Umstehenden das alles weiterhin für das Fieber des Klassenhasses hielten. Ein religiöser Revolutionär sieht nach außen eben nicht anders aus als jemand, der berauscht ist, deshalb konnten sie mitten in diesem Orkan

43

die Süße ihrer ersten Liebe einsaugen, die Knochen wurden ihnen weich, die Hosen zwischen den Beinen feucht. Doch mit einem Mal rumpelte der Zug kräftig, einer der kleinen roten Teufel fiel von der Gepäckablage, und mit ihrem schönen Wachtraum war es fürs Erste vorbei.

Der Tölpel war genau auf die Wirbelsäule des royalistischen Hundes geknallt, dieser kopfüber mit der Nase auf den Boden geschlagen und ohnmächtig geworden. Die Kampfversammlung musste wohl oder übel abgebrochen werden, alles half mit Händen und Füßen, den stocksteifen Hund hochzuzerren, Wasser wurde ihm ins Gesicht gespritzt. Jemand kniff energisch die Kerbe zwischen Nase und Oberlippe zusammen, ein anderer schrie nach einem Arzt, der Versammlungsleiter stellte sich auf einen Tisch und rief laut: »Revolutionäre Genossen, Kampfgenossen, hört mir zu«, aber es half nichts. Dass der kleine Mistkerl, der den ganzen Schlamassel zu verantworten hatte, auch noch damit herausplatzte, er müsse mal groß, und weil er kaum noch an sich halten konnte, mit der Stimme eines Kleinkinds quengelte: »Ich mach gleich in den Wagen!«, setzte dem Ganzen die Krone auf. Seine Drohung sorgte allseits für Gelächter und Geschimpfe.

Der Weg zur Toilette war durch die Riesenmasse von Menschen allerdings vollkommen versperrt, und so sah man keine andere Möglichkeit, als ein Wagenfenster hochzuschieben, er musste die Hosen herunterlassen und den Hintern zum Fenster hinaushängen. Mehrere große Rotgardisten hielten ihn mit eiserner Hand, damit er nicht vom Wind hinausgezogen wurde. Nie Honghong drehte sich weg, verbarg ihr Gesicht an Zhuang Ziguis Brust und schimpfte: »Der kennt wohl gar keine Scham!« Insgeheim jedoch freute sie sich. Der »stocksteife Hund«

war inzwischen wieder zu sich gekommen, er stöhnte und lag, das Gesicht voller Blut, seitlich auf dem Sitz. Aber ihn schien man inzwischen vergessen zu haben, alle standen jetzt um das unterhaltsame Spektakel am Fenster herum, und als jemand drohend vorschlug: »Schmeißt ihn einfach raus!«, provozierte das herzliches Gelächter. Nur der kleine Stinker war so betreten, dass er die Armeemütze tiefer zog, um sein knallrotes Gesicht zu verbergen, je hektischer er sich bemühte, umso weniger konnte er, ein harter Kotklumpen schien in seinem Anus festzustecken, er stöhnte und ächzte, und die Tränen liefen ihm nur so herunter. Die anderen tobten vor Vergnügen, selbst der Leiter der Kampfversammlung lachte und musste sich die Tränen abwischen: »He, Kleiner, geht dir bei so viel Wind nicht langsam der Arsch flöten?«

Währenddessen lief im Zugfunk noch immer die Nachricht vom »schnell und effektiv durchgeführten Klassenkampf«: »In Wagen Acht wurde ein getreuer Handlanger Liu Shaoqis enttarnt, das ist auf dieser Reise ein großartiger Sieg der Mao-Zedong-Ideen …«, Zhuang Zigui aber umarmte in dieser Sardinenbüchse, die bis auf den letzten Millimeter mit Menschenfleisch vollgestopft war, schließlich kühn seine Nie Honghong und sein schmerzhaft versteiftes Teil grub sich, er konnte nichts dagegen tun, tief in ihren Nabel.

Von Sommer 1966 bis Anfang 1967 wurden große Verbrüderungen zu einer gesellschaftlichen Modeerscheinung, in der Revolution wehte ein frischer Wind, Rebellion wurde geschürt, Trupps junger Menschen in Militäruniform reisten mit Armbinden und roter Mao-Bibel durch das Land, Reden wurden gehalten, man debattierte und

ließ die Fäuste sprechen. Unter der Führung des Staats-
präsidenten Liu Shaoqi waren zwischen Herbst 1962 und
1965 drei Jahre in Folge landesweit reiche Ernten eingefahren worden, was die Wunde der Großen Hungersnot
zwischen 1959 und 1962, als sich drei Jahre in Folge überall
die Hungerleichen türmten, ein wenig geschlossen hatte.
Für die Kulturrevolution, die Liu Shaoqi selbst den Kopf
kosten sollte, war damit das materielle Fundament gelegt.
Mao war Bauer, auch als Kaiser vergaß er seine alte Profession nicht, werkelte im Regierungssitz Zhongnanhai gern
auf einem Gemüsefeld herum und hatte seinen täglichen
Spaß am eigenhändigen Anbau. Hätte er die Harke aus der
Hand gelegt, es wäre gewesen, als hätte das gesamte riesige Agrarland seinen Boden aufgegeben. Als er dann auf
Erholungsreise ging, stieg er heute zum Schwimmen und
Dichten in den Yangzi, den Bauch prall wie die Schallblase
eines quarrenden Frosches, zog sich morgen in die Höhle
eines Unsterblichen in seiner Heimatprovinz Hunan zurück und machte ein Foto davon, um übermorgen plötzlich überfallartig nach Peking zurückzueilen und von dort
den »Januar-Sturm« in Shanghai zu steuern. Politische
Gegner, die zuvor Jahrzehnte an seiner Seite gekämpft
hatten, purzelten, noch bevor sie richtig verstanden hatten, was eigentlich los war, reihenweise von der Bühne
der Geschichte, Hundedreck allesamt und nicht der Rede
wert. Das flüchtige Erscheinen des Großen Führers beeinflusste jedoch das ganze Land, nun raste alles hin und
her wie eine Schafherde am Abhang und nutzte die Revolution als Vorwand für kostenloses Reisen. Überall gab es
Empfangsstationen für Rote Garden in der Art der öffentlichen Kantinen von 1958, zur Zeit des »Großen Sprungs
nach vorne«. Mit einem Empfehlungspapier konnte man

in jeder Provinz und in jedem Kreis essen: Man »fasste Reis und Speise mit großer Schüssel, verteilte Gold und Silber mit großer Waage«[17]. Zhuang Zigui las zu dieser Zeit der Verbrüderungen rechts und links der Eingänge etwas größerer Kantinen häufig die von oben nach unten geschriebenen Verse: »Dem zarten Fräulein fällt das Essen in den Mund; der müßige Jüngling isst und geht gesund.« China war ein einziges großes Gasthaus, Berge von Reis und Nudeln, Gemüse, Fleisch und Eiern wurden verschwendet. Selbst Essschalen waren ein Gegenstand der Diktatur und wurden von den Gästen oft schon nach wenigen Bissen zu Boden geworfen, Scherben schwammen in Suppe und Wasser, und wie der junge Mao Zedong einst den Spruch »Essen ist des Volkes Himmel« in besonderer Weise zur Anwendung gebracht hatte, um das hart arbeitende Volk gegen lokale Tyrannen zu mobilisieren und das Ackerland umzuverteilen, das schien sich zu wiederholen: Wang und Pang strömte nur mit einem Speer über der Schulter in die Grundbesitzerhaushalte, aß für lau und bediente sich nach Belieben. Aber die Zeiten hatten sich geändert, der Staat selbst war jetzt der heimliche Grundbesitzer. Aber wer war dann eigentlich der Gegenstand der Revolution? Die Klasse der Grundbesitzer und Kapitalisten? Die Reaktionäre der Guomindang? Oder einfach Maos politische Gegner? Für diesen modernen, von einem Räuberhauptmann abstammenden Kaiser war jeder, der gegen ihn opponierte, Gegenstand der Revolution. Mao meinte, noch in zehntausend Jahren werde es Klassenkämpfe geben, was nichts anderes bedeuten konnte, als dass er auch noch als Geist kämpfen würde, und sollte doch einmal die »Große Harmonie« auf Erden herrschen und er keinen Feind mehr finden, dann würde er eben gegen den eigenen Schatten ins Feld ziehen, gegen selbst ausgelegte Fallstricke oder einfach gegen sein eigenes Gestern und Morgen, er könnte auch linke und rechte Gehirnhälfte voneinander scheiden und mit dem linken Auge feindselig das rechte beäugen oder mit der linken der rechten Seite eine Ohrfeige verpassen.

Zhuang Zigui und Nie Honghong waren, wie alle anderen auch, beseelt von den hehren Gefühlen der Revolution und schlugen sich den Bauch großzügig mit Hilfe der öffentlichen Hand voll, machten anschließend ein kräftiges Bäuerchen und gingen auf die Straße, um sich mit Leuten auseinanderzusetzen, die ihren revolutionären Standpunkt nicht teilten. Oder sie machten Ausflüge in die Parks mit ihren zerstörten Einfriedungen, die es in jeder Großstadt entlang der Eisenbahnstrecke gab. Im Licht der Straßenlaternen tauschten sie Plaketten mit Porträts des Vorsitzenden Mao, und die verschiedensten Dialekte waren zu hören: für fünf kleine bekam man eine große, und für eine große wiederum acht kleine, nach etlichen solchen Transaktionen auf etlichen Märkten war ein mittlerweile großer schwerer Beutel mit ruhmreichen Bildplaketten Teil ihres Gepäcks: Erinnerungsplaketten von heiligen Orten der Revolution, Schilder mit Zitaten, Erinnerungsplaketten mit der Aufschrift »Langes Leben«, Erinnerungsplaketten zu revolutionären Festen und Geburtstagen, zu Pilgerreisen der Völker der Welt und allen möglichen anderen Anlässen. Sie waren viereckig, rund, flach, dreieckig oder in der Form eines Waschknüppels, eines Segelschiffes, eines Blattes, einer Pagode, einer Hacke, eines Setzlings und anderer Dinge mehr. Aber die beiden waren damit noch lange nicht zufrieden, in wahrer Raffgier trieben sie den revolutionären Handel rastlos weiter, am Ende überpinselten sie sogar mehrfach ihre Empfehlungsschreiben, um sich bei den Ausgabestellen der heiligen Bilder, etwa bei Empfangsstationen, ruhmreiche Abbilder zu »hamstern«. Es hat wohl niemals jemand ausgerechnet, wie viele Tonnen Stahl, Eisen, Aluminium, Zinn, Magnesium und deren Legierungen man für diese ideellen Produkte verbraucht hat und was das für ein armes Land mit schwachem industriellem Fundament bedeuten musste?!

Mao ging über die übliche Hofhaltung eines Herrschers weit hinaus, er war der Gott über so verschiedene Bereiche wie Familie, Freundschaft, Liebe und Heirat, Freizeit, Geburt und Tod. In diesem Riesenland kamst du, wenn du nicht Dutzende *Worte des Vorsitzenden Mao* wie am Schnürchen herunterbeten konntest, nirgends voran, in Straßen und Gassen lagen überall Trupps kleiner Hosenscheißer (auch bekannt als die Kleinen Roten Revolutionssoldaten) auf der Lauer. Auf deren Befehl hatte man stehen zu bleiben und war gezwungen, aus Maos Worten wohl artikuliert und akkurat zu zitieren, bei der kleinsten Unachtsamkeit wurde man der Illoyalität gegen Mao beschuldigt, musste sich vornüberbeugen und stand am Pranger. Eine Familie konnte zerbrechen, wenn sich ihre Mitglieder Rebellenorganisationen mit unvereinbaren Standpunkten anschlossen. Neue Namen für Neugeborene wie Weidong, Weihong, Weibing oder Weiqi, was so viel bedeutet wie »Wächter des Ostens«, »Wächter der Roten Revolution«, »Wachsoldat« oder »Wächter der Fahne«, schossen aus dem Boden wie Bambus nach dem Regen. Verliebte mussten bei einem Rendezvous die rote Mao-Bibel dabei haben und heimlich tun wie Spione bei der Kontaktaufnahme. Ging man in ein Geschäft, hatte man zu beginnen mit einem: »Oberste Direktive: ›Dem

Volke dienen.‹ Ich möchte eineinhalb Meter Stoff.« Der Verkäufer antwortete: »Unser Vorsitzender Mao lehrt uns: ›Sparsamkeit in der Revolution.‹ Was für einen Stoff möchten Sie?« – »Die Rote Fahne reißt die Hellebarden der Leibeigenen mit.«[18] – »›Nicht das rote Festkleid liebe, sondern den Kampfanzug.‹ Der rote Stoff ist ausverkauft, es gibt nur noch grünen und gelben.«

Als Zhuang Zigui und Nie Honghong voll beladen wieder zu Hause ankamen, war bereits tiefer Winter, doch sie hatten vom Reisen noch nicht genug. Sie liefen zur nächstgelegenen Rotgardisten-Zentrale, um Bericht zu erstatten, und gleich darauf kamen sie überein, sich in die gut fünfzig Kilometer entfernte, historisch bedeutende Stadt Guanxian aufzumachen. Damals hatte die Zentrale Gruppe Kulturrevolution bereits mehrfach dazu aufgerufen, die glorreiche Tradition der Roten Armee und ihres Langen Marsches fortzuführen und, um etwas zu lernen, heilige Stätten der Revolution wie Shaoshan, Zunyi, die Jinggang-Berge oder auch Yan'an in langen Fußmärschen statt mit dem Bus oder Zug anzusteuern. Aber der Vorsitzende Mao war größer als alles, die Wundertaten des ehrwürdigen Vorsitzenden überzogen das gesamte so gute Land, warum also sollte man nur in die Jinggang-Berge reisen und nicht auch nach Shanghai, Wuhan oder Hangzhou? Und wie wäre das zu Fuß zu bewältigen? Es war also eine Unabdingbarkeit der Revolution, mit Bus, Zug und Schiff zu fahren. Zhuang Zigui und Nie Honghong fuhren daher im Namen der revolutionären Unabdingbarkeit mit dem Bus zum Zwei-Königs-Tempel direkt bei Dujiangyan, dem alten Guanxian, um Erkundungen anzustellen über den Sieg der Kampagne »Zerschlagt die Vier Alten[19] und schafft Neues«.

Zerschlagt die Vier Alten

Der Zwei-Königs-Tempel war zum Gedenken an Li Bing[20], Vorsteher der Präfektur Shu im Fürstenstaat Qin, und seinen Sohn gebaut worden, die durch eine erfolgreiche Regulierung der Flüsse zur Zeit der Frühlings- und Herbstannalen vor mehr als 2500 Jahren zu Helden geworden waren. Der Tempel schmiegte sich vollkommen in den Berg und war schlichtweg spektakulär. Der Überlieferung nach kam es in der alten Zeit im Flachland des Westlichen Sichuan abwechselnd zu Dürren und Überschwemmungen, und das Volk lebte in bitterer Not, weshalb Li Bing und sein Sohn die tüchtigsten Handwerker im Umkreis von hundert Meilen zusammentrommelten, um das Ganze in den Griff zu bekommen. Sie mischten eine Art Schwarzpulver, sprengten das Gebirge auf, bauten einen Damm, stauten und teilten den Fluss und errichteten in lebenslanger Arbeit die Bewässerungsanlage von Dujiangyan, ein regelrechtes Weltwunder. Seither erfreute sich die Hochebene von Chengdu bester Bedingungen für den Ackerbau, war unabhängig von Dürre und Überschwemmung, gute Ernten waren gesichert, und die Gegend genoss den Ruf eines Paradieses auf Erden. Nachdem Zhuang Zigui und Nie Honghong sich mit der dortigen Rebellenzentrale in Verbindung gesetzt hatten, zog sich ein nicht enden wollender Strom von Menschen auf Besichtigungstour vom *Tempel des Drachenbezwingers* den Fluss entlang und in der Ferne konnte man am Feisha-Stauwehr, das den mächtigen Fluss staute und in einen äußeren und einen inneren Arm teilte, ein knallrotes Riesentransparent hängen sehen, auf dem zu lesen war: »Die marxistische Wahrheit ist komplex, doch am Ende läuft sie auf einen einzigen Satz hinaus: ›Rebellion ist gerechtfertigt.‹«

Zhuang Zigui meinte zum Kopf der die Inspektion begleitenden Rebellengruppe: »Ihr habt das Feuer der Revolution in die Mitte des Flusses gebracht.«

»Und das ist erst der Anfang.« Der Chef rieb sich die Hände und fuhr fort: »Wir folgen der großen Anweisung unseres ehrwürdigen Vorsitzenden Mao, ›Zuerst zerschlagen, das Neue wächst von selbst‹, haben in einer Nacht mit den Steinstatuen des Zwei-Königs-Tempels, es müssen ein Dutzend gewesen sein, an beiden Ufern des Min-Flusses aufgeräumt. Was sich im Fluss versenken ließ, ist versenkt, was beim besten Willen nicht zu stemmen war, Scheiße, Mann, Sprengstoff drunter und ab damit. Der Klassenkampf bei uns ist ziemlich haarig, es gibt einfach zu viele Bastarde, in denen man nicht drinsteckt, eine Gutsherrin zum Beispiel, siebzig, achtzig Jahre alt, geht mitten in der Nacht zum Fluss, zündet Weihrauchstäbchen an und macht ihre Verbeugungen, die Kampftruppe der armen und niederen Kleinbauern hat sie erwischt, wir haben dann erstmal einen Nachttopf vollgepisst und der alten Mistkröte eingeflößt, sie ist fast krepiert.«

Nie Honghong spitzte den Mund und signalisierte Zhuang Zigui, sich die leeren Wandnischen anzusehen, alle Li Bing und seinem Sohn geweihten Gedenktafeln waren mit einem blutigen Hundekopf beschmiert.

Ironischerweise hatten sich buddhistische Mönche und daoistische Priester der Rebellion angeschlossen. Wie es hieß, hatten die Jüngeren im Laternenlicht der Nacht die rote Mao-Bibel gelesen, umgehend ihren bisherigen Lebensweg bereut und verstanden, dass ihre Jahrtausendklassiker, das *Diamant-Sutra*, das *Bodhisattva-Sutra*, Laozis *Daodejing* und das *Buch der Wandlungen* allesamt feudalistisch, kapitalistisch und revisionistisch waren und den Herrschenden geholfen hatten, das Volk einzulullen. Deshalb nahmen sie heimlich mit den Roten Garden Kontakt auf, dienten sich ihnen als Maulwürfe an und hatten schon beim ersten Tageslicht ihre Ältesten aus der Zurückgezogenheit ihrer Berghöhlen gezerrt. Bis Zhuang Zigui und die anderen den Zwei-Königs-Tempel erreichten, war dieses seit Generationen heilige Stück Land zu einem berüchtigten Gefängnis geworden, buddhistische Mönche und Nonnen, daoistische Priester und Nonnen aus der Stadt Guanxian und vom Qingcheng-Berg waren hier konzentriert und in Studienkurse zur gründlichen Selbstüberprüfung gesteckt worden. Vor der Haupthalle des Zwei-Königs-Tempels verdunkelte dichter Rauch die Sonne, denn an einem einzigen Tag waren ganze Berge von alten buddhistischen und daoistischen Schriften verbrannt worden. Tausende Rebellen hielten schließlich knapp zwei Dutzend Überlebende des feudalistischen Abschaums mit hohem Papierhut auf dem Kopf und schwarzem Schild um den Hals so eng umzingelt, dass kein Tropfen Wasser dazwischensickern konnte, und schon den ganzen Tag hallten ihre Slogans: »Nieder mit Shakyamuni! Nieder mit dem erhabenen Herrn Laozi! Ins Feuer mit Guanyin! Den Flammen Himmelsmeister Zhang! Verbrennt den Müll der Geschichte! Die Zukunft ist rot!«

Als gerade alles wieder einmal durchgebrüllt war, wühlte sich ein junger Mönch mit rasiertem Schädel und in Armeeuniform durch die Menschenmenge, krempelte die Ärmel auf, packte seinen Meister im Nacken und brüllte: »Scheiß buddhistische Bücher! Keinen Hundefurz wert! Nieder mit dem Mönch Zhang, diesem Krötenbastard von Liu Shaoqi!!« Einige tausend Kehlen schlossen sich an: »Scheiß buddhistische Bücher …« Nie Honghong hätte beinahe laut losgelacht, presste schnell die Hände auf den Mund und tat, als müsse sie husten. Der junge Mönch warf ihr einen lüsternen Blick zu und kicherte, am Ende mit seiner Weisheit, albern herum. Als Nie Honghong ihm umgehend zunickte, fühlte der haarlose Esel sich gebauchpinselt und brüllte weiter: »Fick dich, Nonne He, du Hure von Deng Xiaoping! Die Revolution ist keine … Sie ist keine …«, jäh wusste er wieder einmal nicht weiter und konnte nur nochmal mechanisch wiederholen: »Die Revolution ist keine …« Alle fielen ein: »Die Revolution ist keine …« Wie Wilde in urzeitlichen Wäldern reckten sie ihre Arme in die Luft. Der Dummkopf schwitzte wie ein Schwein und wusste ein paar Sekunden nicht recht weiter, bis er einen Geistesblitz hatte: »Sie ist keine …, keine Einladung zum Tee!« Kaum war das heraus, teilten sich die Stimmen der Massen in zwei Gruppen, die Mehrheit der Bauerntölpel brüllte mit ihm weiter »keine Einladung zum Tee«, eine kleine Gruppe jedoch, denen die rote Bibel Maos und ihre Worte in Fleisch und Blut übergegangen waren, wusste es besser und korrigierte den Slogan zu »keine Einladung zum Fest«. Auf dem Versammlungsplatz kam es augenblicklich zu Tumulten. Mit unheilvoll blitzenden Augen sah der Versammlungsleiter den kahlköpfigen Chaoten, der sich am liebsten aus dem

Staub gemacht hätte, unverwandt an, bis er schließlich befahl: »Auf die Bühne mit diesem Scheißkerl, der an den ›Obersten Direktiven‹ herumpfuscht!«

Da gab es kein Halten mehr, dem buddhistischen Unglücksraben wurde die Uniform vom Leib gerissen, er wurde splitterfasernackt die Stufen hochgezerrt und mit den alten Mönchen zusammen vornübergebeugt an den Pranger gestellt. Nach mehrmaliger Einladung durch den Versammlungsleiter kam Zhuang Zigui als Vertreter der Rotgardisten-Organisation der Provinzhauptstadt Chengdu irgendwann nicht mehr darum herum, seine Unterstützung für die revolutionären Taten der Kampfgenossen von Guanxian auszusprechen. Anschließend beschrieb er den eindrucksvollen Empfang der Millionen Kleinen Roten Generäle beim Vorsitzenden Mao und löste damit orkanartigen Jubel aus. Zum Abschluss wechselte er das Thema noch einmal und begann: »Die revolutionären Massen müssen stets die Augen offen halten, sonst infiltrieren, wie eben gesehen, Opportunisten die revolutionären Reihen und begehen unter dem Deckmantel der Rebellion Sabotage, das ist ein ganz wesentliches Problem der Revolution. Wir müssen die Ziele der Diktatur akkurat bestimmen, unerschütterlich, akkurat, unbarmherzig, ›Zerschlagt die Vier Alten‹ bedeutet nicht, alles auf einen Hieb kurz und klein zu schlagen.« Hier geriet sein Redefluss plötzlich ins Stocken, ein Glas Wasser war vor seiner Nase aufgetaucht, Nie Honghong grinste ihn mit gerunzelter Stirn an. »Das war knapp!«, sagte er sich. Er nahm das Wasser, konzentrierte sich wieder, erst dann räusperte er sich und sprach weiter: »Kurz gesagt, Differenzen sind im Kampf kaum zu vermeiden. Unser ehrwürdiger Vorsitzender Mao hat uns aufgefordert zu lernen, auch bei Sturm und hohen Wellen zu schwimmen, solange die Hauptrichtung stimmt, stimmt alles, Rebellen aus Guanxian, meine Hochachtung!«

Unter anhaltendem Applaus wischte er sich eine ganze Handvoll kalten Schweiß ab. Die Versammlung kam zum nächsten Punkt, Anklage der Meister durch buddhistische Mönche und daoistische Priester, die sich schon auf die andere Seite geschlagen hatten. Ein dicker buddhistischer Mönch gab preis: »Mönch Zhang herrscht tyrannisch über den Zwei-Königs-Tempel, er widersetzt sich nicht nur selbst der Rebellion, sondern erlaubt auch uns anderen Mönchen nicht zu rebellieren. Er erzählt ständig diesen Unsinn, dass Buddhisten ruhig bleiben, den Dingen ihren Lauf lassen, sich selbst kultivieren und meditieren müssten, das aber bedeutet, dass er Liu Shaoqis Lehre vom Ende des Klassenkampfes weitergibt. Doch ist der Klassenkampf tatsächlich zu Ende? Nein, gerade Mönch Zhang hier hält unverbesserlich an seinen üblen Vorstellungen fest, selbst in der augenblicklichen revolutionären Situation steht er weiterhin jeden Morgen um fünf Uhr auf und liest im *Diamant-Sutra*, irgendwas von ›im Süden gibt es keinen Amitabha‹, das aber bedeutet nichts anderes, als dass das Paradies im Westen liegt. Ich habe überhaupt erst durch das Studium der Werke des Vorsitzenden Mao begriffen, dass im Westen der Hauptstandort des Imperialismus ist und ganz und gar nicht das ›Paradies‹. Das beweist aber, dass er Jahr für Jahr weiter auf einen Angriff der amerikanischen Teufel hofft, wo wir Mönche aus den Familien der armen und niederen Kleinbauern ein weiteres Mal Scheiße fressen müssten. Einmal hat er mich zu Unrecht beschuldigt, ich hätte draußen heimlich getrunken und Fleisch gegessen, dafür hat er mir eine satte Tracht Prügel verpasst und mich aus dem Tempel geschmissen. Der miese Kahlkopf, der ja auch von Gutsherren abstammt, ist nicht aus demselben Holz wie wir Mönche und Nonnen aus armen Kleinbauernfamilien!«

Anschließend ging ein dünner daoistischer Priester auf die Bühne: »Ich will heute unserem daoistischen Meister Li die schöne Maske herunterreißen. Unsere Große und Historische Proletarische Kulturrevolution war schon seit Monaten im Gang, als Meister Li uns noch immer auf jede erdenkliche Weise von jeder Information abschottete und uns verbot, den Berg zu verlassen. Als ich einmal heimlich in die Stadt hinabgestiegen bin, hat er seinen Handlangern doch tatsächlich befohlen, mich nicht mehr in den Tempel zu lassen. Am reaktionärsten aber war, dass er mir nicht erlaubte, im Tempel ein Porträt unseres Vorsitzenden Mao aufzuhängen, ich stritt mit ihm, ich sagte ihm, der Vorsitzende Mao ist der Größte, der ehrwürdige Laozi und Himmelsmeister Zhang sind dagegen nichts als Fürze im Wind. Da trieb er seine Frechheit auf die Spitze und attackierte mich giftig: ›Der Vorsitzende Mao ist der Gott der normalen Leute da draußen, im Tempel ist für ihn kein Platz.‹ Und dann setzte er noch einen drauf: ›Wenn du meinst, der Vorsitzende Mao ist bedeutender als unser ehrwürdiger Laozi und der Himmelsmeister Zhang, dann verschwinde nach Peking und bete ihn an.‹ Was für eine konterrevolutionäre Arroganz...«

Die Massen waren außer sich, diejenigen, die sich eigentlich aus dem weltlichen Leben zurückgezogen haben sollten, eiferten um das Wort. Zhuang Zigui hätte nicht im Traum daran gedacht, dass auch in buddhistischen und daoistischen Tempeln, wo man mit dem Diesseits nichts zu tun haben wollte, ein derart verwickelter Klassenkampf stattfinden könnte – hatte doch der Vorsitzende Mao gar nicht gesagt, dass die Lebensweise der buddhistischen Mönche und daoistischen Priester sich zu ändern hätte und was buddhistische Mönche anstelle der Sutren rezitieren sollten. Auf einer buddhistischen Gebetsmatte zu knien, den zeremoniellen Holzfisch zu schlagen und dabei aus der roten Mao-Bibel zu rezitieren, war ja nicht recht vorstellbar. Ob jener Kerl, der unbedingt ein Porträt des Vorsitzenden Mao in den daoistischen Tempel hängen wollte, bewusst auf Randale aus gewesen war? In einem daoistischen Tempel war alles voller Schreine, magischer Gegenstände, Podeste für daoistische Skulpturen und Figurinen, wo sollte da ein Porträt des ehrwürdigen Herrn Vorsitzenden einen Platz finden? Es darunter zu hängen, würde es herabwürdigen, und über die Köpfe der drei Gründer der daoistischen Lehre? Dann käme es einem vom Himmelsmeister Zhang aufgehängten Amulett zur Vertreibung von Geistern gleich. »Ein altgedienter Revolutionär stand vor neuen Fragen«, aber sprechen durfte man darüber nicht, Zhuang Zigui musste sie in sich begraben.

Nach der Kampfkritikversammlung wurde das zwielichtige Gesindel aus Rinderteufeln und Schlangengeistern zur Zurschaustellung durch die Straßen der Stadt getrieben. Zhuang Zigui hatte seit langem die Nase voll von diesen riesigen Massenspektakeln und so ließ er sich mit Nie Honghong eine Ausrede einfallen und sie blieben im Zwei-Königs-Tempel zurück. Abendrot bröselte wie purpur glitzernde Schuppenflechte in den Fluss, an den Buddhastatuen, tibetischen Gebetsfähnchen, rituellen

Holzfischen, Gebetsmatten, Tischen, Stühlen und selbst den Klokübeln war nach der großen zerstörerischen Katastrophe nichts mehr heil, von den glasierten Dachziegeln auf der Tempelhalle war ein riesiges Stück weggerissen und die von bekannten Leuten wie Feng Yuxiang[21] und Chiang Kai-shek[22] geschriebenen Kalligrafien des Spruchs »Trinkst du Wasser, gedenke der Quelle« waren mit einem schwarzen Kreuz überschmiert. Zhuang Zigui und Nie Honghong stiegen die Stufen zum höchsten Punkt des Tempels hinauf, die Köpfe Li Bings und seines Sohns waren verschwunden, ringsum nichts als zerstörte Torsi mit zahllosen Löchern von Presslufthämmern. Mehrere Pärchen fröhlich lachender junger Leute kamen hinter ihnen her und einer der Jungen rief einem Mädchen zu: »Komm, mach ein Foto von mir.« Dann rückte er seine Uniform zurecht und kletterte auf Li Bings abgebrochenen Nacken, spreizte die Beine darüber und setzte sich rittlings auf seine Schultern. Die Aktion fand allgemeine Nachahmung, und dem ehemaligen Helden der Zähmung der Fluten widerfuhr zwischen ihren Beinen eine herbe Demütigung.

Vom höchsten Punkt des Tempels gingen beide über Serpentinen noch weiter hinauf zur Fernstraße Sichuan – Tibet und blieben eine ganze Weile auf dieser Kommandohöhe mit dem Panoramablick über die Ebene von West-Sichuan stehen. Sie schienen tief unten dem Öltopf von Yama, dem König der Unterwelt, entstiegen, über ihren Köpfen wehte scharlachroter Rauch auf, bis er matt am Himmelstor anlangte. Wind heulte und sang, sang und heulte. Ein Spatz, den die Kälte nicht scherte, machte auf einer Felsenspitze halt und zwitscherte ihnen neugierig zu. Ein kurzes unergründliches Erschauern – Zhuang Zigui hörte im Heulen des Windes die singende Stimme der Mutter, diese flüchtige und doch berauschende Stimme, die ihn niemals verlassen hatte, die niemanden verließ, selbst Mao, die aufgehende Rote Sonne, kam, wenn er einsam, hilf- und ratlos war, auf seine ungebildete Mutter vom Lande zu sprechen. In solchen Augenblicken wurde das grausame Dörflerherz weich und seinen politischen Feinden bot sich eine kurze Chance zu überleben. Zhuang Ziguis Augen füllten sich irgendwann mit Tränen, zwei Bernsteintropfen erstarrten auf seinen Wimpern, in einer Träne verschmolz die diesige Bergwelt mit dem Himmelszelt, Sterne erschienen an Taille, Kopf und Hals der Berge und sahen aus, als seien es des Schöpfers höchsteigene Tränen. Jedes Ding und alles Leben hatte seinen Ursprung, ob man diesen Ursprung nun Gott oder Mutter nannte. Zhuang Ziguis Mutter war eine romantische Närrin, die das ganze Jahr einen großen schwarzen Strohhut trug, und jedes Mal, wenn er sie in die Psychiatrie brachte, war dort der Arzt mit seiner besonderen Kampfkunst, die es ihm erlaubte, statt mit der flachen Hand mit der Fußsohle Ohrfeigen zu verteilen.

Am Fuß der Berge war es schon vollkommen dunkel, die Berggipfel hingegen glühten im Abendrot. Der Wind wehte, leicht, fast seufzend singend, und wehte. Für das normale Auge unsichtbar schwebte ein Band herbei, verwob Zhuang Ziguis Phantasie mit dem Himmel, dem Fluss und den Bergen. Wenn Mao gesagt hatte, Klassenkämpfe werde es noch in zehntausend Jahren geben, wie viele Jahre und noch einmal wie viele Jahre würden dann erst an diesen Bergen vorübergehen, so wie sie da saßen, am Fluss, wie er dahinfloss, unter den Wolken, wie sie dahinzogen, und unter gegenseitigen Zärtlichkeiten und

Küssen. Zhuang Ziguis Herz begann aufgeregt zu pochen, er war offensichtlich auf etwas gestoßen, das ewiger war als der Vorsitzende Mao, ein Ewiges, auf das man im Alltag nicht trifft, das einem aber dann und wann wie von Ungefähr über das Gesicht streichen konnte.

Er öffnete den Mund, »Mutter«, das Wort lag ihm auf der Zunge und wollte heraus, doch seine Zunge war wie eingerostet. Schließlich kam Stimmengewirr vom Fuß des Berges, Rinderteufel und Schlangengeister wurden in den Tempel zurückgetrieben. Bevor beide das »Tor zum Himmel« wieder verließen, sahen sie sich schnell noch in ihrer unmittelbaren Umgebung etwas um, sahen einander an und mussten lachen: Die Revolution war wirklich überall, sogar ein Warnschild, das mit »Achtung« vor einer unübersichtlichen Kurve der Fernstraße warnte, war mit einem leuchtend roten »Lang lebe der Vorsitzende Mao« bepinselt worden.

Nach dem Abendessen kamen die Rebellen erneut zusammen und studierten zwei Stunden lang die Mao-Bibel, dann verabschiedete sich Zhuang Zigui todmüde von jedem einzeln und ging ins Gästezimmer, wo er, kaum im Bett, sofort einschlief. In der Nacht träumte er, dass er aufstand, weil er eigenartige Geräusche gehört hatte, und durch das Fenstergitter des Gästezimmers nach draußen spähte. Auf dem Zwei-Königs-Tempel lagen zwei unheimlich kalte Lichtkreise, auf die freie Fläche vor der Haupthalle fielen im Mondlicht zwei starre Schatten. Fast hätte er sie für Steinsäulen gehalten, doch als er genauer hinsah, stellte er fest, dass es der buddhistische Mönch Zhang und der daoistische Priester Li waren, die man am Tage an den Pranger gestellt hatte. Wie waren die beiden

Alten aus der streng bewachten Gefangenenzelle entkommen? Während Zhuang Zigui noch darüber rätselte,
sah er Buddhist und Daoist dreimal herzhaft lachen, dreimal laut weinen und wie von einem bösen Geist besessen
tanzen. Alles in Zeitlupe, vollkommen geräuschlos, die
Glatze des Mönchs stieg nach oben, die lange Mähne des
Priesters sank hinab, der Glatzkopf kreiste um sich selbst,
die Mähne drehte sich um ihn, die Arme des Priesters
dehnten sich wieder und wieder, der Körper des Mönchs
bewegte sich mit der daoistischen Mähne auf und ab, es
wirkte, als würden Flügel schlagen. Zhuang Zigui sah
ihre Tanzbewegungen, ganz langsam erst, dann immer
schneller, erst real, dann immer irrealer, und er beobachtete, wie sie sich allmählich vom Boden hoben und als ein
großer Vogel mit Glatze und schwarzen Flügeln im Mond
verschwanden.

Zhuang Zigui schaute noch einen Augenblick in den
leeren Himmel, bevor er seine Augen wieder auf den
Boden der Tatsachen richtete. Anstelle von Mönch und
Daoist standen dort, völlig bewegungslos im Schatten
des Mondes, wieder Steinsäulen. Am nächsten Morgen
wachte Zhuang Zigui gegen seine Gewohnheit schon bei
Tagesanbruch auf und lag auf dem Bett, Mönch und Priester seines Traums standen ihm vollkommen klar vor Augen, er konnte sich sogar an das Gespräch zwischen beiden während ihres lautlosen Tanzes erinnern.

Der Mönch: Buddhismus und Daoismus waren immer
wie Feuer und Wasser und nun treffen wir hier und heute
Nacht so aufeinander. Ob die Gnade unseres buddhistischen Herrn uns dieses einzigartige Schicksal bestimmt
hat? Vortrefflich jedenfalls, vortrefflich.

Daoist: Mönch, heut Nacht ist der Mond hell, der Wind

klar, das Himmelstor ist offen. Ihr rundet euer Nirvana, ich steig in meinen Himmel.

Buddhist: Dank dem Vorsitzenden Mao, der das Meer der Bitternis aufwühlt, der Euch zur Vollendung bringt, ist das Buddha?

Daoist: Dank dem Vorsitzenden Mao, der Himmel und Erde umstürzt, der Euch ins Nirvana rundet, ist das das Dao?

Hier lachten beide herzlich, es folgte lautes Weinen, dem Weinen wieder Tanz, der Daoist schaute zum Himmel, seufzte und sang: »Buddha nicht Buddha, raus ein Haar, Dao nicht Dao, noch zehn Jahr, Haar heißt Mao.«[23] Der Buddhist schloss die Augen, nickte und fiel ein: »Sieben ist sieben, verraten der Herr, sechs ist sechs, tot das Gescherr.« Nach dem Gesang klatschten sie einander in die Hände, weinten laut und lachten herzlich.

Kurz nach acht Uhr am Morgen klopfte Nie Honghong, die nebenan übernachtet hatte, völlig aufgelöst ans Fenster und erzählte Zhuang Zigui, dass Mönch Zhang und Priester Li, der Buddhist und der Daoist, sich in der Nacht durch Selbstmord vor der Tempelhalle ihrer Strafe entzogen hätten.

Rebellen und Royalisten

Im Januar 1967 begann die Große Proletarische Kultur-revolution zu überhitzen, Liu Shaoqi, Deng Xiaoping und Tao Zhu, Maos politische Gegner, hatten nicht nur ihre Posten verloren, sie saßen inzwischen schon im Ge-fängnis und Mao hielt dennoch weiter an zwei Versen aus seinem Gedicht »Die Volksbefreiungsarmee besetzt Nanjing« fest: »Mit dem Rest Mut jagt den geschlagenen Feind, nicht auf Lorbeern ruh'n, wie einst der Tyrann es gemeint«.[24] Sein Ziel war es, die über viele Jahre von Liu, Deng und Tao mit großem Engagement auf die Beine ge-stellten Organisationsstrukturen mit einem Handstreich zu vernichten, zum höchsten Machtorgan im Staat sollte die von Landesmutter Jiang Qing persönlich geführte »Zentrale Gruppe Kulturrevolution« werden. Das Ehe-paar, das wie Licht und Schatten, Klang und Echo har-monierte, missbrauchte die Roten Garden, in der Haupt-sache Schüler und Studenten, als Kanonenfutter für die »totale Machtergreifung«. Die Rotgardisten-Einheit, zu der Zhuang Zigui gehörte, umstellte mit den Kleinen Ge-nerälen anderer Grund- und Mittelschulen sowie höherer Bildungsanstalten die Militärzone von Chengdu und so verschiedene Amtssitze wie das Amt für den Südwesten, das Provinz- und Stadtkomitee der Partei oder das Amt für Öffentliche Sicherheit derart engmaschig, dass kein Durchkommen mehr war. Zhuang Zigui aß und trank, schlief und verrichtete selbst seine tägliche Notdurft ausschließlich in einem zum Propagandawagen umgebauten Bus, Tag und Nacht sorgte seine Stimme für eine Dauerbeschallung der Lokalbeamten der Kommunistischen Partei Chinas, die sich hinter schwer bewachte hohe Mauern zurückgezogen hatten, wobei er regelmäßig ein rauchgeschwängertes Revolutionskampflied anstimmte: »Tausend Kanonen, Südwestamt gescheucht, loderndes Feuer, Stadtkomitee brennt, Li Jingquan entschlossen gestürzt, radikal den Südwesten befreit!« Kleine Kinder, die ihren Spaß an dem munteren Treiben hatten, sangen mit und brachten das Lied zu ihren Familien nach Hause, und bald waren überall diese mächtigsten Klänge der Zeit zu hören. Li Jingquan war ein fähiger Statthalter Liu Shaoqis gewesen, als erster Sekretär des Amtes für den Südwesten managte er Chengdu und war dort bekannt geworden als »König des Südwestens«. Seit etwa zehn Jahren an der Macht hatte er das himmlische Schlaraffenland zu einem unabhängigen, dem Vorsitzenden Mao nur scheinbar loyalen Königreich gemacht. Im Stadtzentrum von Chengdu gab es am Platz der Südlichen Straße des Volkes ein altes, dem der Verbotenen Stadt in Peking sehr ähnliches Torhaus, in dem während der Ming-Dynastie vor mehr als fünfhundert Jahren ein kaiserliches Prüfungszentrum untergebracht war, rote Mauern schlängelten sich dahin und ein Wassergraben zog sich rundum, der Volksmund nannte es »Kaiserstadtgelände«, und das Wachturmhaus an der Vorderseite sah aus wie eine kleinere Ausgabe des Stadttorturms am Platz des Himmlischen Friedens. In seiner Kindheit war Zhuang Zigui oft mit seinen Eltern durch dieses Tor in die Stadt gegangen, damals war das »Kaiserstadtgelände« eine berühmte

Touristenattraktion, Imbissstände standen dicht an dicht, am bekanntesten war der Sichuan-Snack »Ehepaar-Lungenstückchen«, Rind und Innereien vom Rind in feine Streifen geschnitten, das passte Jung und Alt gleichermaßen. Niemand wäre damals auf die Idee gekommen, dass dieses bedeutendste folkloristische Wahrzeichen des alten Chengdu einmal zum Schuldbeweis dafür werden würde, dass Li Jingquan, der König des Südwestens, »ein unabhängiges Zentrum errichtet hatte«. Zwei Jahre später wurde das Kaiserstadtgelände unter den Salutschüssen zur Gründung des »Neuen Roten Regimes – Revolutionskomitee Provinz Sichuan« dann krachend dem Erdboden gleichgemacht, die Abriss- und Aufräumarbeiten dauerten ein gutes halbes Jahr. Der ehemalige Wassergraben mit seinem im Sonnenlicht glitzernden, kristallklaren Wasser wurde nach dem Chinesisch-Sowjetischen Grenzkrieg um die Insel Zhenbaodao im Ussuri 1969 zum antisowjetischen Atomschutzbunker umgebaut, am Eingang wie am Ende des Bunkers fand sich in den Zement eingraviert der Slogan: »Grab den Bunker tief, häuf an viel Proviant, sei kein Problem«, und auf den Ruinen des »falschen Tors zum Himmlischen Frieden« wurde eine bis heute erhaltene hohe, klotzige »Ausstellungshalle für den ewigen Sieg der Mao-Zedong-Ideen« gebaut, eine Mao-Statue auf weißem Marmorsockel ragte gen Wolken und Himmel, die »Steine mit dem Schriftzeichen für Loyalität« dafür waren, festlich rot und grün geschmückt, wie ein Tribut aus allen Teilen Sichuans gekommen. In der Spätphase der Kulturrevolution wagte ein Untergrundwitz es schließlich, diesen Mao als Verkehrspolizisten zu verspotten, der seinen Posten in alle Ewigkeit nicht verlassen werde.

Nachdem Rote Garden und lokale Obrigkeit sich gut drei Wochen gegenübergestanden hatten, wurde die Situation immer unübersichtlicher. Die Shanghaier Rebellen hatten einen Blitzsieg errungen und im Rahmen des sogenannten »Januarsturms« die Errichtung einer »Shanghaier Kommune« erklärt, die die »Pariser Kommune« der Französischen Revolution, die bei Marx selbst Anerkennung gefunden hatte, imitierte. Nichtsdestotrotz stellten sich mit dieser Aktion, welche die Staatsform allzu sehr verändert hätte, Gerüchte ein, alte Haudegen, die die militärische Macht in ihren Händen hielten, verursachten ein großes Tohuwabohu in der Huairen-Halle im Pekinger Regierungssitz. Dieses Kollektiv verdienstvoller Gründungsväter des Staates, hieß es, habe sich gegen den Kaiser erhoben und wolle, dass Mao sich seine außer Rand und Band geratenen, skrupellosen Roten Garden vorknöpfe, beide Seiten hätten sich eine Nacht lang in höchst angespannter Atmosphäre gegenübergesessen und die Kippen seien aus den großen Aschenbechern nur so herausgequollen. In diesem Qualm, der so dicht gewesen sei, dass man an der ausgestreckten Hand die Finger nicht mehr habe erkennen können, habe Tan Zhenlin schließlich auf den Tisch geschlagen, He Long seine Tabakspfeife hingeworfen und der sonst so gesetzte Zhu De[25] plötzlich mit grimmiger Miene losgepoltert: »Du willst mich schlachten, Mao, verdammte Scheiße, pass auf, dass nicht ich dich rupfe!«

Diese Hetzgerüchte gossen Öl ins Feuer, die Kleinen Generäle, die dem Vorsitzenden Mao Treue bis in den Tod geschworen hatten, zogen Kraft aus ihrem Schmerz und schlugen umso gnadenloser zu, das Städtische Amt für Öffentliche Sicherheit wurde gestürmt und bald wehten auch über dem Amt für den Südwesten und über dem Provinz- und Stadtkomitee der Partei die blutverschmierten Banner der Roten Garden. Einer langen Reihe von Sekretären, Ortsstellenleitern, Amtsvorstehern, Abteilungsleitern und Schulleitern wurden die himmelhohen Mützen der Schande auf die Köpfe gezwungen, Schilder mit ihren Verbrechen umgehängt und sie wurden, wie damals in der Operationsbasis der Jiangxi-Fujian Sowjets[26] die lokalen Despoten und ›hohen Herren‹, durch die Straßen getrieben und öffentlich zur Schau gestellt. Li Jingquan allerdings, der König des Südwestens, wurde von den zahlenmäßig deutlich überlegenen Royalisten – Kampftruppen von Industriearbeitern – unter dem Vorwand einer Festnahme zwecks öffentlicher Kritik beschützt. Diese mächtige und berühmte royalistische Eisenstangenarmee hatte sich mit den armen und niederen Kleinbauern zu einer Arbeiter- und Bauernallianz zusammengeschlossen und verleibte sich nach Maos Strategie »Dörfer umzingeln die Städte« aus seinem Buch *Über den langwierigen Krieg* allmählich sämtliche Bezirke und Landkreise um Chengdu ein und brachte damit den weitaus größten Teil der Staatsbetriebe unter ihre Kontrolle.

Die Roten Garden spürten, dass es früher oder später mit den zahlen- und kräftemäßig überlegenen royalistischen Hunden zu einem Kampf auf Leben und Tod kommen würde, und um nicht gleichzeitig von vorne und hinten angegriffen zu werden, machten alle roten Propagandawagen, einschließlich dem Zhuang Ziguis, einem Großaufgebot an Truppen folgend kehrt und gingen gegen die Militärzone von Chengdu vor. Truppweise blockierten die heißblütigen jungen Leute die Tore ringsum. Dabei wusste jeder, dass man nur mit Mao-Bibeln bewaffnet die militärische Verteidigungslinie des schwer bewaffneten Gegners nicht würde durchbrechen können, deshalb wurde rund um die Uhr an den Kommandanten und den politischen Kommissar der Militärzone appelliert, zum direkten Gespräch zu erscheinen.

Doch die militärische Seite blieb geisterhaft still. Royalistenorganisationen wie die Industrietruppen verteilten überall Flugblätter für einen stadtweiten, großen Vereidigungsaufmarsch. Langsam ging es mit der Kampfmoral der Rebellen bergab, und nachdem sich auch noch die tapferen und im Kampf herausragenden Chengduer Roten Garden vom Schlachtfeld zurückgezogen hatten, griffen die übrig gebliebenen linksradikalen Kleinen Generäle wie in die Enge getriebene Tiere zu verzweifelten Mitteln und erklärten in ihrer völlig hoffnungslosen Situation den Hungerstreik, in der Illusion, so könne man an das Gewissen der Militärs appellieren und sie dazu bewegen, die Seite zu wechseln und auf den revolutionären Weg des Vorsitzenden Mao zurückzukehren. Stattdessen trafen noch schlimmere Nachrichten ein, die »Millionen Helden«, eine Royalistenorganisation von Industriearbeitern aus Wuhan, Provinz Hubei, hatten die Rebellen eingekreist, niedergemacht und völlig geschluckt und Chen Zaidao, ein unfassbar dreister Kommandant aus dem Militärgebiet Wuhan, hatte am Ende sogar die von Mao geschickten Sonderbotschafter in Haft genommen. Die Massen waren außer sich, zuletzt geriet alles außer Kontrolle und die Torwachen wurde angegriffen, bis plötzlich Soldaten mit Gewehrkolben und Ledergürteln gegen diese Schulkinder, die vor Hunger kaum noch stehen konnten, ausschwärmten und Zhuang Zigui wie von Sinnen durch seinen Lautsprecher kreischte, wobei ihm die Augäpfel groß wie Bronzeschellen vor den Kopf traten: »Wei Jie, Gan Weihan (damaliger Kommandant und politischer Kommissar der Militärzone Chengdu), ihr seid Schurken, Mann, Royalisten durch und durch, ihr seid fertig, ihr seid dran!« Kurz bevor seine Stimme den Geist aufgab, übernahm ein anderer Propagandist und setzte das Gebrüll fort, das markerschütternde Geschrei entfachte einen sintflutartigen Sturm Mann gegen Mann, die Soldaten wurden dessen nicht mehr Herr und zogen sich Schritt für Schritt zurück, bis sie am Ende die Eisentore verrammelten und den Kopf einzogen wie Schildkröten. Nur waren an den Wachtürmen hinter den Toren bereits gut zehn Maschinengewehre in Stellung gebracht.

Plötzlich hörte Zhuang Zigui draußen jemanden rufen: »Nie Honghong! Nie Honghong ist vor Hunger ohnmächtig geworden!« Der Schreck fuhr ihm in die Glieder, er sprang sofort aus dem Wagen und rief, während er sich durch die Menge drängte: »Ein Rettungswagen! Wo ist ein Rettungswagen?«

Zhuang Zigui fand einen und brachte Nie Honghong ins Krankenhaus, sie war seit sechs Tagen im Hungerstreik und hatte täglich nur etwas Wasser zu sich genommen, ihr Gesicht hatte nahezu jede Farbe verloren. Zhuang Zigui konnte seine Ungeduld kaum zügeln, er bedrängte den Fahrer ständig, schneller zu fahren, aber in dieser revolutionären Phase sorgten Straßenbarrikaden für ein heilloses Durcheinander, weshalb der Fahrer nur immer vor sich hin fluchte. Als Zhuang Zigui im Stillen schon zum Vorsitzenden Mao betete, sah er, wie sich vom Lasttiermarkt im Westen der Stadt eine Truppe von Leuten in ihre Richtung durchschlug, alle einheitlich mit gelben Rattanhüten und in blauer Arbeitskleidung und auf den Bannern die große Aufschrift »Industriearmee«. Zhuang Zigui zögerte kurz, mit einem Mal schien sich im Boden ein riesiger Riss aufzutun, an Häuserecken, am Straßenrand und im Schatten der Bäume wurden unzählige rote Banner gehisst, Gongs und Trommeln machten einen ohrenbetäubenden Lärm und ein unaufhörlicher Strom rotgesichtiger Burschen schmetterte kraftvoll das Lied:

Redet nicht, schlagt zu, redet nicht, zur Tat,
übt Bajonett, Gewehr und Handgranat'.
Mit höchstem Einsatz opfert euch,
fordert mutig neuen Himmel ein.
Nutzt die Zeit, hängt euch rein,
drillt für den Kampf euch gut,
Tod der Reaktion sei euer Heldenmut!
...

Der große Vereidigungsmarsch der Royalisten hatte also begonnen, einige bärenstarke Riesenkerle blockierten Zhuang Ziguis Wagen, der Fahrer wurde verjagt, Zhuang Zigui konnte gerade noch sagen, »das ist ein Rettungswagen des Roten Kreuzes«, da wurde er schon zur Seite geschoben. Der Chef der Burschen sondierte das Wageninnere, erstarrte auf einmal und erst einen ganzen Augenblick später entwand sich ihm ein: »Honghong?«. Daraufhin näherten sich andere ebenfalls den Wagenfenstern: »Oh, das ist die Tochter von Herrn Niu.« »Schnell, macht den Weg frei! Schnell, schnell!«

Als Nie Honghong im Krankenhaus am Tropf hing, wurde Zhuang Zigui von ihrem Vater dermaßen ins Kreuzverhör genommen, dass er nur lügen konnte und behauptete, ein Mitschüler Honghongs zu sein. Der gute Mann musterte ihn gründlich von oben bis unten wie die widerwärtigste Kreatur, dann sagte er streng: »Was verstehen denn Schulkinder von Politik, das ist ein einziges Herumgepfusche!«

»Herr Niu, wir pfuschen nicht herum. Es gibt Leute, die gegen den Vorsitzenden Mao vorgehen…«

»Und ihr wollt auf diese Weise unseren Vorsitzenden Mao verteidigen? Hat unser Vorsitzender Mao gesagt, ihr sollt die Militärzone belagern? In Hungerstreik treten? Schau dir Honghong doch an, dieses Kind, ihre Mutter wird sich im Grab umdrehen, wie kann ich ihr jemals wieder unter die Augen treten.«

»Herr Niu, Honghong ist für…«

»Für was? Erspar mir deine Weisheiten. Arbeiter sind zum Arbeiten da und Schüler zum Lernen, die großen Staatsangelegenheiten, die regelt der ehrwürdige Vorsitzende schon selbst. Pfhhh, Bande, kleine Halunken, die ihr seid, keine Ruhe habt ihr gehabt, bis ihr mein braves Mädchen auf eurer Seite hattet, noch ein Wort…«, drohte der gute Mann mit der Faust.

Doch das konnte Zhuang Zigui, der Grünschnabel, so nicht auf sich sitzen lassen: »Es tut mir wirklich leid für Honghong, dass sie, ein roter Kleiner General unseres Vorsitzenden Mao, echt einen Royalisten zum Vater hat.«

Ihr Vater sprang auf: »Na und, was ist denn dabei, wenn ich ein Royalist bin? Ich bin für unseren Kaiser, den Vorsitzenden Mao, für unseren Kaiser, die Kommunistische Partei! Und du rebellierst? Gegen wen rebellierst du denn im Land der Kommunistischen Partei?«

»Liu, Deng, Tao.«

»Auch die sind nicht deine Sache. Wenn unser Vorsitzender Mao will, dass sie abtreten, dann werden sie abtreten, ihr stiftet nur Unruhe!«

Zhuang Zigui fühlte sich wie ein Gelehrter vor einem Soldaten, kochend vor Wut sagte er nur: »Ich streite mich nicht mit Ihnen, ich gebe Honghong in Ihre Hände, ich muss zurück.«

»Schön hier geblieben! Willst wohl weiter Scheiße bauen, was? Kennst du eigentlich die acht Hauptdirektiven der Zentralen Militärkommission?«

»Pfhhh, wen sollen die denn schrecken? Das sind im Militär eine Handvoll . . .«

»Halt den Mund! Du weißt vielleicht noch nicht, junger Mann, dass inzwischen im gesamten Militärgebiet das Kriegsrecht verhängt wurde, das Zentralkomitee der Partei hat euer Vorgehen als konterrevolutionär eingestuft.«

»Gerüchte!!« Als Zhuang Ziguis, auf schwachen Beinen, hinaus wollte, wurde er von Honghongs Vater mit einem Handgriff zurückgezerrt. Über der Stadt dröhnten noch immer Gongs und Trommeln und das Kampflied der Royalistenarmee:

> *Redet nicht, schlagt zu, redet nicht, zur Tat,*
> *übt Bajonett, Gewehr und Handgranat'.*

Das war das Ende der Welt, Zhuang Zigui starrte auf das Mao-Porträt genau in der Mitte der weißen Wand, dessen Mund, wie undurchdringlich und rätselhaft, zu einem halben Lächeln verzogen war. »Sie haben doch gesagt, die Rebellion sei gerechtfertigt, Sie haben gesagt, Revolution ist frei von Schuld!« Er konnte nichts dagegen tun, er fiel auf die Knie.

Um Mitternacht war er in ein Krankenzimmer gesperrt. Armselige vier Wände und außer Krankenbetten nur wieder ein Mao-Porträt. Als wäre in einem einzigen Augenblick ein ganzes Jahrhundert vergangen, hatte die Bewegung sich in nichts aufgelöst, draußen hörte man von überall her Sirenen aufheulen wie Geister, herzzerreißend. Zhuang Zigui warf sich gegen das mit Eisenstäben vergitterte Fenster, Blut rann von seinen Handflächen, teilte sich und lief auf verschiedenen Wegen eilig über das gesprungene Glas. In den Straßen lief eine Großrazzia. Die Polizeiautos fuhren mit Blaulicht, eine Motorradstreife patrouillierte in gewohnter Weise hin und her, und die Volksbefreiungsarmee bewachte mit gezogener Waffe die Kreuzungen.

»Parole?«

»Rückkehr zur Ordnung!«

Zhuang Zigui sah mit eigenen Augen, wie ein Kampfgenosse nach dem anderen, die Arme mit einem Seil auf dem Rücken verschnürt, in einen Gefangenenwagen verfrachtet wurde, einer wollte noch etwas rufen, schon hatte er einen Gewehrkolben im Gesicht, ein Schneidezahn durchschnitt im hohen Bogen das Licht einer Straßenlaterne und kullerte wie ein Ring zu Boden. Zhuang Zigui zog die Schultern ein, das Blut in seinen Handflächen war gefroren wie das in seinen Adern. Er leckte an den feinen Flocken am Rand der Wunden und, wie um sich selbst zu ermutigen, sang er leise das Lied *Wir Rotgardisten sehnen uns nach dem Vorsitzenden Mao*: »Ist dunkel die Nacht, mag die Richtung Er weisen, ist verloren der Weg, mag Er das Herz uns erleuchten«. Er hätte ewig weitersingen können, Jubellieder auf Mao gab es so viele, wie ein Ochse Haare hatte, war er mit dem einen zu Ende, lag ihm das nächste schon auf der Zunge. Er begann zu phantasieren, zurück zu dem bewegenden Augenblick der Truppenbeschau durch den Vorsitzenden Mao, an seiner Seite urplötzlich ein riesiges Aufgebot an Menschen. Er dachte daran, wie er im Pilgerzug zum ersten Mal auf Nie Honghong getroffen war, das musste der Vorsitzende Mao auf seine mysteriöse und geisterhafte Weise so arrangiert haben. Es war den Preis wert!, machte er sich selbst Mut, wenigstens einmal habe ich wirklich gelebt. Mit meiner Familie habe ich gebrochen für die Revolution, jetzt bin ich ohne Vater und Mutter; der Vorsitzende Mao ist mir mein geistigen Vater, »Bombardiert das Hauptquartier«, hat er geschrieben, er hat die Rebellion ins Leben gerufen, warum sollte er sich jetzt plötzlich gegen uns, seine Kleinen Generäle, stellen? Nein, das kann alles nur ohne das Wissen unseres ehrwürdigen Vorsitzenden geschehen!

Am Himmel waren keine Sterne zu sehen, ein ungutes Gefühl bemächtigte sich seiner. Instinktiv zog er seine Uniform zurecht, drehte sich um und starrte zur Tür. Als gehöre er zu einer der in den revolutionären Romanen beschriebenen Untergrundgruppierungen, begann er zu zählen, eins, zwei, drei, vier, genau bei hundert öffnete sich lautlos die Tür und wie erwartet traten zwei Geheimpolizisten ein: »Zhuang Zigui, du bist verhaftet.«

Ungebrochen im festen Glauben an die gerechte Sache, durchschritt er erhobenen Hauptes den Flur und sang lautlos vor sich hin: »In Fesseln hier die Straße lang, wo er von allen Abschied nimmt. Was ist der Kopf, wenn die Gesinnung stimmt.« Aber die Schritte hallten einsam durch den Flur, da waren keine Freunde, von denen er hätte Abschied nehmen können. Nie Honghong, wo war sie? Ein kurzes Zögern, gleich machten die Polizisten ihm

Beine. Wie gern hätte er zur Bekräftigung dieses Augenblicks einen Revolutionsslogan herausgeschmettert, doch mit dem ersten Zungenschlag kam nur ein schlichtes: »Honghong!«

Das musste ein Traum sein, denn wie aufs Stichwort kam Honghong plötzlich um die Ecke. »Guigui, ich werde dich immer lieben!« Zhuang Zigui stockte vor Schreck der Schritt, das Wort, »Liebe«, in dieser Zeit ein absolutes Tabu, schoss ihm wie ein scharfer Blitzstrahl durch die Brust. Die Sprache hatte es ihm verschlagen, doch sein bestürzter Blick sagte im Grunde alles. Honghongs Vater, dieser widerwärtige Denunziant, holte sie ein und packte sie von hinten an der Hüfte. Sie kratzte ihn, biss ihn und spuckte nach ihm: »Wie gemein! Fies! Mieser Hund von einem Royalisten!« Zhuang Zigui sah, widerwillig, zu ihr hin, aber er konnte nicht zusehen, wie ein so liebenswertes Mädchen in aller Öffentlichkeit zur wilden Wölfin mutierte. Im Gefangenentransporter dachte er darüber nach, dass sie beide, Honghong und er, obwohl aus vollkommen verschiedenen Familien, sich gegen ihre Väter erhoben hatten. Er hatte seinem Vater ins Gesicht geschlagen, um seine Eignung für die Revolution unter Beweis zu stellen, sein Vater hatte ihn dafür gütig angesehen und »Xiao Gui« gerufen. Papa, Honghong, Mama, er dachte der Reihe nach und im Stillen an sie, und dass er sie nie wiedersehen sollte, versetzte ihm einen tiefen Schmerz.

Zhuang Zigui wurde ins Gefängnis gesteckt, er wurde über einen halben Monat hinweg mehrmals flüchtig verhört, bevor man ihn zum Tode verurteilte. In Hand- und Fußfesseln wartete er auf seine Hinrichtung. Eine Weile gingen die öffentlichen Bekanntmachungen von Todes-strafen für konterrevolutionäre Verbrechen dicht wie ein Schneeflockentreiben auf die Straßen Chengdus nieder. Ihre Totenstille wurde dann und wann von kurzem Kindergeschrei durchbrochen, das jedoch schnell an der mütterlichen Brust erstickt wurde. Eine nackte Fahnenstange ragte noch auf dem Gebäude des Chengduer Stadtkomitees in die Luft, als gedenke sie des Rebellensturms der Vortage.

Das war die »Februar-Unterdrückung der Konterrevolution«, die im In- und Ausland Bestürzung auslöste, denn innerhalb von nur wenigen Tagen wurden landesweit Hunderttausende Konterrevolutionäre verhaftet. In Zhuang Ziguis Zelle waren auf knapp zehn Quadratmetern mehr als zwanzig Menschen zusammengepfercht, zwei Drittel von ihnen hatten am Empfang des Vorsitzenden Mao teilgenommen, nahezu jeder hatte ein Stück weltbewegender Revolutionsgeschichte geschrieben. Eng zusammengedrängt unterhielten sie sich, sangen ihre Lieder, brüllten ihre Parolen und vertrieben ihre Todesangst mit der Illusion des Kollektivismus. Zhuang Zigui hätte Honghong gern etwas hinterlassen, mehrmals holte er ein zu einem Griffel gespitztes Bambusstäbchen heraus, doch wagte er nicht, in diesem Haufen roter Sträflinge seine innersten Gefühle zu offenbaren. Vor den Kriegskarren des Glaubens gespannt, durfte er nur unter lautem Rufen nach dem Vorsitzenden Mao auf den Tod warten. Als er zu weinen anfing, richteten sich voller Verachtung über zwanzig Augenpaare auf ihn, lediglich zwei von Fesseln zusammengehaltene, behaarte Pranken hoben sein kindliches Kinn an: »Kampfgenosse, Kampfgenosse, die schwarzen Wolken werden die Sonne nicht verdecken, die Revolution hat Nachkommen, der ehrwürdige Vorsitzende Mao wird uns rächen.«

Aber er heulte einfach weiter. Er erinnerte sich, wie sein Vater ihm in seiner Kindheit einmal vom Prager Revolutionär Julius Fučík die *Reportage unter dem Strang geschrieben* vorgelesen hatte. Im Text gab es einen stummen Gefangenen, der »Vater« genannt wurde. Jeden Abend starrte er auf die Sprenkel des untergehenden Sonnenlichts auf der anderen Seite des Eisenzauns und lauschte aufmerksam einem kaum vernehmbaren Gesang in der Luft. Würde seine Honghong auch jenseits der hohen Mauern singen und ihre Sehnsucht nach ihm niemals enden? Würde sie am Qingming-Fest[27] zum Gedenken der Verstorbenen mit seinen Eltern sein Grab besuchen und Blumen bringen? Seine bedauernswerte Mutter hätte so dringend eine kluge Schwiegertochter wie sie gebraucht.

Weiter vor sich hin schluchzend, stach er mit dem Bambusgriffel in Haut und Fleisch, stippte ihn ins Blut und schrieb: »Regen stärker, Wind beißt mehr und mehr, schwarze Wolken drücken die Hibiskusstadt so schwer, viel Zärtlichkeit und wie von ungefähr …«, plötzlich alarmierten ihn die finsteren Blicke ringsum, sie waren noch schrecklicher als die Wächter, die über ihren Köpfen hin und her patrouillierten. Seine Kopfhaut prickelte und er gab dem Stift eine andere Richtung: »… Kameraden, viele hinter Gittern, Genossen, viele in der Schlacht, eine Zeit verlorener Freiheit …« An dieser Stelle sang er für sich alleine weiter: »Guigui sehnt sich weinend nach der Liebsten«, schrieb allerdings: »Sieht der Rotgardist weinend auf zum Großen Wagen.«

Obwohl man draußen nur eine hohe Mauer mit elektrischem Stacheldraht sehen konnte, die jeden Blick auf die Sterne verstellte, gab es von allen Seiten Applaus und in der bewegenden Stille, die folgte, legte sich dem Autor des Gefangenenliedes Hand um Hand auf die seine, die noch immer den Griffel hielt, ihm wurde leicht ums Herz, ein Rausch, im Nu war vergessen, was die ursprüngliche Intention seiner Kreation gewesen war.

Der Tod der ersten Liebe

Im April 1967 sprengte ein flüchtiger Satz des Vorsitzenden Mao die »Februar-Reaktion«. Am Tag seiner Entlassung aus dem Gefängnis, noch immer wehten rote Fahnen unter blauem Himmel und weißen Wolken, stand Nie Honghong am Eingangstor und streckte ihm mit beiden Händen einen Blumenstrauß entgegen. Zhuang Zigui umarmte sie in aller Öffentlichkeit, küsste sie sogar. Zwar entsprach das keineswegs dem Verhalten eines Revolutionärs, aber man zeigte sich generös gegenüber dem Helden, der gegen den Strom geschwommen war. Die Kampfgenossen trieben ihren freundlichen Spaß mit ihnen, trennten sie, wuchteten Zhuang Zigui hoch und trugen ihn so ein ordentliches Stück Wegs. Nie Honghong lief lächelnd hinterher, erst als sie sich ausgetobt hatten, kam sie zaghaft näher und drückte leicht ihren Kopf an ihn. Er erzählte ihr leise von seiner großen Sehnsucht im Gefängnis und sagte, vom intensiven Blumenduft umweht: »Ich habe eigentlich gedacht, die werden an meinem Grab stehen.« Verwunderlich war, dass Nie Honghong, als wären ihr beide unangenehm, weder auf den Vorsitzenden Mao zu sprechen kam noch auf ihren Vater.

Sie trennten sich nicht mehr, bis Nie Honghong auf tragische Weise ums Leben kommen sollte. Zhuang Zigui wurde, weil er sich im Angesicht des Todes revolutionär bewährt hatte, außer der Reihe zum Chefredakteur der *Kampfberichte der Roten Garden* ernannt. Schließlich erfüllte er sich auch noch seinen Herzenswunsch und besuchte mit Nie Honghong seine Eltern. In einer lauen Frühsommernacht, bei hellem Mond und angenehmer Brise, schlich sich ein Nachteulenpärchen dicht hintereinander aus dem Hauptquartier. Es war wie die Rückkehr in ein anderes Leben, auf dem Schulsportplatz blieb Zhuang Zigui stehen, um auf Nie Honghong zu warten, er fasste sie liebevoll an der Schulter und erzählte ihr, indem er auf die Sandgrube am Rand des Platzes deutete, dass er als Kind ein absoluter Außenseiter gewesen sei und sich meist von anderen Kindern ferngehalten habe. Ganz allein habe er in der Sandgrube gehockt und einen Tunnel und eine Burg gebaut. Manchmal, wenn das Wasser nicht reichte, habe er seinen kleinen Schniedel hervorgeholt und auf den Sand gepinkelt, um ihn anzumischen. Mit größter Sorgfalt habe er eine halbe Ewigkeit an der Großen Mauer herumgebaut, doch regelmäßig hätte sich eine Horde hinterhältiger kleiner Jungs auf Bambussteckenpferden darüber hergemacht und alles niedergetrampelt. Er sei in einem solchen Augenblick jedes Mal fuchsteufelswild geworden und habe wie ein kleiner Berserker in der Bambussteckenformation, die ihn umstellte, herumgetobt und sich dabei jede Menge blauer Flecken eingehandelt. Einmal aber habe er unversehens einen der »Reiter« erwischt und sich im Ohr des Feindes verbissen, da konnte der sich winden und jammern, wie er wollte, er habe nicht mehr losgelassen und fast ein Stück abgebissen. Der Feind habe geheult wie ein Schlosshund und sei mit seiner Frau Mama bei ihnen daheim aufgekreuzt, aber sie wurden von Zhuang Ziguis Mutter an der Tür ge-

stoppt. Beide Mütter hätten einander minutenlang gegenübergestanden, schließlich sei der Feind von den schnei-
denden Blicken unter dem großen Strohhut in die Flucht
geschlagen worden. Zhuang Zigui vergaß niemals, wie
seine Mutter, die Arme in die Hüften gestemmt, schrie:
»Geht halt ins Krankenhaus, ich zahle das. Aber unser
Xiao Gui ist ein einfältiger kleiner Kerl, das weiß jeder,
der würde nie von sich aus mit irgendjemandem Streit
anfangen, wirst ihn also schon gehörig gepiesackt haben!«

Nie Honghong ging in die Hocke, suchte in der Sandgrube nach den Spuren von Zhuang Ziguis Kindheit und
seufzte: »Du hast eine tolle Mama, dass sie sich so vor
dich stellt. Meine ist viel zu früh gestorben, wir haben nur
noch uns, Papa und ich.« Hier brach sie ab und korrigierte
sich: »Das heißt, jetzt hab ich ja keinen Papa mehr. Guigui,
auch wenn der Status von meiner Familie besser ist als der
von euch, bin ich ganz allein, du bist jetzt meine ganze
Familie.« Sie zwinkerte traurig und schelmisch zugleich
mit den Augen: »Außer unserem Vorsitzenden Mao, natürlich.«

Zhuang Zigui half ihr wie ein verständnisvoller großer
Bruder auf: »Natürlich, außer unserem Vorsitzenden Mao,
bei mir ist das nicht anders.« Auf einmal fand er das alles
reichlich komisch und musste laut lachen. Nie Honghong
ließ sich anstecken, sie lachte mit einem überraschten »Ai-
joo!« ebenfalls los. Lachend kugelten sie gemeinsam in die
Sandgrube: »So ist es, so ist es, ohne unseren Vorsitzenden
Mao hätten wir uns schließlich gar nicht kennengelernt,
nicht?« Wieder lachten sie. Ohne sich um irgendetwas zu
scheren, tobten sie umher, stopften sich gegenseitig Sand
in den Kragen und brachen eine Sandkastenschlacht vom
Zaun, der Mond über dem menschenleeren Schulgelände

führte sie wie ein Greis mit silbernem Wallebart den Fluss der Zeit hinauf an den Anfang ihres Menschenlebens, es schien, als wären sie nie getrennt gewesen, als wären sie vom Anbeginn des Lebens auf der Erde so innig und untrennbar miteinander verwachsen.

Nie Honghong hinterließ auf Zhuang Ziguis Wangen ein paar blutige Kratzer, mal ließ er sie gewähren, mal wich er ihr aus, was sie glücklich machte wie ein listiges und widerspenstiges Prinzesschen. Als er die Augen schloss und mit Sand in den Händen drauflos tanzte, glitt Nie Honghong hinterhältig in seinen Rücken und riss ihn um. Er blieb in der Sandgrube liegen und wartete, dass Nie Honghong sich auf ihn stürzte, als jedoch eine Ewigkeit nichts passierte, linste er durch halb geöffnete Augen und sah, wie Nie Honghong noch am gleichen Fleck stand und sich mit ihren schmutzigen Fäusten die Augen rieb:

»Ich hab Sand im Auge, du Scheißkerl!«

»Lass mal schauen.«

»Bloß nicht!«

»Komm schon.«

»Bloß nicht.«

Dabei richtete sich ihr Kinn auf und mit einem offenen und einem geschlossenen Auge sah sie sehr lustig aus. Zhuang Zigui pustete eine Weile an ihr herum, irgendwann hüpfte sie vor Ungeduld: »Mein Auge wird noch blind wegen dir!«

Er war nicht weniger ungeduldig und schloss sie in die Arme, bog ihr mit beiden Händen den Kopf zurück, streckte die Zunge aus und leckte an ihren Wimpern. Sie wurde schlaff, als hätte sie ein elektrischer Schlag getroffen. Er leckte ihr mit großer Sorgfalt Wimpern und Augenhöhlen sauber, ließ die Zungenspitze sanft über das Augenlid wandern, an der Pupille festkleben und darüber streichen, voller Konzentration, wie ein Augenarzt, ging er zu Werke.

Auf diese Weise konnte er ihr Gesicht aus nächster Nähe betrachten, die Poren waren fein und sehr dicht, das zitronenfarbene Mondlicht lag wie eine Schicht Sandgold auf ihm. Ihr Atem war heiß, in den Nasenlöchern wimmelte es wie in Ameisennestern. Dann war ihr Auge gereinigt, und er wollte seine Zunge schon zurückziehen, als diese von ihren bebenden Lippen festgehalten wurde.

Sie saugten aneinander, als kämpften sie um etwas oder wollten sich den Körper des jeweils anderen einverleiben. Eine Weile schien es unentschieden, dann ging Nie Honghong allmählich die Puste aus, trotzdem blieb sie eisern an seinem Hals hängen und sagte: »Guigui, ich will sterben.«

Er hätte sie gern weiter geküsst, aber jetzt wich sie ihm aus. Sie öffnete ihm den Armeegürtel, schüttelte seine Kleidung ab und wischte den feinen Sand von seiner Haut: »Vor deinen Augen, Guigui, will ich sterben! Ich kann dann vom Himmel aus sehen, wie du um mich weinst. Ich will, dass du um mich weinst.«

Unter diesem sentimentalen Gefasel zog sie sich allmählich zu einer stählernen Nadel zusammen, die sich in Zhuang Ziguis heftig schlagendes Herz bohrte, und während er mit ihr im Arm den Heimweg fortsetzte, sagte er: »Nein, Honghong, ich lasse dich nicht sterben, keiner von uns lässt den anderen sterben.«

Als Zhuang Zigui die Tür öffnete, an der noch immer das Siegel klebte, sah er seine Mutter am Kopfende des Bettes sitzen, sämtliche Wände waren zugekleistert mit

Sprüchen wie »Nieder«, »Kritisiert die Übel«, »Fordert Selbstprüfung«. Er nahm seiner Mutter den großen Strohhut ab und ein erschrecktes Gesicht voller Unruhe kam zum Vorschein. Sie sagte: »Xiao Gui, ich bin raus aus der Anstalt.«

»Ist Papa zurück?«

Seine Mutter nickte. Zhuang Zigui setzte sich und stellte vor: »Das ist meine Freundin, sie heißt Nie Honghong.«

Seine Mutter lächelte breit, von einer Krankheit war nichts zu erkennen: »Hat man heutzutage noch eine Freundin?«

Nie Honghong setzte sich neben sie, sagte »Tante« zu ihr, und dann schwiegen beide. Die Pupillen seiner Mutter zogen sich zusammen, ihre Hand wollte unauffällig wieder den Strohhut vom Bett holen, Zhuang Zigui packte, als er das bemerkte, sofort Nie Honghongs Hand und hielt sie seiner Mutter energisch hin, seiner Liebsten flüsterte er dabei ins Ohr: »Sag ›Mama‹ zu ihr! Schnell!«

Nie Honghong war etwas irritiert, aber sie folgte und sagte: »Mama.«

Sofort waren ihre Augen wieder offen, ihr Gesicht strahlte, und sie zeigte die Qualitäten der früheren Träumerin: »Lasst mich mal sehen, wer dieses Mädel ist, das mich ›Mama‹ nennt.« Sie musterte sie einen Moment lang von oben bis unten, dann tat sie ganz überrascht: »Das ist sie also, die Freundin von unserem Xiao Gui, so schön, so rein, Xiao Gui, du weißt wirklich, wie man Revolution macht.«

»Bitte ...«, Zhuang Zigui versuchte, sie zu bremsen.

»Nimm dich in Acht, unser Xiao Gui hat es faustdick hinter den Ohren, schlägt den Vater, steckt die Mutter wieder und wieder ins Irrenhaus, alles für Revolution. Du musst aufpassen, kümmere du dich für seine Mama um ihn.«

»Das werde ich, Mama.«

»Eine gute Tochter habe ich da, ich gebe meinen Xiao Gui in deine Hände, du musst ihn festhalten, lass ihn nicht gehen wie ich vor langer Zeit meinen Geliebten, den Pianisten.«

»Mama, bitte.«

»Dein Vater ist so ein guter Mann, wie hätte ich ihn nicht lieben sollen, nicht?«, fragte Mutter, während sie Nie Honghong nicht aus den Augen ließ: »Er war die Liebe wert, keine Frage.«

Zhuang Zigui wartete, bis seine Mutter sich wieder beruhigte, und sagte dann leise: »Ich habe euch vermisst, dich und Papa. Die Revolution, die Revolution wird irgendwann zu Ende sein. Und wenn die Revolution zu Ende ist, wird unsere Familie für immer zusammen bleiben, wir werden uns nicht mehr trennen.«

Nie Honghong fuhr fort: »Ich werde dann auch bei der Mama sein, und auch wir werden uns nicht mehr trennen.«

Mutter seufzte tief: »Ich bin nicht verrückt, Xiao Gui, die anderen sind es, sie alle.«

»Ja, ich hab auch zu den Verrückten gehört, du musst mir verzeihen.«

Nach einer Stunde konnte Zhuang Zigui nicht länger warten, die beiden gingen wieder hinaus, um seinen Vater zu suchen. In der tiefen Stille der Nacht fand er ihn. Er war zur Straßenreinigung abkommandiert und kehrte mit einer hundertprozentigen Gewissenhaftigkeit auf sie zu. Er rief ihn, doch der Vater reagierte nicht, als er mit Nie Honghong an der Hand leise um ihn herum ging, konnte er jedoch hören, wie sein alter Herr im Rhythmus des Besens ganz versunken aus einem Monolog des »Hamlet« zitierte: »Sein oder Nichtsein, das ist hier die Frage.«

Die beiden unvermittelt hinzugetretenen Schatten auf dem Boden ließen seinen alten Herrn kurz erstarren, dann machte er sofort weiter: »Der Vorsitzende Mao lehrt uns: ›Will man den Kampf, wird es Opfer geben, der Tod ist unser ständiger Begleiter.‹ Der Vorsitzende Mao lehrt uns auch: ›Der Tod gehört zum Menschen, sei er nun schwerer als der Berg Tai oder leichter als eine Gänsefeder.‹ Schwer oder leicht, das ist wirklich die Frage.«

Nie Honghong musste lachen, Zhuang Zigui hielt Vaters Hand fest und sagte: »Mein Vater ist wirklich ein Fuchs.«

Der Vater schaute wachsam in alle Richtungen, und in seinen Augen schimmerten Tränen: »Xiao Gui, hast du schon deine Mutter besucht? Geht, verschwindet, lasst euch nicht erwischen.«

»Papa!«

»Geht, verschwindet. Zu wessen Familie gehört so ein schönes Mädchen? Geht, verschwindet.«

Im Mai 1967 wurden die Organe der öffentlichen Sicherheit, der Staatsanwaltschaft und der Volksgerichte aufgrund himmelschreiender Ungerechtigkeit von den erbosten Massen radikal zerschlagen, es blieb nichts übrig als ein von jedem verachteter Haufen Hundescheiße. Die Zentrale Gruppe Kulturrevolution erließ an ihre nachgeordneten Stellen die »Mitteilung 51/6«, alle Mitschuldigen an der Diktatur der Soldaten der Industriearmee, der Kampftruppen der armen und niederen Kleinbauern oder auch der Telekom-Akademie »Rote Fahne« aus Chengdu

wurden zu konservativen Organisationen erklärt und erhielten den Befehl, sich aufzulösen. Freudenböller, Gongs
und Trommeln machten einen ohrenbetäubenden Lärm,
Rebellengruppen fluteten die Straßen und feierten ihren
grandiosen Sieg die ganze Nacht. Zhuang Zigui drückte
sich mit dem Pokerface eines Spitzels in den außer Rand
und Band geratenen Menschenmassen herum. Nachdem
er einigen Leuten etwas ins Ohr geflüstert hatte, ging er
zurück ins Hauptquartier der Rebellen.

Nie Honghong wartete dort bereits seit längerer Zeit
hinter einem Schultisch, auf dem Notizbücher auf Notizen warteten. Die Chefs aller Truppenverbände der Roten
Garden und Arbeiterrebellen waren inzwischen vollzäh-
lig versammelt, bei der gemeinsamen Sitzung sollte es in
der Hauptsache darum gehen, einen Schlachtplan für eine
Schlussoffensive gegen die Industriearmee auszuarbeiten.

Aufgrund des Befehls der Zentralen Gruppe Kulturrevolution waren die meisten Royalisten-Organisationen
innerhalb kürzester Zeit auseinandergefallen. Nur eine
Handvoll Eisenstangen-Royalisten leistete selbst noch
mit dem Rücken zur Wand hartnäckigen Widerstand.
Die Gegend um den Wenshu-Tempel, dem Hauptquartier
der Industriearmee, und die Sichuaner Seidenwattefabrik
Chuanmianchang, ihr Basislager, wurde streng bewacht,
der Feind hatte seine gesamten jederzeit zur letzten Ent-
scheidungsschlacht bereiten Elitetruppen zusammengezogen.

Die Sitzung dauerte zwei Stunden, um neun Uhr
abends gingen die Chefs auseinander und kehrten zu ihren Truppen zurück, um sie einsatzbereit zu machen.
Soldaten waren einzuberufen und die Generaloffensive
war auf fünf Uhr am nächsten Morgen festgesetzt. Der

Plan bestand aus zwei Schritten: Zuerst wollte man mit einem Teil der Truppen den Wenshu-Tempel umzingeln und einen Scheinangriff führen, um ihn von der Außenwelt abzuschneiden; dann sollten alle überzähligen Kräfte konzentriert werden, um die Seidenwattefabrik zu erstürmen und die frischen Truppen dort auszulöschen, die Royalisten-Hochburg alleine würde dann schwerlich noch etwas zustande bringen können.

Zhuang Ziguis Aufgabe war die gesamte Schlachtfeldpropaganda, und er verwendete vierzig Minuten darauf, in Anlehnung an die »Kapitulationsaufforderung an Du Yuming«, die der Vorsitzende Mao einst selbst verfasst hatte, eine »Kapitulationsaufforderung an die Industriearmee« aufzusetzen und alles für den Druck entsprechender Flugblättern noch in derselben Nacht zu organisieren, die dann wie ein Schneetreiben auf die Reihen der Feinde niedergehen sollten. Danach berief er die ganze Redaktion der *Kampfberichte der Roten Garden* und die Propagandagruppenleiter aller Sektionen zu einer kurzen Sitzung ein, es wurde ein Uhr nachts, bis alles passend verteilt war. »Geht nun alle an die Arbeit«, gab er Anweisung, »um halb drei brechen wir mit der Haupttruppe auf. Nie Honghong!«

»Hier!«

»Du bleibst in der Zentrale und kümmerst dich um die Kommunikation zwischen den verschiedenen Seiten.«

Nie Honghong lief knallrot an und schäumte vor Wut: »Das werde ich nicht tun.«

»Das ist nicht verhandelbar, du hast einen Befehl.«

»Du aufgeblasener ...«

Zhuang Zigui beachtete sie nicht weiter, sagte »Ende der Sitzung« und verließ allen voran das Sitzungszimmer.

Er machte mit einer Taschenlampe einen Kontrollgang um das Gebäude der Zentrale und wechselte im Stockfinstern ein paar Worte mit der Wache. Weil er aber wegen Nie Honghong doch beunruhigt war, kehrte er schließlich in die Redaktion der *Kampfberichte* zurück, wo es im Flur noch nach schlechtem Tabak roch. In einer Ecke zirpte eine Grille, verstummte plötzlich für einen Moment, und kaum dass Zhuang Zigui vorüber war, legte sie voller Ungeduld wieder los. Er sperrte die Tür auf, das menschenleere Sitzungszimmer war hell erleuchtet, die beiden Nebenzimmer und der Funkraum hingegen lagen im Dunkeln.

»Honghong«, rief er mit leiser Stimme die Geliebte, die nirgends zu sehen war, »warte auf mich, du darfst nirgendwohin gehen. Bitte tu, was ich dir sage.«

Er wollte gerade wieder los, als Honghong, das Haar offen über den Schultern, wie ein Geist in der Tür eines Nebenzimmers erschien: »Guigui, ich will mit dir zusammenbleiben.«

»Wir ziehen in den Kampf, das ist kein Spiel.« Er ging zu ihr hinüber und wollte im Nebenzimmer das Licht anmachen.

»Lass bitte«, Nie Honghong stürzte auf ihn zu, »deine Mama hat mir gesagt, dass ich mich um dich kümmern soll. Guigui, ich bin auch eine Soldatin der Roten Garden, die Kampfgenossen wissen, wie wir zueinander stehen, sie werden dir Egoismus vorwerfen.«

»Die Aufgaben in einer Revolution sind nicht für alle dieselben, das hat nichts mit Egoismus zu tun.« Er runzelte die Stirn und ging mit ihr im Arm zu einer Liege. »Ich muss los.«

»Guigui!« Sie konnte ihre Tränen nicht zurückhalten, »wenn du mich liebst, dann lass mich bei dir bleiben.«

Ihm tat es im Herzen weh, trotzdem rang er sich ein Lächeln ab und suchte sie zu beschämen: »Schau dich doch an, wieder heulst du, du kannst nichts als heulen und willst eine Rotgardistin des Vorsitzenden Mao sein. Du bist noch nicht meine Frau und nervst schon.«

»Wen soll ich nerven, wenn nicht dich, ich hab sonst niemanden, mein Royalisten-Papa, was weiß denn ich ...«

Düstere Wolken legten sich auf die beiden. Zhuang Zigui starrte in den Nachthimmel über der Stadt: Es war Honghongs Papa gewesen, der ihn verraten hatte, was sollte er mit ihm machen, wenn er im Kampf auf ihn treffen würde?

»Guigui«, wurde er leise gerufen. Zhuang Zigui richtete den Blick wieder nach unten, sah, dass Nie Honghong inzwischen mit dem Kopf, Gesicht zu ihm, auf seinen Knien lag, ohne dass er es bemerkt hatte, hatte sie sich ihrer Kleider entledigt, ihr Körper, rein wie Jade, roch nach frischen Blüten.

Ein Zittern lief durch seinen Körper: »Was ist?«

»Guigui, wenn wir uns nun nicht wiedersehen, ich hab Angst.« Ihr Arm drehte sich zu ihm hin, er vergrub seinen Kopf in ihren spitzen, bebenden Brüsten, ihr Herzklopfen füllte seine Ohren, schlug an seinen Nerven Funken, als mahle ein vom Horizont heranrasender Zug über das Gleis, das Rattern und Reiben ging ihm durch und durch. Plötzlich hatte er ihre Brustwarze zwischen den Zähnen, ein Schwarm Wildbienen kreiste über Blüten, ihre Hand glitt wie eine Schlange durch welkes Laub unter sein Hemd: »Guigui, ich, ich will, will«, der Stich einer Biene erweckte das Tier an seinem Unterleib zum Leben, Feuer loderte in ihm, er riss seine Hose auf, aber Nie Honghong murmelte weiter wie besessen: »Ich will vor deinen Augen sterben, Guigui, ich will, dass du um mich weinst.«

Zhuang Zigui erschauderte, Tränen schossen ihm in die Augen. In der Ferne war eine düstere Dampfpfeife zu hören und mit diesem Ton schwand die Erregung aus seinem Körper. »Arme Honghong!«, ein zärtliches Mitgefühl brachte ihn für einen Augenblick zum Weinen. Dann erhob er sich, wischte die Tränen weg, richtete seine Kleidung, half auch ihr wieder in die Kleider, sie umarmten und küssten sich wie Geschwister, die nicht ohne einander können. »Guigui«, sie streichelte ihn eine Weile sanft, ihr ganzer Körper war blass wie eine Leiche, »versprich mir etwas.«

Er nickte.

»Wenn du auf meinen Papa triffst, tu ihm bitte nichts.«

Er zögerte ein wenig, dann nickte er wieder.

Ein Schlag und aus der Traum. Er musste eingeschlafen sein, er erinnerte nur, wie Nie Honghong immer wieder sagte: »Ich will vor deinen Augen sterben, Guigui, ich will, dass du um mich weinst.« Er saß aufrecht, aber sie war nicht mehr zu sehen.

»Honghong!«, rief er, doch in dem leeren Haus antwortete ihm nur das Echo. Er musste aufbrechen, er rannte hinaus, sprang auf den Lastwagen der Vorhut und jagte zur Front. Um fünf Uhr in der Früh, als die Leuchtsignale Rot, Gelb, Grün in den Nachthimmel stiegen, richtete er sich ein letztes Mal auf und rief vor der Front noch einmal: »Nie Honghong, komm raus zu mir!«

Gleich darauf krachte es gewaltig, mehrfach, das Eingangstor der Sichuaner Seidenwattefabrik war gesprengt. Ziegelsteine flogen durch die Luft, die Rebellen bliesen das Trompetensignal zum Angriff und strömten mit markerschütterndem Kampfgeschrei hinein, wurden jedoch zwischen den Häusern von Kreuzfeuer gestoppt. Zhuang Zigui nahm geistesabwesend wahr, dass ein gutes Dutzend Kampfgenossen von herabregnenden Ziegelsteinen niedergestreckt wurden, kochend heiße Kalktünche sich aus stockdunklen Fenstern ergoss wie die Tränen böser Geister und die Angreifer unter entsetzlichen Schreien den Rückzug antraten.

»Soldaten der Industriearmee, ihr seid getäuscht worden, legt schnellstens die Waffen nieder, kehrt zu uns zurück auf den Weg der Revolution des Vorsitzenden Mao! Wer mit dem Rücken zur Wand weiterkämpft, wählt den Weg des Todes.« Zhuang Zigui begann die vorbereitete »Kapitulationsaufforderung an die Industriearmee« zu verlesen, das Echo war klangvoll, er war weit zu hören. »Nach dem Erlass der ›Mitteilung 51/6‹ durch die Zentrale Gruppe Kulturrevolution hat sich die Situation im ganzen Land grundlegend geändert...«

Als durch die Dunstschleier das Licht eines Nachtfliegers flackerte, brach in der Stellung der Rebellen ohrenbetäubender Jubel aus, denn er gehörte zur Rebellenarmee der Flugzeugindustrie und war am Himmel, um sich der Schlacht anzuschließen.

Wie eine Riesenlibelle kreiste das kleine Flugzeug am Himmel über der Seidenwattefabrik und streute die »Kapitulationsaufforderung an die Industriearmee« bis in den letzten Winkel, die Bodentruppen griffen in einer konzertierten, wuchtigen Aktion an und bevor der Morgen dämmerte, bot sich eine uralte Schlachtszene. Trupp um Trupp stießen die Roten Garden brüllend zum Fuß der Gebäude vor. Auf dem Kopf trugen sie Jutesäcke, trotzten umherfliegenden Ziegelsteinen und splitternden Dachziegeln, Schießpulver und Kugeln und schleppten auf den Schultern gut zehn Meter lange Sturmleitern mit. Dann kletterten sie, Stahlbohrstangen, Macheten und rote Mao-Bibeln schwingend, Welle auf Welle, in Scharen die Leitern hinauf. Immer heftiger ergoss sich jedoch Kalktünche über sie, immer wieder wurden die langen Leitern umgeworfen, Gebrüll, Gefluche und laute Schreie, »Lang lebe der Vorsitzende Mao«, mischten sich zu einer einzigen Kakophonie. Als es hell wurde, erhob sich der graue Wohngebäudekomplex der Sichuaner Seidenwattefabrik weiterhin dämonisch und erhaben, rings im Müll lagen die Körper der Eindringlinge wild durcheinander, einige noch stöhnend und sich im Todeskampf krümmend wie riesige in Kalk panierte Fleischmaden. In diesem verheerenden Desaster erfasste die Rotgardisten unbändiger Zorn, es herrschte kurz Grabesstille, und die Sturmleitern wurden neu angestellt, unentwegt erklang wieder die rote Zauberformel »Lang lebe«, mit dem Zauberwort geriet alles in kollektive Ekstase, kein Ziegelstein konnte noch irgendwen niederstrecken, keine Tünche irgendwem etwas anhaben. Auf unterschiedlichen Wegen war ein großer Trupp Soldaten zuletzt bis zu den Eingängen vorgestoßen, durch die Türen gebrochen und hatte die Flure gestürmt, so dass man von zwei Seiten gleichzeitig, über die Treppe und durch die Fenster, angreifen konnte. Dem Feind fehlte es an Munition, Lebensmitteln und Wasser, trotzdem verteidigten die großen Kerle, denen die Augen wie bei Stieren aus dem Kopf traten, jeden Treppenabsatz und kämpften Mann gegen Mann gegen die von unten angreifenden Rotgardisten. Brach ein Knüppel, biss man mit den Zähnen zu, war eine Stange krumm, kämpfte man mit bloßen Händen, trat mit den Füßen, stieß mit dem gesenkten Kopf. Überall lagen abgerissene Hemdkragen, ausgerissene Haare, abgebissene Ohren, Nasen, Lippen. Mit zertretenen Hoden und laut winselnd, rollten gekrümmte Körper polternd die Treppe hinunter wie brennende Reifen. Ein Trupp der Industriearmee konnte an einem Fenster nicht mehr standhalten und die Rotgardisten drangen mit markerschütterndem Geschrei ein. Die Kleinen Generäle auf den anderen Sturmleitern fassten frischen Mut, es rauschte, als rutschten Affen eine Stange hoch, ein paar Mal und sie waren an den Fenstern und packten die royalistischen Hunde frontal am Kragen, wurden aber von den älteren, großen und kräftigen Industriearbeitern hochgehoben und mit einem lauten Wutschrei hinuntergeworfen wie Säcke.

Während im Osten die Sonne in einer Myriade roter Strahlen aufging, stürzten diese ins Nichts geworfenen Märtyrer, sich wunderlich windend wie schillernde Luftschlangen, mit ihren roten Mao-Bibeln in den Händen sich in die Tiefe. Auf einen letzten »Lang lebe«-Jubelschrei auf der Schwelle des Todes folgte der Aufprall und das Blut spritzte. Überlebte einer den Aufprall, überschlug er sich noch ein paar Mal, der Kopf fraß ein tiefes Loch in den Lehmboden, bis er schließlich beide Beine von sich streckte und, das Gesicht von schlammigem Wasser überzogen und beide Augen hühnereigroß vor dem Kopf, mit dem Blick gen Himmel das Zeitliche segnete.

Plötzlich entdeckte Zhuang Zigui Nie Honghong, wie eine Traumgöttin bewegte sie sich langsam auf eine der langen Leitern zu, der Morgenwind wehte ihr die Armeekappe herunter, ihr aufgelöstes schwarzes Haar hob und senkte sich in der Frühsonne. Ohne rechts und links zu schauen, rannte Zhuang Zigui ihr nach, »so ewig lang«, hörte man eine Stimme singen, »so ewig lang«, dieser Traum, dieses illusionäre Universum, der Boden unter den Füßen glitt davon, sie lief jetzt auf klingelnden Sternen, Löcher oder auch Fußstapfen, deren feinstes Licht weithin strahlte, das war der Ort vor der Geburt, den jeder von uns notwendig passierte. Damals waren wir körperlos, geschlechtslos, wie das Universum selbst, da war nur ein Gefühl zu leben. Zwei solche Gefühle trafen einander, hielten kurz inne und das bestimmte ein Stück Schicksal, in der Zukunft, irgendwann. Schicksal? Wie Menschen zusammentreffen ist immer eine Fügung des Schicksals, jetzt würde ein solches Stück Schicksal zu Ende gehen, die Sonne im Innersten der Seele wurde fahl und blass. Jetzt kletterte Nie Honghong die Sturmleiter hinauf, der blassen Sonne immer näher, einer schwarzen Sonne in einem Sarg. Zhuang Zigui war nur noch einen Schritt hinter ihr, seine Hand konnte schon ihre Fersen berühren, und doch so ewig lang – schon näherte sie sich dem Fenster, ein Kind, gerade erst geformt, kletterte hinein, reckte den Kopf für einen Blick in diese Welt, runzelte die Stirn, sah das Blut, die Schenkel, das Schamhaar, ein unmenschliches Schreien brannte sich ihm ein, tief, es wollte sich zurückziehen, wollte im Fruchtwasser bleiben, aber eine Geburtszange griff nach seinem Kopf. Es greinte heiser, die kleinen Hände suchten das metallene Spielzeug fortzustoßen. Das kalte Licht, dieses eisig kalte Licht, das ihm Angst machte vor der Welt, drang in sein Unterbewusstsein und setzte sich fest. Als die kleinen Hände sich der Brust des Scharfrichters entgegenstreckten, so ungemein zart, geriet dort ein Haarschopf in wilde Bewegung, der Weg nach Hause war abgeschnitten, eine riesige Hand fasste die Handgelenke, die andere packte das Haar und hob das Kind hoch, mühelos. Es krümmte sich, ein goldfarbenes Fischlein wurde von einem trunkenen Kerl in die Hände genommen und von ihm mit einem gellendem Schrei ins große Meer der Ewigkeit geworfen. Weit öffnete es sein Herz der Sonne, lieb flüsterte es ein letztes »Lang lebe der Vorsitzende Mao!«

Ein paarmal zappelte das fünfschweifige Fischlein im Wolkenfluss und traf dann als farbenprächtiger Pfeil Zhuang Zigui mitten ins Herz. Das Geräusch des Aufpralls auf dem Boden musste aus dem Innersten der Erde gekommen sein, so dumpf war es, so dunkel. Zhuang Zigui stürzte die Leiter herab und landete mit dem Kopf genau auf dem verlöschenden Herzen.

Die Festhalle der Stadtregierung war zur Totenhalle umfunktioniert worden, die Trauerfeier für die Märtyrer der Roten Garden nahm zwei volle Tage in Anspruch, die Särge mit den Leichen von Nie Honghong und Dutzenden Anderen ruhten zwischen frischen Blumen, immergrünen Koniferen und roten Fahnen. Kränze und Gebinde stapelten sich, füllten die Ecken, und als in der Halle kein Platz mehr war, fanden sie den Weg auf den Sportplatz, zum Haupttor hinaus, bis auf die Straße. Schon blockierten Fahnen verschiedener Rebellentrupps die halbe Straße, jede über und über mit Porträtplaketten des Vorsitzenden Mao besteckt, ein Eindruck, als klingele und glitzere es nur so vor Jadeplättchen, selbst die Platanen rechts und links der Straße waren über und über mit Kondolenzbannern, Trauersprüchen, Papierwatte und Papierblumen behängt. Die beiden größten Spruchbanner aber waren am Eingang der Totenhalle aufgebaut, sie überragten mit zwei Versen des Vorsitzenden Mao die Halle um etliche Meter: »Mit höchstem Einsatz opfert euch, / fordert mutig neuen Himmel ein.«

Der Strom von Kondolenzbesuchern riss in dieser finsteren Zeit nicht ab, zahllose Kleine Generäle, die an den Särgen wachten, standen stramm wie Holzpfosten, wie verdiente Würdenträger die Brust mit drei Reihen Gedenkplaketten mit den Antlitz des Vorsitzenden Mao dekoriert. Auf ihrer flachen linken Hand, die in einer roten Hülle steckte, lag die rote Mao-Bibel, auf den Wangen waren Spuren getrockneter Tränen zu sehen. Zhuang Zigui trug um den Kopf einen Verband und legte einen kleinen violetten Blumenkranz nieder, in dessen Mitte geschrieben stand: »Ruhe in Frieden, Honghong – Für immer Dein, Guigui.«

Diese eigentlich unauffällige Kleinigkeit zog viele erstaunte Blicke auf sich. Überall gab es Getuschel, denn die kleine Aufmerksamkeit des Liebenden wirkte im generellen Trend der Zeit, der »Rache«, »Lang lebe«, »Kampfgenosse« und »Ruhm für die Ewigkeit« lautete, unendlich einsam.

Das Ende der Trauerfeier bildete eine Massenkundgebung mit dem Schwur, die Royalisten-Truppen mit vereinten Kräften öffentlich an den Pranger zu stellen, einige hunderttausend Rebellen machten sich unter Trauergesängen auf den Weg, und der Feind ließ, als er dessen gewahr wurde, alles stehen und liegen und machte sich in wilder Panik davon. Noch am gleichen Abend wurde mit dem Wenshu-Tempel der letzte Schlupfwinkel der Industrietruppen gestürmt, es war neun Uhr. Bei der Sondierung des Schlachtfeldes machten die Kleinen Generäle hinter dem Shakyamuni Buddha, dem Manjushri Bodhisattva, den vier himmlischen Königen und den rituellen Glocken und Trommeln eine ganze Reihe Gefangene, sie führten die Verräter mit hängenden Köpfen dorthin, wo sie weitere ihrer Kumpane erwischten, sogar im großen hohlen Kopf des buddhistischen Meisters, der hoch über allem schwebte, wurden zwei Royalistinnen mit schweren Brüsten und dicken Hinterteilen entdeckt.

Zhuang Zigui suchte trotz heftiger Kopfschmerzen alles nach Vater Nie ab. Der alte Tor steckte im Lotusteich, über dem Kopf ein großes Lotosblatt, und es schauten nur die Nasenlöcher heraus. »Mach, dass du wegkommst«, sagte Zhuang Zigui leise.

Er warf ihm eine grüne Militäruniform vor die nassen Füße und eine kühle Brise strich um seine Ohren, als seien es Nie Honghongs zarte Hände, und eiskalte Tautropfen fielen raschelnd aus dem dichten Blattwerk. Seine Augen röteten sich, ach, solange auf Erden Wind wehte, würden ihr immer ferneres Lächeln, ihre immer ferneren Küsse ihn berühren können! »Lang lebe der Vorsitzende Mao!«, das hatte sie so lieb geflüstert, bevor sie wie eine Schwalbe in seinem morastigen Dung versank. Zhuang Zigui betete leise die Passwörter für die Wachen herunter und Nies Vater entschwand blitzschnell wie eine Grundel dem Blick.

Kaum zu glauben, aber keine zwei Stunden später war der geborene Pechvogel wieder gefasst. Es kam wie beim vorausgegangenen »Februar der Unterdrückung der Konterrevolution«, allerdings hatten jetzt Sieger und Verlierer die Plätze getauscht. In der ganzen Stadt hatte eine Großrazzia begonnen, spontan organisierten sich die revolutionären Massen, hielten mit gezückten Knüppeln in den Straßen und Gassen Wache und unterzogen nächtliche

Passanten einer strengen Befragung. Das markierte den Eintritt der Kulturrevolution in die historische Phase, in der die gesamte Bevölkerung »mit Worten angriff und mit Waffen verteidigte«.

Vater Nie wurde, die Arme auf den Rücken geschnürt, in das Hauptquartier der Roten Garden zurückgebracht, und weil der Alte der Befragung unter schwerer Folter nicht standhielt, verriet er seinen Wohltäter erneut. Nach einer Woche interner Untersuchung wurde Zhuang Zigui aller Ämter enthoben. Vor dem Untersuchungsausschuss für besondere Fälle, dem hochrangige Rotgardisten-Offiziere aus verschiedenen Regionen angehörten, rief er ein letztes Mal dazu auf, den Vater der Märtyrerin der Revolution Nie Honghong freizulassen: »Es stimmt«, sagte er, »er war der Kopf des Himmelfahrtkommandos der Industrietruppen, er hat sich abscheulicher Verbrechen schuldig gemacht und mich selbst infam verraten. Trotzdem ist er der Vater einer Märtyrerin, und der letzte Wunsch dieser Märtyrerin war es, dass wir ihm nichts tun.«

Doch dieser letzte Wunsch einer Toten konnte die lebenden Köpfe der Roten Garden nicht erweichen, Verwandtschaft oder nicht, sie waren getrennter Wege gegangen und die revolutionäre Tochter konnte nichts an der Tatsache ändern, dass der Vater ein Konterrevolutionär war. Vater Nie wurde augenblicklich in einen tiefen Bambuswald geführt, mündlich abgeurteilt und anschließend lebendig begraben.

»Ich habe alles versucht, Honghong«, murmelte er seiner Liebsten in der anderen Welt zu, »um meinen Protest zu zeigen, kann ich jetzt nur noch die Roten Garden und damit aber auch die gesamte Bewegung verlassen. Ich konnte deinen Vater nicht retten und ich kann mich selbst nicht retten, keine Ahnung, wo ich nun hin soll, die *Kampfberichte der Roten Garden* waren alles für mich, dort haben auch wir endgültig voneinander Abschied genommen … jetzt habe ich keine Familie mehr, aber auch nichts mehr zu verlieren.«

Erst Jahre später erkannte Zhuang Zigui, wie vernünftig und mutig es war, sich unter dem himmlischen Schutz von Nie Honghongs Seele aus dem reißenden Fluss zurückzuziehen und bei den »Freigeistern« unterzuschlüpfen, er wäre sonst längst bei den gewaltsamen landesweiten Auseinandersetzungen, die darauf folgten, ums Leben gekommen. Die Rebellen aus Sichuan hatten sich unmittelbar nach der gemeinsamen Vernichtung der Royalisten in zwei große, einander spinnefeinde Lager gespalten. Die Gruppierungen der stationierten Truppen hatten heimlich die Waffendepots der Militärzone und der regionalen Verwaltungseinheiten geöffnet. Schlagartig ersetzten echte Gewehre und wirkliche Kugeln die ursprünglichen Schwerter, Speere und Knüppel, und rasch kamen Panzer und Kanonen hinzu. Im Dezember 1992 erinnerte sich im Dritten Gefängnis der Provinz Sichuan ein gewisser Huang aus Chongqing, Gefängnisinsasse seit fast zwanzig Jahren und handgreiflich in die Kämpfe verwickelt gewesen, sehr lebhaft: »Ich war damals kommandierender Offizier des ›Korps 815‹ und organisierte mir aus einer Laune heraus ein Kriegsschiff, mit dem ich ein bisschen auf dem Yangzi herumschipperte und, weil dort ununterbrochen Kanonen donnerten, auf eine Militärschau der ›Militärischen Allianz des letzten Widerstands‹ zuhielt, die sich im Chaotianmen-Hafen verschanzt hatte. Doch die lauerten tatsächlich längst kampfbereit auf den

Feind, schnell waren die Flugzeugabwehrgeschütze tiefer gestellt, und um unsere Schädel knallte und krachte es, was das Zeug hielt. Einen Moment später sah man nichts mehr als Rauch, der Fluss war verschwunden. Mitten in dem Chaos hörte ich am Ufer die Meute jubeln: ›Treffer! Treffer!‹ Von wegen Treffer, diese Taugenichtse hatten nicht uns, sondern einen gut zwanzig Meter von uns entfernten Schweinefrachter getroffen. Überall trieben tote Schweine im Wasser, fast wäre der Fluss zum Stillstand gekommen. Und die Schweine, die noch am Leben waren, paddelten wie verrückt aufs Ufer zu, das waren einige hundert, Sau an Sau, ein grandioser Anblick. Aber dann wurde mir das auf einmal bei der Abrechnung in den letzten Jahren der Revolution als Beweis für ›Gewalt, Vandalismus und Plünderei‹ in die Schuhe geschoben, das kam mit in meine Anklageschrift, weil der Staatsanwalt meinte, dieser gewaltsame Akt hätte den Schweinevorrat für mehrere Millionen Stadtbewohner in der Region Chongqing für einen ganzen Monat beeinträchtigt. So eine Scheiße, da haben wahrscheinlich die Seelen der Schweine nach Rache geschrien.«

Nichts allerdings übertraf an Tragik die Schlacht von Zhongjiang. Dieser Landkreis in der Provinz Sichuan war die Heimat von Huang Jiguang, eines landauf, landab bekannten Helden des Koreakriegs, der als Soldat eines Freiwilligenheers auf dem nordkoreanischen Schlachtfeld die Schießscharte eines feindlichen Bunkers mit seinem Körper verstopft haben und dabei heldenmütig für sein Land gestorben sein soll; das machte auch seine Mutter, eine ungebildete Bauersfrau mit kleinen gebundenen Lotusfüßen, im ganzen Land bekannt, überall hieß sie nur »Mama Huang«, schließlich hatte sie ihren Sohn vorbildlich erzogen. Dieses Märchen von Mutter Huang und Sohn war von bezahlten Schreibern erfunden und in den Zeitungen und Zeitschriften der Partei vollmundig breitgetreten worden, bis es als Leitbild für höchsten loyalen Dienst am Land in der Masse der Abermillionen gefeiert wurde. Mit Beginn der Kulturrevolution glühte der alten Dame mit ihren schon siebzig Jahren noch der Kopf vor Begeisterung, angespornt durch ihren Clan, hisste sie die Fahne eines »Jiguang-Korps« und ernannte sich selbst zur Oberbefehlshaberin. In diesen chaotischen Zeiten schossen überall Helden aus dem Boden und scharten Dorfbewohner, von denen sie vergöttert wurden, um sich, auch unter Mama Huangs Kommando hatten sich in nur wenigen Monaten mehrere hunderttausend Bauerntölpel aus armen und niederen Kleinbauernfamilien zusammengefunden. Es wird erzählt, dass die prominente alte Dame in rot-grüner Aufmachung in einer großen Acht-Träger-Sänfte durch das Land zog und mit ihrem riesigen Gefolge so viel Staub aufwirbelte, dass man die Sonne nicht mehr sah, und sich, als sei sie eine Reinkarnation der Tang-Kaiserin Wu Zetian persönlich, weder um irgendwelche Royalisten- noch Rebellenorganisationen scherte. Als nach der Vernichtung der Industriearmee der Vorhang für die internen Kämpfe zwischen den Rebellen aufging, suchte das Jiguang-Korps, das eher den Royalisten zugeneigt hatte, deshalb neue Genossen, tat sich mit der Wendehals-Truppe der Roten Garden aus Chengdu zusammen und war damit den Ultralinken ein Dorn im Auge. Zwischen Frühling und Sommer 1968 hatten sich verschiedenste Truppenverbände unter Führung der »Kampftruppe Universität Sichuan 826« gesammelt, sie nannten sich die »Armee der Millionen«, die sich wie ein Eisenring um eine winzige Kreisstadt in Zhongjiang schloss. Jedermann hasste die alte Quertreiberin wie die Pest, nur hatte es aufgrund ihres hohen Ansehens als Heldenmutter niemand gewagt, ohne weiteres gegen sie vorzugehen.

Nun gab die starrsinnige Alte aber nicht nur nicht auf, sondern vielmehr der Haupttruppe unter ihrem Kommando sogar den Befehl, am Phönixberg am Stadtrand eine Befestigungsanlage zu errichten, um sich gegen die drohende Gefahr zu schützen, den Feind abzulenken, Zeit zu gewinnen und sich mit befreundeten Truppen neu zu organisieren, um dann an einer unbewachten Stelle Chengdu anzugreifen und zu nehmen. Sie selbst, hinter ihr ein Gefolge mit geschulterten japanischen Arisaka 38-Repetiergewehren, durchbrach in ihrer Acht-Träger-Sänfte ostentativ den Eisenring um die Stadt und drohte dabei fortwährend, bis nach Peking zu gehen und sich an oberster kaiserlicher Stelle zu beschweren.

Das provozierte die Ultralinken. »Die Heldenmutter ist ins offene Messer gerannt« wurde eine Sensationsnachricht, das Jiguang-Korps, jetzt ein Drachenhaufen ohne Kopf, löste sich größtenteils auf, der Rest ließ unter der Führung eines Helden-Schwagers die Kreisstadt Kreisstadt sein und zog sich in die Verteidigungsanlage am Phönixberg zurück.

Sieben Tage und Nächte lieferten sich beide Seiten um diesen gut fünfhundert Meter hohen Berg einen erbitterten Kampf, leichte wie schwere Waffen des Jiguang-Korps glühten schon, und immer noch brandeten Rotgardisten Welle um Welle heran, als wüchsen der Erde die Kämpfer wie Giftzähne pausenlos nach. Immer dringlicher bliesen die Trompeten zum Angriff. Einem MG-Schützen ging der Killerinstinkt durch, er sprang aus seinem Schützengraben, schoss blindlings um sich, andere ließen sich anstecken und warfen Hunderte von Handgranaten. Die Angreifer mussten zurückweichen und ein Heer von Leichen zurücklassen. Das war den Todesschützen aber noch nicht genug, und sie ließen auf das laute, gegen den leeren Berg gerichtete Gezeter aus dem mit Leichen übersäten Unterholz noch mal einen wahren Kugelhagel niedergehen.

Dieses Blutbad machte den Chefs der Roten Garden schließlich unmissverständlich klar, dass nur mit revolutionärer Leidenschaft allein die Reaktionäre nicht zu bezwingen waren. Ein Stabschef a. D. der regulären Berufsarmee traf persönlich an der Front ein, nahm eine Stunde alles in Augenschein und ließ umgehend Granatwerfer heranschaffen. Deren massiver Beschuss brachte die Maschinengewehre des Feindes schließlich zum Verstummen. Die Roten Kleinen Generäle stürmten, in Kolonnen und von Rauchgranaten gedeckt, den Berg und vernichteten den hartnäckigen Feind, der sich nur noch fassungslos die Augen rieb, endgültig.

Der Sieg aber wurde mit einem verheerenden Preis bezahlt, Hunderte junger Menschen hatten am Hang des Phönixberges elendiglich ins Gras gebissen. Ein Rotgardistengrab neben dem anderen, vom Fuß des Berges zum Gipfel, darüber hinaus und auf der anderen Seite wieder hinab, das war in unheilvoller Weise imposant. Für eine Zeit schien hier der weltweit größte Eingang ins Paradies gewesen zu sein, unaufhörlich kamen hier lebendige Wesen mit andächtiger Miene, bei strahlendem Sonnenschein und schönstem Wetter zusammen, um den Toten in ihrer Finsternis Respekt zu zollen, Tränen flossen in

Strömen, der stille Fluss der Unterwelt jedoch blieb davon gänzlich ungerührt.

Als Zhuang Zigui Jahre später hier vorbeikam, war der Friedhof schon von Sträuchern und Unkraut überwuchert. Eine Gruppe Jungen und Mädchen machte ein Picknick am Hang, als sie müde wurden, lehnten sie sich gegen die gescheckten Grabsteine, alles wirkte vollkommen entspannt. Zhuang Zigui ging an ihnen vorbei, stieg vom Ausgangspunkt des damaligen Angriffs hinauf und entdeckte unterwegs unter den Toten unversehens ein paar bekannte Namen. Die Schriftzeichen waren kaum noch zu entziffern, aber in seinen Gedanken war alles sehr deutlich, sie waren mit ihm gleichaltrig und in der gleichen Jahrgangsstufe gewesen, später hatten sie als Kameraden Seite an Seite gekämpft, er hatte das Gefühl, als keimten im Boden auf einmal die Gebeine und wucherten in seine leeren Armbeugen.

Es begann zu regnen und die Picknicker waren, völlig panisch, auf und davon. Zhuang Zigui ging weiter in die entgegengesetzte Richtung und fühlte sich plötzlich rettungslos alt, als habe er auf allzu eiliger Durchreise verfrüht eine Eintrittskarte in die Hölle gelöst. Etwas später saß er auf dem Gipfel und stellte sich vor, er sei ein Grabstein. Wobei ohnehin jeder Lebende ein Grabstein war, in Zukunft würden immer mehr Verstorbene seinem Gedächtnis eingegraben sein.

Es donnerte und blitzte einmal und noch einmal, insgesamt acht Mal, direkt neben ihm. Jedes Mal wiederholte sich für einen Moment jenes große Ereignis der Kulturrevolution, der Massenansturm Zehntausender, und Zhuang Zigui sah sich selbst wie von außen gemeinsam mit den Toten im Himmel. Unwillkürlich fragte er sich, ob dieses scheinbar so endlose Leben in einer anderen Dimension vielleicht auch nur ein flüchtiger, schnell verlöschender Blitz war. Er hatte für sich noch rechtzeitig alles durchschaut, aber viele, die in politische Bewegungen verstrickt waren, waren, noch bevor sie klarsahen, schon tot.

Beim Vorsitzenden Mao heißt es: »Der Goldaffe hob die 1000-Stein-Keule, das Jade-All war frei von Staub.« Die chinesischen Roten Garden waren der Affe Sun Wukong aus der Geschichte *Die Reise nach Westen*, der in der Hand des Buddha Purzelbäume schlug und ausgeschickt wurde, das Universum zu reinigen. Die Lebenserwartung der Bewegung der Rotgardisten war abhängig von der Zahl der politischen Gegner Maos. Mao rief die Geister hervor, und Mao holte die Geister wieder zurück. Als dieser aus einem Dorf in Hunan stammende Teufel in Menschengestalt, der die *Reise nach Westen* so sehr liebte, mit roter Armbinde auf dem Himmelstorturm stand und sein »Lang leben die Roten Garden« deklamierte, damit diese in gleicher Weise wie Sun Wukong im Himmelspalast einen gewaltigen Aufruhr machen sollten, waren, wie es im Roman heißt, die schweren »neun mal neun gleich einundachtzig« Schicksalsschläge für diese Sun-Wukong-Affen ebenfalls vorherbestimmt.

Als Buddha Sun Wukong überlistete, wurde der Wind frisch und der Mond klar; als Mao die Roten Garden aufgab, wurden sie wie ein gebrochenes Ackergerät auf dem Feld zurückgelassen. Im Winter 1968 wurden landesweit bekannte Rotgardistenführer wie Nie Yuanzi, Kuai Dafu und Han Aijing[28] der Reihe nach ins Gefängnis geworfen und verloren Ansehen und Rang; das Militär kam erneut an die Macht und stieg in das wiederbelebte rote Regime mit ein – als Leiter oder Stellvertreter auf allen Ebenen der revolutionären Komitees.

Unter den allerbesten revolutionären Umständen verkündete der Große Vorsitzende Mao im Winter 1968 die neueste Direktive: »Dass Gebildete Jugendliche zur Umerziehung durch die armen und niederen Kleinbauern auf die Dörfer gehen, ist unerlässlich.«

Der stolze Affenkönig Sun Wukong musste mit dem magischen, ihn zähmenden Reif um die Stirn ins Westliche Paradies nach Indien, um dort buddhistische Schriften zu holen, aber die Wirklichkeit war kein mythisches Märchen, den verbannten Kleinen Generälen war kein ruhmreiches Ende bestimmt. Maos Kalkulation war vielmehr: In China gab es auf dem Land ein paar hundert Millionen Analphabeten mit derben Armen, Beinen und mit genug Fingern, um Sun Wukong jedes Haar einzeln auszureißen.

Zwei

In die Berge, aufs Land

Umerziehung durch die armen und niederen Kleinbauern

Im Frühjahr 1971 wurde Zhuang Zigui zusammen mit einer großen Zahl junger Chengduer Schulabgänger, der Gebildeten Jugend, in den armen Kreis Yanting im Norden Sichuans landverschickt, an die Basis. Zur Abreise brachten die Eltern ihre Söhne und Töchter, ermahnten diese ein um das andere Mal, heulten Rotz und Wasser und wollten die Kinder, selbst als der Bus schon losfuhr, einfach nicht loslassen. Ein älterer Herr mit Brille lief mitten in der Abschied nehmenden Menschenmenge mit dem Bus mit und stolperte plötzlich, wobei seine Brillengläser zu Bruch gingen. Während er noch den Boden nach ihnen abtastete, hob er die andere Hand bereits und rief in größter Hektik: »Erya!« Ein junges Ding hörte es, lehnte sich weit aus dem Wagenfenster und antwortete weinend: »Papa! Bring Papa nach Hause, Sanya!«

Zhuang Zigui hatte sich in eine Ecke des Busses verkrochen, dieses Theater der schreienden Vatis und Muttis ging ihn nichts an, er machte deshalb einen auf »was ich nicht weiß, macht mich nicht heiß«. Das Kostbarste in seinem einfachen Reisegepäck waren außer ein paar aus der Bibliothek gestohlenen verbotenen Büchern die Fotos von seinen Eltern und von Nie Honghong. Nie Honghong hielt auf dem Foto die rote Mao-Bibel in Händen, im Hintergrund war das Tor des Himmlischen Friedens in Peking, und sie strahlte vor Glück; das kleine Foto mit seinen Eltern war irgendwo unterwegs auf dem Land aufgenommen, Mutters großer Strohhut schützte sie vor der Abendsonne und löschte zugleich jeden Hinweis auf die Zeit. Diese drei waren seine Familie, im Diesseits wie im Jenseits, er nahm im Stillen von ihnen Abschied und spürte aufmerksam auch ihren guten Abschiedswünschen nach, in diesem Augenblick waren Lebende und Tote von ihm gleich weit entfernt.

Als der Bus die Stadtmauer passierte, begannen die Gebildeten Jugendlichen spontan dasselbe Lied zu singen, *Ade, Hibiskusstadt*, eine Abwandlung des in den dreißiger Jahren in den Nachtclubs am Shanghaier Bund beliebten Liedes *Der Herbsttau weckt die Sehnsucht nach ihr*, und unmittelbar anschließend, in Abwandlung eines weiteren alten Liedes, *Ade, Bergstadt*:

Wie ich am Wagenfenster lehn,
noch einmal die Heimat zu sehn,
in Yangzi und Jialing
Welle kommt und Welle ging,
Bergstadt, muss ich von dir gehn ...

Zhuang Zigui hatte beide Augen fest geschlossen, während er den Liedern lauschte, ein Lied folgte dem anderen und keiner von ihnen wusste, aus welcher Zeit diese Melodien über heimliches Weh und heimlichen Groll eigentlich stammten, sie alle sangen unter Tränen aus ihren eigenen bitteren Erfahrungen heraus, als komme ihnen durch die unverschuldete Verbannung das ganze alte Zeug der alten Gesellschaft wie von selbst aus den Knochen. Zhuang Zigui hätte gern mitgesungen (als Kind hatte er oft seine Mutter leise für sich *Der Herbsttau weckt die Sehnsucht nach ihr* singen hören), aber er brachte keinen Ton heraus, er wollte weinen und hatte keine Tränen, die Realität war zu grausam – es war möglich, dass er, ein Hundesohn der Ausbeuterklasse, in diesem Leben, oder zumindest solange der Vorsitzende Mao lebte, nicht mehr in seine Heimat würde zurückkehren können.

Die Stadt Yanting war rings von einer kahlen Gebirgskette umschlossen und mit dem Umland nur über eine miserable Holperstraße verbunden, die aussah, als rinne einer alten Henne der Darm aus dem Eiertor. Dieser abgelegene kleine Landkreis, an sich keiner Erwähnung wert, hatte während der Kulturrevolution plötzlich große Berühmtheit erlangt, denn er war der Geburtsort des Revolutionskomitees gewesen, des ersten roten Regimes in ganz Sichuan. Man erzählte sich, am Tag der Gründung dieses Kreis-Revolutionskomitees seien aus den Teilen des Landes achthundertvierzigtausend Rebellen zum Gratulieren gekommen, was der Gesamtzahl der Bevölkerung der Stadt seit ihren Anfängen entsprach. Glücklicherweise waren im Hochsommer die Temperaturen so, dass man ohne Probleme im Freien kampieren konnte. Und im Umkreis von hundert Li boten die gastfreundlichen Yantinger alles, was sie an Schweinen, Schafen, Ziegen, Rindern und Pferden, Katzen, Hunden und Mäusen hatten, auf, packten sie in große brodelnde Eisenkessel und hielten die auswärtigen Kampfgenossen aus.

Das großartige Fest ließ die Einwohner der Stadt noch für lange Zeit berauscht zurück, selbst als Zhuang Zigui und die anderen Neuankömmlinge eintrafen, erzählte die Leitung des Kreis-Revolutionskomitees auf der Willkommensfeier noch mit großer Begeisterung davon. Der

Leiter des Büros für die Gebildete Jugend blies Yanting, wobei er seine beiden Goldzähne bleckte, in unendlich weitschweifigen Worten zu einer traditionellen Revolutionsbasis auf, die Rote Armee sei damals auf ihrem Langen Marsch hier vorbeigekommen und habe an den gemeinsamen Grenzen des Kreises zu Jian'ge und Zitong feuerroten Sowjetsamen gesät. Überraschend mischte sich ein Grünschnäbelchen namens Erya ein und korrigierte, die Route des Langen Marsches der Roten Armee in Sichuan sei über Garze und Ngawa im Norden und Nordwesten der Provinz verlaufen, von Yanting sei das ein ganzes Stück weg. Der Direktor machte auf der Stelle ein langes Gesicht. Die beiden stritten sich ein wenig, dann verspritzte der Direktor eine übelriechende Toleranz und half sich mit Selbstironie aus der peinlichen Lage: »Schon gut, schon gut, auf dem Langen Marsch hat es aber ja nicht nur eine Armee gegeben. Also haben wir beide recht.« Ohne seinem Gegenüber noch eine Gelegenheit zur Erwiderung zu geben, kehrte er unverzüglich zum Thema »Das große Fest zur Gründung des Kreis-Revolutionskomitees« zurück:

»An diesem Vormittag hatten wir vorher an den Berghängen im Norden und im Süden vierundzwanzig Landminen gelegt für den Salut, die Volksrepublik China ist nämlich unter vierundzwanzig Salutschüssen gegründet worden, also wollten auch wir auf genau diese Anzahl kommen, das sollte das Volk begeistern und dem Feind sollte schon vom Zuhören das Herz in die Hose rutschen. Doch dann waren es nur dreiundzwanzig Schüsse, eine Mine funktionierte nicht, die revolutionären Massen schauten ganze zehn Minuten erwartungsvoll hinauf, aber es tat sich nichts mehr. Ein Genosse ging auf die

Bühne und wollte wissen, wie das passieren konnte. Ob vielleicht der Klassenfeind Sabotage betrieben und den letzten Schuss zum Verstummen gebracht habe. In diesem für das Ansehen der roten Staatsmacht kritischen Moment fasste sich Genosse Mao Dawei, der verantwortliche Organisator des Saluts, der an der Seite bei den Minen geblieben war, ein Herz. Die Kampfgenossen warnten ihn noch: ›Lieber Genosse Mao, das ist lebensgefährlich!‹ Aber der gute Mao antwortete nur mit voller und energischer Stimme: ›Der Vorsitzende Mao, unser großer Führer, lehrt uns: 'Revolutionskomitees sind gut.' Wenn auf diese Weise das in ganz Sichuan erste rote Neugeborene unter vierundzwanzig herrlichen Salutschüssen das Licht der Welt erblicken kann, was machte es da schon, ein bisschen den Kopf zu riskieren und ein bisschen heißes Blut zu vergießen!‹ Daraufhin rief er laut die Oberste Direktive: ›Fest entschlossen, keine Angst vor Opfern, alle Schwierigkeiten fort, nichts zählt als der Sieg‹, stürmte bergan und zündete eigenhändig den Sprengsatz ... der Salutschuss knallte, die rote Staatsmacht war geboren, unser Genosse Mao Dawei allerdings konnte nicht mehr rechtzeitig zur Seite springen, ihn hat es in tausend Stücke gerissen. Als dieser heldenhafte Kommunist sich opferte, war er noch keine dreißig Jahre alt ...«

Der Leiter des Kreis-Revolutionskomitees stand als Erster auf, drei Minuten lang schwieg man gemeinsam im Gedenken an den Märtyrer Mao Dawei, danach sang man gemeinsam ein *Worte-des-Vorsitzenden-Mao*-Lied: »Wo Kampf ist, wird es Opfer geben, dass einer fällt, kommt immer vor ...«

Zhuang Zigui war einen halben Monat im Gästehaus der Kreisstadt untergebracht, bevor er der von der Kreisstadt gute hundert Kilometer entfernten Bergregion Heishan zugeteilt wurde, von wo es weiter in die noch einmal gut sechzig Kilometer entfernte Kommune »Schlachtross« ging und von dort dann zur Produktionsgruppe Familie Luan in der Produktionsbrigade Rote Fahne. Die Gefährten an seiner Seite wurden von Halt zu Halt weniger, am Schluss stand er allein mit seinem großen Beutel an einer einfachen Behelfsstraße. Das Gepäck von Erya und drei weiteren Gebildeten Jugendlichen war von zwei Dorfbewohnern auf eine Tragestange gepackt worden, sie mussten noch weiter ins Landesinnere. Zhuang Zigui war wie ein Affe in die Luft gesprungen und hatte ihnen mit beiden Händen gewunken, er war sogar einen Abhang neben der Straße hinaufgelaufen, um sie besser sehen zu können, sie jedoch hatten sich nicht ein einziges Mal umgesehen. Enttäuscht und frustriert von ihrer Missachtung seiner Gefühle kehrte er zum Ausgangspunkt zurück. Neben der Straße war eine tiefe Schlucht, auf deren Grund sich ein Stausee befand, glühendes Abendrot breitete sich über seinen Hinterkopf zu den gegenüberliegenden Gipfeln aus. Eine Reihe Dörfler schlängelte als kleine Punkte über den rotfleischig kahlköpfigen Berg, als seien sie von der Sonne in die Erde geschissen worden. »Der Vorsitzende Mao sagt: ›Die weite Welt kann von großem Nutzen sein‹«, dachte Zhuang Zigui, »vielleicht werde ich mein Leben nun in diesem Misthaufen der Natur beschließen.«

Offenbar als Reaktion auf die Umgebung bekam er plötzlich Bauchgrimmen, woraufhin er ohne jede Scheu die Hosen herunterließ, in die Hocke ging und voller Enthusiasmus einen wilden Schiss in die Landschaft setzte.

Die physische Entspannung ließ ihn romantisch werden und er begann in der Hocke zu singen. Er sang eine Weile, betrachtete eine Weile auch Nie Honghongs Foto, das er herausgekramt hatte, erinnerte sich, wie sie auf dem Platz des Himmlischen Friedens ihre Tage bekommen hatte und zwischen ihren Schenkeln zischende Dampfschwaden aufgestiegen waren. Auf einmal erigierte sein Penis. Er beschimpfte sich selbst als Schweinigel, sang weiter und rückte wie in Kindertagen ein Stück weiter, um zu sehen, wie viele Haufen er am Ende zuwege brachte. Er wunderte sich über sich selbst, wie wenig traurig er war. Ach ja, die Traurigkeit der Jugend, die dem Schmerz nicht standhält!

Seine Beine waren vom langen Hocken schon ganz taub geworden, der Wind kühlte ihm angenehm das Hinterteil, da leckte ihm eine noch kühlere Hundeschnauze das Spundloch. Mit einem Satz war er hoch und brachte als aufgescheuchter Mandrillaffe ein kleines Mädchen zum Kichern. Ein großer Kerl mit rotem Gesicht und bloßer Brust tauchte am Straßenrand auf, der Hund und das kleine Mädchen gehörten zu ihm. Er hob Zhuang Ziguis Gepäck vom Boden auf, hängte es ans Ende der Tragestange auf seiner Schulter und fragte: »Gebildete Jugend?«

Hose hoch und aufgestanden war eins, mit knallrotem Kopf sah er sich schwarzem furchteinflößendem Brusthaar gegenüber. Gewohnheitsmäßig streckte er aus Höflichkeit die Hand aus, doch der Kerl wischte sie beiseite mit den Worten: »Schüttel den Schwanz damit. Ich bin Luan Mao, Leiter der Produktionsgruppe Luan.« Sprach's, machte kehrt und lief den Hang hinunter.

Zhuang Zigui heftete sich an seine Fersen, einen Hang hinunter, den nächsten wieder hinauf, vier Stunden lang.

Bergab den Rumpf nach hinten, vorsichtig, Schritt für Schritt, denn schon bei der kleinsten Unaufmerksamkeit wäre man wie Geröll den Abhang hinunter direkt in den Stausee am Fuß des Berges abgegangen. Der Stausee lag vollkommen glatt und still, offensichtlich war er ein paar tausend Klafter tief. Als sie um den See herum waren, hob er den Kopf und warf einen Blick zum ovalen Himmel hinauf, er hatte das Gefühl, er müsse vom Boden einer Riesenurne aufsteigen. Seine Nasenspitze war wie bei dem dürren Scheißefresser von einem Hund nach vorn gereckt, er schnupperte hierhin und dorthin und stieß irgendwann aus Versehen gegen den Po des Mädchens, dass es vor Schreck wie ein Hase davonsprang, als wäre es von einer Biene in seinen flickenübersäten Hosenboden gestochen worden.

Als Zhuang Zigui schließlich mit schweißgebadetem Rücken auf dem Gebirgspass, der ab jetzt sein Zuhause sein sollte, eintraf, war es bereits stockdunkel. Im matten Mondlicht schaute er zurück und konnte die Straße geradeaus am Gipfel gegenüber ahnen, Ausgangs- und Ankunftsort lagen auf einer Höhe, würde man eine Brücke hinüber bauen, wäre man in kaum mehr als zehn Minuten auf der anderen Seite. Bevor er darüber weiter nachdenken konnte, wies ihn Gruppenleiter Luan an, auf den Dreschplatz zu gehen, wo sämtliche Männer und Frauen, Alt und Jung der Produktionsgruppe warteten. Vom Fuß des Berges kam Wind herauf, und je nachdem flatterten den Leuten Kleidung und Haare. Gruppenleiter Luan brachte Zhuang Zigui, die Menge beiseitedrängend, zu einer Windlaterne, vor der an einem viereckigen Tisch mit vier Holzbänken in einem großen Halbkreis die Privilegierten der Produktionsgruppe saßen – Buchhalter, Kassierer, Lagerist und die Leiterin des Frauenverbands. Ohne Zhuang Zigui eine Verschnaufpause zu gönnen, fing Gruppenleiter Luan unversehens an, bärenhaft zu brüllen: »Alles aufgestanden! Das Porträt des Vorsitzenden Mao bitte!«

Daraufhin wurde an der Spitze der Holzstange, an der die Windlaterne hing, ein Standardrahmen angebracht und Mao mit seinem zu einem halben Lächeln verzogenen Mund wirkte im flackernden Lichtschatten nun vollkommen unergründlich. Der Wind drehte sich und stellte allen wie mit unsichtbarer Hand jedes einzelne Haar senkrecht, die Jacken aus grobem Tuch, die aussahen wie halbe Säcke, füllten sich mit Wind und hundert rundliche Bäuche lagen offen. Weil ihre Grundnahrungsmittel nicht aus Weizen oder Reis, sondern aus grobem Getreide wie Mais und Hirse bestanden, hatte die hiesige Landbevölkerung runde Hüften und große Leiber, die Schultern aber waren schmal, sie sahen aus wie die dickbauchigen Tongefäße, in die man Gemüse einlegte, nur mit vier Gliedmaßen daran. Wenn die einsame Laterne schwankte, flackerten die Gesichter wie Masken unbestimmbar zwischen hell und dunkel. Die Frauen gaben ihren Kleinen die schlaffen langen Brüste, das Kleine der Leiterin des Frauenverbandes reichte der Mama bereits über den Bauchnabel hinaus, auf Zehenspitzen drang es unter dem Kleid bis an die Brust vor, das Gluckern in der Kehle ließ an die Zähne eines Dinosauriers denken.

Gruppenleiter Luan hielt, die anderen anleitend, die rote Mao-Bibel hoch und schrie mit einer Energie, als sauge er ebenfalls an der Mutterbrust: »Zuerst auf den Vorsitzenden Mao, die röteste rote Sonne in unserem Herzen ...«

Alle brüllten im Chor: »Ewig soll er leben! Ewig soll er leben! Ewig soll er leben!«

»Dann zu Ehren des Gevatters der Sonne Mao, des stellvertretenden Oberbefehlshabers Lin Biao ...«

»Gesund soll er bleiben! Gesund in alle Ewigkeit! Gesund in alle Ewigkeit!«

»Verbeugt euch! Einmal! Zweimal! Dreimal!«

Über ihnen die Berge, zu ihren Füßen die Schlucht, aus den Reisfeldern das *Dung-dung* eines Blässhuhns; hoch oben strich ein Geisterschatten vorbei, schaute man genauer hin, konnte man eine Eule ausmachen. Zhuang Zigui kam sich vor wie in einer Geisterhöhle, er schielte auf das Kleine der Leiterin des Frauenverbandes und sah, dass es noch bei den devoten Verbeugungen vor der Roten Sonne eisern an den tief hängenden Brustwarzen der Mutter zerrte.

Das waren landesweit unvermeidliche Veranstaltungen: »Das Ersuchen um Anweisung am Morgen« und »Berichterstattung am Abend«, im regionalen Dialekt bedeutete »Gevatter« »Kampfgenosse«. Als Nächstes erstattete Gruppenleiter Luan selbst Bericht: »Sonne Mao, Gevatter Lin, jetzt werde ich, Luan Mao, Euch, der Sonne, Bericht erstatten. Die Arbeit des Tages war wie folgt: Noch vor Tagesanbruch und im Dunkeln sind alle Mitglieder der Produktionsgruppe die Oberste Direktive ›Bereitet euch vor auf den Krieg, trefft Vorbereitungen gegen Naturkatastrophen, alles für das Volk‹ deklamierend auf die Felder gezogen, um Setzlinge zu pflanzen, es wurde ein Wettbewerb im Pflanzen von Reissetzlingen ausgetragen, um landwirtschaftlich von Dazhai[29] zu lernen, es herrschte ein ziemlicher Betrieb. Während der Pause tanzten wir den Loyalitätstanz[30], am willigsten tanzte ihn Luan Huahua, die Leiterin des Frauenverbands. Beim anschließenden Mittagessen dachten wir an die schlimme alte Gesellschaft, in der die arbeitende Bevölkerung nicht genug zu essen und nichts Warmes zum Anziehen hatte, wenn Eure Sonne uns nicht angeleitet hätte, die drei hohen Berge Imperialismus, Feudalismus und Bürokratenkapitalismus zu Fall zu bringen, die Landreform durchzuführen, Grundbesitzer zu bekämpfen, für unsere Befreiung zu streiten und ein neues China zu errichten, wo wären die armen und niederen Kleinbauern am Hang der Luans geblieben, wo wäre ich selbst, Luan Mao, geblieben, selbst die Schamhaare wären uns verhungert. Als ich daran dachte, dass noch immer zwei Drittel der Menschen auf der Welt in Not und Elend leben, hatte ich schon nach zwei Schüsseln Süßkartoffeln, Sauerkohl und Maisschleimsuppe keinen Appetit mehr ... in der Mittagspause hörte ich den Kommune-Rundfunk, der mich drängte, einen Gebildeten Jugendlichen abzuholen. Ja, dieser Gebildete Jugendliche stammt aus der Ausbeuterklasse, wir armen und niederen Kleinbauern werden ihn in Zukunft anständig umerziehen ...«

Seit Gruppenleiter Luans Redefluss begonnen hatte, war eine ganze Weile vergangen. Als die Versammlung sich schließlich auflöste, war schon tiefe Nacht, Gruppenleiter Luan nahm die Windlaterne und ging voraus, nachdem Zhuang Zigui auf unsicheren Beinen hinter ihm zwei Feldraine überquert hatte, krochen sie Kopf voran in ein Erdhaus, das einem Mäusebau glich, und, kaum dass er durch die Tür war, brüllte Gruppenleiter Luan: »He, Weib, verdammte Gören, bringt was zum Essen!«

Zhuang Zigui starrte auf die voll gepackten Riesenschüsseln mit Süßkartoffeln, Sauerkohl und Maisschleimsuppe, in seinem Magen schien eine Eule zu zappeln, er schob bereits den halben Tag Kohldampf, stürzte sich

augenblicklich, und ohne irgendeinen Einwand abzu-
warten, zu dem Jungen und den vier Mädchen der Luans
und machte sich über eine Schüssel nach der anderen her.
Schlürfen erfüllte den Raum, sein Bauch schwoll. Er lockerte den Gürtel ein Loch und schlang weiter, bis ihm
schließlich ein Stück Süßkartoffel im Hals stecken blieb
und er wohl oder übel den Kopf heben musste, er bog den
Hals zurück und schluckte, seine Augen funkelten grimmig. In der Familie von Gruppenleiter Luan war einer dür-
rer als der andere, die fünf Kinder, die nur aus Haut und
Knochen bestanden, kämpften, die Köpfe dicht zusammengedrängt, ums Essen, als sie zuletzt ihre Schüsseln
ausleckten, waren ihre Gesichter breiverschmiert und sie
schleckten sich mit großem Vergnügen gegenseitig die
Gesichter ab. Frau Luan rief in einem fort »pfui, pfui«, ihr
Körper glich einer Tragestange, an der zwei Zinnkannen
hängen, das Fleisch der Familie konzentrierte sich vermutlich ausschließlich auf Gruppenleiter Luan.

Nach dem Essen schlug Gruppenleiter Luan Zhuang
Zigui mit seiner Bärenpranke klatschend auf den Rücken:
»Nicht schlecht, nicht schlecht, du bist schnell einer von
uns armen und niederen Kleinbauern geworden. Für die
Nacht musst du dich jetzt zu den Kleinen quetschen, mor-
gen seh'n wir weiter.«

Ihm blieb also nichts übrig, als sich in seinen Kleidern
zu fünf splitterfasernackten Kleinkindern zu legen. Im
Traum verwandelte er sich in einen Hai mit großem Maul,
der im Schlamm feststeckte, der Schlamm war dick und
stank, er konnte sich schwer Luft machen, dem Ersticken
nahe, bäumte er sich auf. Hätte er nur einmal frische Luft
holen können, ein einziges Mal, aber Torf stopfte ihm
das Maul. »Ich ersticke!«, schrie er röchelnd. Im Schlamm

kam es zu Turbulenzen, jemand drückte laut lachend von oben, er machte sich los und ihm platzte die Blase.

Wach geworden, bemerkte er, dass er ins Bett gemacht hatte. Er schob die klebrige, bloßliegende Baumwollwattierung auseinander und war so unglücklich, dass ihm die Tränen herunterliefen. Dann brach nebenan auf einmal – *hej jooh hej* – ein Bärengebrüll los, die Dachsparren bebten, dass der Putz runterkam, er hielt sich die Ohren zu und vermutete, dass Gruppenleiter Luan zur dritten Doppelstunde der Nacht im Traum auf seine Frau eindrosch, und hoffte nur, dass bald wieder Ruhe einkehren würde. Doch Gruppenleiter Luans Gebrüll wollte kein Ende nehmen, er schien den Verstand verloren zu haben. Zhuang Zigui machte sich Sorgen, wenn der so weiterdrosch, würde es jemanden das Leben kosten und er selbst käme wohl auch noch unter Mordverdacht, also nahm er den Mut aus einstigen Rebellentagen zusammen, stieg aus dem Bett, hob den Vorhang und ging hinein, um den Streit zu schlichten, zog sich jedoch schnellstens mit knallrotem Kopf wieder zurück und stöhnte über sein peinliches Ungeschick.

Sie hatten einfach Sex, ein großer Berg Schwarzbärfleisch begrub Frau Luan, die Tragestange, vollständig unter sich, hätten nicht zwei einsame dürre Beine herausgeschaut, Zhuang Zigui hätte geglaubt, Gruppenleiter Luan läge alleine bäuchlings auf dem Bett und gehe seinem Vergnügen nach.

Von diesem die Erde in ihren Grundfesten erschütternden Schauspiel war ihm jede Müdigkeit wie weggeblasen, im Schritt war ihm eisig kalt, und er verkroch sich wie als Kind wohl oder übel in einer Ecke des Bettes und machte sich so klein wie möglich in der Hoffnung, auf diese Weise dieser ersten Nacht der Landverschickung mitsamt Gruppenleiter Luan mit seinem Furor und der Schar seiner armen und niederen, noch beim Beben des elterlichen Liebesaktes fest wie die Ferkel schlafenden Kleinbauernkindern entfliehen zu können. Reihenweise fiel das Ungeziefer über ihn her, zumeist Läuse und Wanzen, er kratzte sich hektisch überall, doch das Jucken wurde immer unerträglicher. Als am Fenster der Morgen graute, hatte Zhuang Zigui innerlich wie außen keinen einzigen heilen Fleck mehr. Er stieß einen langen Atemzug aus, sprang auf und stürmte nach draußen, wo er direkt auf Gruppenleiter Luan traf, der gerade an die Mauer pinkelte.

Nach diesem Beginn des trüben Lebens eines Gebildeten Jugendlichen arbeitete Zhuang Zigui von Sonnenaufgang bis Sonnenuntergang mit den Bauern am Hang der Luans, wobei ihm die plötzliche Einsicht kam, dass es auf dieser Welt nie irgendeine Veränderung gegeben hatte und auch niemals eine geben würde. In dem schwer zugänglichen großen Tal gab es so gut wie keine Menschen mit Bildung, die überwiegende Mehrheit der Landbevölkerung hatte keine Ahnung, was der Unterschied zwischen einer Republik und einer Volksrepublik war, der Vorsitzende Mao nahm in ihren Herzen in etwa die Position eines lokalen Bodhisattvas ein. Am Morgen um Anweisung bitten, am Abend Bericht erstatten, den Loyalitätstanz tanzen und derlei Programme der zeitgenössischen Politik wurden unter dem Gebrüll von Gruppenleiter Luan zwar tagtäglich abgespult, waren aber für die Leute nicht mehr als eine kollektive Unterhaltung, die ein wenig Abwechslung in das monotone Leben brachte. Einmal kam Zhuang Zigui in einer Plauderei auf die »Klubs« in den Großstädten zu sprechen, Gruppenleiter Luan grübelte stirnkratzend eine ganze Zeit über das Wort »Klub« nach, bis ihm klar wurde, dass das ein Ort der Unterhaltung war. Lachend sagte er: »Das ist also der Kommunismus, von dem die Sonne Mao spricht? Der Schwanz soll seinen Spaß haben. Wir auf dem Dorf machen Klub in unseren Betten, wenn wir am Feierabend heimkommen, können wir in der Dunkelheit nichts mehr machen, also schnappt sich jeder seine Alte und macht seinen eigenen Klub, und wenn sie ihre Tage hat, auch.« Er ließ seinen Blick einmal in die Runde schweifen, dann zog er Zhuang Zigui zu sich heran und flüsterte ihm ins Ohr: »Ich habe auch schon Klub gemacht am Spundloch von Frau Luan, die hat gequiekt wie ein Schwein, so habe ich es der besorgt, Maos Sonne ist ein Segen, solche Freuden bringen uns schneller zum Kommunismus.«

Haarsträubende Scherze dieser Art waren etwas ganz Normales. Zhuang Zigui konnte beim Einpflanzen der Reissetzlinge mit den anderen nicht mithalten, Gruppenleiter Luan wies ihn deshalb an, sich an den Feldrain zu setzen und aus dem roten Schatzbuch vorzulesen. Die Dörfler in den Bergen zogen ihre Kinder auf, wie sie ihr Vieh weideten, das eine Ende eines Seils wurde den Kleinen um den Bauch gebunden, das andere an einem Baumstumpf oder Felsen verknotet, so dass sie nach Lust und Laune klettern und tollen konnten. Die Kleinen fingen zwischen Grasbüscheln und Erdbrocken oft Ameisen und Grillen und steckten sie sich geradewegs in den Mund. Einmal bemerkte Zhuang Zigui, dass eines der Kinder nicht aufgepasst hatte und kopfüber in ein Reisfeld fiel. Er wollte hin, um ihm herauszuhelfen, doch die Mutter rief ihm aus der Ferne zu: »Nicht kümmern, Bücherwurm, das Ferkel schafft das allein.«

Besonders versessen waren die Leute auf den Loyalitätstanz. Männer und Frauen, Alt und Jung verausgabten sich dabei völlig, selbst alte Frauen mit gebundenen Füßen klatschten sich mit zahnlos eingefallenem Mund an Brust und Gesicht. Gruppenleiter Luan tanzte mit Vorliebe unter den jungen Frauen, den unverheirateten wie den verheirateten, warf die Arme immer wilder und nutzte jede Gelegenheit zum Tatschen, fingerte nach schwingenden Brüsten und zog lose Hosengürtel heraus. Dann klatschte alles und sang »Verehrter, geliebter Vorsitzender Mao, rote Sonne unseres Herzens«, während man um einen vornüber gebeugt die Hose hochziehenden Er oder Sie kreiste und seine Späße trieb. Als sich immer mehr Leute an diesem schändlichen Spiel beteiligten, wurde es Luan Huahua, der Leiterin des Frauenverbands, zu bunt: »Luan Mao«, hielt sie auf der Stelle die Bärenpranke fest, die an ihrer eigenen Leistengegend herumgrapschte, »Lust auf weibliche Pretiosen? Wir werden dich zufriedenstellen.« Daraufhin rief sie laut: »Mädchen und Frauen, kommt her!«

Etwa zehn Bauersfrauen mit nicht gebundenen Füßen scharten sich um sie, warfen Gruppenleiter Luan zu Boden, die Leiterin des Frauenverbands zog die Hosen runter, hockte sich über den Kopf des Bären und ließ es kräftig laufen. Gruppenleiter Luan rief mehrfach »gut«, die Leiterin des Frauenverbandes schimpfte lachend: »Du schreist auch noch ›gut‹? Ich sorg dafür, dass es dir so gutgeht wie noch nie. Frauen, runter mit seiner Hose, und dann reißt ihm die Haare an den Eiern einzeln aus!«

Bei jedem Haar schüttelte es Gruppenleiter Luan von

neuem, irgendwann ertrug er die Schmerzen nicht mehr: »Liebe Güte! Gute Frau! Großmama! Bei meiner Urgroßmutter! Ich Dreckskröte wollte Schwanenfleisch, ich bin das Schwein Zhu Bajie[31] und wollte der Göttin Guanyin zwischen die Beine ...«

Alles bog sich vor Lachen und rollte am Boden zu einem einzigen großen Fleischberg zusammen.

So verstrichen die Tage ohne Sinn und Verstand. Ohne Kalender und ohne Uhr war die Zeit nichts als eine endlose Gasse, in der sich Heiß und Kalt abwechselten.

Zhuang Zigui vergeudete in dieser Gasse seine Stunden, er schaffte es nicht, die unzeitgemäße Arroganz des angehenden Intellektuellen abzulegen und bei den Späßen der armen und niederen Kleinbauern mitzumachen, er blieb der von der Stadt aufs Land exkrementierte Außenseiter, der keine Ahnung hatte, wie er mit diesen banalen Geschmacklosigkeiten umgehen sollte. Bei der kollektiven Arbeit, beim kollektiven Lernen und bei der kollektiven Zerstreuung, überall musste er dabei sein, die armen und niederen Kleinbauern brachten es fertig und schnarchten bei einer Vollversammlung urplötzlich los, er jedoch wagte das nicht, mit seiner Kommunikationsfähigkeit ging es rasend bergab, außer wenn er aus der Mao-Bibel vorlas, stotterte er sich, kaum dass er den Mund aufmachte, etwas zurecht. Wie oft hatte er, nach Hause gekommen, in einem der entwendeten verbotenen Bücher noch ein paar Seiten lesen wollen, doch kaum war sein Körper in Kontakt mit dem Bett, war er eingeschlafen, es schien fast schon, als hypnotisierte ihn jemand aus dem Buch heraus. So vergingen zwei Monate, niemand schrieb ihm oder schickte Geld, seine Haare waren inzwischen zerzaust wie bei einem Wilden. Er wäre gern mal auf einen Markt gegangen, hätte gern die Produktionsgruppen abgeklappert, um andere Gebildete Jugendliche ausfindig zu machen, die hier ihr Dasein fristeten, doch es fehlte ihm an Geld und Energie, er arbeitete von früh bis spät, um Arbeitspunkte zu sammeln, aber es gab nur einen Mao[32] am Tag.

Sein sogenanntes neues Zuhause war der aufgegebene Tempel eines Berggotts geworden. Bei der kulturrevolutionären »Zerschlagung der Vier Alten« war der Dorfgott in Stücke gegangen, übrig geblieben war ein leerer Schrein. Zhuang Ziguis Bett stand am Fuß des Schreins, am Kopfende des Bettes ein altmodischer Acht-Unsterblichen-Esstisch für acht Personen, rechts davon ein großer rot lackierter Sarg, eine Kochstelle war im Eingangsbereich aufgemauert, dazu kamen ein Vorratsschrank und zwei Holzbänke, und fertig war die Einrichtung. Wenn Zhuang Zigui am Feierabend nach Hause kam, musste er an das Kapitel »Lin, der Meister der Kampfkunst, nach heftigem Schneesturm im Tempel des Berggotts« aus dem Roman *Die Räuber vom Liangshan-Moor* denken: »Ach ja«, sagte er dann zu sich, er hatte mit der Zeit die Gewohnheit angenommen, mit sich selbst zu sprechen, »als ein x-beliebiger Schwanz auf dem Land und in den Bergen eine Umerziehung zu bekommen, ist einfach noch viel beschissener, als für Lin Chong[33] ins Viehfutterlager strafversetzt zu werden! Als der sich in seinen Tempel verkroch, hatte er wenigstens noch Schnaps und Fleisch, ich, verdammte Scheiße, hab in meinem nicht einmal genug Mais und Süßkartoffeln. Warum intrigiert nicht auch ein Gao Yanei[34] gegen mich? Würde er mich dazu bringen, zwei Menschen zu töten, wäre ich auch gezwungen, mich den Räubern von Liangshan-Moor anzuschließen.«

Einsamkeit, Armut und Ignoranz veränderten Zhuang Zigui mit der Zeit, seine Seele schälte sich neu heraus. Maxim Gorki, der große Schriftsteller des sowjetischen Proletariats, hatte einmal gesagt: »Meine Philosophie ist körperlichem Leid abgerungen, sie ist stärker als die der Philosophen.« Zhuang Zigui machte eher die schmerzliche Erfahrung, dass körperliches Leid den Menschen in ein gefangenes Tier verwandelte. Sein Kreuz wurde von Tag zu Tag kräftiger, wie die lokale Landbevölkerung bekam er mit der Zeit rote Backen, sein Bauch wölbte sich nach vorne und Essen und Schlafen waren seine größten Freuden. Die Fotos von seinen Eltern und Nie Honghong steckte er weg, denn sie machten ihm aus einer unsichtbaren Welt heraus dauernd Vorhaltungen, was ihn in unerträglicher Weise deprimierte. Besuch erhielt er häufig von dem dürren Hund des Gruppenleiters Luan, er kam morgens wie abends vorbei und hockte stumm und verständig vor seinem Bett. Anfangs fütterte er ihn noch, später hatte er nichts mehr, was er ihm geben konnte, und so seufzte er ihn an. An einem solchen Abend bekam Zhuang Zigui, der ewig kein Fleisch mehr gesehen hatte, einen Mordshunger, packte zitternd den Kopf des Hundes mit beiden Händen und fixierte ihn mit blutunterlaufenen Augen. Der wedelte ihn an und winselte einschmeichelnd, aber seine Finger packten immer fester zu. Als der Hund in Zhuang Ziguis Augen sein Ende nahen sah, zog er sich in Panik zurück, bellte, kämpfte sich frei und war fort.

Zhuang Ziguis Handgelenke waren blutverschmiert von den Hundebissen, das Abendlicht kroch durch den

Tempeleingang herein, und das Tier, das mit Kot groß geworden war, schien in einem Lichtkranz zu entfliehen. Auch der Sonne wuchs ein glänzendes Hundefell. Er wusste, dass der Hund nicht weit laufen würde, er würde ihn vielmehr heimlich beobachten. Zhuang Zigui begann zu spüren, dass es mit dem guten und schönen Charakter, den ihm Eltern und die erste Liebe verliehen hatten, bergab ging.

Zur Nacht hatte er vergessen, das Licht auszublasen, über die schwache Lichtflamme hinweg sah er den rotlackierten Sarg wie den Bauch einer Schwangeren langsam anschwellen, er wölbte sich bereits bis zur Decke. Heraus kam der alte Dorfgott mit einer Schar kleinerer Geister und beschuldigte ihn der Grausamkeit. Er zerrte aus seinem Körper den leeren Magen heraus, stülpte ihn um und kreischte wütend: »Ich brauche Fleisch! Fleisch!« – »Denkst du noch an deine Eltern? An Nie Honghong?« – »Erst brauche ich Fleisch!« Der alte Dorfgott nahm die Maske mit Bart ab und unter der Verkleidung kam Nie Honghong zum Vorschein. Er stürzte auf sie zu: »Honghong!« Ein blauer Mond wellte den tausend Klafter tiefen Stausee, Nie Honghong verweilte lange im Zentrum dieses Mondes mit Tränen flüchtig-elegant wie Sternschnuppen. Unten im See hörte er Wasser aufspritzen, einmal so hoch, dass ein großes Stück Himmel nass wurde. Weite Wolken verwandelten sich in weite Pfützen. Während er die Sternentränen seiner Liebsten, die wie Edelsteine glitzerten, anstarrte, überlegte er, wie unglaublich viel Geld sie bringen würden, das man gegen einen riesigen Haufen Fleisch und Reis eintauschen konnte. Der dürre Hund der Luans kam gelaufen und leckte ihn, auch auf seiner Schnauze steckte kühl ein

Edelstein, er kam hoch und rannte mit dem Hund auf allen vieren. Der Tempel des Berggotts war leer und wurde irgendwie immer noch leerer? Ein Mensch und ein Hund rannten meilenweit nebeneinander her und gelangten an keine Türschwelle, er bellte: »Ich kann nicht mehr!« Der Hund der Luans bellte zurück: »Lauf, an der Türschwelle gibt es Fleisch, lauf!« »Ich bin ein Mensch, ich kann nicht rennen wie ein Hund.« »Du bist ein Mensch? Einer von denen, die nichts können als stehlen, plündern, betrügen, zu denen gehörst auch du?« Sie rannten zankend weiter. Die Welt war ein einziger Berggott-Tempel, es gab Särge, die von Generation zu Generation weitergereicht wurden, und es gab leere Schreine, in den Särgen steckten die Volks- und Klassenfeinde Chiang Kai-shek, Adolf Hitler, Liu Shaoqi und Konfuzius, in den leeren Schreinen standen die Volks- und Klassenbefreier Karl Marx, Friedrich Engels, Lenin, Stalin und Mao Zedong. Das Volk rannte den ganzen langen Tag wie ein Hund um Fleisch, um materielles Fleisch, um geistiges Fleisch und um das Fleisch, das sie anderen entrissen, dabei gierig belauert von Volksfeinden wie -befreiern.

Plötzlich raste die hohe Schwelle der Tempeltür auf ihn zu, Mensch wie Hund konnten nicht mehr rechtzeitig bremsen – vom Schlag gegen den Kopf wurde er wach. Der Hund der Luans lag am Bettende und wartete still, seine Augen funkelten tiefblau wie Wasser, unter seinen Krallen hatte er eine übel zugerichtete tote Maus. Geistesabwesend streckte Zhuang Zigui ihm vom Kopfende des Bettes eine Hand hin, er stand auf und wedelte unentwegt mit dem Schwanz, bis er schließlich zögerlich die Zähne bleckte und seine unter großen Mühen erjagte Beute sachte ins Maul nahm und ihm übergab.

»Tut mir leid«, sagte Zhuang Zigui unter Tränen, mehr brachte er nicht heraus.

Von da an waren er und Luans Hund unzertrennlich, Freunde in der Not, der Hund schleppte, auf die Vertraulichkeit der Beziehung zu ihm bauend, zudem Scharen von Schweinen, Katzen, Hühnern, Enten und nicht zu benennendem Viehzeug mit rundem Kopf an. Am Ende trudelte selbst das Frauchen des Hundes ein – die dreijährige Jüngste von Gruppenleiter Luan. Weil die Türschwelle des Tempels für sie zu hoch war, schaute sie links und rechts, hievte dann ihren Körper bäuchlings quer hinauf, schloss die Augen, warf sich auf die andere Seite und fiel mit einem Plumps hinein, so ulkig, dass er darüber schallend lachen musste. Er klopfte den Staub von ihr ab, das kleine Mädchen straffte seine brennholzdürre Brust, hob den Kopf und überreichte ihm eine Erdnuss, die sie zwischen ihren Fingern schweißnass geknetet hatte: »Für dich.«

So begann ihre Freundschaft, mit einer Erdnuss. Nachdem Zhuang Zigui ihr das Gesicht gewaschen und sie gekämmt hatte, bemerkte er, dass dieses schmutzige kleine Ding recht hübsch war, ein frisch und zart knospendes Gesicht, das selbst die sengende Sonne nicht so leicht verbrannte, die Augen strahlend pechschwarz wie ein tiefer See. »Meine kleine Luan«, neckte er sie, »der Onkel hat einen Pups verloren, jammerschade, hilfst du ihm suchen?!«

»Hm«, antwortete die kleine Luan, lief sofort im Kreis um ihn herum, umklammerte schnüffelnd seine Beine, schien dann eine Weile zu überlegen, bis sie sich schließlich auf den Bauch warf und unter seinem Bett suchte.

Da bekam er ein schlechtes Gewissen: »Schon gut, der

Onkel sollte dich nicht an der Nase herumführen. Komm raus, der Onkel muss mal groß, pass so lange auf.«

Tatsächlich stellte sich die kleine Luan aufrecht wie ein Leibwächter an die Seite, brummend kam das Vieh, allen voran Schweine und Hunde, gelaufen und rangelte voller Vorfreude um die anstehende Mahlzeit. Die verfluchte Sau näherte sich mehrfach unschicklich seinem Hinterteil und der Gockel legte den Kopf schräg und pickte gackernd an seinem Anus herum. Er versuchte sie gerade mit den Händen zu verscheuchen, als die kleine Luan plötzlich jubelnd in die Hände patschte: »Wasser kommt! Der Pipi vom Onkel kommt, Wasser! Schnell schau!«

Er riss sich beschämt die Hose hoch und setzte ihr nach, rannte aber direkt in Gruppenleiter Luan hinein: »He, du warst tagelang nicht bei der Arbeit und spielst hier mit der Kleinen herum?«

Gruppenleiter Luan verpasste ihm mehrere dumpfe Hiebe gegen den Kopf, bevor er ihm schließlich einen dicken, festen Papierstapel zusteckte: »Lin Biao ist in die Luft geflogen, in der Mongolei bei Wenduerhan[35]. Bei der Versammlung heute Abend liest du die offiziellen Dokumente aus der Zentrale vor.«

Er fragte blöde: »Du meinst Lin Biao, den stellvertretenden Oberbefehlshaber?«

»Quatsch keinen Scheiß, von wegen stellvertretender Oberbefehlshaber, wir armen und niederen Kleinbauern haben die Verräterfresse des Glatzkopfs längst durchschaut.«

Er nahm die Dokumente und blätterte sie durch, auf der ersten Seite war ein Aktenvermerk des Vorsitzenden Mao, danach folgten »Notizen zu Projekt 571«[36], Beweismaterial, dass Lin Biao und sein Sohn die Rote Sonne heimlich hatten ermorden und den Sozialismus hatten umstürzen wollen. Den Abschluss bildete ein geheimer Brief des ehrwürdigen Vorsitzenden, der Sonne, an seine Ehefrau, die »Genossin Jiang Qing«, in dem es hieß: »Ich hätte nicht geglaubt, dass jenes kleine Büchlein von mir« – gemeint ist die rote Mao-Bibel – »eine so große magische Kraft entfalten würde, jetzt hat er einmal hineingeblasen und Land und Partei sind aufgescheucht.«

Als er den Kopf hob, fiel sein Blick auf den Hund der Luans und er setzte ein bitteres Lächeln auf, als wäre dieser Hundeschädel, der keine Ahnung von den Vorkommnissen des Lebens hatte, gestern noch der engste Kampfgenosse des Vorsitzenden Mao gewesen. Nachdem schon Liu Shaoqi, und der hatte das Patent auf die »Mao-Zedong-Ideen«, gestürzt und getötet worden war, hatte es verdammt nochmal auch Lin Biao in Stücke gerissen, die Nummer zwei nach Liu Shaoqi. In der Satzung der KPCh war Lin Biao als Maos kaiserlicher Nachfolger schriftlich festgehalten, und war doch keine zwei Jahre später mit dem Flieger unterwegs, um das Land zu verraten und zum Feind überzulaufen. Was für unbegreifliche Zeiten.

Nach der Sache mit Lin Biao wurde es auf den Dörfern lange sehr still. Bitte um Anweisung am Morgen, Berichterstattung am Abend und Loyalitätstanz, alles war abgeschafft, und die Dorfbewohner beklagten sich heimlich: »Hätte er nicht früher oder später sterben können, ausgerechnet jetzt, wo wir den Loyalitätstanz mühsam gelernt haben, stirbt er, der Glatzkopf Lin steht wirklich unter keinem guten Stern!«

Nachdem Gruppenleiter Luan eine Zeitlang der Elan gefehlt hatte, startete er einen Neuanfang, berief eine

Vollversammlung aller Mitglieder ein und verkündete: »In der chinesischen Medizin kann man auch nicht immer nur die eine Dosis zu sich nehmen. Die Zeiten sind unruhig, wir armen und niederen Kleinbauern müssen uns der Situation anpassen, der Loyalitätstanz ist jetzt von gestern, aber eine moderne Peking-Oper können wir ja weiterhin spielen. Im Moment ist bei uns die stille Jahreszeit, wir können uns nicht zu Hause vergraben, auch wenn die Mösen der Frauen noch so duften, immer nur vögeln wird auch einmal öde. Jede Familie stellt jetzt eine Person ab, wir proben eine Oper, es gibt Arbeitspunkte, so ein Schauspiel ist zu Neujahr oder anderen Festen immer gut zu gebrauchen.«

»Und wenn irgendwann auch diese ›Modellopern‹ nicht mehr gespielt werden dürfen?«

»Blödsinn! Für ein Volk von achthundert Millionen gibt es gerade mal acht solche Opern, wenn die nicht mehr gespielt werden dürfen, sollen dann alle dabei zuschauen, wie deine Mutter ihre Möse verhökert …«, hier hielt Gruppenleiter Luan inne, »du regst mich dermaßen auf, fast hätte ich was Reaktionäres gesagt. In der neuen Gesellschaft ist es doch so, wir singen die Lieder, je nachdem auf welchem Hang wir gerade laufen, zur Zeit der Landreform war es *Das Lied der Befreiung* und *Das weißhaarige Mädchen*; irgendwann in den Fünfzigern dann die sowjetischen Lieder; in den Sechzigern lernte man von Lei Feng; am Anfang der Kulturrevolution waren es die Rebellenlieder und *Die Vier Alten lernen von den Schriften Maos*; danach erst kam der Loyalitätstanz, klar? Die Sonne Mao wird wohl kaum wollen, dass wir hier auf dem Land faul herumsitzen und nichts zu tun haben.«

»Opernproben kosten sehr viel Zeit und Mühe, wenn

wir wirklich nichts zu tun haben, dann spielen wir doch einfach *Kampf dem Grundherrn*.« Der Vorschlag kam vom Kassierer. »Damals ist uns der alte Grundherr Luan Bao untreu geworden, ohne Beurlaubung hat er sich heimlich zu einer anderen Produktionsgruppe davongemacht, um dort mit der Verwandtschaft zu kungeln, das war ein neuer Trend im Klassenkampf.«

»Der alte Grundherr Luan Bao kommt Monat für Monat an den Pranger, die Vorwürfe bleiben immer dieselben, da kann man sie noch so oft aufzählen, da lässt sich nichts rausholen.« Gruppenleiter Luan runzelte die Stirn und fuhr fort: »Du kleiner Scheißer willst dich wohl selbst durch *Kampf dem Grundherrn* auszeichnen, jedes Mal, wenn du redest, stinkt es, und es geht ewig, bis wir uns unten Läuse einfangen und eine Mütze Schlaf reinziehn.«

»Lieber eine Oper«, meinte die Leiterin des Frauenverbandes, »am Hang der Luans haben wir alle den gleichen Namen, wer immer bekämpft wird, es ist Verwandtschaft, wenn der Höhepunkt der Bewegung einmal überschritten ist, werden wir uns schämen und nichts dagegen tun können. Letztes Mal ist der taube alte Schweine-Luan auf die Bühne, um die alten Zeiten zu kritisieren, wie schlecht sie waren, und die neuen zu loben, wie gut sie sind, und da sind ihm die Tränen übers Gesicht gelaufen – dabei hat er die neue Gesellschaft mit der alten verwechselt und erzählt, dass er in der Hungersnot Tonerde gefressen hat und 58 in der ›Großen Stahlschmelzkampagne‹ alle Töpfe bei ihm daheim draufgegangen sind; nur weil mir, was ich da hörte, überhaupt nicht gefallen hat, ich ihn ermahnt und da weggezerrt habe, hat es keine politischen Schwierigkeiten gegeben.«

»Deshalb wäre es wohl viel notwendiger, den vielen

Kommunemitgliedern eine Klassenerziehung zu geben, wenn geklagt wird, dann über die Hungertoten von 61, 62, wenn das die Kommune-Kader mitbekommen, dann Gnade uns!«, sagte der Buchhalter.

»Was soll das denn heißen ›Gnade uns‹? Zwischen uns Dorfbewohnern gibt es darüber doch kaum zwei Meinungen, es sind nicht nur die Leute vom Luan-Hang, die die Jahre 61 und 62 noch zur alten Gesellschaft zählen«, entgegnete die Leiterin des Frauenverbands.

»Hundekacke!«, brüllte Gruppenleiter Luan: »Seit der Befreiung sind die Grundherren hundertmal bekämpft worden, weil unsere ehrenwerte Sonne Mao Angst hatte, dass wir, wenn wir nichts zu tun haben, krank werden, klar? Deshalb aufgepasst, von heute an, wenn jemand von oben kommt und Fragen stellt, wird von der neuen Gesellschaft nur noch Gutes, von der alten Gesellschaft nur noch Schlechtes gesagt, in der neuen Gesellschaft wird man immer satt und hat warme Sachen, in der alten Gesellschaft sind Menschen immer verhungert und keinen hat es gekümmert. Wenn irgendein Bastard etwas anderes sagt, werde ich, Luan Mao, höchstpersönlich mich samt den Mitgliedern der ganzen Produktionsgruppe mit den Ahnengräbern seiner Familie befassen!«

Alles klatschte, und der Gruppenleiter fuhr fort: »Merkt euch gut, was ich sage, die schweren alten Zeiten gegen die guten neuen stellen ist ab sofort genauso tabu wie Kampfversammlungen. Wir konzentrieren uns ganz auf Opern, Männchen wie Weibchen wird seinen Spaß haben und gleichzeitig seine politische Pflicht tun, wir haben einen Gebildeten Jugendlichen, der hat Talent, wir brauchen keine Propagandatruppe von der Volkskommune, um denen ihr Essen wir uns kümmern müssen.«

»Und woher nehmen wir so viele Schauspieler?«, sagte Zhuang Zigui besorgt.

»Ich bin schon mal einer«, zwinkerte Gruppenleiter Luan.

Zhuang Zigui wusste nicht, ob er lachen oder weinen sollte: »Und du spielst den Hu Chuankui?«

»Einen Banditen, das kann ich nicht, ich spiele Li Yuhe, der ist über alle Zweifel erhaben«, als Zeichen des Respekts legte der Gruppenleiter seine rechte Faust unter die linke offene Hand und warf sich in die Positur eines Operndarstellers: »Danke, Mutter!«

»Ist hier irgendwo vielleicht deine Mutter, du Hurensohn«, entgegnete die Leiterin des Frauenverbands und empfahl sich selbst sogleich für diese Rolle: »Ich spiele Großmutter Li, Luan Maos Mutter.«

»Ich spiel ihre Enkelin Li Tiemei: ›Hoch die rote Laterne, hell das Licht, schlag wie Papa den Bösewicht‹.«

»Ich bin auch dabei!«

»Ich auch!«

Die Dörfler schrien und krakeelten bis weit nach Mitternacht, und auch dann flaute ihre Begeisterung noch lange nicht ab.

Die Gebildete Jugend geht auf den Markt

Eines Morgens im Frühwinter 1971 fiel in den Bergen der erste Schnee, Zhuang Zigui war in seine Bettdecke gewickelt, dass nur noch die Augen herausschauten. Sein Bauch knurrte unentwegt, doch er hatte keine Lust aufzustehen. Er hörte den Hund der Luans vor dem Eingang winseln, woraufhin das gesamte Vieh einstimmte, danach war Totenstille, und man konnte selbst das leise Rascheln hören, mit dem die Schneeflocken auf das Ziegeldach fielen. Er schlief noch zweimal ein, dann hörte er im Dösen plötzlich jemanden seinen Namen rufen, es kam aus weiter Ferne, ging unter im Schneetreiben und war doch vollkommen deutlich: »Zhuang Zigui – – ! Zhuang Zigui – – ! Hörst du?«

Er streckte den Kopf unter dem Moskitonetz hervor, richtete ein Ohr Richtung Eingang aus, und tatsächlich, jemand rief ihn! »Zhuang Zigui«, hallte es fortgesetzt von den Bergen zurück, er verlor keine Zeit mehr, sprang aus dem Bett und stürmte splitterfasernackt nach draußen, wo er drauflos brüllte: »Ich höre! Ich höre!«

Auf der Straße am Berg gegenüber bewegten sich sehr schemenhaft erkennbar mehrere Schatten hin und her: »Wir gehen zum Markt – – ! Zum Markt – – !«

Er antwortete wie aus der Pistole geschossen: »Ich komme – – !«

Das war der verlockendste Ruf, den er seit einem guten halben Jahr gehört hatte, er rieb sich die eiskalten blanken

Arme, ging ins Haus zurück, zog sich an und schnappte sich im Vorübergehen den Hahn, der gerade über die Schwelle sprang. Zum ersten Mal in seinem Leben stahl er etwas, seine Hände zitterten, sein Herz schlug, er kam nicht dagegen an, doch als er mit der prallen Armeeumhängetasche zur Tür hinausging, war er schon wieder ganz ruhig. Die Gebirgskette wirkte unter der Schneedecke unglaublich eben, auch der tiefe Graben zu seinen Füßen schien viel weniger tief, er kugelte und kroch die Abhänge hinauf und hinunter, und als er mit weit aufgerissenem Löwenmaul, Nebelschwaden ausstoßend, auf der gegenüberliegenden Straße ankam, warteten dort, hauchend und mit den Füßen stampfend, mehrere Gebildete Jugendliche ungeduldig auf ihn.

Die Freundlichkeit, die alle ausstrahlten, berührte Zhuang Zigui, er zog den Kopf des Gockels aus seiner Tasche: »Ich hab kein Geld, aber ich hab einen Gockel organisiert.«

Erya musterte ihn von oben bis unten und lachte über das ganze Gesicht: »Auch du machst so was?«

»Ich, äh, ich …«

»Jetzt wird er auch noch verlegen!«, alles brach in fröhliches Gelächter aus.

Einer der Jungs mit dem Spitznamen »Jäger« legte seinen Arm um Zhuang Ziguis Schulter: »Wir haben alle kein Geld, aber wir können Geld auftun, los geht's, es ist spät geworden.«

Damit zogen die jungen Leute los und sangen gemeinsam eine Abwandlung des *Partisanenliedes*: »Kein Essen, kein Kleid, der Bauer stellt gern es bereit; keine Kanonen, kein Gewehr, der Bauer stellt es für uns her!«

Erya sagte unterdessen unauffällig zu Zhuang Zigui:

»Du bist ein anständiger Kerl, gewöhn dir die Klauerei nicht an!«

Es war schon Mittag, als sie den Dorfmarkt von »Schlachtross« endlich erreichten. Vor dem Markteingang tummelten sich auf einer offenen Fläche Landbewohner mit schwarz-weißen Turbanen und handelten mit Vieh, Geflügel, Getreide und allem anderen, was das Land hergab. Die Gebildeten Jugendlichen drangen wie ein Fischschwarm tief in diesen autonomen Bauernmarkt ein – bis zu einer etwas über drei Meter breiten und etwa hundert Meter langen Straße. Die Bauern wichen blöde grinsend vor diesem Schwarm tückischer Haie zurück. Während der Jäger, der den Weg bahnte, zahllose Arme zur Seite schob und zerrte, die heran und wieder fort schwangen, schaute Erya sich um, wobei ihr Kinn von Zeit zu Zeit über Zhuang Ziguis Rücken wischte. Am Ende landeten sie bei einem Essladen direkt neben der Versorgungskooperative der Kommune, den Eingang des überaus schmierigen Ladens blockierte ein halb mannshoher, großer Eisenkessel, in dem in heillosem Durcheinander Schweinedickdarm mit gekochten Kartoffeln und Rettich brodelte, anderthalb Mao kostete eine Schüssel davon, die Bauern hockten oder standen um den Kessel und stopften sich munter den Mund voll. Der Jäger war hier ein häufiger Gast, er ging am Kessel vorbei in den Laden und grüßte die dicke junge Frau, die hinter einem Tresen Essensmarken verkaufte: »Hallo, meine kleine Schöne!«

Das dicke Mädchen strahlte sofort über das ganze Gesicht und blühte zur Rose auf: »Oh, Zhang, setz dich rein.«

Der Jäger gab ihr Zhuang Ziguis Umhängetasche: »Macht doch was aus dem Gockel. Natürlich wird das allein nicht reichen, wir sind schon ein paar, sag doch dem großen Meister ...«, sein flinkes Mundwerk bewegte sich ganz nah an das runde Ohr der kleinen Schönen.

Das Mädchen reagierte mit ziemlicher Entrüstung: »Das, das ...«

Erya mischte sich ein: »He, muss immer gleich getuschelt werden, kaum dass zwei miteinander gehen? Schaut nur, wie schön das Haar von unserer kleinen Schönen ist, sie passt wirklich perfekt zu dir, mein guter Zhang ...«

Der Jäger tat daraufhin sehr verliebt: »Meine Schöne, komm her, ich sag dir noch was.«

Das Mädchen wurde rot, streckte aber den Kopf zu ihm hin, Eryas kleine Hand schoss blitzartig vor und wieder zurück und ein großes Bündel Essensmarken war in ihrer Tasche verschwunden.

Das Mädchen sah verwundert zu, wie die Gebildete Jugend wie von Geisterhand den ganzen Tisch mit Speisen vollzauberte. »Wartet, bis der Gockel fertig ist«, sagte der Jäger und lächelte ihr zu: »Iss mit uns.«

Das Mädchen wechselte die Farbe, senkte schnell den Blick und inspizierte die Schublade. Erya, eine Zigarette im Mund, suchte die Sache herunterzuspielen: »Letztes Mal, als ich auf dem Markt war, habe ich bei dir Essensmarken für über zehn Yuan gekauft, ich wollte meine Freunde einladen, die hatten es zum Marktende dann aber alle eilig, nach Hause zu kommen.«

»Du, du, du ...«

»Du, ich, was soll uns das, sagen wir einfach, ich lade heute ein. Meine Schöne, komm her zu uns, Hao'er soll eine Weile für dich verkaufen.«

Das Mädchen schluchzte mit gesenktem Kopf: »Zhang, habt bitte ein Herz, ich werde in diesem Monat nichts verdienen.«

»Hahaha, sind die Gefühle zwischen uns beiden das bisschen Lohn nicht längst wert?«

»Verkauf mich nicht für dumm, Zhang. Als würdet ihr aus der Großstadt uns hier in den Bergen Respekt entgegenbringen, du willst bloß deinen Spaß mit mir haben.«

»Der Himmel ist oben, die Erde ist unten, dazwischen ist das Gewissen, du, meine Schöne, bist nicht nur hübsch, sondern auch so unschuldig wie ein goldener Phönix im Hühnernest ...«, schwafelte der Jäger das Blaue vom Himmel, und die Gebildete Jugend schnitt Grimassen, Zhuang Zigui allerdings fand es nur widerwärtig.

»Ich kann nicht so gut reden. Ich hab noch nie viel gelesen, aber ich mag Menschen mit Bildung. Ich weiß, dass ihr kein Geld habt, Zhang, dass ihr weit weg seid von zu Hause, sagen wir also einfach, dass ich euch diesmal einlade. Nächstes Mal lasst das aber bitte ...«

»Bei den Augen des Himmels«, wollte der Jäger gerade einen Eid ablegen, als Erya ungeduldig dazwischenging: »Lass doch deine Scheiß Mitleidstour. Gut, gut, du wartest und in einer halben Stunde zahl ich dir das Doppelte.« Damit drehte sie sich um und wollte hinaus. Zhuang Zigui hielt sie zurück: »Was hast du vor?«

»Das geht dich nichts an.«

»Du darfst nicht gehen!«, vor Aufregung achtete Zhuang Zigui nicht darauf, was er sagte.

»Und das bestimmst du?«, lachte Erya kühl, schlüpfte wie eine Schlange davon, drehte sich noch mal um und höhnte: »Kennen wir uns schon so gut?«

Der Jäger stieß den Gebildeten Jugendlichen neben sich an: »Hao'er, hilf ihr was auf den Weg zu bringen.«

»Ich komm mit!«, brüllte Zhuang Zigui plötzlich, weil er die geringschätzigen Blicke rundum nicht mehr ertrug.

Die drei hatten sich bereits zweimal durch das Gewimmel der kurzen Marktstraße gedrückt, alles wich aus, sobald man der Gebildeten Jugend ansichtig wurde, und Erya erreichte in ihrer Ungeduld nichts. Sie wollte, dass Zhuang Zigui voranging, doch der weigerte sich, erklärte vielmehr, er werde auf sie aufpassen. Erya entgegnete wütend: »Pass lieber auf dich selber auf! Blöder Gänserich, spiel bloß nicht den Kavalier!« Dann tuschelte sie Hao'er etwas ins Ohr, der daraufhin Zhuang Zigui einen Wink gab und begann, indem er alles zur Seite drückte, sich mit Macht zum Ende der Straße durchzuwühlen. Als Zhuang Zigui sich beunruhigt umsah, zog Hao'er ihn mit und sagte: »Mach dir keine falschen Hoffnungen, hier geht es um nichts als Arbeit.«

Kaum waren sie am Ende der Straße angekommen, es hatte noch keine Zeit zum Luftholen gegeben, kehrte Hao'er wieder um und drängte zurück. Diesmal ging er dabei aber vollkommen anders vor als auf dem Hinweg, auf dem sie sich durchgewühlt hatten wie Schmerlen durch Wasser, jetzt verwandelte Hao'er sich in eine Krabbe und lief torkelnd wie ein Betrunkener auf dem schmalen Lehmweg Amok. Als Zhuang Zigui, der das reichlich rätselhaft fand, ihn fragte: »Was treibst du denn da?«, gab sich Hao'er mit einem Mal betont feindselig: »Halt dein stinkendes Maul, ich mach einfach, wozu ich Lust habe!« Zhuang Zigui schluckte die unfreundliche Abfuhr, weil er dachte, er habe den anderen vielleicht eifersüchtig gemacht, als er sich vorhin Erya gegenüber so leidenschaftlich aufgeführt hatte.

Nach einer Weile sahen sie, wie Erya sich an die Fersen eines Zwerges mit Seitenscheitel heftete, der seinen Armeemantel über eine hauteng Baumwolljacke gezogen hatte, was allgemein die Dorfkader kennzeichnete. Erya schaute erst unbeteiligt in die Gegend, gab ihnen dann aber urplötzlich über die Schulter des Mannes ein Zeichen.

Hao'er stolperte direkt auf ihn zu, dem anderen blieb gar keine Zeit zu reagieren, sie rannten frontal ineinander. Hao'er packte den anderen mit beiden Händen am Kragen und setzte ein auf Krawall gebürstetes Gesicht auf: »Hast du deine Augen am Arsch?«

Der andere hob instinktiv beide Arme und wehrte Hao'ers Hände ab: »Du bist doch in mich reingelaufen.«

In diesem Augenblick wurde sein Armeemantel von einer Rasierklinge in Eryas Hand aufgeschlitzt, wie aber der Geldbeutel aus der Innentasche verschwand, das hatte nicht einmal Zhuang Zigui mitbekommen.

Die Bauern schoben und drückten heran, um nichts zu versäumen, was gerade geschah, die fliegenden Händler auf beiden Straßenseiten suchten ihre Stände zu schützen und zogen sie zurück, bis sie zuletzt an die Geschäfte stießen, die zum Schutz ihre Holzläden geschlossen hatten. Es war Hauptgeschäftszeit auf dem Markt, immer mehr Leute kamen zusammen und man klebte aneinander wie Haufen gärender Fladenbrote, kein Tropfen Wasser hätte mehr hindurchgepasst. Erya allerdings war wie eine Schmerle längst spurlos verschwunden.

Der Dorfkader ließ sich jedoch nicht so leicht hinters Licht führen, packte nun Hao'er seinerseits am Kragen und betonte mehrfach: »Du bist es doch, der in mich reingelaufen ist. Der Vorsitzende Mao hat euch zu uns aufs Land geschickt, damit ihr von den armen und niederen Kleinbauern umerzogen werdet, aber das klappt wohl nicht.«

Hao'er schaffte es nicht, sich loszumachen, er wurde nervös und ließ unter dem Revers seiner Jacke einen Dolch aufblitzen: »Wenn du nicht loslässt, stoß ich zu!«

Als Zhuang Zigui das sah, musste er, bevor es zum Äußersten kam, wohl oder übel für ihn einstehen: »Der Bauernjunge da, der ist geisteskrank, seine Mutter ist schon achtzig. Der is' vom tollwütigen Hund gebissen, schwer zu heilen, und wenn so einer einen umbringt, das wär schon echt Pech.«

Hao'er erkannte die Situation blitzschnell und gab den Verrückten, riss den Mund auf, biss um sich, bis der andere vergrault war.

Beide wischten sich den Angstschweiß ab und machten, dass sie fortkamen, nach ein paar Schritten jedoch quiekte jemand hinter ihnen wie ein abgestochenes Schwein: »Scheiße!« Zhuang Zigui schlotterten die Knie, das Blut stieg ihm pochend in den Kopf. Er schaute noch einmal nach Hao'er, der spurlos verschwunden war, und rannte, als wäre der Teufel hinter ihm her. Er fuchtelte mit beiden Händen, grapschte und griff wild um sich, aber die Bauern, eben noch scharenweise zurückgewichen, waren jetzt zu einer unüberwindlichen Mauer erstarrt, er steckte fest wie eine reglose Marionette. Der Bestohlene warf sich auf ihn und packte ihn am Kragen: »Gib es zurück! Gib es zurück! Das war das Geld der Produktionsgruppe zum Ankauf von Dünger, selbst wenn ich mich selbst verkaufen würde, könnte ich das nicht ersetzen!«

Zhuang Zigui stotterte wie von Sinnen: »Ich, ich, ich hab es nicht…«

Dann wurde es dunkel, wieder hell und wieder dunkel. Man schlug und trat auf ihn ein, nach wenigen Sekunden war seine Kleidung von zahllosen Krallen zerfetzt.

Er schützte den Kopf mit den Armen, Schläge und Tritte, Stöcke und Spucke prasselten hoch aus den Wolken auf ihn herab. Die Sonne zeigte ihr Gesicht, die bleichen Dächer erhielten Stück um Stück einen rosenroten Anstrich, Zhuang Zigui befand sich im Wirbel dieser Rose, das Blut der in voller Blüte stehenden Blütenblätter schien aus dem Mund der Sonne herauszuspritzen, sein Bewusstsein trübte sich ein. Grün und blau geschlagen, krümmte er sich bäuchlings auf dem Boden und hatte das Gefühl, auf den Grund des unschuldigen Ur-Chaos vor der Erschaffung der Welt zu sinken. Unglücklicherweise verlor er nicht das Bewusstsein, was hätte er darum gegeben, einfach nur weg zu sein.

Auf einmal hörte die Prügelei auf, die Menschenwand spaltete sich zu einem langen Durchgang. Er wollte sich aufsetzen, aber sein Körper gehorchte ihm nicht mehr, er musste schon all seine Kraft auf die Augenlider konzentrieren, damit er diese langsam einen Spalt weit öffnen konnte. Ein riesiger Schuh, nein, eher ein Riesenkriegsschiff in der Form eines Schuhs hatte sich vor ihm aufgestellt und schirmte ihn von dem dichten Wald der Bauerntrampel ab. Dann halfen ihm mehrere Hände auf.

»Bringt ihn in den Essladen zurück«, rief der Jäger.

»Nicht so schnell!«, der Bestohlene drängte sich wieder vor.

»Ich besorg's deiner Mutter!«, schlug ihm der Jäger mit einem schnellen Faustschlag die Nase platt.

Kaum im Essladen zurück, waren sie von einer brodelnden Menge umstellt. Alles brüllte im Chor: »Diebe! Diebe! Diebe!« Die Bauern, im Allgemeinen rechte Angsthasen, hatten die Störungen durch die Gebildete Jugend satt, waren inzwischen voller Groll gegen sie, ein Tropfen konnte das Fass zum Überlaufen bringen. Gruppenleiter Luan war, wie es der Zufall wollte, ebenfalls vor Ort und kreischte und brüllte: »Diese jungen Leute sind Diebe, alles Diebe! Alle aus der Stadt sind Diebe, nichts als Diebe!«

Etwa ein Dutzend Gebildete Jugendliche hatten sich im Essladen verkrochen und keine Ahnung, wie sie hier jemals wieder herauskommen sollten. Fürs Erste verrammelten sie unter Lebensgefahr den Eingang mit den Brettern, mit denen dieser auch sonst verschlossen wurde. Das schöne dicke Mädchen stand abseits, und man konnte regelrecht hören, wie es zitterte, die übrige Belegschaft des Ladens hatte sich aus dem Staub gemacht. Erya und eine Gebildete Jugendliche, die Sansan gerufen wurde, wuschen und verbanden Zhuang Zigui, ihre Handgriffe waren geschickt und zupackend. Als sie an seine Hüfte kamen, die so rund geschwollen war wie ein Ball, zuckte er unwillkürlich zusammen, doch Erya sagte nur: »Schon gut, schon gut, in der Hochzeit der Kämpfe von '68 war ich an der Front, eine Spitzensanitäterin, ich hab sogar eine Auszeichnung vom Armeehauptquartier.«

Als die Bretter an der Tür unter den Schlägen krachend nachzugeben drohten, rief der Jäger: »Erya, hilf Zhuang Zigui mit Sansan auf den Dachboden, ihr müsst weg hier, wenn es dumm läuft, müssen wir mit den Bauern auf Leben und Tod kämpfen.«

Sansan entgegnete eilig: »Keine Hektik, Jäger, wenn ›Verstärkung der Befestigung und Rückzug mit verbrannter Erde‹ die beste Strategie ist, dann räumen wir das Feld.«

Der Dachboden war sehr niedrig, stellte man sich aufrecht, stieß man mit dem Kopf durch die Dachziegel. Von einem Fenster Richtung Straße konnte man die Lage draußen gut überblicken. Erya gab Zhuang Zigui eine Handvoll Tabletten, gegen Husten, gegen Entzündung, gegen Schmerzen und zur Abheilung der Blutergüsse, dann spähte sie durch das Fenster nach draußen.

Die Schmerzen waren heftig, kamen und gingen wie Gezeiten, Zhuang Zigui hatte den Eindruck, die Zeit fließe langsamer als das Wasser in einer Kloake, dieser Schreckenstag schien überhaupt kein Ende zu nehmen. »Diebe! Diebe! Diebe!!« Die Bauern wirkten, als feierten sie ein großes Fest. Vage konnte man hören, wie der Bestohlene sich die Lunge aus dem Leib schrie: »Dieses miese Diebsgesindel darf nicht einfach davonkommen! Wir müssen uns unter allen Umständen das Geld der Allgemeinheit zurückholen! *Buuuh, buuuh*, Räuber, Kopf ab! Sie leben von den Leuten auf dem Land, sie bestehlen die Leute auf dem Land und dann tanzen sie den Leuten auf dem Land auch noch auf den Köpfen herum, sie scheißen und pissen auf uns, die sind doch schlimmer als zehntausend tyrannische Grundherren!!«

Erya drehte sich um und zwinkerte Zhuang Zigui zu: »Dieser blöde Hund von einem Bauern steht auf einem Tisch und führt sich wie ein Wilder auf, sieht aus, als hätte meine Wenigkeit ihm ganz schön was eingebrockt.«

Sansan mahnte sie: »Erya, lass es gut sein.«

Der Dachboden war der Vorratsraum des Lokals, es gab hier alles, was man sich nur wünschen konnte, Erya griff sich aus einem Pappkarton leichthin ein Tausendjähriges Ei mit Kiefernblütenzeichnung, kniff ein Auge zusammen, visierte ihr Ziel genau an und warf es jäh hinaus. Gleich darauf war von draußen ein »Autsch« zu hören, und Erya konnte sich vor Lachen kaum noch halten: »Treffer, Treffer! Den hat's vielleicht umgehauen!«

»Jetzt machen wir Nägel mit Köpfen«, Erya krempelte die Ärmel hoch, »Sansan, komm her und hilf mir, dieses Ölfass zu bewegen.«

»Erya, du wirst ein Riesenunheil anrichten!«

»Ob man eine kaiserliche Robe zerreißt oder den Kronprinzen erschlägt, tot ist man sowieso, schau dir doch an, wie die Zhuang Zigui zugerichtet haben.«

»Du solltest heute nicht ...«

»Ich sollte nicht? Ich sollte vor allem nicht zur Arbeit hier in den Bergen gezwungen sein, diese endlosen Tage hier unterscheiden sich doch praktisch in nichts von einer Umerziehung durch Zwangsarbeit; wie soll man das hier denn schaffen, ohne sich zu nehmen, was man braucht?«

Erya nahm alle Kraft zusammen, hob das große Ölfass mit beiden Armen an und hievte es quer vor das Fenstergitter, dann wischte sie sich den Schweiß ab und sagte: »Du tust immer so seriös, Sansan. Ich kann da nicht mithalten, meine Familie kann mir kein Geld schicken, ich muss selbst sehn, wo ich bleibe.« Damit biss sie die Zähne zusammen und glich in bemerkenswerter Weise Li Tiemei, der Revolutionärin der »nachfolgenden Generation« aus der *Legende der roten Laterne*: »Hinterwäldler, meine Wenigkeit lädt euch ein, das Neujahrsfest im Voraus zu feiern!« Ein Rums und das Ölfass stand auf dem Kopf.

»Umsturz, Umsturz!« – »Zündet das Haus an! Anzünden!« Die Bauern tobten, der Markt war zu Ende, doch es gab keinerlei Anzeichen für einen Rückzug. Die Gebildete Jugend hatte sich inzwischen auf dem Dachboden verkrochen, und gerade als sie die hölzerne Dachbodenleiter hochzogen, ergoss sich eine Flut von Menschen dammbruchartig durch die Tür. Der Jäger sicherte mit ein paar anderen die Aufstiegsluke. Mit Stöcken, stinkenden

Eiern, Essig und Öl, Sojasoße, Chili-Öl, Sojabohnenpaste und Salz wehrten sie die Angriffe ab. Unten stapelten die Bauern ohne Rücksicht auf Verluste Tische und Holzbänke aufeinander und Erya sagte: »Langsam wird's gefährlich! Jungs, ihr solltet schnellstens aufs Dach hinauf und die Bauern ablenken.«

»Was machen wir mit Zhuang Zigui?«

»Idiot, wir machen das doch für Zhuang Zigui! Ihr geht rauf und reißt damit die Front auf, greift euch Dachziegel und lasst sie runterkrachen, dann machen sie sich vor Angst in die Hosen.«

Die Jungs gingen also aufs Dach, legten sich in einer Reihe bäuchlings hinter den Dachfirst, griffen sich Dachziegel und schlugen los, der ganze Dorfmarkt war ein einziges Tohuwabohu. Unter dämonischem Geheul wurde die Gebildete Jugend von allen Seiten attackiert, rund um den Markt schlossen sich gut tausend Bauern den kämpfenden Haufen an, um die schwarzen Schafe einzukreisen und fertigzumachen. Hacken, Tragestangen, Speere, Dungkellen, Ziegelsteine, am Himmel wild tanzender Sand, die Sonne über den Westbergen, und doch mehr und mehr Menschen, Dutzende Fackeln brannten, in deren Schein die Szenerie die eines nächtlichen Kampfes oder gar von Brandschatzung und Mord annahm. Selbst alte Frauen und Männer liefen im Strom der Menschen hin und her und schleppten, Schaum vor dem Mund, »Munition« an. Sansan klagte: »Da siehst du, Erya, was du angerichtet hast!«

Erya streckte ihren Kopf zum Dach hinaus und zerrte den Jäger am Fuß: »Schickt besser jemanden zum Verhandeln.«

Der Jäger hatte mittlerweile einige Verletzungen davongetragen, auf seiner Stirn wölbte sich eine große violette Beule: »Verhandeln, mit wem denn? Das Revolutionskomitee der Kommune lässt nichts von sich hören, und die Leute im Haus sind zu allem entschlossen.«

»Da ist eine Flüstertüte, gib sie Wang Schnauze!«

Der Jäger nahm die Flüstertüte und reichte sie an einen jungen Kerl mit Brille neben sich weiter: »Wang Schnauze, jetzt kommt es auf dich an.«

Der grinste breit: »Keine Sorge, mit meinem über gut acht Jahre geölten Mundwerk kann ich, wie einst der Militärberater Zhuge[37] zur Zeit der Drei Reiche, auf alle Fälle ein paar Millionen Bauern in die Flucht schlagen.« Daraufhin setzte er die Flüstertüte an den Mund, stemmte den Oberkörper hoch und rief: »Bauern, Brüder! Zu Hause vertrauen wir den Eltern, in der Fremde vertrauen wir den Freunden ...«, doch bevor er piep sagen und seinen Satz vollenden konnte, kam etwas Warmes geflogen und traf ihn direkt auf die Nase.

»Scheiße!«, schrie er tonlos und Dutzende in Gemüseblätter gepackte stinkende Kotballen kamen ihm entgegen.

Der Jäger schnappte sich selbst die Flüstertüte und brüllte Richtung Revolutionskomitee, so laut er konnte: »Meine Herren vom Revolutionskomitee der Kommune ›Schlachtross‹! Sekretär Li, Leiter Guo, sie sind zuständig für die Gebildete Jugend! Wenn ihr euch hier nicht blicken lasst, werden wir das Haus anzünden!« Er brüllte das mehrere Male, der Anfang blieb dabei immer gleich, nur der letzte Satz variierte jedes Mal, einmal hieß es: »Wenn es Tote gibt, seid ihr verantwortlich!«, dann wieder: »Wenn die Schildkröte den Kopf einzieht, nimmt das kein gutes Ende!«, und schließlich fielen sogar die erstaunlichen Worte: »Wir werden uns mit der Gebildeten Jugend im gesamten Landkreis abstimmen, nach Peking gehen und uns beim Vorsitzenden Mao über euch beschweren!«

Doch erst als es bereits stockdunkel war, griff Leiter Guo an der Spitze der bewaffneten Volksmiliz der Kommune endlich ein und beendete die Belagerung. Gewehrläufe schlugen eine Schneise durch die vielfach gestaffelte Menschenmauer, der Jäger nahm Zhuang Zigui huckepack, und die Gebildete Jugend verließ frech und unverfroren grinsend im Gänsemarsch das endlose Volkskriegs-Meer und wurde zum Verhör zur kommuneeigenen Abteilung für Volksbewaffnung abgeführt.

Eine Nacht lang froren sie dort in einer Zelle, es zog von allen Seiten, bevor sie am nächsten Tag einzeln eine Untersuchung über sich ergehen lassen mussten. Die Gebildete Jugend bestritt allerdings einhellig den Diebstahl und forderte ihrerseits, Gewalttäter und Unruhestifter zu bestrafen. Guo, der glatzköpfige Leiter, über das ganze Gesicht tückisch lachend, rang die Hände: »Hahaha, ohne Wind keine Wellen, die Schlachtross-Bauern sind anständige Leute, seit König Pangu die Welt erschuf, hat es keine solche Unruhe auf dem Markt gegeben. Seit ihr Gebildeten Jugendlichen aus Chengdu hier seid, haben wir auf jedem Markt das Geschrei über weggekommenes Geld.« Weil ihm jedoch auffiel, wie reichlich mitgenommen sie aussahen, hängte er sein Segel in den Wind und sagte: »Natürlich kann ich nicht mit Bestimmtheit behaupten, dass immer ihr das gewesen seid, ohne Beweise kann man schwer etwas sagen. Ihr seid zur Umerziehung hierhergekommen, aber ob es angesichts so vieler armer und niederer Kleinbauern, die gegen euch sind, irgendwann eine

Empfehlung geben wird, euch wieder in der Stadt arbeiten zu lassen, ist für uns im Büro für die Gebildete Jugend ebenfalls schwer zu sagen! Und von euch will doch wohl keiner in dieser armseligen Gebirgsgegend versauern?«

Das saß, Leiter Guo verfügte über große Macht, von der Einstellung von Arbeitern über den Eintritt in den Militärdienst oder den Besuch einer Schule bis zum krankheitsbedingten Ruhestand hatte alles über seinen Schreibtisch zu laufen. Keiner ließ noch einen Ton verlauten. Sekretär Li schaltete sich ein: »Nächste Woche Samstag wird eine Versammlung der Kommune mit allen Gebildeten Jugendlichen zur Verbesserung des Arbeitsstils stattfinden, es werden die Werke des Vorsitzenden Mao studiert und der Liberalismus bekämpft, jeder von euch wird eingehend überprüft und durchleuchtet, und ihr werdet euch einer gründlichen Selbstkritik unterziehen. Vor allem bei diesem Irgendwas Zigui, der auf der Krankenstation unserer Kommune liegt, fehlt es schon an den Wurzeln, er stammt aus der Ausbeuterklasse, in einem guten halben Jahr hat er sich nicht ein einziges Mal bei uns Kommunekadern blicken lassen, auch in der Produktionsgruppe fehlt er dauernd, hängt faul mit dem Hund herum, vergreift sich an den Hühnern, und jetzt steht er sogar noch im Verdacht des schweren Taschendiebstahls.«

»Sekretär Li, schieben Sie nicht einfach irgendwem die Schuld in die Schuhe!«, sagte der Jäger ungehalten, »Zhuang Zigui ist ein Opfer, der würde sich nicht einmal an Gold vergreifen, geschweige denn an einem Geldbeutel.«

»Immer mit der Ruhe, Jäger, Sekretär Li, Leiter Guo, immer mit der Ruhe.« Erya saß im Schneidersitz auf einem Hocker, als sei sie eine Guanyin Bodhisattva jenseits allen Kummers und aller Sorgen: »Zhuang Zigui steht unter Verdacht, wir Gebildeten Jugendlichen stehen alle unter Verdacht, wir würden uns an Geld vergehen – aber nicht an Menschen. Sie, Sekretär Li, würden sich auch nicht an jemandem vergehen, nur finden Sie es halt nett, mitten in der Nacht bei uns Gebildeten Mädchen aufzukreuzen zu einem Gespräch von Knie zu Knie.«

Sekretär Li wurde puterrot: »Red keinen Unsinn!«

Erya fuhr lächelnd fort: »Wenn ich Unsinn rede, warum werden Sie dann rot? Unser großer Führer, der Vorsitzende Mao, lehrt uns: ›Geht zu den Liangshan-Rebellen.‹ Egal, ob ihr uns in die Stadt zurücklasst, die armen und niederen Kleinbauern sind gastfreundlich, und wir, die Gebildete Jugend, müssen euch auch fair behandeln, ein paar solche Ausrutscher und ihr könnt den Hut nehmen. Aber das ist nicht wichtig, bei Mitgliedern der Kommunistischen Partei ist das so, der eine steigt auf, der andere ab!«

Sofort war die Gebildete Jugend auf Krawall aus, sie trampelten mit den Füßen, schlugen sich gegen die Brust und brachen in wildes Gelächter aus, Sekretär Li und Leiter Guo entgleisten die Gesichtszüge, und sie verließen unter allseitig noch lauterem Gelächter mit wehenden Ärmeln den Raum. Die Tür wurde zugeknallt und gleich wieder aufgestoßen, Sekretär Li stand in der Tür und rang eine ganze Weile schwer nach Atem, bis er ihnen schließlich den gescheitelten Kopf zuwandte und sie anfuhr: »Lacht nur! Ich werde euch lehren! Das Abendessen fällt heute aus, ihr werdet lernen, was Hunger ist!«

Erya und Sansan gingen mit einem »Auweia!« in die Knie, der Jäger krümmte sich vor Lachen, alles amüsierte sich köstlich.

Die Kommunistische Urgesellschaft

Dass Zhuang Zigui ungerechterweise an ihrer Stelle Prügel bezogen hatte, dafür hörte er weder von Erya noch vom Jäger oder von Hao'er ein Wort des Dankes. Aber von nun an hatte er bei der Gebildeten Jugend den Ruf, Freunden gegenüber loyal zu sein, und nicht nur Erya und die anderen kreuzten jetzt regelmäßig bei ihm auf, auch die Gebildete Jugend aus den benachbarten Bezirken und Landkreisen nahm den weiten Weg auf sich. Diese Herumtreiber, die sich freihalten ließen und umsonst wohnten, legten beim Eintreten zur Begrüßung die Faust unter der flachen Hand vor die Brust und verbeugten sich wie die Helden aus den *Räubern vom Liangshan-Moor*, tief und voller Respekt, baten um Entschuldigung für die Störung, setzten sich, plauderten über Gott und die Welt, bis ihnen der Schaum vorm Mund stand, und machten, selbst wenn die Sonne schon hinter den Westbergen unterging, keine Anstalten zu gehen. Zhuang Zigui begann also mit Topf und Schüsseln zu hantieren und erwies sich als guter Gastgeber. Manchmal kamen fünf, sechs durch die Tür, nachts passten gar nicht alle in das einzige Bett und man schlief einfach quer statt längs, stellte dafür noch die beiden Holzbänke neben das Bett und Männlein wie Weiblein lagen mit den Füßen wie Sardinenschwänze zum Trocknen auf den Bänken einer neben dem anderen. Waren noch mehr da, ließ man die Frauen im Bett schlafen und die Männer versammelten sich am Herd, wo sie krumm im Feuerholzhaufen die ganze Nacht große Reden schwangen. Kamen sie dann am nächsten Mittag wieder zu sich, standen sie vor der Tür in der Sonne, reckten sich und sogen, wie ein Haufen grimmig dreinschauender Opiumjunkies, tief die frische Luft ein. Zhuang Zigui schlug sich dabei tagtäglich erneut mit dem Problem herum, dass er von der Hand in den Mund leben musste, ohne die Unterstützung von Erya und dem Jäger hätte er sich längst, wie laut offizieller Propaganda das taiwanische Volk, »in der Dunkelheit von Not und Elend« befunden.

Schlimmer noch, es wurde den Bauern ringsum irgendwann klar, dass sein Zuhause mittlerweile eine Räuberhöhle war, um die sie ängstlich einen großen Bogen machten. Seine ungeladenen Gäste stahlen sich wie verlorene Seelen mit dem Anbruch der Nacht aus dem Tempel und führten über die Felder verstreut einen wilden »Erntedanktanz« auf. Bei diesem Tanz ging es auf den Privatparzellen der Bauernhöfe im Kleinen um Lauchzwiebeln, Ingwer, Knoblauchsprossen, Spargelsalat und Chinakohl, im Großen konnte es sogar um Hühner, Enten, Schweine, Hunde, Schafe und Ziegen gehen. Dabei war jeder Dieb ein Meister für sich, man tastete sich beispielsweise in der Dunkelheit kühn zum Hühnerstall eines Nachbarn vor, schürzte die Lippen, legte den Kopf in den Nacken und stieß lautes Wolfsgeheul aus, das in den kalten Nächten eine Ewigkeit lang widerhallte und einem die Haare zu Berge stehen ließ. Drinnen erschraken die Kinder so sehr, dass sie sich laut weinend an ihre Mütter klammerten, der »Wolf« stieß schnell mit dem Fuß die Stalltür auf, schnappte sich ein Huhn, drehte ihm den Hals um, und auf der wilden Flucht verteilten sich Hühnerfedern und -blut bis hinein in den uralten Wald der abgeschiedenen Berge. Bei Tagesanbruch dann, wenn der Hühnerbesitzer der Blutspur folgte und den schrecklichen Wolf mit dem Fuß stampfend und klagend beschimpfte, triefte dem wahren Wolf bereits der Mund vom leckeren Huhn und er hatte in Zhuang Ziguis Tempel die schönsten und appetitlichsten Träume. Nach ein paar Monaten waren auf diese Weise Zhuang Ziguis Haus- und Nutztiergäste fast vollständig aufgefressen, wenn der Hund der Luans ihn sah, nahm er, als hätte er einen Tiger gesehen, sofort mit gewaltigen Sätzen Reißaus und sah sich erst in sicherer Entfernung um. Zhuang Zigui seufzte: »Nicht einmal eine Maus wagt sich noch in mein Haus.«

Zum Frühlingsfest war Zhuang Zigui nicht in die Stadt zurückgekehrt. Erya und der Jäger hatten sich zudem ewig nicht blicken lassen, um ihm etwas zu essen zu bringen, und als auch seine Ration an Grundnahrungsmitteln von der Produktionsgruppe »kommunisiert« worden war, begann Zhuang Zigui ein übler Hunger zu quälen. Er ging zweimal zur Kommune auf den Markt, ohne Erya zu begegnen, als er sich im Essladen nach dem Jäger erkundigte, runzelte das schöne Mädchen die Stirn und warf ihm einen ängstlichen Blick zu. Bevor er sich frustriert wieder auf den Heimweg machte, kaufte er für seine letzten zehn Kuai Kekse, Konserven und Reis und wälzte den ganzen Weg Gedanken an einen Kampf mit dem Rücken zur Wand. Als er endlich einen Plan hatte, atmete er tief durch und setzte ein hässliches Grinsen auf.

Es dämmerte bereits, als er zu Hause ankam, er füllte sofort Wasser in den Topf, machte Feuer, kochte auf schwacher Flamme ein paar Pfund Reis, türmte ihn in einer Waschschüssel auf, hoch und spitz, und kochte anschließend nochmal einen Topf Wasser ab. Nachdem er sich satt gegessen und ausreichend getrunken hatte, begann er wie ein Detektiv bei der Lösung eines Kriminalfalls jeden Zollbreit seiner maroden Tempelmauer nach Rissen abzusuchen, schnitt fein säuberlich Zeitungen zurecht und verklebte sie damit winddicht. Es war schon fast Nacht, als das geschafft war, er griff noch nach einer Plastikflasche, aus der er sich mehrere Schlucke billigen Süßkartoffelfusel gönnte, dann machte er sich auf unsicheren Beinen und mit einem Leinensack bewaffnet auf den Weg zu Gruppenleiter Luan.

»Gebt mir eine Lebensmittelration! Am besten Reis! Wenn es keinen Reis mehr gibt, dann Weizen, Mais und was sonst noch da ist. Süßkartoffeln kann ich nicht mehr sehen, da dreht sich mir der Magen um, die könnt ihr fürs Erste behalten.«

Gruppenleiter Luan stürzte sich auf ihn, seine Bärenpranken brachen ihm fast das Genick: »Räuber! Dieb! Bandit! Bastard einer Saumagd! Frisst auf unsere Kosten, säuft auf unsere Kosten und beklaut uns dann auch noch, ich hab dich bis jetzt in Ruhe gelassen, und jetzt hat der die Stirn, hier aufzukreuzen, verdammte Hacke!«

Zhuang Zigui setzte ein grundehrliches Gesicht auf, und als der andere mit seinem Gerüttel, den Schlägen und dem Gebrüll fertig war, sagte er aufreizend langsam: »Ich wurde von unserer Roten Sonne, dem Vorsitzenden Mao, hierhergeschickt, um von euch umerzogen zu werden, aber Umerziehung kann ja nicht bedeuten, dass man jemanden verhungern lässt. Solange ich nicht hungern muss, werde ich jeden Tag mit einem kleinen Hocker hierherkommen und mich vor diese Tür setzen, um von

Euch, verehrter Herr Gruppenleiter, erzogen oder kritisiert zu werden.«

»Hab ich dir nicht zum Jahresende deine Ration von zweihundertzwanzig Pfund Getreide gegeben?«

»Aufgegessen.«

»Unsinn! Das war der Vorrat für ein halbes Jahr, das soll nach kaum mehr als einem Monat alle sein?«

»Mein Appetit ist groß.«

»Ist dein verdammter Appetit vielleicht so groß wie meiner?«

»Meine körperliche Konstitution ist nicht so gut, von grobem Getreide, Mais und so bekomme ich Bauchschmerzen, deshalb habe ich das Getreide gegen Reis getauscht.«

»Auch dann geht das nicht so schnell! Bei Mao, unserer verehrten Sonne, wirklich wahr, nichts als Abschaum kommt hierher und schikaniert uns. Die Gruppe hat keine Vorräte mehr, verschwinde.«

»Oh doch, es gibt noch Vorräte, du willst mir bloß nichts geben.«

»Und wenn schon! Du kleiner stinkender Scheißer von einer Nummer 9, du Ausbeuterklasse, du würdest uns wirklich armen Bauern doch noch den Schwanz abfressen, was? Was in der Produktionsgruppe übrig ist, ist Vorrat, soll die ganze Gruppe nächstes Jahr von Luft und Liebe leben?«

»Du gibst mir also wirklich nichts?«

»Gut, gut, gut«, fuhr Gruppenleiter Luan zornig hoch, riss seinen Gürtel heraus und präsentierte seinen gewaltigen Lümmel, »den da, den geb' ich dir!!«

»Was ein Ding!« Zhuang Zigui hielt den Daumen anerkennend hoch. »Aber ich bin ja nur ein Dieb, mein Leben ist keinen Pfifferling wert, und wenn ich verhungere, was soll's.«

»Du macht mir keine Angst!«

»Was ein Ding!« Zhuang Zigui wandte sich mit den Worten zum Gehen: »Ich trete mit sofortiger Wirkung in Hungerstreik, bei meinem Leben, ich protestiere gegen die Misshandlung eines Gebildeten Jugendlichen des Vorsitzenden Mao durch dich, Luan Mao.«

»Ich fick dich Stadtkerl, alle deine Ahnen bis zurück in die Steinzeit! Mao, unsere Sonne, alter Himmelgott, Ihr habt Augen im Kopf, schaut hin, wie sie uns hier das Blut aussaugen!« Am Ende war Gruppenleiter Luan heiser von seinem pausenlos Bärengebrüll.

Zhuang Zigui verschloss die Tür mit der Absicht, sich tot zu stellen, er zündete die Petroleumlampe an, legte sich unter der Bettdecke auf den Bauch, las und richtete sich auf ein bizarres, langwieriges Höhlenleben ein. Ohne Nacht und Tag würde der Schrei des Hahns wie aus einer anderen Welt kommen, Zhuang Zigui würde degenerieren und als Gespenst im flackernden Lampenschein umgehen. Kekse und Konserven waren nach ein paar Stunden verspeist und sein Magen knurrte immer noch. Da er nichts mehr zum Kochen und auch kein Brennholz mehr hatte, konnte er nicht einmal Feuer machen, er hatte das Gefühl, zu schimmeln und zu faulen, die beinharte Kälte kroch ihm wie eine Schlange langsam von den Zehen über die Knie in den Unterleib. Er fixierte im Lichtschein seine Handrücken, sie waren grünlich. Er tastete nach dem umgedreht auf dem Esstisch liegenden Spiegel und zog ihn zu sich, monatelang hatte er nicht mehr in einen Spiegel geschaut, jetzt schaute er genauer hin. Der Kerl im Spiegel lächelte reichlich merkwürdig, das Gesicht war noch grünlicher als die Handrücken und die eingefallenen Augenhöhlen noch grünlicher als das Gesicht, wie tiefe alte Brunnen im Inneren eines Palastes. – »Das bin ich?« Er bekam es ein wenig mit der Angst.

Der Spiegel glitt zu Boden und ging klirrend zu Bruch. Wenn der Mensch genauso fragil wäre, dachte er, was, wenn er plötzlich tatsächlich tot wäre? Wo war nur der Vorsitzende Mao, die Rote Sonne, warum war er nicht hier, um über diesem ach so kleinen Tempel zu scheinen? Ihm sträubte sich jedes einzelne Haar, seine ausgelaugten Gefühle drückten gegen die Haarwurzeln, die in seinem Inneren aufgewühlte Yin-Energie stieß knisternd wieder und wieder gegen seine Schädeldecke, als dränge seine Seele nach draußen, um jedem Leid ein Ende zu setzen. Er umfasste seinen Kopf, um dieses Sirren nach innen zurückzudrängen, seine Hände zitterten. Dieser nimmersatte Körper, der viel zu viel Essen brauchte, bis er zufrieden war! Er hob den Kopf und blickte auf seinen völlig leeren Bauch, der sich immer mehr blähte, offenbar wurde er langsam selbst von der Säure seines eigenen Magens verdaut.

Irgendwann war das Petroleum alle, und das Licht ging aus. Es gab nichts mehr, was man nur irgendwie hätte essen können, Zhuang Zigui konnte herumtasten, soviel er wollte. Als ein Würgen in ihm aufstieg, erhob sich vom Bett und ging, sich an der Wand abstützend, ein paar Schritte, dann legte er sich wieder hin und wickelte sich fest in seine Decke. Zähneklappernd starrte er zur Tür, etliche Male hatte er das Gefühl, vor dem Tempel Schritte zu hören wie von einer Menge Leute, die heftig miteinander diskutierten. Er hielt den Atem an, doch dann war auf einmal alles wieder weg. Noch etwas später begann der Hund der Luans mit der vertrauten Pfote an der Tür zu kratzen, wie Menschen versammelte sich eine ganze Herde von Haustieren, befreit von der früheren Abneigung, vor seiner Tür, wo sie in ihrer jeweiligen Tiersprache heftig diskutierten. Zuletzt bellte der Hund der Luans zweimal, als wolle er sich beschweren: »Zhuang Zigui, du bist ein sehr unzuverlässiger Kantonist!« Das Schwein stimmte grunzend zu: »Genau, ein sehr unzuverlässiger Kantonist!«

Er hatte schon eine ganze Woche die Sonne nicht mehr am Himmel gesehen, ein Zeitraum, in dem Gott immerhin die Menschheit, den Himmel und die Sonne erschaffen hatte. Sein Zahnfleisch eiterte, sein Bewusstsein war trübe, er hatte einen Riesenhunger, aber sein Mund und seine Zunge schienen eingerostet. Dreimal war ihm Nie Honghong im Traum erschienen, und wenn er aufwachte, bereute er, dass er sie niemals hatte besitzen können. »Richtig gemein«, dachte er.

Urplötzlich geriet seine Entschlossenheit, alle Brücken hinter sich abzubrechen, ins Wanken, wie sollte er aus der Sache wieder herauskommen, wenn Gruppenleiter Luan ihm nicht die geringste Beachtung schenkte? Wie sich jemals wieder draußen vor der Tür zur Sonne recken? Die Bauern würden sich totlachen. Sollten sie sich halt totlachen, was konnten ihm diese Bauerntölpel schon tun? Es pochte an der Tür. War es Traum oder war es Realität? In seinen letzten Atemzügen sah er truppweise kleine Streichholzmännchen am Ende eines Tunnels auftauchen, der so lang war wie Jahrtausende der Geschichte, sie kamen näher und wuchsen, ihre Kleidung wurde enger und enger, ihre antiquierte Ausdrucksweise verwandelte sich in modernes Chinesisch und dann, nach Jahrtausenden, standen sie jetzt und in diesem Augenblick vor seinem Tempel und trommelten an seine Tür wie auf Kriegspauken: »Zhuang Zigui! Zhuang Zigui!«

Ihm wurde schwindelig! Langsam bewegte er den Kopf hin und her, um ihn ein wenig auf Vordermann zu bringen. Diesmal pochte es wirklich an der Tür: »Zhuang Zigui! Zhuang Zigui! Gruppenleiter Luan, es rührt sich einfach nichts!«

»Über seinem Haus ist schon seit sieben Tagen kein Rauch mehr aufgestiegen, dieses Stadtbaby wird doch nicht wirklich...«

»Gruppenleiter, wenn der Gebildete Jugendliche wirklich verhungert ist, können weder du noch ich dafür die Verantwortung übernehmen.«

»Sei still!« Gruppenleiter Luans Bärenstimme zog sich weinerlich in die Länge: »Zhuang Zigui, mach schnell auf, man kann doch über alles reden. Unsere Sonne Mao hat euch hierhergeschickt, ich, Luan Mao, bin jetzt hier und ich hab was zum Essen für dich dabei. Sei nicht nachtragend, Junge!«

Zhuang Zigui streckte sich wiederholt, ein deprimierendes Qi fuhr ihm aus der Brust tief hinunter in das Sonnengeflecht, als er lang und stinkend einen fahren ließ, spürte er wie in den Bergen ein Echo in seinen Eingeweiden. »Jetzt hat sich dieser Luan Mao tatsächlich eine ganze Woche hier nicht blicken lassen, die reine Schikane«, murmelte er wütend.

»Ich geb dir noch mal eine ganze Lebensmittelration, vergiss, was ich gesagt habe, ich war wütend!«

»Zhuang Zigui, mein Schatz«, mischte sich die Leiterin des Frauenverbands ein, »für deine Eltern war es nicht leicht, dich großzuziehen, zweiundzwanzig Jahre, du wirst jetzt doch keine Dummheit machen! Unser Luan Mao taugt zu gar nichts, ein ungehobelter Kerl, völlig ungebildet, bitte, denk auch mal an mich...«

Zhuang Zigui konnte sich ein Kichern nicht verkneifen und war für die Laienlitanei draußen vor der Tür ganz Ohr, unter den Dörflern gab es nicht wenige, die sich recht gut auszudrücken wussten, ihre Namen für ihn wurden immer persönlicher, von »mein Schatz« und »mein Junge« über »junger Mann« und »lieber Gebildeter Jugendlicher« bis zu »lieber Zigui« und »mein Liebling«, es fehlte nur noch, dass sie ihn als den »kollektiven Bastard der armen und mittleren Kleinbauern« bezeichneten.

Schließlich verlor Gruppenleiter Luan die Geduld und verfiel wieder ins Brüllen: »Du bist doch nicht wirklich tot? Wir brechen jetzt die Tür auf!!«

Aus dem Tempel kam gerade noch rechtzeitig ein schwaches Ächzen, das wie uraltes Wasser aus der Tiefe eines Riesenkessels hochgurgelte. Alles rief wie mit einer Stimme: »Er lebt!!!«

Dann war ein weiteres Stöhnen zu hören und eine scheinbar in den allerletzten Zügen liegende Stimme stammelte: »Vorsitzender Mao, Ihr habt... uns hierhergeschickt... in die Berge, aufs Land, und dieser Luan Mao... will uns verhungern lassen... uns, Gebildete Jugend...«

»Zhuang Zigui! Geliebter Papa!« Gruppenleiter Luan fand keine Zeit, über seine Worte auch noch nachzudenken: »Tu mir das nicht an, dafür darf ich nicht zur Verantwortung gezogen werden. Wenn du Reis willst, dann hol dir einfach was bei mir zu Hause.«

»Tot ist tot. Ich werde, werde... euch schon zeigen, wie

ich sterbe … Vorsitzender Mao, unsere Rote Sonne, ich weiß mir keinen anderen Rat, als, als, als ebendiesen letzten Weg zu gehen, ach.«

»Mein Großväterchen!«, Zhuang Zigui war noch eine Generation älter geworden. »Ich will mich dir zu Füßen werfen. Ich bin ein grober Mensch, nein, ich bin kein Mensch. Ich habe mich nicht gut um euch junge Leute gekümmert, hört genau hin, ich ohrfeige mich, um Euren Ärger zu besänftigen.«

Die Leiterin des Frauenverbands übernahm mit lauter Stimme: »Lieber Bruder, unser Luan Mao ist mit seiner Weisheit am Ende, du bist doch ein vernünftiger und einsichtiger Junge, mach jetzt bitte die Tür auf. Wenn du dich weiter sträubst, müssen wir wohl oder übel die Tür aufbrechen und dich retten, tut mir leid!«

»Noch eine kurze, kurze, kurze Atempause … ich muss, muss noch Luft holen …«

Zhuang Zigui ließ sich Zeit und öffnete erst nach weiteren gut zehn Minuten die Tür. Goldbienen tanzten wild vor seinen Augen, die Sonne versetzte ihm eine schallende Ohrfeige, er schwankte zweimal und fiel wie eine gefällte Weide über die Türschwelle nach draußen. Gruppenleiter Luan umklammerte seine Hüfte und drückte ihm mit aller Kraft einen eisenstabdicken Finger auf den Akupunkturpunkt »Menschenmitte« zwischen Oberlippe und Nase; die Leiterin des Frauenverbandes schrie hektisch: »Haltet ihm den Mund auf, rasch, und flößt ihm diese Schüssel heiße Reissuppe ein!«

Die armen und niederen Kleinbauern mit ihrem schlichten Klassengefühl hielten ihn wie konfuse Tierärzte, massierten ihn, zogen an ihm und flößten ihm mit einem Bambusrohr, mit dem man sonst kranke Rinder aufpäppelte, Napf um Napf der klebrigen, süßen Flüssigkeit ein, bis er am ganzen Leib zitternd und mit einem Muhen wiederzukäuen begann.

Eine Woche ohne Tageslicht und Zhuang Ziguis Körper war blass wie ein Hase, dem man das Fell abgezogen hat. Die Leiterin des Frauenverbands drückte ihn sich an den Busen, ihre großen Brüste waren wie zwei an seinen Ohren zischende Plätteisen, aus dem Ausschnitt ihres Oberteils fiel eine dicke Laus direkt auf seinen Nasenflügel, eine von starkem Blutgeruch erfüllte Klassenliebe, die ihn erneut auf eine harte Bewährungsprobe stellte. Die nächste bestand darin, dass Zhuang Zigui wie eine Wöchnerin ans Wochenbett drei Tage und drei Nächte an das reich verzierte, große Bett der Leiterin des Frauenverbands gefesselt war, während die armen und niederen Kleinbauern, allen voran Gruppenleiter Luan, mit allem, was ihnen zur Verfügung stand, seine körperlichen und seelischen Wunden kurierten. Um ihn türmten sich Erdnüsse, Datteln, Eier, Reisgrütze und andere Nahrungsmittel, die sich die Bauern selbst kaum gönnten, und er kam sich vor wie ein siegreich von der Front zurückgekehrter Kriegsinvalide. Grausiger war dann allerdings, wie die Leiterin des Frauenverbands jeden Tag vor seinen Augen ostentativ eine Brust auspackte, auf seine Frühstücksspiegeleier hinuntermolk und ihm dabei unentwegt schöne Augen machte: »Mein Junge, das hat vor der Befreiung auch unser Großgrundbesitzer, der alte Reich, immer zu sich genommen.«

Zhuang Zigui blieb nichts übrig, als das, Kopf in den Nacken, hinunterzuwürgen. Als die Leiterin des Frauenverbands dabei einmal ihre Hand ausstreckte und in seinem Hosenzwickel herumzufummeln begann, hätte ihn ein glucksender Lachanfall vor Schreck beinahe dahingerafft. »Mit meiner Milch gesäugt bist du mein Junge; Junge, mein Junge, ich kose dein Hähnchen wie deine künftige Braut«, sagte sie, und als sie sah, dass er nicht wusste, wohin auf dem Bett, wurde sie direkter: »Mein kleiner gebildeter Schatz, bisschen zu jung für deine Mutter, bisschen zu alt für deine Frau.« Damit knetete sie noch einmal seine Weichteile und gab Ruhe.

Buschfunk

Nicht sehr lange nach Zhuang Ziguis Hungerstreik-
triumph tauchten auf einmal der Jäger und Erya mit ihrem
Haufen wieder auf. Erya war leichenblass, gab sich noch
exzentrischer als sonst und alle anderen waren völlig auf
sie fixiert, jedes ihrer Worte wurde von lächelnden Gesichtern begleitet. Zhuang Zigui fand das reichlich merkwürdig, kümmerte sich aber nicht weiter darum. Schweigend griff er sich zwei aufgerollte Angelschnüre, gab
Hao'er einen Wink und sie drangen in ein dichtes Bam-
buswäldchen ein, wo sie zwei große Handvoll Maiskörner
ausstreuten, an Zweigen Angelhaken festmachten und
schließlich mehrmals wie Hühner gackerten. Kaum hatten sie sich versteckt, kam die Hühnerschar, die auf dem
Dreschplatz auf Futtersuche gewesen war, auch schon in
einem irren Sturzflug angeschossen und pickte munter
drauflos. Eine fette Henne schluckte unversehens den Kö-
der und konnte ihn nicht mehr rechtzeitig herauswürgen.
Mit scharfem Auge und schneller Hand zog Zhuang Zigui an der Schnur und hatte den Oberschnabel des Huhns
fest am Haken. Stück für Stück holte er die Schnur ein, das
Huhn rutschte über den Boden, fiel hintenüber, hilflos
mit den Flügeln schlagend, wurde ihm, ohne dass es noch
einen Ton von sich geben konnte, der Hals umgedreht,
und *schwupp* war es unter seinem Hemd verschwunden.
Hao'er bewunderte zungeschnalzend seine flinke Ge-

schicklichkeit: »Alle Achtung, Zigui, wie du dir das Huhn geangelt hast, da kann man echt noch was lernen!«

Zhuang Zigui nickte knapp: »Ich hab's einmal vorgemacht, jetzt bist du an der Reihe, aber pass auf, lass dich bloß nicht erwischen.«

Zurück zu Hause sah er, dass Erya sich in den Kleidern hingelegt hatte, alles bewegte sich so leise wie möglich. Zhuang Zigui rupfte das tote Huhn, der Jäger half ihm dabei, und sie sprachen leise miteinander. »Was ist los?«, flüsterte er.

Der Jäger antwortete: »Zhuang Zigui, Erya muss vielleicht für eine Weile bei dir bleiben.«

Zhuang Zigui sah abrupt auf und schaute den Jäger an, der meinte das vollkommen ernst. Er erwiderte zögernd: »Erya ist eine Frau.«

»Das ist genau der Punkt, Zhuang Zigui, sie vertraut dir.«

»Vertraut mir? Was hat das zu bedeuten?«

»Erya«, der Jäger senkte den Kopf, plötzlich fielen zwei Tränen, »Erya wollte mich schützen, da hat ihr ein Bauer zwei Rippen gebrochen.«

»Was treibt ihr denn?!«

»Leise bitte! Sie war unter anderem Namen zwei Wochen im Krankenhaus, dummerweise ist sie dort ausgerechnet dem Kommunesekretär Li begegnet, zwei Feinde auf so engem Raum, da musste sie das Feld räumen. Als ihre Knochen wieder halbwegs zusammengeflickt waren, haben wir sie also unter größten Schwierigkeiten und mit vereinten Kräften Abhang hoch, Abhang runter hier in dieses hinterletzte Scheißtal geschafft.«

Zhuang Zigui war endlos traurig, er nickte.

»Wir lassen auch Geld und anderes hier, wir bitten dich, Zhuang Zigui. Wir werden oft vorbeikommen und nach ihr sehen.«

Hao'er gesellte sich zu ihnen: »Sekretär Li hat schon lange ein Auge auf Erya, weil die Bauern auf den Dorfmärkten in der Umgebung dauernd rumkrakeelen, dass Geld weggekommen ist. Du bist hier weit ab vom Schuss, solange sie sich von ihrer Verletzung noch nicht wieder ganz erholt hat, kann sie für nichts geradestehen.«

»Das ist doch kein Problem, Zhuang Zigui?«, fragte der Jäger.

Er stopfte ein Bündel Stroh in die Höhlung des Kochherds, nahm das Rohr zum Anfachen des Feuers, blies damit einmal hinein, die Flammen stoben knisternd auf, brachten den großen Eisentopf gurgelnd zum Kochen, im Tempel des Berggotts breitete sich der Duft von geschmortem Huhn aus, und selbst der rotlackierte große Sarg wirkte recht behaglich. In der Ferne hörte man den Schrei einer Wildgans, war das schon der Frühling? Wie oft würde der Frühling noch wiederkehren, bis er endlich in seine Heimat zurück könnte? Er ließ der Verbitterung, die ihm auf der Brust lastete, freien Lauf und ihm fiel ein Lied ein: »Ich bin eine einsame Wildgans, fern von den anderen ...«. Obwohl Erya, der Jäger, Hao'er, Sansan und auch er, Zhuang Zigui, sich zusammengetan hatten, konnten ihre Seelen den einsamen Schatten der verlorenen Wildgans nicht loswerden. Er lächelte traurig: »Das Huhn dürfte fertig sein?«

Der Jäger schaute verblüfft, rang sich dann aber ebenfalls ein Lächeln ab: »Gut, also dann. Nichts wie ran ans Huhn. Zhuang Zigui, gib du Erya was davon.«

Erya schlürfte ein paar Löffel von der Suppe, verschluckte sich, musste husten, was sie heftig schmerzte, und musste sich wieder hinlegen. Niemand wusste so recht, was man nun am besten tun sollte, als ein Etwas über die Türschwelle plumpste und sich eine ganze Weile stehend vor Schmutz auf dem Boden wand. »Die kleine Luan!« Zhuang Zigui wollte sie festhalten, doch sie entzog sich und fiel schwankend vor das Bett, wo sie Erya mit unverwandtem Blick anstarrte, ihre Pupillen glänzten, dass es einem angst und bange werden konnte. Die Sonne ging über ihrem Hinterkopf unter wie ein Rauchfähnchen, es wurde langsam dunkel, Erya nahm ihre Hand, die glühend heiß war, und fragte: »Ist die Kleine krank?«

Zhuang Zigui schüttelte den Kopf: »Die kleine Luan hat immer diese innere Hitze, sie trägt das ganze Jahr über nur ein Höschen und erkältet sich nie, beim Gruppenleiter Luan daheim sind für vier Kinder nur drei lange Hosen da.«

»Das ist ja noch gar nichts«, sagte Erya, »bei den Bauern im Kreis Jian'ge hat jede Familie nur eine einzige Hose, die zieht der an, der aus dem Hause muss, die älteren Mädchen können sich im Allgemeinen nur zu Hause verkriechen. China ist ein so großes und reiches Land, aber es gibt wirklich die seltsamsten Dinge.«

Sansan schaltete sich ein: »Erinnerst du dich noch, Erya? Wie wir damals in diesem Xidong am Jianmen-Pass zusammen die ganzen Produktionsgruppen abgeklappert haben und bei unserem Anblick die Männer mit ihren bloßen Hinterteilen die Hacken fallen ließen und über alle Berge waren? Die leben dort wirklich wie die Wilden.«

»Gute zwanzig Jahre nach der Befreiung sind sie immer noch so arm, und den großen Rettern des Volkes ist es vollkommen egal, ob die Bauern Hosen anhaben oder nicht.« Zhuang Zigui seufzte schwermütig.

Die Antwort war großes Gelächter. Sansan sagte mit sanfter Stimme: »Zhuang Zigui, du bist ja ein Reaktionär.« Dann nahm sie die kleine Luan in die Arme und runzelte plötzlich die Stirn: »Das Mädel stinkt vielleicht!«

Zhuang Zigui entgegnete: »Sie hat einen Pups verloren.« Als das kleine Ding das hörte, machte es sich augenblicklich frei und sah sich auf dem Boden in alle Richtungen um: »Jetzt sucht sie ihn.« Zhuang Zigui erzählte den anderen die Geschichte. Das gab neues Gelächter, die Stimmung wurde mit einem Mal sehr viel lockerer.

Allmählich wurde es finster, weil die Gebildete Jugend aber keinen Platz zum Schlafen hatte, blieb man um das Bettende sitzen und alberte und scherzte fröhlich trinkend weiter.

»Kommt, wer kennt einen Witz?«, sagte Gougou, ein Gebildeter Jugendlicher aus dem Nachbarkreis, der bisher geschwiegen hatte: »Wer die anderen nicht zum Lachen bringt, muss trinken.«

Der Jäger reagierte umgehend: »Gut, ich fang an. Ihr wisst alle, dass unser Stellvertretender Oberbefehlshaber Lin Biao, der Landesverräter und Überläufer, bei einem Flugzeugabsturz in der Wüste Gobi in der Nähe des mongolischen Wenduerhan ums Leben gekommen ist. Der Buschfunk aber erzählt, Lin Biaos Maschine ist gar nicht abgestürzt, sondern von einer Lenkrakete abgeschossen worden. Seine Tochter Lin Doudou hat damals Premierminister Zhou über alles informiert und ihren Vater entlarvt und der Premierminister hat das dann auch gleich dem Vorsitzenden erzählt: ›Unser Glatzkopf Lin setzt sich in die Sowjetunion ab, was sollen wir tun?‹ Der Vorsitzende machte eine seiner gewohnten Gesten und sagte: ›Irgendwann wird es wieder regnen, das Mädchen wird in eine neue Familie einheiraten, soll er nur weg.‹ Weg, aber wohin? War nicht auch die Sowjetunion eine Art Jenseits? Der Vorsitzende hatte es nicht so klar gesagt, aber der Premierminister hatte ganz klar verstanden ...«

»Da kräht doch inzwischen kein Hahn mehr danach«, unterbrach ihn Sansan und goss ihm einen großen Becher voll.

Der Jäger sah, dass niemand lachte, nahm den Becher und trank ihn in einem Zug aus, dann wischte er sich über sein flinkes Mundwerk: »Dieser Maisschnaps taugt echt nix. Aber ich erzähl noch was, da müsst ihr bestimmt lachen. Kommt näher, das ist ein superreaktionärer Witz, wenn der rauskommt, gibt's für den lieben Jäger Gefängnis. Jiang Qing hat einmal unsere Rote Sonne angerufen: ›Vorsitzender, was ist mit meiner Unterhose?‹ Die Sonne antwortete: ›Deine Unterhose, lass mich überlegen, gestern Abend hast du sie doch gar nicht ausgezogen ...‹ ›Nicht ausgezogen? Wie soll denn das gegangen sein?‹ Darauf die Sonne: ›Schau unter dem Bett nach, dann wirst du begreifen, wie es gegangen ist.‹ Sein Leibwächter brach in prustendes Gelächter aus, Premierminister Zhou gebot ihm sofort Einhalt: ›Was gibt es denn da zu lachen? Der Vorsitzende ist schließlich auch nur ein Mensch.‹«

Jetzt bogen sich tatsächlich alle vor Lachen. Erya runzelte ein wenig die Stirn, aber auch sie konnte nicht aufhören. Der Jäger geriet vor Freude ganz außer Rand und Band und verfeinerte seine Geschichte großtuerisch noch mit etwas Salz und Essig: »Unsere Rote Sonne muss niemanden fürchten außer seine Frauen, als er in Yan'an damals seine Frau He Zizhen abserviert und die neue Landesmutter Jiang Qing geheiratet hat, kam von Premierminister Zhou der Vorschlag, ein paar Richtlinien aufzustellen, zum Beispiel, dass es den Ehefrauen nicht erlaubt sein solle mitzuregieren. Jiang Qing knirschte vor Wut mit den Zähnen, konnte aber nichts machen und setzte deshalb ein völlig aus der Luft gegriffenes Gerücht in die Welt: ›Der Mao und der Zhou sind ganz schön dicke miteinander, ob sie schwul sind?‹«

»Was bedeutet schwul?«, fragte Sansan.

Der Jäger lief rot an und wand sich: »Ich hab das selbst von Gougou gehört, der alte Knochen war ja schon ein hohes Tier in der Armee. Gougou, erklär uns das.«

Von allen Seiten bedrängt, überlegte Gougou eine Weile, bevor er antwortete: »Das ist, wenn Mann und Mann Gefühle füreinander haben.«

Hao'er bohrte weiter: »Zwischen uns gibt es doch auch Gefühle? Sind wir dann auch schwul?«

Gougou wägte seine Worte weiter genau ab: »Nun, das ist also, wenn Mann und Mann zärtliche Gefühle füreinander haben, und es im nächsten Schritt auch zu einer körperlichen Beziehung kommt.«

Der Jäger platzte unversehens heraus: »Sag doch gleich, dass du Arschficken meinst!«

Sansan darauf: »Wie eklig!« Lachen musste sie trotzdem.

Gougou entgegnete: »Das versteht ihr falsch, Schwulsein bedeutet nicht nur …«

»Lasst es«, unterbrach Erya sie, »das sollte wirklich unter uns bleiben, das darf sich auf keinen Fall unter der Gebildeten Jugend verbreiten. Sonst wäre Gefängnis unser kleinstes Problem, die werden uns den Kopf wegpusten.«

»Ist doch nichts dabei, hier bei Zhuang Zigui ein bisschen zu quatschen«, sagte Hao'er, »wo es inzwischen überall im Land einen Buschfunk gibt, der zuverlässiger ist, aktueller und spannender als unsere *Volkszeitung*. Aber Gougou, ich hab gehört, du schreibst an einem Buch? Erzähl doch was davon.«

»Das ist viel zu langweilig«, lehnte Gougou ab.

Zhuang Zigui insistierte: »Zwei, drei Worte, ganz allgemein.«

Gougou zögerte erst noch, dann erzählte er mit großem Ernst: »Der Witz vom Jäger vorhin hat ein Dreiecksverhältnis unseres politischen Führers, der zentralen Macht im Land, angedeutet, genau solche privaten Beziehungen baut er immer weiter aus und beherrscht damit Partei und Land. Zwischen Mao und Zhou gibt es eine homosexuelle Beziehung, zwischen Mao und Jiang eine heterosexuelle, Mao war von Anfang an die Spitze dieses Dreiecks. Ganz anders, als das Bild der Roten Sonne uns das vorgaukelt, dominiert in Maos Innerem die weibliche Yin-Energie über die männliche Yang-Energie, deshalb hat er sich Zhou Enlai, mit seinem damals langen Bart, als Geschlechtspartner ausgesucht; Jiang Qing andererseits ist eine heldische Frau, bei der das männliche Yang über das weibliche Yin dominiert, sie wetteifert mit Zhou um Maos Gunst, die beiden führen seit Jahren mit wechselndem Schlachtenglück am Hof einen nicht enden wollenden Kampf. Mao kann in China jeden jederzeit fertigmachen, nur diese beiden unversöhnbaren Pole wird er nicht los, dabei hängt die Stabilität unseres zentralisierten Staates unmittelbar von der Stabilität dieses bisexuellen Dreiecks ab. In Maos gespaltener Persönlichkeit zeigt sich das wie folgt: Hat gerade seine homosexuelle Neigung die Oberhand, sinkt das Schwert und er lässt Gnade walten, dem radikalen Vorgehen der Roten Garden gebot er so Einhalt und ließ seinen politischen Feinden, die gegen ihn um die Macht im Staat kämpften, ein Schlupfloch offen; hat seine heterosexuelle Neigung die Oberhand, ist er kaltherzig und gefühllos, bezeichnet sich selbst als den ›Ersten Kaiser‹ unserer Tage, vergleicht sich also mit Chinas grausamem Qin-Kaiser[38] und entfesselt landesweit einen regelrechten Wirbelwind von Personenkult. Das Volk aber ist immer wieder von neuem das Opfer dieser bisexuellen Politik…«

Alle hatten ihm staunend zugehört. Wieder war es Erya, die als Erste einen klaren Kopf bekam und entschieden dazwischenging: »Hör auf damit!« Zhuang Zigui unterstützte sie mit einem neuen Vorschlag: »Der Mondschein draußen ist wundervoll, gehen wir ein bisschen vor die Tür.«

Vor dem Tempel sah man einen vollen, runden Mond wie einen schimmernden, seit ewigen Zeiten dort vor sich hin meditierenden Riesenschädel reglos auf dem gegenüberliegenden Berggipfel sitzen. Die Gebildete Jugend blieb an der Türschwelle stehen, manche setzten sich, einzig Gougou trat stocksteif vor und näherte sich diesem im völligen Nichts leuchtenden Kopf. Sie waren durch einen bodenlosen Abgrund voneinander getrennt, über sich nichts als das Weltall, doch Gougou blieb nicht stehen, er zögerte nicht einmal, sein Seelenauge tastete sich ganz langsam voran. Sansan sagte leise: »Sein Vater gehörte zur Clique Lin Biaos, es gibt wenig Hoffnung, dass er in diesem Leben noch einmal in die Stadt zurückkommt.«

Zhuang Zigui fand diesen Gougou ein wenig surreal, jetzt war er von ihnen allen genau so weit entfernt wie die Ziele, die er verfolgte, von ihren eigenen. Eine düstere Wolke fegte heran, der Mond verdunkelte sich, ringsum glimmten mit dichtem Flaum bedeckte Sprenkel. »Der

Himmelswolf!« Kaum hatte Zhuang Zigui das gerufen, drang aus dem weiten Umland – »auooo! auooo!« – lautes Wolfsgeheul. Sie gingen alle wieder hinein. »Gougou, komm zurück!«, rief der Jäger. Gougou machte kehrt wie eine Marionette, sein Blick war noch immer vollkommen starr. Ein Rudel Wölfe war vage hinter ihm zu erkennen, der zerfaserte Mondschein drang in das kalte Blut, sprengte tropfenweise den gesamten Himmel und verwandelte sich in Sterne, die sich wie Intarsien auf die Bergkette legten. Hao'er sagte: »Lasst uns nicht dramatisch werden, in Ordnung? Die einfachen Leute können das Land doch weder retten noch herunterwirtschaften. Haben wir inzwischen nicht genug dafür gebüßt, dass wir Rotgardisten waren? Gestern noch hoch in den Wolken, heute auf dem harten Boden der Realität. Aber gut, wir wollen nicht als Märtyrer der Revolution in die Annalen der Geschichte eingehen, deshalb Leute, hört jetzt lieber einen Witz von mir.«

»Du bist nicht nur ein Langfinger, du kannst auch Witze erzählen?«, nahm ihn der Jäger auf den Arm.

»Wenn du jemand nur durch einen Türspalt siehst, siehst du ihn nie ganz«, konterte Hao'er, »und jetzt, wertes Publikum, höre, was ich euch zu erzählen habe: Kürzlich hat der amerikanische Präsident Nixon den sowjetischen Premierminister Kossygin zu einem Staatsbankett eingeladen, dummerweise hatte Kossygin Probleme mit dem Magen, kaum hatte er ein paar Bissen zu sich genommen, musste er auf den Pott. Durch seinen Dolmetscher ließ er Nixon fragen: ›Wohin bei Durchfall?‹ Nixon deutete direkt auf eine Seitentür des Speiseraums, hinter der Tür der pure Prunk, aber nirgendwo ein Abtritt. Während Kossygin noch ganz benommen seine Hosen festhielt, klopfte der Leibwächter an seiner Seite auf das große Sofa genau in der Mitte: ›Für Sie, da drauf.‹ Kossygin staunte insgeheim, ließ aber seine Hosen runter, setzte sich und da tat sich unter seinem Hintern quietschend ein Spalt auf. Kossygin entfuhr ein kurzer verschämter Schrei, doch als er sich erleichtert hatte und schon halb stand, um nach dem Toilettenpapier zu greifen, spürte er mit einem Mal zwischen seinen Schenkel einen kräftigen Schwall angenehmer Frische, er wurde gereinigt und getrocknet und am Ende zischend mit französischem Parfüm besprüht.

Wieder zurück in seinem Land wies Kossygin die Besten der Besten der sowjetischen Wissenschaft an, bis spätestens zu Nixons Gegenbesuch eine noch fortschrittlichere Lokuseinrichtung zu entwickeln und dem Land alle Ehre zu machen. Als die neue Toilette fertig war, probierte Kossygin sie höchstpersönlich aus und fand alles top, allein der Mechanismus zur Gesäßreinigung entsprach nicht den Erwartungen: Entweder er war zu kräftig und schabte gleich sämtliche Afterbehaarung mit ab, oder er war zu schwach und machte nicht ordentlich sauber. Als niemand mehr Rat wusste, rief Kossygin seinen Leibwächter zu sich und flüsterte ihm etwas ins Ohr.

Beim Staatsbankett hat dann Kossygin dem Essen eigens Abführmittel untergemischt, so dass Nixon schon nach den ersten Bissen immer wieder ächzte und stöhnte. Daraufhin klopfte der sowjetische Sozialimperialist dem amerikanischen Imperialisten auf die Schulter und fragte lächelnd: ›Durchfall?‹ Der amerikanische Imperialist nickte hektisch: ›Ja, ja.‹ Dann ging er auf die Toilette. Nachdem das Geschäft erledigt war und Nixon sehr professionell seinen Hintern anhob, war er höchst verblüfft – diese sowjetischen Sozialimperialisten hatten es wirklich drauf! Obwohl sich dieses Ding unter ihm langsamer bewegte als ein Ohrschmalzentferner, arbeitete es doch so, dass es am Spundloch prickelte und kitzelte, er konnte gar nicht genug davon bekommen und fand es weit besser als seine eigene Anlage, ein Meisterstück. Nixon war so fasziniert, er musste sich das da unten einfach ansehen. Wie fuhr ihm da der Schreck in die Knochen (er machte einen drei Fuß hohen Satz wie ein ausländischer Frosch) bei dem, was er sah! Was das war? Ein Finger, ein Finger...«

Nach dem Vorfall mit Lin Biao begann sich die Götzenverehrung mit der Zeit abzukühlen. Der Mao der Wochenschau war alt und tatterig, beim Empfang eines Gastes aus dem Ausland zitterte und torkelte er, eine robuste Sekretärin wich ihm niemals von der Seite, das Märchen vom »ewigen Leben, das ihm beschieden sei« fiel wie ein Kartenhaus in sich zusammen, doch die Kulturtyrannei nahm weiter an Fahrt auf. Für ein Achthundert-Millionen-Volk gab es gerade einmal acht Opern, die Jahr für Jahr und Monat für Monat gespielt wurden, die Hauptrollen dieser »Modellopern«, Frau A Qing, den Eisenbahnarbeiter Li Yuhe oder auch den Soldaten Yang Zirong, kannte landauf landab jeder in- und auswendig, die Leute vom Land liefen nachts meilenweit über Berge, um nur einmal eine Freiluftaufführung des Films *Tunnelkrieg* zu sehen, der die Uferlosigkeit des Volkskriegs zeigte. Bei diesem doppelten, materiellen wie geistigen, Mangel wurden den Chinesen politische Witze zum unverzichtbaren Lebenselixier, und in ihrem Gefolge tauchten auch der Buschfunk, obszöne Lieder und pornographische Romanmanuskripte aus dem Untergrund auf. Die sogenannten obszönen Lieder waren einfach nur

Liebeslieder, aus China und aus dem Ausland, die von den zwanziger und dreißiger Jahren bis zur Kulturrevolution schon einmal Mode gewesen, dann aber von den Behörden per Erlass verboten worden waren, Lieder wie *Moskauer Nächte*, *Rotbeerblüte*, *Der Herbsttau weckt Sehnsucht nach ihr*, *Wann kehrst du zurück* und *Am Fluss zur Pfirsichblüte*. Tag für Tag wurden weitere Lieder verboten, doch je mehr sie verboten wurden, umso mehr wurden sie gesungen, dabei war es gleichgültig, ob es Lieder der sowjetischen Sozialimperialisten oder chinesischer Landesverräter waren, die Gebildete Jugend versah sie nostalgisch mit neuen Texten und eignete sie sich so an. Am meisten Kopfschmerzen bereitete den Behörden jedoch das Überhandnehmen von Romanmanuskripten. *Das Herz des Mädchens*, eine Monographie über die körperliche Liebe, galt als bestes Opium für den Geist, an zweiter Stelle stand der politische Insider-Roman *In den Archiven der Gesellschaft*. Beiden gemeinsam war das Aufklärerische, das erste Buch klärte über die Geheimnisse des Geschlechtsverkehrs auf und führte zu sexuellen Vergehen; das zweite klärte über die Schamlosigkeit auf, mit der hohe Kader der Kommunistischen Partei Chinas sich an Frauen aus dem einfachen Volk heranmachten, was zu Zynismus führte. Darüber hinaus gab es unter anderem den Liebesroman *Das zweite Händeschütteln*, den Horrorroman *Verrückt in verrückten Zeiten* und den biographischen Roman *Die Frau in der Pagode*. Dies bildete die im Gegensatz zur offiziellen Ideologie stehende Untergrundkultur. Die Kommunistische Partei Chinas scheute bei den rasterartigen Kampagnen gegen Pornographie keine Mühe, in hellen Scharen wurden Konterrevolutionäre, die sich der Abschrift und Weitergabe von Untergrundromanen schuldig gemacht hatten, in öffentlichen Kritikversammlungen bekämpft, durch die Straßen geführt und ins Gefängnis geworfen. Doch »kein Steppenbrand brennt alles nieder, weht Frühlingswind, schon grünt es wieder«, oder wie Cheng Gang[39], Mitglied der Kommunistischen Partei Chinas und wegen der Verbreitung der *Fortschrittszeitung* im Untergrund aufgegriffen und noch von der Guomindang hingerichtet, bei seiner Exekution vor gut zwanzig Jahren ausrief: »Die Revolutionäre werden leben!« Gute zwanzig Jahre später erklärte der politische Prophet Yu Luoke[40], wegen seiner Untergrundschrift *Die Klassentheorie* von der Kommunistischen Partei aufgegriffen und hingerichtet, vor seiner Exekution: »Erd' und Himmel wiegen schwer und leicht mein Kopf.« Damit meinte er in verkappter Form: »Die Konterrevolution wird leben!«

Ein politischer Witz handelte davon, wie Mao Zedong, Liu Shaoqi und Zhou Enlai gemeinsam überlegen, wie man eine Katze dazu bringt, Chili zu fressen. Liu sagt: »Sehr einfach, man stopft den Chili mit Essstäbchen in den Schlund und fertig.« Mao schüttelt den Kopf: »Zu grob, so darf man ein Volk nicht behandeln.« Er wendet sich Zhou zu und fragt ihn, Zhou antwortet: »Man wickelt Chili in ein Stück Fleisch, und wenn die Katze das Fleisch frisst, wird sie alles zusammen schlucken.« Auch das weist Mao zurück: »Man darf die Massen nicht betrügen. Die beste Methode ist, der Katze das Chili an den Hintern zu schmieren, sobald die Katze die Schärfe spürt, wird sie sich umdrehen und daran lecken, je mehr sie leckt, umso aufgeregter wird sie werden.«

Bedacht hatte Mao allerdings nicht, dass eine Katze,

ganz gleich wie viel geistigen Chili man ihr hinschmiert, nicht ihr ganzes Leben damit verbringen konnte, sich den Hintern zu lecken; hatte sie erst einmal genug davon, würde sie sich auch nicht mehr so einfach anschmieren lassen. Zudem waren Menschen keine Katzen, Menschen übten viel heimtückischere Vergeltung als Katzen, Menschen konnten, ohne sich etwas anmerken zu lassen, Lieder und Bücher schreiben und Witze erfinden, mit denen sie Hass und Verachtung säen und sich lustig machen. Und so wird jeder Gott, der mit den Katzen spielt, irgendwann aus seinem Himmel purzeln und als Hanswurst mit blutiger Nase und geschwollenem Gesicht aufschlagen.

Das Herz des Mädchens

Der Jäger blieb mit seinen Leuten drei Tage bei Zhuang Zigui, und sie machten jede Menge Rabatz, Hühner, Hunde, nichts war sicher vor ihnen. Als sie aufbrachen, ließen sie einen ganzen Batzen Geld, Fleisch und Eier zurück und steckten ihm einen Stapel schmieriger verbotener Manuskripte zu. Der Jäger nestelte ihm eigens das Manuskript von *Das Herz des Mädchens* heraus, schielte zu Erya hinüber und sagte bedeutungsvoll: »Mein Freund, an diesem Werk kann man sich die Finger verbrennen, beherrsch dich, genieß die Phantasie, aber meide das Feuer.«

»Sprichst du aus Erfahrung?«

»Ich bin niemals wirklich an Erya herangekommen«, bekannte der Jäger, »und hätte es letztlich auch gar nicht gewollt. Ich bin ein Streuner, ich bin überall zu Hause, ich bin nicht fähig, mich für längere Zeit auf eine einzige Frau zu konzentrieren, ein ziemlicher Scheißkerl, was?«

Zhuang Zigui blieb lange gedankenverloren im Schatten stehen und sah den anderen nach, wie sie langsam in der Ferne verschwanden, er bemerkte nicht einmal, wie Erya irgendwann an seiner Seite auftauchte. Unvermittelt geisterte eine vertraute Melodie durch seine Erinnerung, es war ein Lied, das seine Mutter seit ihrer Jugend sang, er kannte es schon, als er noch sehr klein war. Damals hatte er seine wahre Bedeutung nicht erfasst, hatte aber gespürt, dass eine dunkle Wolke darin schwebte, eine Geschichte aus ferner Zeit:

> *Warst immer so,*
> *bist jetzt noch so,*
> *Kosak, Adler, kühn und schön!*
> *Wann werden wir uns wiederseh'n?*
> *Du machst das Herz mir trist und froh.*
>
> *Du schenktest mir*
> *nicht einen Blick,*
> *hoch zu Ross, sahst nicht zurück*
> *warst immer so,*
> *bist jetzt noch so …*

Zhuang Zigui begann es unbewusst zu singen, erinnerte sich aber nicht mehr an den ganzen Text und sang mal deutlicher, summte mal nur vor sich hin. Seine Familie, ach, sein Heimathafen, ach, seine Mutter, ach, der ewige Vagabund, ach, das wilde Gewirr von Gedanken erfüllte ihn mit einer überwältigenden Trauer. Als der Jäger und die anderen zwischen den Bergen auf der anderen Seite sichtbar wurden, vibrierten sie wie in sengender Sonne herabfallender Staub und winkten zu ihm herüber. Zhuang Zigui erwiderte den Gruß nicht, in den fiktiven Armen der Natur lauschte und fühlte er dem schlimmen Leid der vorangegangenen Generation nach. Ach, drei Jahre war er jetzt nicht mehr zu Hause gewesen! Eine Seltenheit bei der Gebildeten Jugend. Sein Vater, der sich stillschweigend hatte demütigen lassen, und seine Mutter, die sich unter ihrem Strohhut versteckte, wie hatten sie wohl zusammengefunden? Und er selbst, warum hatte er ihnen Wunden zufügen müssen? Er hatte weder die gütige Liebe seines Vaters, noch den Autismus seiner Mutter, er war ein nicht wiedergutzumachender Fehler. Im Augenblick seiner Zeugung hatte sich seine Mutter hinter fest verschlossenen Augen in den dunklen Abgründen ihrer Seele nach einem anderen Mann gesehnt, nach einem Pianisten, der in der Umerziehung durch Arbeit an einer Lungenkrankheit starb, möglicherweise hatte er ihr dieses bizarre russische Volkslied beigebracht. Es floss in den Adern Zhuang Ziguis, der nur äußerlich anderen verbundenen Missgeburt, unwillkürlich ballte er die Fäuste und bemerkte im gleichen Moment erst, dass Eryas Hand in seiner Hand wie ein zarter Zweig knackte. Im herbstlichen Abendlicht fielen kreisend und singend die Blätter von den Bäumen des Gebirges, zitternd, als wären es Fremde.

Zhuang Zigui spannte ein Bettlaken als Vorhang auf und teilte damit den Tempel in zwei Hälften, sich selbst legte er als Bett Bretter gegen den Sarg. Am Abend unterhielten sich Erya und er durch den Vorhang.

Erya fragte: »Zhuang Zigui, fürchtest du dich nicht, wenn du so direkt am Sarg schläfst?«

Er antwortete: »Der Volksmund sagt: ›Wer im Traum stirbt, erlangt das Leben.‹ Nein, ich mag den Sarg.«

Danach blieb Erya stumm. Zhuang Zigui schnitt ein neues Thema an: »Erya, darf ich dich nach deiner Familie fragen? Wie viele seid ihr eigentlich zu Hause?«

»Vier, mein Vater, meine Mutter, meine kleinere Schwester und ich. Meine ältere Schwester Daya ist 1960 verhungert.«

»Und du nicht?«

»Ich fast auch.«

»Erya, du bist heute Abend so gut gelaunt, nichts, was ich sage, kann dich aus der Ruhe bringen.«

»... weil du so schön gesungen hast. Böse Menschen, Zhuang Zigui, böse Menschen können nicht so singen. Als ich dir zugehört habe, hatte ich das Gefühl, ich selbst sollte ein besseres Mädchen werden, allerdings ...«

»Nix allerdings«, unterbrach Zhuang Zigui sie, »du bist doch ein gutes Mädchen.«

»Nett, dass du das sagst, aber du brauchst mir nicht zu schmeicheln.«

»Ich schmeichle dir gern. Mädchen mögen schöne Worte, du bist da keine Ausnahme, ich kann dir nichts Besonderes bieten, aber ich kann dir ein bisschen was Schönes sagen.«

Erya lachte: »Klingt ja auch nicht schlecht, ich denke, du bist auch gar kein schlechter Kerl.«

»Schlaf jetzt, Erya.«

»Als wär ich wieder drei Jahre alt, damals sagte das mein Papa immer genau so: ›Schlaf jetzt, Erya.‹«

»Mit drei Jahren, da war man noch frei und unbeschwert, am besten hätte man sich im Bauch der Mutter versteckt und wäre gar nicht erst rausgekommen.«

»Dann hätten wir uns aber nicht getroffen.«

»Unwichtig, ich zähle nicht.« Er tat, als gähne er, suchte aber das Romanmanuskript heraus: »Schlaf jetzt, Erya.«

»Ich kann nicht schlafen, lass uns noch ein wenig reden, vielleicht kann ich dann schlafen.«

»Dreh dich zur Seite, leg die Hände, Handfläche gegen Handfläche, zwischen die Knie und stell dir vor, du bist ein Embryo, dein Herz schlägt mit dem Herz deiner Mutter und dein Atmen folgt ihrem Atmen, dann wird warmes Fruchtwasser dich umfließen. Die Erfahrung der Arbeit auf dem Land, hier in den Bergen hast du nie gemacht, auch die Kulturrevolution hast du nicht erlebt, keine große Hungersnot und auch sonst nichts. Jetzt gerade verschwindest du. Ja, auch die Erde ist ein Embryo, eingetaucht in pechschwarzes Fruchtwasser. Du bist ein Embryo in einem Embryo, ein Blütenstempel in einem Blütenstempel, eigentlich hast du gar nichts – wozu solltest du auch etwas haben wollen? Das Leben des Menschen ist wie ein Blitz, wer könnte ihn, wenn er vorüber ist, in der Hand halten und anderen zeigen: ›Schau, mein Blitz.‹«

Erya hatte sich wirklich hypnotisieren lassen, das Geplauder war schließlich zum monologischen Gemurmel geworden, und der Tempel des Berggottes schwankte in diesem Gemurmel hin und her, hin und her und konnte wie ein Tempel aus Papier jederzeit durch Gottes Speichel zunichtegemacht werden. Als Zhuang Zigui schwieg, sah er, wie eine vom Tempeldach herabhängende Zunge weiterredete, dann schmatzend am Türspalt leckte und die feierlich stille, in Mondlicht gebadete Welt küsste.

Er stapelte vier Bände *Ausgewählte Werke Mao Zedongs* übereinander, um das Licht seiner Lampe von Erya abzuschirmen, und schlug den leuchtend roten Umschlag von *Das Herz des Mädchens* auf. Die hohen Wellen des Flusses Huangpu schlugen an seine Augen, mit einem Mal röteten sich seine Wangen wie im Rausch, gierig verschlang er jedes der Schriftzeichen. Ihm wurde vor Scham unerträglich heiß, und als er die Bettdecke von sich strampelte, um seinen jungen splitterfasernackten Körper trocknen zu lassen, griff seine linke Hand unversehens nach seinem wild gewordenen, hoch erigierten Ding, Daumen und Zeigefinger packten den schmerzhaft gespannten Schwellkörper und kurzerhand riss ihn ein bemäntelter Dämon in den Abgrund fleischlicher Lust.

Vom nackten Körper der Romanheldin wanderten seine Gedanken zu Nie Honghong, zu ihrem nackten Körper. In der Verborgenheit eines mitternächtlichen Parks vor der historischen Kulisse der Republik China umspielte durch Baumgeäst und Sträucher hindurch Sternenschein ein Pärchen, er wie sie ohne einen Faden am Leib, mit Sprenkeln und Tupfen aus Licht. Weder Eva noch Adam konnten am Ende der Schlange widerstehen, und als Adam auf Eva lag und nach Herzenslust pumpte, brach der makellose Apfel auf, bekam Beine und Kopf und aus den beiden Menschen wurde ein Monster mit zwei Köpfen und acht Beinen. Das Schlürfen der Zungen auf der blanken Haut mischte sich mit dem Plätschern eines Bachs im Unterholz, ach, Wasser, Wasser, das alles durchdringende Wasser des Erwachens! Zhuang Zigui reute es erneut, dass er Nie Honghong niemals hatte besitzen können, er war einmal in der gleichen Situation gewesen, wie sie in *Das Herz des Mädchens* beschrieben wurde, aber der Fanatismus der Selbstaufopferung hatte verhindert, dass er sie besaß.

Mit der Intensität dieses einen Abenteuers schmückte Zhuang Zigui, sexuell ausgehungert wie zehntausend andere in diesen prüden Zeiten auch, mit brennender Vorstellungskraft den einzigen erotischen Untergrund-Roman des Landes in alle Richtungen aus. Möglicherweise war es zu Anfang lediglich ein Nachschlagewerk für sexuelle Fragen gewesen und erst durch die kollektive Bearbeitung der Details durch unzählige Kopisten im Laufe der Zeit immer ausführlicher und zu dem Teufelswerk geworden, das er vor sich hatte. Erst nachdem Zhuang Zigui völlig fasziniert an die zwei Stunden gelesen hatte, wurde schließlich der direkte Geschlechtsakt genüsslich durchgespielt, die männlichen und weiblichen Geschlechtsorgane, das Flirten, das Vorspiel und das Liebemachen selbst, das Zusammenspiel beim Beischlaf, wie man sich perfekt aufeinander abstimmte und zum gemeinsamen Orgasmus kam, die Freudenschreie dann … Mit einem Ruck kam Zhuang Zigui hoch, atmete schwer durch den offenem Mund, der Unterleib die brüllende Zuflucht eines unsichtbaren Raubtiers, das im Gebüsch des Schamhaars auftauchte und wieder verschwand, ein unsichtbares Raubtier, das einen überfiel und einem den Verstand zermalmte. Ein um das andere Mal streckte er die Hand zum Vorhang hin und zog sie panisch wieder zurück; schließlich schob er ihn zur Seite und war ganz gebannt von Eryas friedlichen Atemzügen hinter dem Moskitonetz. Er phantasierte, wie er ihr den BH und das Höschen abstreifte – ob bei ihr wie bei der Protagonistin im Buch auch ein durchsichtiges Höschen eine pralle Scham verbarg und flauschiges Schamhaar deutlich zu erkennen wäre? Er schüttete sich kaltes Wasser über, riss sich an den Haaren, zwickte, kniff und kratzte sich, schlug sich sogar mit der Faust gegen die Zähne, dass es blutete, aber was er auch versuchte, sein Verlangen ließ sich nicht eindämmen. Irgendeine Frau, ganz gleich welche! Hauptsache Frau, oder nein, Hauptsache eine Vagina, ihm war alles recht! Alles! Er stand barfuß auf, bewegte sich barfuß zu Eryas Bett. Er schob das Moskitonetz zur Seite, bemerkte wie im Nebel, dass seine Beute die Augenbrauen zusammenzog – sie hatte zwei gebrochene Rippen! Ihre Verletzung war noch nicht verheilt – ein Riesenschreck, er machte kehrt, öffnete die Tür des Tempels und stand splitternackt im Sternenlicht, der Wind aus den Bergen fuhr ihm in die Knochen, er musste heftig husten, krümmte sich vor Schmerzen. Er rannte, so schnell er konnte, den Weg am Berg entlang, als wolle er seine Urkraft nutzen, um vor sich selbst davonzulaufen. Als er nicht mehr konnte, fiel er ins Gras, ein anderer Zhuang Zigui flitzte jedoch weiter, ein Schatten, der einem milchweißen Lichthof auswich, bewegte sich einen kurzen Augenblick am unendlich weiten Himmel.

Als er den ganzen Körper voller Schrunden und Beulen zum Tempel des Berggotts zurückkam, war es nach Mitternacht. Ein Dichter hat einmal gesagt, Frauen sind ein Haus in der Wildnis, jetzt erfuhr Zhuang Zigui am eigenen Leib die nie erfahrene, aber auch gefährliche Wärme eines solchen Hauses! Er zog sich an, löschte das Licht, ging wieder hinaus und rannte gut zehn Kilometer den Berggrat entlang. In der benachbarten Produktionsgruppe stahl er zwei Hühner, drehte ihnen nach altbewährter Methode den Hals um, rannte eine Weile mit gesenktem Kopf in die Berge hinein und ließ sie unterwegs ausbluten. Zwei der Bergrücken sahen sich verflixt ähnlich, zwischen ihnen lag eine weite Ebene mit verwilderten Gräbern. Als er dort hinkam, fiel ihm das Doppelgrab ein, vor dessen Stein ein fünf Meter hohes Banner aufragte, das die Geister der Verstorbenen zu sich rief. Das Rascheln seiner langen Papierstreifen im Wind konnte er bereits hören – und verlor in dem panischen Versuch, diesem Ding zu entgehen, die Orientierung. Doch etwas ließ ihn nicht los, er lief im Kreis, in den gut drei Stunden bis zur Morgendämmerung stand er fünf Mal vor dem knisternden Geisterbanner. Das Mondlicht war wie Wasser, auf dem die Gräber wie eine große Flotte auf ihn zu kamen und dabei alles zur Seite räumten, er floh Hals über Kopf und stand früher oder später wieder vor dem Doppelgrab, das den Hühnerdiebstahl markierte. Er musste schließlich innehalten und sich neu orientieren. Er war auf dem Mond, umgeben von einem im Zentrum eingebrochenen Krater-Gebirge. Hier kam ihm der Heimatort seines Vaters in den Sinn und sein achtzig Jahre alter Großvater, der greise Grundherr, bei dem er in seiner Kindheit vorübergehend gelebt hatte – wenn er damals auf einen Friedhof stieß, sauste er wie der Blitz vorbei, wobei er hinter sich immer jemanden zu rufen vermeinte: »Die Geister kommen! Die Geister kommen!« Einmal war er frontal gegen einen Silberregenbaum gekracht, hatte sich überschlagen und war eine halbe Ewigkeit nicht mehr zu sich gekommen. Der Großvater, mit bloßem Oberkörper, die Rippen deutlich sichtbar und alles voller Schuppenflechte, suchte ihn überall. Mit seinen mageren Hühnerkrallen von Fingern hatte er ihm die große Beule auf der Stirn massiert und ihm auf dem Nachhauseweg Spucke spritzend Angst eingejagt: »Jungchen, Mitte Juli laufen die Geister Amok, die Zungen der Geister sind Kröten, die fressen gern die Eingeweide von Kindern. Stück für Stück schlingen sie sie hinunter und spucken sie Stück für Stück wieder aus.« Er bettelte um Gnade: »Opa, bitte red nicht mehr davon, ich will auch brav sein!« Sein Großvater lachte und zischte unheimlich: »Kleiner Tunichtgut, halt mich bloß nicht zum Narren, dein Großvater war in der alten Gesellschaft ein Totenrufer, die bringen Leichen aus anderen Provinzen nach Hause.«

Seine Erinnerung an die Kindheit war so unglaublich

deutlich, als wäre es gestern gewesen! Ein vollkommen unberührter, tiefer Teich schien plötzlich aufgewühlt und der stinkende tote Fisch Erinnerung trieb an der Oberfläche. Am Horizont dämmerte ein fischbauchweißer Streifen herauf, er nahm allen Mut zusammen, ging zwischen Gräbern und Gestrüpp hindurch, wusste irgendwann wieder halbwegs, wo er war, und ließ die Welt der Halluzinationen mit ihren tanzenden Dämonen hinter sich. Die Totenruferlegenden waren ein unsichtbarer Hund, der hinter einem herjagte. Wen der in den Hintern biss, der raste stocksteif weiter, immer weiter, als würde er bei dem kürzesten Halt auf der Stelle tot umfallen.

Als das Dach seines Tempels wie ein Schiff aus dem Morgennebel auf ihn zusteuerte, begannen ihm die Knie zu zittern, er war ein Seemann auf einem dunklen, endlosen Ozean, am Ende seiner Kräfte sah er in der Ferne, wie in einer anderen Welt, Erya sich langsam wie ein Segel erheben.

Er streifte sie im Vorübergehen, sein Mundwinkel und ihre Haarspitzen, die der leichte Luftzug aufwirbelte, berührten einander, sie stützte die Hände in den Rücken und rief sanft »Zhuang Zigui« und folgte ihm in den Tempel. Mit schief gelegtem Kopf betrachtete sie prüfend sein aschfahles Gesicht und setzte ein honigsüßes Lächeln auf. Er wurde weich, rang sich ebenfalls ein Lächeln ab: »Warum bist du denn so früh schon auf?«

»Warum? Das ist deine Schuld. Erst hab ich tief und fest geschlafen, es war noch nicht hell, als ich aufgewacht bin. Aber ein Mädchen hat eine sehr feine Wahrnehmung, ich hab kurz gelauscht und sofort gewusst, dass du nicht da bist; ich hab zweimal gerufen, und tatsächlich, du warst nicht da, dann habe ich wachgelegen und rumüberlegt, was passiert sein könnte. Der Tempel ist ja schon ein bisschen unheimlich. Kaum war es hell, hab ich mich aus dem Bett gequält und hinter dem Tempel geschaut und geschaut und mir echt Sorgen gemacht, dass du vielleicht von einem einsamen Geist verschleppt worden bist. Zhuang Zigui, lauf bitte nicht mehr mitten in der Nacht einfach so draußen herum, hörst du?«

Erya plapperte ohne Punkt und Komma. Zhuang Zigui machte Feuer im Herd, weil er etwas zu essen machen wollte, als er sich hinsetzte und in das rote Lodern starrte, sackte er plötzlich weg. Sein Kopf fiel vornüber, eine Strähne wurde von einer aus dem Herd züngelnden Flamme erwischt, Erya hockte sich hastig zu ihm, erstickte mit ihren Händen das kokelnde Haar, zwei winzige Feuerschlangen in ihren Pupillen dehnten sich aus und zogen sich wieder zusammen und loderten tief in seinen Unterleib hinein. Er spürte, dass er sich früher oder später davon nicht mehr würde freimachen können und ihm liefen ungewollt Tränen über das Gesicht. Er schob ihre Hände fort, suchte es zu überspielen: »Schon gut, schon gut!« Doch Erya fixierte ihn. Ihre kleinen Hände wischten sanft über seine rotgeschwollenen Lider, aber die unmännlichen Tränen ließen sich nicht stoppen, er verfluchte sich innerlich dafür. Erya schaute ihn an und wusste nicht, was tun: »Was ist denn los, Zhuang Zigui, was ist denn mit dir?« Schließlich packte sie abrupt seinen Kopf und wischte und rieb sein Gesicht mit ihrem Kinn, »Du, hej ...«, seufzte sie.

Sie blieben zusammen. Solange Eryas Verletzung noch nicht verheilt war, musste er sich wohl oder übel beherrschen. Tag und Nacht verloren jede Bedeutung, Schlafen und Wachen, eines kam Zhuang Zigui so kurz vor wie das andere ... Er brüllte auf und rollte wie ein Mühlstein vom Bett, eine riesige Glocke hallte dröhnend in seinem Körper. Er kniete lange auf dem Boden und ließ die Kälte der Steinplatten jeden Zoll seines berauschten Körpers kühlen. Erya lehnte sich über die Bettkante, zog seine Hände hinauf und legte ihr tränenüberströmtes Gesicht darauf. »Schwer zu ertragen, nicht?«, ihre Stimme klang heiser. »Zhuang Zigui, für mich ist das in Ordnung, wirklich, es ist in Ordnung.«

Das war um die Mittagszeit, die Bauern machten auf ihren Feldern Pause und ein wunderlicher Hahn, Tag und Nacht auf den Kopf stellend, krähte unvermittelt die Sonne an. Jemand grölte: »Von Muttern zum Abschied die Schale Wein und nie lässt der Mut dich allein.« Eine schrille Stimme mischte sich mit zugehaltener Nase darunter: »Li Tiemei, pack den Geheimcode deines Vaters aus!« Eine dumpfe Stimme erwiderte: »Unsere Produktionsgruppe produziert keinen geheimen Kot, nur Rindviecher!« Darauf unbeschwertes Gelächter. Währenddessen glitt im Tempel des Berggotts Erya am helllichten Tag in einer Dunkelheit, in der man die Hand nicht vor Augen sah, wie eine kranke Schlange, grau in grau, langsam auf Zhuang Ziguis Unterleib zu. Sie saugte an seinem Penis, enthüllte dabei zischelnd eine gespaltene Zunge, seine Hände verkrampften sich, drückten die von schönem Haar umrankte Blütenkrone tiefer und seine Körpersäfte ergossen sich durch ein geheimnisvolles Leitungssystem rauschend in die Wildnis der Gefühle.

In Zhuang Ziguis Notizbuch ist der Tag, an dem er seine Unschuld verlor, festgehalten: 31. April 1973, vierundzwanzig Jahre alt. Erya sagte: »Hätte es einen direkten Weg durch den Wald zu dir gegeben, wäre alles viel besser geworden, leider sind Begegnungen wie die unsere auf dieser Welt von vielen unglücklichen Zufällen abhängig.« Zhuang Zigui sah sie verständnislos an. Auf einmal wurde ihr übel, sie warf sich etwas über, sprang aus dem Bett und erbrach sich vor dem Aschenhaufen am Herd, er konnte in ihrem Gekeuche Blut riechen. »Ich war nicht mehr unschuldig«, sie stoppte einen kurzen Moment, dann fuhr sie leise fort: »Gleich in dem Jahr, als ich aufs Land gekommen bin, hat Kommunesekretär Li mich beschmutzt. Er ist mitten in der Nacht bei mir aufgekreuzt, und wir haben uns sehr intim unterhalten, ich war dermaßen naiv, ich hab einfach nicht rechtzeitig erkannt, was für ein Vieh dieser Bürohengst ist. Damals war ich noch keine achtzehn, ein Schülermund, der brav die Umerziehung durch die armen und mittleren Kleinbauern in sich aufgenommen hat. Sekretär Li hatte mir versprochen, mich innerhalb von ein, zwei Jahren für die Rückkehr in die Stadt zu empfehlen, als später die Arbeiterrekrutierungseinheit auftauchte, hat er es sich anders überlegt, pah.«

Zhuang Zigui entgegnete: »Ich hab dich gar nicht nach deiner Vorgeschichte gefragt, Erya.«

»Ich weiß, dass du über die Dinge des Lebens erhaben bist und dich nicht mit einem Haufen von Dieben herumtreiben willst, aber wenn ich wieder ganz gesund bin, dann klappere ich mit dir mal ein paar weitere Produktionsgruppen ab, damit du dir selbst ein Bild davon machen kannst, in was für abseitigen Welten die Gebildete Jugend hier lebt.«

»Ich bleibe lieber in der Sicherheit meines Tempels.«

»Willst du nicht mehr in die Stadt zurück?«

»Ich komme aus der Ausbeuterklasse, wer würde mich dort schon wollen? Und die Kommune würde mich auch gar nicht empfehlen.«

»Du lässt aber wirklich nichts an dich ran.«

»Erya«, Zhuang Zigui schloss sie in seine Arme und murmelte: »Wirst du auch in Zukunft noch so was machen?«

»Ich hab keinen Schutzpatron, was sollte ich also machen, ich arbeite an einem möglichst schlechten Ruf und werde das schwarze Schaf der Kommune, bis der Li mich irgendwann fortschicken muss.«

»Sansan hat auch keinen Schutzpatron, warum machst du es nicht wie sie.«

»Dieses Mädchen wirkt so zerbrechlich, als könne ein Windhauch sie umwehen, aber die hat es faustdick hinter den Ohren. Sekretär Li hat sich an mehreren von uns vergangen und hatte es auch auf sie abgesehen. Sie hat kokett genickt: ›Aber nur, wenn Sie mit einem Empfehlungsformular mit rotem Amtsstempel für die Arbeiterrekrutierung zu mir kommen‹, hat sie gesagt. Heimlich hat sie dann den Jäger und seine Jungs gebeten, sich bei ihr zu verstecken. Kaum war der Li durch ihre Tür, verlangte sie das Empfehlungsformular, und nachdem der auch nach mehreren Anläufen nicht landen konnte, händigte er es ihr schließlich voller Ungeduld aus und fragte: ›Zufrieden damit, Schätzchen? Können wir jetzt endlich ins Bett?‹ Sansan schaute es sich genau an, faltete es zu einem Viereck zusammen und steckte es in die Tasche, bevor sie einmal gegen die Bettkante schlug und der Jäger hinter dem Vorhang brüllte: ›Opa, ich geh mit dir ins Bett!‹ Der Scheißkerl ist so erschrocken, dass er sich Hals über Kopf aus dem Staub gemacht hat.«

»Warum ist sie dann nicht fort?«

»Schwester Lin träumt von einer unerfüllten Liebe, sie hat das Formular für ihren Freund Gougou ausgefüllt, aber der Bücherwurm ist nur schrecklich wütend geworden und hat gemeint: ›Warum fragst du denn nicht, ob ich das überhaupt will?‹ Erst als Sansan zu weinen anfing, hat Gougou sich erklärt: ›Mein Vater ist auf der Linie von Lin Biao, solange ein Vorsitzender Mao da ist, werde ich nicht mehr in die Stadt zurückkehren können.‹ Sansan hat darauf nur pikiert gemeint, dann könnten sie ja wenigstens bis zum Ende zusammenbleiben, tatsächlich aber hat sie es sehr bereut.«

»Frisch auf dem Land waren wir noch so«, seufzte Zhuang Zigui bewegt, »nach drei Jahren in dieser armseligen Gegend haben wir alle angefangen, offen und versteckt zu rivalisieren, wer würde nicht jeden Trick versuchen? Ich hab gehört, dass sogar Hao'er dem Jäger ins Gehege gekommen ist?«

»Aber der Jäger hat ihm verziehen, er hat gemeint, das sei eben der Existenzkampf. Hao'ers Familie ist so hoffnungslos arm.«

»Wer ist heutzutage nicht arm? Für Salz brauchst du Salzmarken, für Seife Seifenmarken, selbst für die Großstadtbewohner gibt es pro Kopf und Monat mal grade ein halbes Pfund Fleisch und 200 Gramm Öl. Hao'er ist einfach nicht loyal.«

»Die Menschen sind egoistisch. Wenn von uns beiden nur einer in die Stadt zurückkehren könnte, würde ich mich auch vordrängeln wollen.«

Zhuang Zigui musste sich eingestehen, dass Erya natürlich recht hatte, aber es fiel ihm schwer, ihren ungeschminkten Blick auf die Dinge zu akzeptieren, und er schwieg. Erya fuhr fort: »Jedes Bankett ist einmal zu Ende, und wann ist man schon frei von Sorgen! Aber für den weiblichen Teil der Gebildeten Jugend ist das hier noch viel beschissener als für euch Männer, wenn wir noch ein paar Jahre hier rumhängen, sind wir alte Jungfern. Hoffentlich wirst du dich später noch an mich erinnern.«

»Was meinst du?«

»Du wirst kaum mein letzter Hafen sein, Zhuang Zigui.«

Zhuang Zigui nickte traurig: »Wie heißt es im letzten Teil des *Traums der Roten Kammer*: ›Die umherfliegenden Vögel finden Zuflucht im Wald. Doch ich sterbe alt in den Bergen.‹«

Erya schmiegte sich verliebt an ihn: »Die Träume unserer Generation, Zhuang Zigui, wir haben schon so viele Träume gehabt, eines Tages werden wir aufwachen und alt und grau sein. Wir sind verheizt worden, und nicht nur wir, Generationen junger Chinesen sind für nichts und wieder nichts verheizt worden.«

»Empfindest du Reue, Erya?«

»Das geht schon in Ordnung. Das ist halt unsere Bestimmung, wir sind Opfertiere.«

»Erya, du...«

»Sag nichts! Ich flehe dich an, sag nichts!«, unterbrach Erya ihn jäh. Eine ganze Weile schwiegen sie, dann streichelte sie ihm entschuldigend über das Gesicht und sagte: »Du weißt, manchmal ist das, was man sagt, gar nicht das, was man im Grunde seines Herzen denkt, der Jäger war mal hinter mir her, er hat die halbe Nacht vor meiner Bleibe geheult wie ein Wolf, immer wieder dasselbe mexikanische Volkslied, ›Lass mich noch mal lieben‹, ich hab aber immer verstanden, ›Lass mich nochmal betrügen‹, ist das nicht ulkig?«

Wie ein ungezogenen Kind trommelte sie ihm mit allen zehn Fingern auf die Brust, als wäre es eine Echowand: »›Betrügen‹, Zhuang Zigui.«

»›Betrügen‹?«, sein Herz krampfte sich zusammen, er hatte das Gefühl, die Felsen rings um den Tempel des Berggotts sackten einer nach dem anderen in sich zusammen, bis zuletzt nur noch das Stückchen Erde übrig war, das sie hielt. Der Tempel stand aufrecht und bewegungslos in der Luft, eine einsame Insel inmitten eines unendlichen Universums, in dieser ausweglosen Gefahr hielt er sie ganz fest, als wolle er unbedingt mit ihr gemeinsam in die Hölle fahren. Erya ertrug standhaft die heftigen Schmerzen an ihren Rippen und fügte sich ihm ohne einen Laut.

Das Tier im Menschen

Der Sommer kam in den Bergen besonders abrupt. Die eine Gebildete Jugendliche bei Zhuang Zigui war mittlerweile nach dem Essen beim Tee das Lieblingsthema der armen und niederen Kleinbauern vom Luan-Hang. Schmutzige Phantasien verfolgten die beiden wie die omnipräsenten Moskitos, aber niemand war willens, sich in »die Angelegenheiten der Gebildeten Jugend« einzumischen. Diese vom Vorsitzenden Mao hierher verbannten Gäste waren wilde Pferde aus der weiten Welt, die Dörfler konnten ihnen nicht aus dem Weg gehen, durften sie aber auch nicht reizen. Als Zhuang Zigui eines Tages überraschend wieder bei der Arbeit auftauchte, nahm ihn Gruppenleiter Luan zur Seite und sagte: »Lass es gut sein, mein Freund. Du bekommst von uns zu essen und zu trinken, dafür soll deine Bande von gebildeten Kleinkindern die Finger von unseren Hühnern und Hunden lassen. Wenn es euch in den Fingern juckt, geht wenigstens zu einer anderen Produktionsgruppe. Dafür kommen wir euch nicht in die Quere und auch von deiner heimlichen Frau werde ich nichts nach oben berichten, wie wär das?«

Der Jäger kam mit seinen Leuten noch etliche Male, aber Zhuang Zigui hielt sein Versprechen und sorgte dafür, dass in seiner Produktionsgruppe nichts mehr gestohlen wurde. Einmal sangen sie die ganze Nacht, waren irgendwann heiser und hatten einander zu Tränen gerührt. Erya schmiegte sich ganz unbefangen an Zhuang Zigui und flirtete und alberte schlagfertig mit den anderen herum, sie sang sehr gefühlvoll, vergaß allerdings oft den Text und summte dann weiter, bis irgendwann keiner mehr wusste, was sie da eigentlich sang. Manchmal stimmten alle mit ein, manchmal sang jeder für sich, und keiner achtete auf das Gesinge des anderen. Zhuang Zigui hingegen nickte unentwegt, anscheinend war er der einzige treue Zuhörer Eryas. Doch am Ende war er nickend eingenickt und träumte von seiner Mutter, die mit großem Strohhut in einem Festzug von Engeln stand und eine Hymne dirigierte: »Des Sommers letzte Rose blüht noch ganz allein, kein Pärchen mehr bei ihr, kein Stelldichein.«[41] Dieses Lied war ihm unendlich vertraut, er lauschte dem Gesang und ein schwarzer Vorhang fiel, funkelnde Lippen schwebten eine Himmelsleiter empor, ein offener, runder Mund hauchte Luft an seine Wange, was angenehm kitzelte.

Als er die Augen öffnete, sah er, wie Erya ihn schmunzelnd ansah: »Ich hab wohl ein Schlaflied gesungen?«, fragte sie. Er wusste den Text des Liedes aus seinem Traum noch und wiederholte ihn. Erya war baff: »Du bist unglaublich! Was ich gesummt habe, ist ein irisches Volkslied.«

Inzwischen war es nach Mitternacht, die Gebildete Jugend lag, Mädchen und Jungs eng zusammengedrängt, auf einem Haufen. Sansan schlief mit dem Oberkörper auf Gougous Knien, während Gougou, mit seinen Gedanken ganz woanders, ihren Kopf in Händen hielt und dabei unverwandt auf den Docht der Petroleumlampe starrte; Hao'er, in seiner Gier wenig wählerisch, nahm, was er bekommen konnte, und hatte seine Arme um die

Taille eines fülligen Mädchens gelegt, sein Kopf lehnte von hinten an ihrer Schulter, es wirkte, als wollten sie mit vereinter Kraft »Zieh-den-Rettich-aus-dem-Boden« spielen; jetzt sangen nur noch der Jäger und ein anderer junger Bursche, ihre Mimik war, so gefühlvoll die Lieder waren, grimmig geworden, sie schütteten den Alkohol in großen Schlucken in sich hinein und ihre Lippen rissen blutig auf. Erya sagte mit spitzem Mund: »Die hören wohl erst auf zu johlen, wenn die Welt untergeht.«

Zhuang Zigui jedoch konnte die Eifersucht des Jägers heraushören. Dass selbst der die ganze Zeit so großmütige Jäger auf einmal so reagierte, konnte nur bedeuten, dass die »Urkommune« der Gebildeten Jugend drauf und dran war zu zerfallen.

Kaum war es hell, strotzte alles schon wieder vor Energie und krakeelte etwas von Zum-Markt-Gehen. Erya meinte: »Zhuang Zigui, ich bin noch nicht gesund, du solltest vielleicht nicht gehn.«

Der Jäger aber entgegnete: »Warum denn nicht? Du bist noch nicht richtig seine Alte und fängst schon an, ihn herumzukommandieren.«

»Hast wohl Angst, dass wir ihn verderben, wenn er mit uns im gleichen Topf rührt?«, brachte Hao'er es auf den Punkt.

»Als ob mir eure miese Gesellschaft irgendwas anhaben könnte«, erwiderte Zhuang Zigui gelassen, »los geht's.«

Sansan versuchte Erya zu beruhigen: »Mach dir keine Sorgen, ich passe auf Zhuang Zigui auf und schaue, dass er nicht zu spät zurückkommt.«

Nach einem Stück Weg, das sie in sich versunken zurückgelegt hatten, begann der Gebildete Jugendliche an der Seite des Jägers vor sich hin zu murmeln. Hao'er rückte näher und machte sich über ihn lustig: »He, Lobbyist, wie bekommt man eigentlich so ein loses Mundwerk?«

»Mit der entsprechenden Reife«, erwiderte der Lobbyist, »kann man alles in Ruhe auf sich zukommen lassen, ich kann mir bestimmt nur mit meiner über Jahre geübten Zunge einen blutigen Weg bahnen von Produktionsgruppe und -brigade zu Kommune und Regierungsbezirk und werde als Arbeiter, Soldat oder im Krankenstand in die Stadt zurückgeschickt werden – und das erstens ohne Geld und zweitens ohne Schutzpatron.«

»Und warum warst du bisher bei den Arbeiterrekrutierungen nie dabei?«

»Ich bin einfach immer zu spät aktiv geworden.«

»Hättest du früher was unternommen, wär es auf verdammt das Gleiche hinausgelaufen!«, sagte der Jäger. »Wer glaubt denn heute noch an deinen Shelley oder Byron? Und wenn du den Unsinn von wegen: ›*If Winter comes, can Spring be far behind?*‹[42], noch ewig verzapfst, es bleibt leeres Gerede. Jeder Dreijährige weiß, dass nach dem Winter der Frühling kommt.«

Alles lachte. Hao'er zog den Lobbyisten weiter auf: »Und der Lord ist weit fort, aber uns bist du letztes Mal aus dem Weg gegangen – hat denn unser Kommunedirektor Guo den Maotai-Schnaps eigentlich getrunken, den du ihm klammheimlich rübergeschoben hast?«

Das stritt der Lobbyist nun rundweg ab: »Ich bin so pleite, dass ich jeden Fen zweimal umdrehe, da werde ich diesem Bastard auch noch anständigen Schnaps schenken.«

»Du traust dich echt, das abzustreiten, wo das in der Kommune jeder von uns weiß?«

»Ich gebe mich geschlagen!«, sagte der Lobbyist mit einem langen Stoßseufzer zum Himmel: »Also gut, ich habe ihm wirklich ein größeres Geschenk gemacht, aber die zwei Flaschen Maotai waren mit alter Pisse verschnitten. Die Öffnung hab ich mit Bienenwachs wieder versiegelt, in einer Hand hatte ich das Geschenk, in die andere habe ich ein Empfehlungsformular für die Arbeiterrekrutierung bekommen. Ich hatte eigentlich nicht gedacht, dass der alte Sack die Kostbarkeit stante pede saufen, sondern wenigstens bis Neujahr aufheben würde, da wäre ich längst frei und unbekümmert über die Straßen der Heimat spaziert. Aber der Kerl ist ein Gierhals. Tja! Das ist ganz schön nach hinten losgegangen, jetzt braucht es mindestens zwei weitere Jahre Lobby-Arbeit. Nur mit einem Einsatz und Ehrgeiz so groß wie der von Su Qin, als er Kanzler der Sechs Reiche[43] werden wollte, werde ich diese Pleite wettmachen können.«

Hao'er brachte sein tiefstes Mitgefühl zum Ausdruck: »Der Direktor Guo hat doch noch nie richtigen Maotai getrunken, hättest du nicht darauf insistieren können, dass der einfach so schmeckt?«

Dem Lobbyisten füllte pure Trostlosigkeit die Augen: »Leute, wenn ihr über mich lacht, könnt ihr genauso gut über euch selbst lachen. Wer hat denn nicht schon irgendeinen absurden Scheiß gebaut, um wieder nach Hause zu kommen? Aber derzeit ist mein Ruf noch schlechter als der von Erya, bei der Arbeiterrekrutierung dieses Jahr werde ich meine Hände in Unschuld waschen, ich bin raus.«

Sansan sagte: »Komm aber, wenn es so weit ist, nicht wieder an und heul rum oder mach sonstwie Theater. Ich denke, am besten suchst du dir hier auf dem Land eine

Alte, folgst dem Aufruf der Partei, wirst ein Vorbild und schlägst in den Bergen Wurzeln, soweit ich weiß, war doch auch die Frau von Cao Xueqin[44] vom Land.«

»Du kannst mich ja heiraten, wir essen nichts, wir trinken nichts und verbringen unsere Tage auf dem Berg in stiller Betrachtung des Mondes.«

»Was ist denn mit deiner kleinen Mao?«, fragte der Jäger.

»Das fragst du auch noch, du Scheißkerl!«, der Lobbyist war am Ende richtig wütend. »Du hast sie beim letzten Markt doch abgeschleppt und damit war auch mein einziger moralischer Rückhalt ...«

»Das kann nicht sein«, bezeugte Gougou, »beim letzten Markt war der Jäger mit uns zusammen.«

»Warum hat sie mir dann verkündet, dass sie dich liebt? Alles, was sie in Sachen Literatur von mir gelernt hat, hat sie gegen mich verwandt, zum Beispiel: ›Die Natur wandelt ihre Farben mit Frühling, Sommer, Herbst und Winter, der Mensch muss genau wie die Natur den Umständen folgen und die Farben seiner Gefühle fortwährend ändern.‹ Diese wankelmütige kleine Nutte!«

»Mach es wie Zhuang Zigui«, erwiderte Sansan, »den bringt nichts aus der Fassung, selbst Erya hört auf ihn.«

Zhuang Zigui hatte die ganze Zeit kein Wort gesagt, wie eine Marionette wurde er von den anderen mitgezogen. Das Herumgerenne, die Wortgefechte, das Teetrinken, die Rempeleien, das Parolengebrüll, das Stehlen, die Flirts mit den Mädchen, die Ohrfeigen für diesen oder jenen Bauern, keine der hundertmal im Kollektiv wiederholten Unternehmungen der Gebildeten Jugend interessierte ihn. Er dachte unentwegt an Erya, Sansan hatte ihm beim Einkaufen von Fleisch und Eiern noch Gesellschaft geleistet, doch kaum war es nach Mittag, verabschiedete er sich unter einem Vorwand von der Gruppe und machte sich auf den Heimweg. Am Eingang des Marktes holte ihn der Jäger ein und steckte ihm in einem Packen ein schlabbriges Etwas zu: »Eine Plazenta«, erklärte er, »ganz frisch aus dem Bauch einer Mutter, hab ich im Krankenhaus der Kommune organisiert. Koch das für Erya und erzähl ihr, es sei Schweinebauch.«

Zhuang Zigui lief ohne Pause, über die Schlucht weg sah er Erya vor dem Tempel ein knallrotes Hemd an einer langen Bambusstange aufspannen, das flatterte und flatterte wie bei einer Flaggenparade. Große Erregung stieg in ihm auf. So laut er konnte, brüllte er: »Er-ya«, zwei kurze Silben, »Ya« jedoch hallte laut und anhaltend von den Bergen zurück: »Ya, Ya, Ya«. Je mehr er brüllte, desto aufgeregter wurde er, das war so völlig unerwartet! Er brüllte noch ein paar Dutzend Mal dieses »Ya« mit der ganzen rohen Kraft, die sein Körper hergab, und noch als er heiser war, peitschte ihn dieser Impuls und brachte jede seiner Poren wie bei einer elektrischen Entladung zum Knistern.

Immer mehr Blut schoss ihm in die Augen, seine Augäpfel schwollen an, er schaute durch grellrote Pupillen, Mutter Erde, Berge, Flüsse bluteten, ächzten und wälzten sich im Blut. Die Sonne stand ihm in der Ferne gegenüber, auch sie ein Augapfel kurz vor der Explosion. »Der Osten ist rot, die Sonne ist jung, China gebar sich Mao Zedong.« Er erinnerte sich, dass Chinas erster künstlicher Satellit dieses Musikstück an Bord hatte, wie Millionen einfacher Leute die ganze Nacht andächtig gewartet und gelauscht hatten und wie Nie Honghong im bewaffneten Kampf zu dieser Melodie aufblickend aus der Galaxis herausgestürzt war, eine kleine Hand mit fünf Fischschwänzen, hilflos zwitschernd – war das alles das Werk Gottes? Der Stier der Seele stürmte die Sonne, ins Zentrum des Strahlens wurde ein Loch gerissen, er bedeckte die Augen mit den Händen, um diese Kette kruder Hirngespinste zu unterbrechen, und brüllte hysterisch immer wieder »Ya«. Als werde eine riesige Glocke geläutet, verschwammen Berggipfel in diesem Dröhnen, er selbst wurde wie ein fiebernder Lehmklumpen aus einem abgründigen Riesenauge, das sich über die Sonne erhob, gepresst, aus einem anderen Riesenauge wurde Erya gepresst, Lehmklumpen zu Lehmklumpen, Blindheit zu Blindheit, so riefen sie einander zu, starrten einander an.

Als Zhuang Zigui beim Tempel ankam, umarmte ihn Erya, als wolle sie ihn nie wieder loslassen, und küsste ihn immerzu, eine unerwartete Leidenschaft, die Zhuang Zigui völlig durcheinanderbrachte. Ihre Küsse erwidernd fragte er: »Was ist denn los?«

Das arme Mädchen schluchzte: »Noch nie hat jemand meinen Namen so laut gerufen, die ganze Welt hat davon geklungen! Zhuang Zigui, ich habe jetzt erst verstanden, dass du mich von ganzem Herzen liebst.«

Als die Erregung abklang, begannen Eryas Rippen wieder zu schmerzen und Zhuang Zigui schimpfte des Langen und Breiten mit ihr, doch ließ sie es sich wie ein braves Mädchen lächelnd gefallen und Tränen schimmerten in ihren Augen. »Leg dich hin«, sagte Zhuang Zigui, »ich mach dir was zu essen,« Erya aber zog ihn am Zipfel seines Hemds und schaute ihn eine halbe Ewigkeit voller Liebe an, bevor sie sich ihm plötzlich an den Hals warf und ihm ins Ohr flüsterte: »Ich werde, werde, ich werde dir alles geben …«

Zhuang Zigui reinigte heimlich das Geschenk des Jägers, die Plazenta, die oben völlig verschorft war und deren Geruch beißend in die Nase stach, nach ganzen zwei Stunden geduldigen Schrubbens schnitt er schließlich den geheimnisvollen Schatz in Streifen, um ihn mit zwei Pfund Schweinefleisch als Eintopf zu schmoren.

Während er ihrem Versprechen, »alles zu geben«, nachschmeckte, kam es bei ihm Nabel abwärts zu heißen Turbulenzen. Er stellte sich vor den Herd, fischte ein großes, fettes, dreiviertel gares Stück Schweinefleisch heraus und legte es zum Auskühlen eine Weile auf den Ofen, anschließend wollte er es weiter kleinschneiden und »Zweimal gebratenes Schweinefleisch« zubereiten. Die Fleischbrühe war strahlend weiß und duftete, er gab Sichuanpfeffer, Ingwer und Salz dazu, dann ging er hinaus, um eine Handvoll Lauchzwiebeln zu beschaffen, setzte sich schließlich wieder an den Herd, schürte das Feuer und kochte das alles mit wahrer Hingabe. Erya summte währenddessen am Vorhang vor sich hin, er stellte sie sich mit der schon fast fertigen Plazenta vor, eine Katze mit Frühlingsgefühlen. Sein Blick wanderte weiter zu seinem Holzbrettbett am Sarg, auf dem sich eine Staubschicht angesammelt hatte: Man darf es aber nicht abbauen, und der Staub muss weg, für den Fall, dass irgendwann Gruppenleiter Luan hier hereinkommt, so kann man immerhin noch darauf verweisen. Dann besann er sich eines Besseren und lachte: Jetzt sind wir schon bald zwei Monate ein Paar, vor wessen Augen und Ohren verdammt nochmal verstecken wir uns eigentlich! Damit ich in dieser öden Gegend nicht als alter Mann sterben muss, ohne irgendwohin zu gehören, hat der Himmel sich erbarmt und mir Erya geschickt, quasi als Ehefrau. Ehefrau? Wo ich nicht mal für meinen eigenen Lebensunterhalt sorgen kann, früher oder später werden wir uns trennen müssen, ihre Verletzung wird bald verheilt sein, sie wird bestimmt nicht ihr ganzes Leben hier verbringen können. Sie sagt, sie will »mir alles geben«, aber was heißt das schon? Will sie mich heiraten oder mir ihren Körper schenken? Heiraten geht schon mal nicht. Und was, wenn ich ihr einen dicken Bauch mache? Die Klügeren unter den Gebildeten Jugendlichen kehren, sobald sie das Geringste spüren, sofort in die Stadt zurück, um die Last loszuwerden, die Einfältigeren kapieren erst, wenn das Verborgene schon sichtbar wird, und ist das erst einmal bis zum Kommunebüro für die Gebildete Jugend gedrungen, ist der gute Ruf schnell dahin und die Einheit für Arbeiterrekrutierung verliert auch das Interesse. Da musste man unbedingt auf der Hut sein! Solange ihre Verletzung nicht verheilt ist, muss ich mich sowieso beherrschen! Sonst drück ich ihr verflixt nochmal die gerade angewachsenen Knochen wieder kaputt. Das wäre nicht zu entschuldigen. Ob sie so was früher schon gemacht hat? Mit dem Jäger und dem ein oder anderen Gebildeten Jugendlichen scheint sie ja eine Affäre gehabt zu haben, echt widerlich. Aber wieso widerlich, am Ende will sie ohnehin nicht meine Frau werden, und ich kann nicht einmal daran denken, dafür fehlt jede Basis ...

Zhuang Zigui starrte ins Herdfeuer, ließ seiner Phantasie freien Lauf und verheddert sich ein wenig in seinen Hirngespinsten. Erya sang noch immer pausenlos, und wenn sie sich an einen Text nicht mehr erinnern konnte, dachte sie sich einen über ihn aus. Plötzlich sauste eine Sternschnuppe vom Dachbalken direkt zum Herd, und noch bevor Zhuang Zigui es richtig realisierte, war das Schweinefleisch verschwunden.

»Bastard! Verfluchtes Katzenvieh! Zur Hölle mit all deinen Vorfahren!« Er jagte zum Tempel hinaus und spuckte Gift und Galle. Dann sprang er wieder herein, schnappte sich eine Taschenlampe und leuchtete aufs Geratewohl nach draußen – doch wo sollte er suchen? Aufgebracht gab er auf und starrte heftig schnaufend auf den Topf mit der klaren Brühe.

Eryas guter Laune tat das keinen Abbruch, sie stand auf, schob den dumm dastehenden Zhuang Zigui zur Seite, tat zwei große Schüsseln Nudeln in die kochende Brühe, füllte ihm eine wieder und verteilte darauf eine Schicht intensiv duftender »Schweinebauchstreifen«: »Iss das, Zhuang Zigui, auch das ist Schweinefleisch.«

Zhuang Zigui lehnte umgehend ab, wusste nicht, ob er lachen oder weinen sollte: »Der Jäger hat das extra für dich organisiert, damit du was Ordentliches zum Essen hast.«

»Aber du musst doch auch was essen.«

»Ich esse die Suppe, du isst das Fleisch.«

»Das ist doch albern.«

Die Schüssel ging ewig zwischen beiden hin und her, in Zhuang Zigui stieg eine unerklärliche Wut auf, und er winkte zuletzt mit einer wegwerfenden Handbewegung ab: »Entweder du isst das jetzt, oder ich gehe!«

Erya erschrak, wagte kein weiteres Wort und aß die Bauchstreifen mit gerunzelter Stirn, nachdem sie ein paarmal gekaut hatte, hielt sie plötzlich inne und schaute ihn zweifelnd von oben bis unten an: »Dieses Zeug hier hat einen unerklärlichen, eigenartigen Geschmack, nicht wie Schweinebauch.«

Wenn Zhuang Zigui daran dachte, welch kühne Heldin sie einmal gewesen war, und jetzt so ein folgsames Mädchen, überängstlich, mit zarter Stimme, tat es ihm unendlich leid; aber er konnte die Geschichte schlecht aufklären, hatte in seiner Not einen rettenden Einfall und schwor hoch und heilig: »Ich bringe das Vieh um, so wahr ich Zhuang Zigui heiße.«

Prompt kicherte Erya und ihr Mund nahm die Arbeit wieder auf. Zhuang Zigui aß seine Nudeln, schimpfte weiter aus Leibeskräften auf die Katze, bis er müde wurde und auch sagte, dass er völlig erschossen sei, und drängte Erya rasch aufzuessen und sich hinzulegen. Sie missverstand ihn, wurde knallrot und schlang dieses undefinierbare Etwas in einem hinunter, ganz braves, einfältiges Mädchen. Er seinerseits hatte sich den Mund fusselig geredet und triefte vor Schweiß, er hatte sein ganzes Können aufwenden müssen, um ihren Geschmackssinn einzulullen.

Als sie sich auf dem Bett eng umschlungen Zärtlichkeiten zuflüsterten, schlug Zhuang Zigui vor, in einem der Manuskripte zu lesen, Erya warnte ihn: »Aber nicht *Das Herz des Mädchens*.« Zhuang Zigui holte also *In den Archiven der Gesellschaft* hervor, und die beiden versenkten sich in die Tragödie der Romanprotagonistin, die nicht die Kraft hatte, sich aus ihren Schwierigkeiten zu befreien, was sie tief bewegte und ihnen schließlich das Gefühl gab, unvergleichliches Glück gehabt zu haben. Ihr Seufzen über die Welt und das Los des Menschen verdrängte vorläufig ihre Lust und Erya schlief mit dem Kopf in seinem Arm ein. Zhuang Zigui zog unter dem Bett eine Flasche Schnaps hervor, legte den Kopf zurück und gönnte sich so manchen Zug, bevor er das Licht löschte.

Er versank. Endlos nur nackte Frauenkörper, Arme, Köpfe, Achselhaare, Brüste flogen kreuz und quer, die Köpfe der Schönen weinten, lachten, nörgelten und schimpften, verfolgten ihn, stellten sich ihm in den

Weg, bissen ihn. Er schlug und trat um sich, rutschte jäh ab. Sein Schädel landete auf einem völlig übertriebenen Hinterteil, nein, eher auf zwei blitzblanken Fleischbergen, eine kichernde Frau, Hintern hoch, Kopf nach unten, ihre Afterhärchen breiteten sich ins Verborgene aus, drinnen wurde ein kleines Tierchen in der Größe einer Sojabohne unruhig, Zhuang Zigui kribbelte erst die Kopfhaut, dann sein Blut und Gehirn. Wie ein winziger Herkules aus einem Bilderbuch für Kinder suchte er, um diese Fleischberge umzuwuchten, Halt an der Gesäßspalte, die stolzen Dinger wurden kräftig durchgeschüttelt und der Ausgangszustand war wiederhergestellt. Warum nur war seinen Ohren dieses Gekicher so vertraut? Noch bevor er darüber weiter nachdenken konnte, stand sein Penis und drang in einen Durchgang ein, weil der Eingang aber zu groß war, riss es ihn selbst machtvoll mit. Im vielfach verschlungenen Darm konnte er aus der Ferne ein fahles Licht durch etwas hindurchschimmern sehen, das auf und zu ging, als der lachende Mund brutal gegen den Nabel knallte, wurde die Frau mit einem Schlag kleiner und kleiner und rief von unten: »Mein Junge.« Da erkannte er seine Mutter mit dem großen schwarzen Strohhut in der Hand. Doch er hatte bereits die Kontrolle verloren, seine Genitalien tobten, seine Spermien wollten schwirrend wie Wespen aus dem Nest. Er schrie: »Eklig, eklig, wie eklig!« Der Ekel, den er verspürte, war nicht weniger heftig als sein Geschlechtstrieb, er war in den Mutterleib eingedrungen, dem er entstammte.

Während er ejakulierte, wurde ihm ein hartes Stück Fleisch in den Anus getrieben, dass sofort das Blut in Strömen floss. Wie am Spieß schreiend spritzte er vollständig ab, drehte sich um und sah den Vorsitzenden Mao, nackt.

Lachend zog der alte Herr die enorme Bestückung eines großen Mannes heraus und lobte ihn, sich die großen Hoden massierend: »Gute Arbeit, mein Sohn, gute Arbeit.«

Als er wach wurde, stellte er fest, dass Erya, das lange Haar offen um die Schultern wie eine verlassene Seele, im mattgelben Lampenschein Bettlaken und Oberschenkel reinigte. Das Gesicht halb zur Seite gedreht sagte sie: »Das muss ja ein wilder Traum gewesen sein, echt wahr!« Dann gab sie ihm das feuchte Handtuch.

Wo war die Grenze zwischen Traum und Wirklichkeit? Sein Hintern wurde im Augenblick auf eine harte Bettplanke gedrückt, Frau oben, Mann unten, die Stellung war in *Das Herz des Mädchens* beschrieben. Seine Hand bewegte sich von ihrem Hintern zur Vagina, als sie dort eindringen wollte, schnappte Erya sie und lenkte die Berührung Richtung Klitoris. Jedes Mal, wenn er an dieses Fleischbällchen rührte, überlief ihren Körper ein spontanes Schütteln und Zucken. Bevor sie zum Orgasmus kam, stellten sich ihr Schamhaar und Brüste auf, er schob grob ihre Hand beiseite und stieß mehrmals zu, aber immer daneben. Zuletzt hob sie ein wenig die Schenkel. Sobald er eingedrungen war, krallte er sich an ihr fest und sie knallten aneinander. Als er kam, stemmte er sie in die Luft, eine gefährliche Bewegung, doch zum Glück hielten sie sich noch immer fest in den Armen und konnten nicht aus dem Bett fallen.

Ohne die Stellung zu verändern, verschnauften sie einen Moment, Sperma und Körperflüssigkeit liefen an ihnen herab und klebten ihre Unterleiber zusammen. Weil er sich in der Blüte seiner Jahre befand und es sein erstes Mal war, hatte sein Glied nicht die Zeit gefunden zu schrumpfen, bevor er es herauszog, und stand schon wieder. Er wollte, dass sie sich anders legten, doch Erya war damit nicht einverstanden: »Mein Schatz«, bat sie inständig, »meine Verletzung ist noch nicht ganz verheilt, sei mir nicht böse, ja?« Also probierte er alles Mögliche, so herum und wieder so herum, keuchte wie ein Ochse und kam doch nicht mehr zum Schuss. Der Schweiß floss in Strömen, sie versanken in einem endlosen Sumpf, die Haut gab dumpfe, abgeschmackte Geräusche von sich, selbst Eryas angriffslustige Brustwarzen verloren die Lust und verrunzelten. Irgendwann konnte Zhuang Zigui nicht mehr und japste nur noch: »Ich muss nach oben!«

»Liebling, tu mir nicht weh!«

»Ich muss nach oben!«

»Nein.«

»Ich muss nach oben!!«

»Nein.«

»Ich muss nach oben!!!«

Am Ende ging das Tier mit ihm durch, er packte sie mit beiden Händen, drehte sie nach unten und wäre von ihrem Aufschrei fast taub geworden. Er schüttelte ihren Mund ab, verbiss sich wie ein wild gewordener Leopard in einer Brustwarze und raste auf einen Abgrund zu, sie kreischte vor Schmerzen, das Moskitonetz fiel herunter und löschte die Lampe, sie verfingen sich darin, ihre Schambeine krachten aneinander. Sie winkelte die Knie an, um ihn abzuwehren, schützte mit beiden Händen ihre Lenden, wobei ihre zarten Finger nach oben aufgespannt waren, als wollten sie etwas mittragen vom Gewicht des alles zermalmenden Panzers. Sie flehte, rief, fluchte, beschimpfte ihn, erst als sie erkennen musste, dass alles vergeblich war, gab sie den Widerstand auf und lag apathisch und wie gelähmt da. »Du wirst mich umbringen, du wirst mich umbringen«, war das Einzige, was sie immer wieder von sich gab. Seine Attacken wurden immer ungestümer, als heizten die Klagen der Beute die blutrünstigen Instinkte des Jägers weiter an. Aus dem zärtlich Liebenden war ein Vieh geworden, und vom Vieh ging es weiter abwärts zum Eroberer, zum Verbrecher, zum Mörder. Ein Vieh kann noch Mitleid mit Seinesgleichen haben, er hingegen hatte nur noch einen einzigen Gedanken: Ejakulation! Nachdem die Maskerade der Gefühle abgelegt war, trampelte eine bis an die Zähne bewaffnete, nackte Sexmaschine sie nieder und fügte ihr Schmerzen zu, tödliche Schmerzen.

Selbst in der vollkommensten Stille ist noch das ferne Klagen der Wildgans zu hören, die nach Osten fliegt; stürzt ein Mensch aber in die Hölle, ist in der Regel kein gütiger Gott zur Stelle. Zhuang Zigui wusste, dass nicht mehr gutzumachen war, was er getan hatte. Erya starrte finster und kalt vor sich hin, seit sie ihm ausgeliefert gewesen war, hatte sie kein Wort mehr gesprochen. Er gab ihr Wasser und Kleidung, fütterte sie mit Schmerztabletten, und als er seines erneuten Wandels vom Eroberer zum Sanitäter auf dem Trümmerfeld ihres Körpers gewahr wurde, wäre Zhuang Zigui vor Scham am liebsten im Erdboden versunken.

Sie lebten wieder getrennt von Bett und Tisch, der Vorhang war ein echter und unendlich tiefer Graben geworden. Als Zhuang Zigui sah, dass das Mädchen, das so voller Freundschaft und Liebe gewesen war, durch seine Peinigung zu einem apathischen, in einem Albtraum gefangenen Klotz geworden war, hatte er das Gefühl, jemand drehe in seinem Herz ein Messer um, er tat Buße für das Verbrechen, indem er besonders aufmerksam wurde, und wünschte sich verzweifelt, dass sie wieder Freunde sein könnten. Er war ganz und gar bereit, sie zur Frau zu nehmen, besser noch, einfach für immer bei ihr zu bleiben und ihr Sklave zu sein, aber Gedanken wie diese bestätigten im Grunde nur immer wieder seine Schamlosigkeit. Was soll ich tun? Er dachte an seine erste Begegnung mit Erya und spürte, wie er damit seine eigenen Verletzungen verschlimmerte, er hatte sich nicht nur die Rippen, sondern das Rückgrat gebrochen. Als er Erya von seinen Gefühlen berichtete, lächelte sie gleichgültig, und er war wie vor den Kopf geschlagen, denn ihm wurde bewusst, wie wenig er sie bisher gekannt hatte. Sie war stolz gewesen und deswegen schön, solche Schönheit entstand im Inneren, ein langer Fluss von einer fernen Quelle her, der dem Fließen des Blutes folgte, er konnte nur am Unterlauf dieses Flusses stehen und zu Erya aufschauen. Weil jemand über eine Schlucht hinweg ein paar Dutzend Mal »Ya« gebrüllt hatte, war sie gestrauchelt und bezahlte dafür. Er seinerseits war beim Bezahlen insgesamt zu Fall gekommen.

Zhuang Zigui verlagerte seine Wut auf die Katze, die das Fleisch gestohlen hatte, er hatte das Gefühl, aus dem Unglück könne nur wieder Glück entstehen, wenn er dieses Drecksvieh beseitigte. Er stieg eigens den ganzen Berg zum Stausee hinunter, angelte eine Weile und kochte Erya eine Suppe. Er selbst setzte sich auf die Türschwelle und zwinkerte in die Sonne. Als in ihm die Falle für das Vieh allmählich Gestalt annahm, kehrte er zum Kochtopf zurück, belegte den Topfboden mit einem Dutzend kleiner Fische, machte Feuer, der Duft breitete sich im Tempel schnell aus, er stützte mit Essstäbchen den großen Topfdeckel nach oben und konstruierte einen Mechanismus, bei dem eine lange Schnur aus Hühnerdarm mit den Stäbchen verbunden und das andere Ende um seinen Zeigefinger gewickelt war. So legte er sich hinter dem Vorhang auf die Lauer und wartete. Erya nahm an seinen Vorbereitungen keinen Anteil, sie lag, sofern sie nicht gerade aß, trank, schlief oder ihre Notdurft verrichtete, den ganzen Tag starr wie eine Leiche auf dem Rücken, ihre großen entseelten Augen blinzelten nicht ein einziges Mal. Beide redeten drei Tage und drei Nächte kein Wort, in diesem Schweigen wurde Zhuang Ziguis bitterer Hass immer tiefer, am Nachmittag des vierten Tages türmten sich schwarze Wolken über den Bergen, die grollten wie vom Erdmittelpunkt ans Himmelstor verbrachte Dämonen. Zwischen Blitz und Donner schoss das tückische Vieh jäh herab, der dösende Jäger schoss vor Schreck hoch. Sturmwind rüttelte krachend an der Tempeltür, das Vieh kreiste erst um die Herdplatte, schnupperte, äugte, bevor es seine teuflische Pfote in den Topf steckte. Zhuang Zigui hielt reglos die Luft an, seine Augäpfel funkelten gelb wie die der Katze. Ihr Kopf verschwand zuerst im Topf, dann der ganze Körper, er nutzte die Gelegenheit, zog am Seil, der Topfdeckel knallte ordentlich und es folgte ein schauerliches Katzengekreisch.

Das erste Wort, das sich seit drei Tagen durch seine Zähne zwängte, war: »Mistvieh!« Trotz mehrerer Versuche gelang es ihm nicht, die tobende Katze herauszuholen. Sein Handrücken bekam eine blutige Kratzwunde ab, er schimpfte noch einmal auf das »Mistvieh«, stellte kurzerhand eine Holzbank über den Topfdeckel, die diesen niederhielt, und kniete sich dann mit dicken Backen auf den Boden, um das Feuer anzublasen. Die Katze im Topf raste und schrie und machte den grausigsten Lärm, den es auf der Welt geben mochte. Er hielt sich die Ohren zu und brach in herzhaftes Gelächter aus, innerlich jedoch wand er sich unter Tränen. Sein äußere Fassade und seine Seele waren so weit voneinander entfernt, dass sein Gemüt in Schieflage geriet, er spürte nicht einmal, wie ihm die Nerven im Gesicht zuckten. Das Katzengeschrei, der Donner und sein abartiges, schrilles Gelächter mischten sich im Tempel zu einem infernalischen Trio. Wie irre legte er Brennholz nach, bis das Ofeninnere zugestopft war und schwarzer Qualm aufstieg, er ging noch näher heran und pustete, die Flammen blähten sich und züngelten heraus, sein Gesicht war, schneller als er schauen konnte, vollkommen verrußt. Doch er lachte weiter, lachte, bis er husten musste, lachte, bis er mit dem Kopf voran in die Strohasche fiel. Ganz in seiner angeborenen Lust am Theaterspielen aufgehend hatte er völlig vergessen, dass er auf dieser Seite des Vorhangs sein einziger Zuschauer war, und verhüllte vor Schreck den Kopf mit der Bettdecke. Der Geruch seiner verkohlten Haare drang bis in den letzten Winkel, das Schreien der Katze ließ langsam nach, wurde zum wimmernden Blubbern, das sich wie das Beten eines Asthmatikers kurz vor dem Abschnappen anhörte. »Hierher, hierher, Katze kurz und lebendig geschmort! Fünf Mao das Pfund!«, Zhuang Zigui schlug auf den Topfdeckel und rief wieder und wieder seine Ware aus, wieder war er Schauspieler und Zuschauer zugleich, begann zuletzt sogar Richtung Herd dem schwarzen Rauch und der qualmenden Luft zu applaudieren, als auf einmal ein Lied aus seiner Kindheit in ihm aufstieg:

Sind zwei Tiger, sind zwei Tiger,
laufen schnell, laufen schnell,
einer hat das Ohr ab, einer hat den Schwanz ab,
seltsam, gell, seltsam, gell . . .[45]

Während er ausgelassen sang, wurde sein Unterleib heiß und unversehens lief ihm Pisse aus den Hosenbeinen.

»Hör auf zu singen!«, ließ ihn ein Schrei zusammenzucken. Am Vorhang vorbei schoss Erya wie ein weißes Gespenst direkt auf den Herd zu und schüttete einen Kübel Wasser in den Topf, Zhuang Zigui stand der Mund offen, und er sah durch die aufsteigende Nebelwand, wie sich aus einem leeren Ärmel des Nachthemds zwei fadenscheinige Finger reckten: »Du, du, du bist der grässlichste Mensch auf der ganzen Welt!«

Das Gewitter hatte aufgehört, er wusch sich das Gesicht, beendete seine Vorstellung und hob mitten in diesem heillosen Durcheinander den Topfdeckel ab. Das von ihm kreierte Meisterwerk schwamm an der Wasseroberfläche, das Gesicht der Katze war völlig verzerrt, an den Seiten ihres dreieckigen Schädels waren die Augen so groß wie Tischtennisbälle, ein Stück Darm hatte es aus dem prallen Bauch geschleudert. Als er mit einer Kelle kurz umrührte, zerfiel der Körper der Katze vollständig, einzig ihre Scheide war zu zwei knusprigen Lilienblättern aufgebrochen. Er spuckte aus. Wie das Tier dalag, den Blick nach oben, wuchs es sich aus zu Eryas nacktem Leib, auf dem er bäuchlings lag und von allen Seiten hallte es wimmernd zurück: »Du wirst mich umbringen, du wirst mich umbringen.«

Irgendwann kamen der Jäger und Sansan wieder. Nachdem Sansan Eryas schlechten Zustand bemerkte, sah sie Zhuang Zigui schief an: »Warum ist das noch nicht verheilt?« Erya nahm es auf sich: »Ich habe einfach nicht genug Ruhe gehalten.« Sie hatte Tränen in den Augen. Sansan sagte: »Komm mit zu mir, ich sage diesem Bücherwurm von Gougou, er soll sich vom Acker machen.« Der Jäger sagte: »Es gibt eine gute Nachricht, nach dem Nationalfeiertag am 1. Oktober werden ein paar staatliche Großfabriken aus Chengdu bei uns im Kreis Arbeiter rekrutieren, es sollen mehr sein als in den Jahren zuvor, wenn wir uns ein bisschen anstrengen, könnten unsere Tage als verlorene Seelen bald gezählt sein.«

Um Mitternacht stahl sich der Jäger, eine Vogelflinte in der Hand, hinaus und bereits sein erster Schuss brachte den Hund der Luans, der gerade hinter dem Tempel im Kot wühlte, zur Strecke. Hochzufrieden zerrte er das Vieh mit dem haarlosen Schwanz, dem jetzt eine Hälfte des Unterkiefers fehlte, nach drinnen: »Na, was sagt ihr zu meinen Schießkünsten? In der Zentrale und in den Lokalbehörden läuft dieser Tage eine Jagd-auf-Hunde-Kampagne an, in einem der offiziellen Schreiben mit dem roten Briefkopf hieß es zur Bekämpfung der Tollwut. Ich kann gar nicht genug davon bekommen, die Bauern meiner Produktionsgruppe schreien vor Wut schon nach Papa und Mama, sonst fällt ihnen nichts ein.«

Zhuang Zigui hockte sich lange zu dem toten Hund, dessen halb geöffnete dreieckige Augen ihn immer noch so treu ansahen. Er dachte daran, wie der Hund ihm in einer ähnlich sternklaren Nacht Böses mit Gutem vergolten und ihm, der für ein Stück Fleisch alles getan hätte, eine Maus angeschleppt hatte. »Schau, schau«, machte der Jäger sich lustig, »Zhuang Zigui im stillen Gedenken für einen Obersten der Zentrale. Du bist wohl Mitglied des Hunderates?«

Noch in derselben Nacht kochten sie den Hund, und bevor es hell wurde, war er in ihren Bäuchen verschwunden. Zhuang Zigui konnte sich dieser kommunistischen Festtafel kaum entziehen, als er aber nicht aufpasste und auf eine Schrotkugel biss, schlug die so gegen seinen Weisheitszahn, dass der Schaden nahm und er vor Schmerzen zischend die kalte Luft einsog – das war garantiert die Seele des Hundes gewesen, die ihren Weg ins Jenseits nicht fand und sich dafür an ihm rächte. Er legte die Essstäbchen zur Seite, ging hinaus und konnte vom Abtritt aus undeutlich hören, wie Erya und der Jäger im Tempel miteinander scherzten und flirteten. Sansan sagte: »Treibt es nicht zu bunt, das könnte Zhuang Zigui nicht gefallen.« Erya sagte: »Wir sind einander nicht bestimmt.« Dann rezitierte sie im Stil von Xue Baochai das berühmte Chan-Gedicht aus dem *Traum der Roten Kammer*, das von Lu Zhishen handelt[46]:

> *Ab wisch die Heldenträne,*
> *Freunde müssen gehen.*
> *Dank der Gnade – Tonsur am Lotosthron.*
> *Ohne Bande – kommen, gehn, wen kümmert's schon.*
> *Was einander nicht bestimmt – trennt sich im Nu.*
> *Das Leben – einsam wandern, Regenjacke, -hut,*
> *So lass mich gehn – Strohsandale, Bettelschale*
> > *meinem Karma zu!*

Die beiden anderen klatschten Beifall, Sansan sagte bewundernd: »Erya, Erya, du bist in der falschen Zeit geboren, wirklich, du bist in der falschen Zeit geboren!«

In diesem Augenblick füllten Zhuang Ziguis Augen nur noch Traurigkeit und Furcht und den nächtlichen Himmel zahllose Hundeaugen, als wäre vom Ende der Welt ein riesiges funkelndes Netz über ihn geworfen worden. Es war doch wohl nicht Erya allein, die in der falschen Zeit geboren war! Vergangenes verging wie Rauch, er merkte, dass er Erya nach wie vor liebte, nicht anders als Nie Honghong, gerade weil er sie verloren hatte, liebte er sie. Er konnte nicht verstehen, warum sein Verhalten immer wieder seinem Innersten so sehr widersprach. Er war wie ein Wahnsinniger, der sich ständig selbst ohrfeigte, nur dass er nicht auf sein Gesicht einschlug, sondern auf Anstand, Sympathie, Liebe und Mitleid.

Er schämte sich jetzt so sehr, dass er Erya nicht mehr unter die Augen treten konnte, aber er musste in den Tempel zurück, der in seinem heimatlosen Vagabundenleben ein Zuhause war. Er musste zurück und das Chaos beseitigen, das die gefräßige Bande hinterlassen würde.

Erya und die beiden anderen waren bereits fort, der Tempel des Berggottes war wie bei seinem Einzug damals, es gab nichts als einen geplünderten Schrein und einen Sarg, der darauf wartete, dass irgendjemand in ihm schlief. Auch diese Leere war Zhuang Zigui nun unerträglich, aber wie es der Zufall wollte, tauchte genau in diesem Moment Produktionsgruppenleiter Luan bei ihm auf, der ihn vor das Kommunegericht zerren wollte: »Jetzt hast du tatsächlich auch noch unseren Hund totgeschlagen und gefressen!« Zhuang Zigui wartete, bis der andere genug davon hatte, ihn zu schütteln und anzubrüllen, dann zog er fünf Kuai heraus. Gruppenleiter Luan schnappte sich den Schein, hielt ihn gegen die Sonne, ließ ihn in der Hosentasche verschwinden und schimpfte weiter: »Du bist eine verdammte Pest! Sobald du hier verschwunden bist, werde ich für diesen Tempel eine neue Bodhisattva-Statue machen und drei Riesenstangen Räucherwerk abbrennen.«

Den entscheidenden Schlag versetzte ihm jedoch die kleine Luan, das kleine Ding kam mehr auf ihn zu gefallen als gerannt, sah ihn mit einem komischen Clownsgesicht an, auf ihren diamantenen Augäpfeln breiteten sich langsam zwei Nebelkreise aus und gerannen am Ende zu zwei kleinen Perlen, die ihr über die Wangen rollten. »Hund, Hund, Hund, du 'gessen«, stammelte sie. Er beugte sich zu ihr hinunter, um ihre Tränen zu trocken, und hatte plötzlich, *platsch*, eine Ladung Spucke im Gesicht. Das kleine Mädchen wischte sich einmal über Nase und Mund, machte kehrt, stolperte, fiel noch einmal, als sie loslief, bevor sie dann, hüpfend wie eine goldene Bohne, nach einer ganzen Zeit seinem Blickfeld entschwand.

Er lächelte trübselig: »Bin ich so mies? Na gut, dann bin ich es halt.«

Noch zweimal ging ein Winter ins Land und ein Frühling kam, etliche Gruppen von Gebildeten Jugendlichen wurden in der Kommune »Schlachtross« ausgetauscht, übrig blieben diejenigen, deren familiärer Hintergrund kompliziert oder ungünstig war. Nach Eryas Rückkehr in die Stadt heiratete sie sehr schnell den Revolutionskomiteeleiter einer Fabrik, der doppelt so alt war wie sie; der Jäger durfte krankheitsbedingt zurück und verbrachte in einer kleinen Werkstätte an der Straße seine Zeit damit, Streichholzschachteln zusammenzukleben. Als Zhuang Zigui zum Frühlingsfest bei seiner Familie war, besuchte er ihn, lief zwei Stunden um Tausende Ecken und hätte am Eingang fast eine schwangere Frau samt dickem Bauch über den Haufen gerannt. Bei genauerem Hinsehen stellte er fest, dass es das dralle Mädchen war, das während der Landverschickung noch mit Hao'er zusammen war. Der Jäger kam heraus, umklammerte ihn wie ein Schraubstock, und die beiden Freunde gingen ein Herz und eine Seele zu einer kleinen Kneipe am Ende der Gasse und tranken, bis sie kaum noch stehen konnten; obwohl ihre Köpfe schon aneinanderstießen, schimpfte immer noch der eine mit dem anderen, er sitze zu weit weg. Als sie auf Erya zu sprechen kamen, stöhnten und seufzten beide, bis der Jäger ihn plötzlich am Ohr heranzog und sagte: »Ich verrate dir ein Geheimnis, vor ihrer Heirat war Erya noch mal bei mir, wir haben in alten Träumen geschwelgt und dann miteinander geschlafen. Wir waren voll am Tun, da hat sie auf einmal losgeheult, dass ich selbst heulen musste, wir konnten nicht mehr weitermachen. Stattdessen haben wir dann, nackt wie wir waren, einen Topf mit Rotz und Wasser vollgeheult.«

»Und dann?«

»Dann hat sie erzählt, dass für ihren Mann Keuschheit alles ist, weil nur, wer jungfräulich in die Ehe geht, die entsprechende soziale Wertschätzung bekommt, alles andere wäre eine Katastrophe. Sie wollte, dass ich ihr helfe.«

»Und du hast gewusst, was zu tun ist?«

»Wenn jemand mich kennt, dann Erya. Auf keinen Fall durfte sie natürlich den falschen Tempel für ihre Kotaus aufsuchen. Und verdammt, wie leicht konnte das passieren! Man tränkt einen Schwamm mit Jod, steckt ihn rein und wenn man loslegt, blutet es mit Sicherheit.«

Zhuang Zigui war baff, dann platzte es aus ihm heraus: »So ein Scheiß, bloß um zu heiraten?«

»Ein Scheiß war das nicht, das war der erste Schritt für ihr Lebensglück. Erya ist jetzt eine reiche Frau und kann selbst Wind und Regen herbeizaubern.« Und weiter witzelte der Jäger: »In meiner Nachbarschaft gibt es einen Wang Liu, er nennt sich selbst einen Dichter von Knittelversen, ein Mantra, das er ständig im Mund führt, lautet: ›Dieser Tage, ach, ist Liebe so 'ne Sach', selbst im Schnaps ist Wasser.‹ Das ist so was von wahr. Es soll ja nicht mal der Hintern von unserer Landesmutter Jiang Qing echt sein.«

Zhuang Zigui gefiel diese Wendung des Gesprächs nicht, und er frotzelte: »Ich sag dir was, Jäger, du solltest eine Arztpraxis aufmachen, Brustvergrößerungen, Abtreibungen, Wiederherstellung der Jungfräulichkeit und so weiter, das liefe garantiert bestens.«

»Fick dich!« Ein Glas Schnaps platschte ihm ins Gesicht: »Du hast kein Recht, Erya in den Dreck zu ziehen! Erya, Erya …«, der Jäger legte den Kopf auf den Tisch und fing an zu heulen. Der Lärm des Fingerratens an den Nebentischen verstummte schlagartig, alles schaute her, Zhuang Zigui verlor keine Sekunde, zog den Jäger hoch, und sie machten, dass sie fortkamen.

Die halbe Nacht torkelten sie durch die Straßen und Gassen, bis sie von einer Nachtpatrouille der Volksmiliz aufgegriffen und mit auf den Rücken gebundenen Händen zum Polizeirevier abgeführt wurden. In dem Maß, wie die Wirkung des Alkohols nachließ, kehrte der heroische Geist der Zeit zu ihnen zurück, und sie sangen im eiskalten Wind lauthals und mit geschwellter Brust den größten Hit der Zeit:

Ostwinde weh'n, Kriegstrommeln geh'n,
wer auf der Welt fürchtet heut wen?
Angst jagt dem Volk Amerika nicht ein,
doch zittert vor dem Volk das Imperium!
Der rechte Weg sind viele, Unrecht ist allein,
der Geschichte Gesetz kehrt niemand um, um!
Amerikas Imperialismus muss unterliegen,
Die Völker der Welt werden siegen, siegen!
...

Mit Anbruch des nächsten Tages erhielt Zhuang Zigui eine üble Tracht Prügel und wurde freigelassen, der Jäger hingegen wurde verhaftet und zur Überprüfung dem Städtischen Büro für Öffentliche Sicherheit übergeben: Der Idiot hatte sich in die Behauptung verbissen, er sei Song Jing, ein führender Aktivist der gewaltbereiten konterrevolutionären »Streitkräfte Li Xiangyangs«, den in Chengdu jedes Kind kannte und der bisher durch jedes Netz geschlüpft war. Zhuang Zigui kontaktierte, ununterbrochen auf Trab, jede Menge in die Stadt zurückgekehrter Gebildeter Jugendlicher, die ließen ihre Beziehungen spielen und nutzten jedes Hintertürchen, um zu bezeugen, dass der Jäger eine Macke hatte. Am Ende sah man sich dennoch gezwungen, in einer guten Hundertschaft direkt zum Büro für Öffentliche Sicherheit zu marschieren. Erya stürmte hinein, schlug wie eine Furie auf den Tisch des Büroleiters und drohte: »Übermorgen kommen Hunderttausende nach Chengdu zurückgekehrte Gebildete Jugendliche zu Ihnen, mein Herr, hierher, zum Mittagessen.« Jubelnde Mäuler, soweit das Auge reichte, und die Polizei lenkte erschrocken ein.

Als der Jäger das Gefängnis verließ, stellte er triumphierend und stolz seine Freunde am Eingang der Polizeistation für ein Erinnerungsfoto zusammen, wie Sterne um den Mond scharten sich alle um ihn, und als er keine Lust mehr hatte, den großen Macker zu spielen, brüllte er beim Abmarsch: »Ich bin der Meisterschütze Li Xiangyang selbst und pimper euch die Bullenärsche!« Eine Gruppe von Rowdys stürmte auf die mit Gewehren bewaffnete Torwache zu und sang im Chor in Abwandlung eines indonesischen Liebesliedes: »Ach Mist, Herr Polizist, vergiss doch deine Wut, Papa, Mama waren einfach für nichts gut!«

Eine eigene Existenzgrundlage

Ende Februar 1975 kehrte Zhuang Zigui von Chengdu auf den Hang der Luans zurück, auch wenn es ihm schwer wurde, die Heimat zu verlassen, er hatte keine Wahl. Seine Eltern durften zwar wieder permanent zu Hause wohnen, aber nach den Vorschriften zur Kontrolle von Rinderteufeln und Schlangengeistern wurden ihnen für den monatlichen Lebensunterhalt nur dreißig Prozent ihres Lohns zugebilligt. Da wollte er ihnen nicht auch noch auf der Tasche liegen und als das Laternenfest vorüber war, packte er ein komplettes Set Friseurzeug ein, das der Vater ihm besorgt hatte – damit wollte er sich eine eigene Existenz aufbauen –, und ging ohne ein Wort des Abschieds. Nach einer endlosen Reise, auf der alles grau in grau war, stand Zhuang Zigui schließlich wieder allein in der öden Wildnis der Berge vor seinem Tempel. Kein Brennholz, kein Reis, kein Mensch, der noch einmal von der anderen Seite der Schlucht seinen Namen hätte rufen können, er war inzwischen »Veteran der Gebildeten Jugend«. Ein Ausdruck, der in den Augen der Menschen auf dem Land ein Synonym für die »Pest« war.

Er setzte sich auf die Türschwelle und besah sich sein Nest, in dem er seit fünf Jahren lebte: Spinnen, Kakerlaken, Skorpione, der Sarg ..., das war einst der Treffpunkt der Gebildeten Jugend gewesen? Das war der Ort, an dem er geliebt, gehasst und seine Jugend vertan hatte? Weil er nicht weiter daran denken wollte, machte er kehrt und verließ den Tempel, nicht mehr im Armeebeutel als bei der Ankunft: Friseurzeug und Zeug zum Wechseln.

Er gründete eine eigene Existenz, indem er sich auf Wanderschaft begab durch die Produktionsgruppen, kilometerweit über die Berge zu Gougou lief, weil er dort etwas zu essen abzustauben hoffte, an der Tür jedoch nur ein großes Schloss vorfand. Da es im Schein der untergehenden Sonne bereits dunkelte, brach er ohne große Fisimatenten die Tür auf und ging hinein, aber Gougous Zuhause war ein Abziehbild seines eigenen: Skorpione, Spinnen, Kakerlaken und ein Sarg, es war nur kein ausrangierter Götter-, sondern ein verfallener Ahnentempel. Er durchwühlte Kisten und Schränke, ohne auch nur das Geringste zu finden, das er sich hätte in den Mund schieben können, er war schockiert. Er starrte auf die Bücherstapel am Kopfende des Bettes, von denen ihm ein schimmeliger Geruch entgegenschlug, und zermarterte sich das Hirn, wie er an etwas Essbares kommen konnte, als ihn aus heiterem Himmel eine Duftwolke von Maisbrei anwehte – er schnupperte, und es zog ihn wie ein Vieh ins Nachbarhaus.

Dort drängten sich wie ein Haufen quiekender Mäuse fünf nackte Kinder vor dem Herd; ein weiteres, etwas älter, stand auf irgendetwas und streute eine Handvoll Maispulver in einen großen Eisentopf und noch eine, rührte nach Kräften mit einem Bambusstab um und mischte, um der dünnen Maisschleimsuppe Geschmack zu geben, sauer eingelegtes Gemüse darunter. Zhuang Zigui schnappte sich mit einem hinterlistigen Lächeln wortlos ein Kind nach dem anderen und schnitt ihm die Haare. *Schnippschnapp*, *schnippschnapp*, klickte und klackte es eine Weile und eine Reihe blutiger Kahlköpfe war geboren. Wie ein Maurer schloss er ein Auge, betrachtete sich sein Meisterwerk und besserte hier und da ein wenig nach, doch als er an sein letztes Opfer Hand anlegen wollte, griff er in Eiter und Blut: »Krätze?!«

Zugleich mit seinem Schreckensruf, schrie sein Versuchskaninchen vor Schreck: »Ich bin ein Mädchen!«

»Ein Mädchen? Von was bekommt ein Mädchen die Krätze?«, wusch er sich brummelnd die Hände.

Die Frau des Hauses kehrte zurück, blieb, um den Kopf ein schwarzes Tuch gewickelt, verängstigt wie eine Eule an der Tür stehen. Er drehte sich um, empfing sie mit einem kühlen Blick und überfuhr die Eule in der Pose eines Eulenkönigs: »Ich bin ein Freund von Gougou und ein professioneller Kopfscherer, ich hab euch fünf Köpfe geschoren, ein Kopf zwei Groschen, das macht insgesamt einen Kuai.« Und weiter presste er zwischen den Zähnen hervor: »Ich könnte auf das Geld verzichten, wenn du mir heute Abend und morgen Früh was zu essen gibst und dazu vier gekochte Eier.«

Als sie sich einig waren, verdrückte Zhuang Zigui drei große Schüsseln Maisbrei mit eingelegtem Gemüse und vier kochend heiße Eier, und weil ihm das noch nicht genügte, kaute er weiter an dem eingesalzenen Rettich, dass es nur so knirschte und krachte, das köstlichste Essen, das er in seinem Leben zu sich genommen hatte.

Gougou blieb die ganze Nacht weg, und Zhuang Zigui musste wohl oder übel woanders Zuflucht suchen. In einigen Produktionsgruppen der Gegend bestand die Mehrheit unter der Gebildeten Jugend aus seinen Bekannten, jedoch blieben sie respektvoll auf Distanz. Ab und zu kamen aus Chengdu auch Neuzugänge, aber die blieben größtenteils ebenfalls innerhalb ihrer eigenen Clique und waren ihm gegenüber eher argwöhnisch. Mancher der Jungs hatte sich bei einem Mädchen einen Schafstall gebaut, in dem er rund um die Uhr darüber wachte, dass kein böser Wolf eindrang, doch Zhuang Zigui besaß weder den Heldenmut des Jägers, noch hatte er Hao'ers Gewitztheit, und so war er schon nach einer Woche des Herumziehens in höchster Not. Ihm blieb nichts übrig, als zu seinem Tempel zurückzugehen, notdürftig aufzuräumen und wieder dort zu wohnen. Als er nachts das Kopfkissen umdrehte, hatte er unvermittelt ein matt schimmerndes schwarzes Haar in der Hand, und weil eine Sache an ihren Besitzer denken lässt, kamen ihm all die Flirts von Erya wieder in den Sinn, und dass der Jäger sogar um sie geweint hatte; er dachte auch an seine an fernen Ufern ruhende Nie Honghong, alle waren sie Vergangenheit, er allein war an diesen alten Ort zurückgekehrt. Ach, um wie viel besser wäre es doch, einzuschlafen und nicht mehr aufzuwachen und Vergangenheit zu sein für immer.

Zhuang Zigui sehnte sich nach einer Frau, nicht nur weil das Tier in ihm heulte und brüllte, sondern auch weil er diese Wesen, die so viel zäher waren als Männer, verehrte. Wenn man eine Frau hatte, hatte man eine Familie, in den dunklen Zeiten, als man das Fleisch noch roh verzehrte und Blut trank, konnten wir uns im einsam umhertreibenden Kahn immerhin in der Familie zusammendrängen, die Frau in den Armen halten und in den Tiefen dieser Elfenkörper wärmende Zuflucht finden … eine lange Reihe flimmernd-bedrückender Traumbilder trieb Zhuang Zigui Tränen in die Augen. Ganz unbewusst begann er ein Gedicht zu schreiben, ohne dass ihm klar gewesen wäre, dass in den Zeiten Maos, in den Zeiten des Mangels, Gedichte Gift waren – alles, was mit Gedichten zu tun hatte, war ein Gift, das schwächte, zu Psychosen führte, zu Knochenerweichung, feuchten Träumen und Stimmungsschwankungen.

Einen ganzen Sommer lang zog Zhuang Zigui als wandernder Barbier durch das Gebirge. Er hatte sich autodidaktisch drei »Frisuren« beigebracht: Die erste hieß: Kahlschnitt, die zweite: Pfannenwenderschnitt (im Zentrum des kahlen Schädels blieb ein Haarbüschel stehen, wie bei den Kindern in den revolutionären Stützpunktgebieten, die häufig in Revolutionsfilmen auftauchten), die dritte: Klodeckelschnitt (alles um ein größeres Haarstück auf dem Kopf wurde geschoren, auch das war inspiriert vom Spießgesellentyp der Revolutionsfilme). Zwei, drei Minuten pro Kopf, bei einer Produktionsgruppe mit gut hundert Leuten brauchte er für die Arbeit nicht einmal einen Tag. Nach einer gewissen Zeit waren überall in der Gegend Kleinkinder mit Kahlschnitt und Pfannenwender-Frisuren und Erwachsene mit Kahl- und Klodeckelschnitten zu sehen, der gute Ruf des »Gebildeten Jungbarbiers« zog Kreise und kam schließlich auch dem Kommunesekretär Li zu Ohren. Der hatte aus dem Landkreis gerade die Direktive erhalten, ein in den ländlichen Gebieten verwurzeltes revolutionäres Vorbild für den Weg von der Rückständigkeit in den Fortschritt zu schaffen, also warf er den alten Groll über Bord und ließ Zhuang Zigui kommen.

Der kam wie geheißen, sah Sekretär Li schon mit erhabener Ernsthaftigkeit vor einem großen Spiegel sitzen, wusste sofort, was der wollte, legte ihm wortlos ein großes, schmutzig-weißes Stofftuch, zur Hälfte aufgefaltet, um den Hals und fragte wie aus der Pistole geschossen: »Kahl oder Haar?«

Sekretär Li verstand nicht und so rief er noch mal laut: »Klodeckel oder Pfannenwender?« Nun dachte Sekretär Li, er mache Witze, und brummte: »Das wird ja was werden.« Dann gestikulierte er den halben Tag herum von wegen hier so und da so.

Zhuang Zigui blies zweimal kräftig in die alten Haare zwischen den Zähnen seines Haarschneiders und sagte: »Weiß schon, weiß schon!«, beschrieb dann aber wie ein tumber Esel um den Mühlstein einen reichlichen Halbkreis um Sekretär Li und schlug quer über dessen Vorder- und Hinterkopf eine schöne breite Schneise, ging dann wieder zurück und noch mal hin, und ein perfekter Klodeckel hatte das Licht der Welt erblickt.

»Fertig?«

»Fertig.«

»Mach das noch ein bisschen zurecht bitte.«

»Das ist der letzte Schrei so, in Chengdu absolut angesagt, da muss man nichts mehr zurechtmachen«, er reichte dem anderen einen Kamm, »kurz in Wasser tauchen, zweimal durchgefahren und es ist tipptopp.« Sekretär Li betrachtete sich von allen Seiten im Spiegel: »Warum werde ich das Gefühl nicht los, dass ich mit dieser Frisur aussehe wie die Halunken im Film?«

Doch so argwöhnisch er auch sein mochte, Sekretär Lis größte Angst war immer noch, als alter Dorftrottel ausgelacht zu werden. Zhuang Zigui hatte ins Schwarze getroffen und wurde, erstens aufgrund seiner Ansprüche als Veteran der Gebildeten Jugend und zweitens aufgrund seiner glorreichen Taten als Wanderbarbier der armen und niederen Kleinbauern im Gebirge, glattweg als »erfolgreich umerzogener« Sprössling eingestuft, nahm an einer Delegiertenvollversammlung der Gebildeten Jugend des Landkreises teil und schlug sich in der Kreisstadt tagelang mit Bergen von Fisch und Fleisch den Bauch voll. Als er mit allen Ehren zurückkehrte, wurde er der Grundschule der Produktionsbrigade als volkseigener Lehrer zugeteilt, und auf märchenhafte Weise verbesserten sich seine Lebensumstände grundlegend.

Zum Herbstanfang betrat er in der Pose höchsten moralischen Anspruchs am ersten Schultag das Klassenzimmer, ebenfalls ein umgebauter ehemaliger Tempel, baute sich vor dem Schrein auf und fing, da er nicht recht wusste, was er sagen sollte, an zu stottern. Seine Aufgabe war der Unterricht im ersten und dritten Jahrgang, beide Klassen teilten sich einen Raum, der erste Jahrgang auf der rechten Seite, der dritte auf der linken. Das waren gut dreißig vom Alter her völlig unterschiedliche Schüler, die Älteren gingen schon auf die zwanzig zu, die Kleinen waren gerade mal sieben, acht Jahre alt und nachdem er jeden einzelnen namentlich aufgerufen hatte, ernannte er, einer Intuition folgend, die Klassenfunktionäre: Tongzhu, der mit einem von Pickeln glühenden Gesicht in der hintersten Reihe saß, wurde zum Klassensprecher ernannt und ein Mädchen mit bereits recht ansehnlichem Busen namens Honghua zur stellvertretenden Klassensprecherin. Als Tongzhu für Zhuang Zigui in der Klasse die Unterrichtsbücher verteilte, konnte er unter dessen traditionell kurzem Oberteil einen gut hühnereigroßen Bauchnabel sehen.

Dorflehrer

Ein neues Leben hatte begonnen, kein Wölkchen trübte den Himmel über dem Tempel, die Sonne hing über ihm wie eine schwingende Glocke, aus der Ferne war von Zeit zu Zeit das Brüllen der Rinder zu hören, selbst die Gebirgskette rundum hatte etwas von riesigen Rinderrücken, die auf der breiten Straße der Zeit langsam dahinzogen, während zwischen ihnen Leben entstand, verging und wieder erstand. Zhuang Zigui schlug das Unterrichtsbuch des ersten Jahrgangs auf der ersten Seite auf und las: »Lang lebe der Vorsitzende Mao!« Die Schüler wiederholten das mehrere Male, bis plötzlich eine Oberrotznase in der vordersten Reihe sich umsah und aufsprang. Er klopfte mahnend auf das Unterrichtsbuch, sah aber dann, wie ein ekelhaftes kleines Insekt über das Schriftzeichen »Mao« krabbelte, stur auf dem Vormarsch zum Kopf des Großen Führers. »Eine Laus!« Ein Prickeln durchlief ihn, er unterbrach auf der Stelle den Unterricht, ging in sein Zimmer, holte Messer und Schere und nahm seine alte Profession wieder auf. Keine vier Stunden später waren alle Schüler kahl geschoren und alle Schülerinnen hatten einen Bubikopf bis an die Ohren. »Wasser abkochen! Gebt es mir kochend heiß! Kochend!« Er kommandierte wie ein Polizist eine Horde Gefangene, und wie er noch energisch herumbrüllte, begann hinter ihm jemand zu klatschen: »Lehrer Zhuang aus der Provinzhauptstadt ist ganz zweifellos ein gebildeter Mann, ausgezeichnet, ausgezeichnet!« Als er sich umblickte, stand da ein alter Schulmeister umdrängt von einer Horde vorwitzig drein-schauender schmutziger Dinger, das mussten die Schüler des zweiten und vierten Jahrgangs sein, reimte er sich zusammen, die von ihrem Unterricht in praktischer Arbeit von den Feldern zurückkamen, und ihr Lehrer Zhang Hongqi, dem er sogleich die Hand entgegenstreckte – es dauerte eine ganze Weile, bis die beiden Verschwörer einander wieder losließen. Zhang Hongqi dämpfte seine Stimme, als er sich vorstellte: »Eigentlich heiße ich ja Zhang Zhengzhong, aber nach einundfünfzig verschwen-deten Herbsten änderte ich zu Beginn der Kulturrevolu-tion meinen Namen in Zhang Hongqi, Rote Fahne, weil unser Volksfeind, der alte Chiang Kai-shek, sich mit den gleichen Schriftzeichen, nur in umgekehrter Reihenfolge, auch Chiang ›Zhongzheng‹ nannte. Ich beschloss, ein bes-serer Mensch zu werden und die Fahne der Revolution hochzuhalten.« Hastig nickte Zhuang Zigui anerkennend.

Die von Zhuang Zigui unbeabsichtigt in Gang gesetzte patriotische Hygienebewegung war für die Bauern ein Augenöffner, seine Reputation war den Kahl- und Bu-biköpfen gewissermaßen eingraviert und eine Zeitlang tauchten am laufenden Band Leute mit Getreide und Ge-müse bei ihm auf, die das Ergebnis besichtigen und so was auch haben wollten. Der Sekretär der Produktionsbrigade fragte, während er die kahlen Birnenschädel der kleinen Buben tätschelte: »Von eurem Lehrer rasiert?«

Die Oberrotznase machte eifrig »Hm, Hm«.

»Ein Gebildeter Jugendlicher aus der Provinzhauptstadt hat euch Bauernbälgern eigenhändig die Köpfe rasiert?«

»Hm, hm.«

»Das ist wahrlich Gebildete Jugend im Sinne Lei Fengs, so jemand lässt sich auch mit Laterne und Fackel schwer finden!«

Der Sekretär war so gerührt, dass er gleich am nächsten Tag mit sämtlichen Leitern der Produktionsbrigade im Schlepptau zur Inspektion an der Schule auftaucht. Als führte man eine wissenschaftliche Untersuchung durch, strichen sie jedem einzelnen Schüler über den kahlen Kopf. Dazu war eine arme Bäuerin in ihren Siebzigern zur Hand, die den Kleinen klarmachte, wie gut sie es hatten und wie schlimm es früher gewesen war. Die zahnlose Urgroßmutter war einmal Delegierte im Volkskongress der Provinz gewesen und begann, obwohl Analphabetin, ihre Rede mit großer Routine: »Der Osten weit und mächtig, rote Fahnen wehen prächtig, die richtige Linie im Land und die Bedingungen sind gut ... den Vorsitzende Mao hat der Himmel gesandt, unter seiner Führung fielen die drei mächtigen Berge Imperialismus, Feudalismus und Bürokratie und für die Armen flossen Milch und Honig ... und wenn Liu Shaoqi, der Glatzkopf Lin und die amerikanischen Imperialisten und ihre Kollaborateure, die sowjetischen Sozial-Imperialisten, die eitle Hoffnung haben, uns in die alte Gesellschaft, in Not und Elend, zurückzuzerren, dann sagen wir armen und niederen Kleinbauern dazu entschieden: Nein!« Nachdem sie diesen ebenso schrecklichen wie langen Eröffnungssermon, wie er derzeit allenthalben Mode war, heruntergespult hatte, ohne auch nur ein einziges Wort auszulassen, wandte sie sich dem eigentlichen Thema zu: »Liebe Kinder, dass ihr in einer Schule lernen könnt, ist nicht selbstverständlich, dass ein Lehrer aus der Provinz, aus Chengdu, hier ist, um euch zu unterrichten, ist erst recht nicht selbstverständlich, in der alten

Gesellschaft mit ihren tausend Übeln konnten nicht einmal die Kinder von Grundbesitzern in ihren privaten Einklassenschulen mehr als zwei Tage in der Woche lernen, von den Kindern der Armen gar nicht zu reden. Dank sei der guten Führung unseres Vorsitzenden Mao.« Anschlißend blickte sie auf die Zeit zurück, in der sie als Amme in einer Grundbesitzerfamilie tätig und ihr von dem jungen Herrn dort übel mitgespielt worden war, und die alte Dame konnte nur noch schluchzend fortfahren: »Erst hat mir dieser Hundesohn einen dicken Bauch gemacht, und kaum war der Kleine auf der Welt, haben sie mich aus dem Haus gejagt, und das Ende vom Lied: der Kleine ist ohne seine leibliche Mutter aufgewachsen, und zu allem Unglück haben sie ihn bei der Landreform 1950 auch noch als Grundbesitzer eingestuft. In der großen Hungersnot '61 hatten wir alle nichts zu beißen und kratzten zusammen, was ging, die Rinde von den Bäumen, Gras, Sternenschnäuze, am liebsten hätten wir den Boden metertief aufgegraben. Um einen Mundvoll Reiskleie kämpfte man mit Messer und Gewehr, die Menschen waren wirklich schlimmer als Tiere! Ach, meine lieben Kinder, ihr habt nicht die Hänge und Gruben voll mit Toten sehen müssen, wir konnten gar nicht so schnell Gräber ausheben, wie die gestorben sind. Und mein als Grundbesitzer abgestempelter Junge war nur noch Haut und Knochen und hat mich nicht einmal im Angesicht des Todes ein einziges Mal Mama genannt. Was für eine Sünde, bei Mao, unserer Sonne! Bei Mao, unserem strahlenden Himmel!«

Der Sekretär kam zu sich und gebot hastig Einhalt: »Verehrte Frau Zhang, beruhigen Sie sich doch.«

»Beruhigen! Ich mich beruhigen! Das war erst der Anfang des ganzen Kummers ...«

»Vergesst nie den Kummer der Klassen, nie aus Blut und Tränen zu hassen!« Mit diesen Slogan, Not macht erfinderisch, unterbrach der Sekretär den Gedankengang der törichten Alten und führte sie vom Podest, Applaus prasselte auf, als seien die Deiche des Himmels gebrochen.

Mit der Zeit kühlte Zhuang Ziguis pädagogischer Eifer mehr und mehr ab, von einem Augenblick auf den anderen war aus einem Barbier ein Schulmeister geworden, der nicht mehr so frei war wie früher. Unmerklich steckte er in einem lähmenden Stillstand fest, dass er nicht mehr einfach mit der Gebildeten Jugend herumhängen konnte, verstand sich von selbst, aber selbst für einen Marktbesuch musste er erst einmal die Zeit finden. Und dabei lehrte er nichts als Lügen: »Die Mauser«, Unterrichtstext dritter Klasse, erzählte beispielsweise die Geschichte eines alten Grundbesitzers, der seine verräterische Gesinnung nicht aufgeben will und von der Restauration der alten reaktionären Herrschaft träumt. Am Ende des Textes klettert ein armes Bauernkind mit besonders ausgeprägtem Klassenbewusstsein auf eine Mauer und entdeckt, wie der alte Verräter im Angesicht des Todes auf einen Stoß Grundstücksurkunden und eine Zwanzig-Schuss-Mauser deutet und seinem Sohn befiehlt, den Kindern und Kindeskindern der armen Leute auf Knien Rache zu schwören. Zhuang Zigui fragte sich, ob man mit einer Mauser, die über zwanzig Jahre im Boden vergraben war, noch schießen konnte. Und ob jemand, der zwanzig Jahre lang vor jedem Furz Angst gehabt hatte, ernsthaft als Feind gelten konnte. Aber er wagte es nicht, den Schülern solche Fragen zu stellen, stattdessen musste er tun, als würde er all das sehr ernst nehmen, und den Kerngedanken des Textes und die Hauptaussagen der einzelnen Abschnitte herausarbeiten.

Sein Überdruss an den offiziellen Lehrbüchern veranlasste ihn, von den eingefahrenen Unterrichtsgleisen abzuweichen, für ihn genau zur rechten Zeit nahm in Land und Gesellschaft die Bewegung »Würdigung von Legalismus und Kritik des Konfuzianismus«[47] Fahrt auf und der klassische Roman *Die Räuber vom Liangshan-Moor* wurde in den Lehrplan aufgenommen. Zhuang Zigui ließ allerdings den vom Vorsitzenden Mao höchstpersönlich skizzierten »Klassenkampf zwischen Chao Gai und Song Jiang« beiseite und erzählte lieber in schillerndsten Farben, wie die Helden vom Liangshan-Moor großzügig Gold und Silber verteilten und Unmengen an Schnaps und Fleisch verschlangen, Häuser ausraubten und die Reichen bestahlen, um den Armen zu helfen – und den Kindern troff der Speichel aus dem vor Staunen weit aufgerissenen Mund. Tongzhu, der Klassensprecher, war besonders begeistert, mit gedämpfter Stimme wollte er alles und jedes ganz genau über das Leben der Romanhelden Li Kui, Wu Song und Lu Zhishen wissen und malte sich die Einzelheiten der Raub- und Mordzüge immer wieder aus. Die Faszination für dieses alte Leben in der Tiefe der grünen Wälder machte aus einem grundbraven Jungen einen seltsamen Wilden, der mit kreisrund aufgerissenen Augen den gesamten Klassenraum belauerte und, wenn sich irgendwer ein minimales Fehlverhalten leistete (wie sich umzusehen und grundlos zu kichern bzw. zu schwatzen), noch bevor der Lehrer etwas sagen konnte, wie eine Furie losstürzte, den Störenfried über eine Bank legte, ihm die Hose herunterriss und ordentlich den Hintern versohlte. Als Zhuang Zigui das unterbinden wollte, drehte er den Kopf und wies ihn scharf zurück: »Bleiben Sie weg!« Er führte sich auf wie ein junger, gebieterischer Papa, der eben seinen allzu lebhaften, unfolgsamen Sohn verdrischt. Zhuang Zigui polterte in einem Anfall jähen Zorns los: »Dummer Junge! Rohling! Geh mir aus den Augen!«

Tongzhu stutzte, richtete sich zu voller Größe auf und überragte fast schon seinen Lehrer. Um die Lippen schimmerte ein schwarzer Flaum, das Gesicht war der reine Ingrimm, Zhuang Zigui wurde ganz anders. Ein warmer, sauer riechender Odem wehte ihn an und Zhuang Ziguis rechter Arm wies ihm geradewegs die Tür. Mit dem Ernst des Lehrers half er dem Kleinen, der die Prügel bezogen hatte, auf die Beine, der hörte zu schreien auf, zog die Hosen hoch und versteckte sich hinter ihm.

Tongzhu fiel in sich zusammen, seine Augen füllten sich mit Tränen, mit zitternder Stimme fragte er leise: »Herr Lehrer, wollen Sie mich hier nicht mehr?«

Als Lehrer musste man natürlich bei seinem Wort bleiben, und so konnte Zhuang Zigui schlecht etwas anderes sagen als: »Geh nach Hause, denk ein paar Tage über dich nach, wenn du zur Besinnung gekommen bist und nicht mehr auf andere einprügelst, komm wieder.«

»Aber die Teufelskerle vom Liangshan-Moor...«

»Die Teufelskerle vom Liangshan-Moor haben den Schwachen und Armen geholfen, sie wären niemals auf einen Kleineren losgegangen. Wenn du schon in unserem Klassenzimmer das Liangshan-Moor sehen willst, dann sind deine Mitschüler deine Brüder.«

»Ich danke Euch vielmals für die Belehrung!«, präsentierte Tongzhu einen Satz aus dem Roman, fiel vor Ehrfurcht auf die Knie, knallte in drei himmelerweichenden Verbeugungen den Kopf *dong dong dong* auf den Boden, kam wieder hoch und war verschwunden.

Zhuang Zigui setzte sich deprimiert hin, jäh stieg eine trostlose Leere in ihm auf. Mit einem Wink beendete er den Unterricht, Kollege Zhang Hongqi tauchte auf, um ihm mit gutem Rat zur Seite zu stehen: »Ihr Gebildeten Jugendlichen werdet früher oder später alle in die Stadt zurück dürfen, wozu sich also diese kleinen Trottel vom Lande so zu Herzen nehmen? Mach es wie ein Mönch, schlag die Glocke und lass Gott einen guten Mann sein.«

»Diese Glocke lässt sich nicht einfach so schlagen.«

»Wenn die Leute auf dem Land ein paar Schriftzeichen kennen und ihre Bücher führen können, dann reicht das völlig. Wenn sie zu viel begreifen, schadet ihnen das bloß. Schau, wie unser Vorsitzender Mao seinerzeit die Revolution in Angriff genommen hat, mit einem Slogan, den wirklich jeder begreifen konnte: ›Nieder mit den Lokaldespoten, verteilt das Ackerland!‹ Die Bauerntölpel sind ihm auf der Stelle hinterher und haben rebelliert.«

Zhuang Zigui musste zugeben, dass da etwas dran war, aber er wurde nicht wirklich klug aus diesem Dorfintellektuellen, der da vor seiner Nase stand, auch unter seinen Vorfahren mochte es vielleicht auch einmal einen Gelehrten mit kaiserlichem Kreisexamen gegeben haben.

Nachdem Tongzhu sich mehrere Tage nicht hatte blicken lassen, ging Zhuang Zigui zu ihm nach Hause, aber der närrische Junge versteckte sich. Enttäuscht kehrte er um, doch als er um eine Bergnase bog, wehte ihm ein merkwürdiger Hauch um die Ohren und Tongzhu stürzte sich mit erneuten, dreifach himmelerweichenden Kotaus *dong dong dong* mitten auf den Weg. Gerade als Zhuang

Zigui ihn ansprechen wollte, war der Teufelskerl wie ein Affe schon wieder im Bergwald verschwunden und vor ihm stand ein Korb mit Eiern. Zhuang Zigui hastete wie im Traum weiter, wurde jedoch erneut von einem schwarzen Schatten gestoppt und schrie unwillkürlich: »Tongzhu!«, hörte aber eine helle Kinderstimme zaghaft antworten: »Nicht Tongzhu, es ist Li Beidou.« Bei genauerem Hinsehen erkannte er die Oberrotznase, die ihn am Hosenbein zog.

»Was ist denn los?«

»Herr Lehrer«, die kleine Rotznase stellte sich auf die Zehenspitzen und zog ihn am Hals herunter, er musste sich vornüberbeugen und roch den schlechten Atem des Kleinen: »Nicht nicht gut, die prügeln sich, eins reitet auf dem anderen, die gehen sich an die Gurgel.« Die Rotznase schnappte nach Luft.

»Wo?«

»Dort im Maisfeld.«

Die Rotznase im Schlepptau, rannte er los und fragte weiter: »Hast du erkennen können, wer es ist?«

»Ich glaube Lehrer Zhang.«

Er blieb abrupt stehen: »Zhang Hongqi?!«

Die Rotznase bohrte mit dem Zeigefinger in der Nase und nickte mit großer Ernsthaftigkeit.

»Lehrer Zhang ist ein gutmütiger Mensch, mit wem sollte der sich prügeln? Du kleiner Teufel lügst mich doch an.«

»Gar nicht!«, plusterte die Rotznase sich auf, »wenn Sie es nicht glauben, sehen wir nach.«

Zhuang Zigui dachte an Zhang Hongqi, den dürren Hungerhaken, kümmerte sich nicht länger um die Rotznase und stürmte, wie von Furien gehetzt, zum Ort des

Geschehens. In seiner Vorstellung verkrampften sich bereits die Beine seines bedauernswerten älteren Kollegen, weißer Schaum spritzte aus seinem Mund, einen Mord in diesen einsamen, kahlen Bergen musste er unter allen Umständen verhindern. Ein segensreicher Gott lachte ihm, denn wenn er jemandem das Leben rettete, war das vielleicht die beste Gelegenheit, in die Stadt zurückzukehren. Unter solchen Geistesblitzen schoss sein Körper dahin, mittlerweile in der Nähe des Maisfelds, konnte er bereits die ersten Kampfgeräusche und ein Reißen wie von den Fängen wilder Tiere hören. Gekeuch. Gebrüll. Unmenschliches Gebrüll. Er stürzte vor, trampelte rücksichtslos die Maisstängel nieder. Angewurzelt stand er da, der Schweiß rann in Strömen an ihm herab. Ein Augenblick der Bestürzung und er machte wirbelsturmartig auf dem Fuß kehrt und jagte, die Rotznase, die ihm hinterhergekommen war, unter dem Arm, zum Maiswald hinaus. Der von den wesentlichen Dingen des Lebens noch vollkommen unbeleckte Lümmel strampelte und erhob ein Jenseitsgeschrei: »Wollen Sie es nicht sehen? Wollen Sie es nicht sehen?« »Ich geb dir von wegen sehen, verdammt nochmal!« Zhuang Zigui spuckte aus: »So was!« Immer wieder tauchte die grässliche Szene vor seinen Augen auf – Zhang Hongqi, die Hose in den Kniekehlen, wie er sich gerade von Honghuas prallem Körper hochrappelt; seine Lieblingsschülerin war zur Seite gerollt und stopfte sich grimmig die großen Brüste unter das Hemd. Beide Augen fest geschlossen, rief sie verzweifelt: »Herr Lehrer! Herr Lehrer!«

Dass nach dem Klassensprecher nun auch die stellvertretende Klassensprecherin dem Unterricht fernblieb, depri-

mierte ihn, Zhang Hongqi andererseits mied Zhuang Zigui vorsichtshalber, liefen sie einander doch einmal über
den Weg, begegnete er ihm mit einem Blick, der so kalt
war, als habe der die Schandtat begangen. Infolge emotio-
naler Katastrophen wie mit Nie Honghong und Erya war
Zhuang Ziguis Immunität gegenüber unerwarteten Ereignissen enorm gewachsen, und er wusste, dass die Zeit der
zuverlässigste Arzt war. Aber jetzt war er in den gut fünf
Jahren, die er inzwischen auf dem Land lebte, zum ersten
Mal bei den armen und niederen Kleinbauern integriert,
Tongzhu hatte ihn vor seinem Verschwinden flehentlich
unter Tränen gefragt: »Herr Lehrer, wollen Sie mich hier
nicht mehr?« Honghua hatte bei ihrer Entehrung »Herr
Lehrer! Herr Lehrer!« gerufen. Er war zum gütigen Vater
geworden, dessen Vergebung, Schutz und Hilfe die Kinder suchten, vielleicht hatte ihn ja Eryas Geringschätzung
unmerklich geformt, trotzdem war er für einen Gott in
Menschengestalt nicht geschaffen, er konnte die Ehrer-
bietung seiner Schüler, diese Kniefälle und Verbeugungen
nicht reinen Gewissens entgegennehmen. Vage spürte
er, dass er als zivilisatorischer Aufklärer diese Dorfkinder gleichzeitig zerstörte. Hätten sie sich ihm in ihrer
ursprünglichen Unwissenheit verschlossen, er hätte sich
am besten aus dem Garten Eden ihrer Seelen einfach zurückgezogen und diese aufrecht gehenden Kreaturen in
ihrer absoluten Unbewusstheit belassen: Generation für
Generation essend, was sie selbst gepflanzt, vor sich hin
lebend und sterbend und klaglos ein Leben lang schuf-
tend. Der Bauer war Teil seines Bodens und sein Boden
war Teil der Mutter Erde. Dass aus der KPCh mit einem
Dutzend Leute innerhalb von nur wenigen Jahrzehnten
mit weit über 50 Millionen Mitgliedern die größte Partei

der Welt geworden war, lag, von den internationalen Zusammenhängen einmal abgesehen, vor allem daran, dass man sich die Beziehung zwischen Bauer und Boden zunutze machte. Man erklärte, die Regierung habe, was eine großartige Pioniertat sei, das Problem der Versorgung einer guten Milliarde Menschen mit Nahrung und Kleidung gelöst – in Wahrheit hat kein einziger von diesen Tagedieben, die erst mit der Rebellion anfingen, Karriere zu machen, dem Volk jemals auch nur einen Fen geschenkt. Vielmehr hat das Volk diese Leute ernährt und gekleidet, das Volk war ihr politischer Einsatz, der es ihnen erlaubte, sich schamlos an die Spieltische der Mächtigen zu setzen. Entlohnt wurde das Volk mit einem Packen Lügen, mit Taschenspielertricks um Grund und Boden. Als sie die Bauern und ihre Kinder im Kampf um die Macht brauchten, hieß es »Nieder mit den Lokaldespoten, verteilt das Ackerland«, »Bodenreform« und »Weniger Pacht, weniger Zins«, kaum hatten sie ihre Herrschaft gesichert, riefen sie durch ihr Schurkenregime die Politik der »Drei roten Banner« aus, die »Generallinie des Sozialistischen Aufbaus«, den »Großen Sprung nach vorn« und die »Volkskommunen«, und überlegten, wie sie den Boden, den sie den Grundherren entrissen und an die Bauern verteilt hatten, dem Staat wieder einverleiben konnten. Als schließlich die riesigen Bodenflächen, die nominell den Volkskommunen unterstanden, aufgrund von Naturkatastrophen und hausgemachten Desastern immer weiter verwilderten, die Staatskasse leer war, überall die Hungerleichen herumlagen und das Volk in bitterster Not lebte, nahm man sich erneut des Bodens an, stückelte ihn in kleine Teile, rief die Idee »Drei Freiheiten und eine feste Quote«[48] ins Leben und stachelte den Wunsch der Bauern nach Bodenbesitz wieder an. Was hatte der »Große Befreier« am Ende verändert? Der Boden war nach wie vor Boden, die Bauern nach wie vor Bauern, die Taschenspielertricks mussten weitergehen, und solange sich nichts änderte, konnten sich die Bauern, die immer gute Miene zum bösen Spiel machten, nur dem Himmel und dem Schicksal fügen.

Das Verflixte war, dass Zhuang Zigui das Gefühl hatte, selbst so ein Taschenspieler zu sein. Durch die »Kritik an Legalismus und Konfuzianismus« und seine Unterweisung, die nicht ohne Hintergedanken war, hatten die Bauernkinder von den verbotenen Früchten der Kultur gekostet. Das idealisierte alte Leben in den tiefen grünen Wäldern war wie ein mächtiger Lichtstrahl in ihr Dachfenster gefallen und hatte sie in ihrer Naivität, in der sie noch die Schweine und Hunde überboten, erleuchtet. Instinktiv hießen sie das funkelnde Traumland willkommen, die Augen gingen ihnen auf vor Klugheit, doch die naive Fröhlichkeit ihrer ursprünglichen Dickfelligkeit ging verloren.

Als Tongzhu ging, hatte er ihn nicht rechtzeitig zurückgehalten, als Honghua aus dem Abgrund um Hilfe rief, hatte er sich, Hasenfuß, der er war, aus dem Staub gemacht, wäre er dazu bereit gewesen, er hätte wahre Wunder schaffen können, er hätte für diese bedauernswerten Kinder etwas wie ein Erlöser sein können. Doch wer konnte Zhuang Zigui erlösen? Auch er brauchte einen Gott, einen Gott für die Realität, die Geschichte, die Gefühle, die Imagination und für vieles mehr, wäre er erlöst worden, hätte es ihn wohl auch nicht mutterseelenallein in diese armselige, gottverlassene Gegend verschlagen.

Zhuang Zigui war völlig demoralisiert, er wollte nicht

länger im Schafspelz des Lehrers die Lämmer hinters Licht führen, er fand sich in einer Sackgasse wieder, er wusste nichts Besseres, als den lieben langen Tag zu trinken, bis in die Puppen zu schlafen und seine Schüler im Klassenzimmer dem Selbststudium zu überlassen. Nebenan waren von Zhang Hongqi regelmäßig sehr sonderbare Töne zu hören, in der Stimme einer Frau sang er kleine, vulgäre Gassenhauer vor sich hin, dass Zhuang Zigui die Haare zu Berge standen: »Abgestochen wie du bist, hat hier die Schwägerin hingepisst und bei der Heimkehr kriegt's der Bruder.« Dann ging es noch unerhörter weiter: »Zarte Schenkel, weiß und schön, tropfend nasse Fut, das ist doch alles gut, und du willst, Bruder, gehn.« Es half nicht einmal, dass Zhuang Zigui die Bettdecke über den Kopf zog, er bekam das Gefühl, Zhang Hongqi provoziere ihn mit voller Absicht, um den Frust eines einsamen alten Lustmolchs rauszulassen.

»Herr Lehrer, Herr Lehrer«, rief eine furchtsame Stimme. Er sah zögerlich unter seiner Bettdecke hervor, ein paar Kahlköpfe zwängten sich in die rippenähnlichen Gitter seines Fensters und ausgerechnet von Li Beidou, dem Schüler, bei dem alles zu spät und der ihm zutiefst zuwider war, wehte schon wieder seidenfädig der Rotz herein.

»Was gibt es denn?«

»In der Klasse ist etwas passiert.«

»Mit dir ist doch immer was.«

»Ich war's nicht, Kuihua hat Bauchweh.«

Kuihua war die jüngere Schwester von Honghua, der stellvertretenden Klassensprecherin, und in diesem Jahr dreizehn geworden.

»Bauchweh? Sie soll ein bisschen Geduld haben, das hört schon wieder auf.«

»Das geht aber nicht, Herr Lehrer, sie hat so Weh und wälzt sich auf dem Boden.«

Zhuang Zigui drehte sich um, stieg aus dem Bett, und als er die Tür öffnete, stieß er auf Zhang Hongqi, der mit einer widerwärtigen Schadenfreude in der Visage unten an der Treppe kauerte.

Ohne ein Wort packte er sich das kräftige Dorfmädchen auf den Rücken und rannte los, die Schüler wie eine Schafherde ihm dicht auf den Fersen. Der Barfußdoktor der Produktionsbrigade wohnte am Berg, er rannte sehr schnell, passte nicht auf, schlug der Länge nach hin und verhedderte sich zwischen Kuihuas Oberschenkeln. Die Schüler zogen ihn aus einem Wust von Disteln und Dornen heraus und obwohl sein Knöchel schrecklich schmerzte, rannte er sofort weiter und fiel, an seinem Ziel angekommen, kraftlos in einen alten Lehnstuhl und wollte gar nicht mehr aufstehen. In seinem ganzen Leben war er noch nie mit etwas so Schwerem auf dem Rücken so weit gerannt.

Der Doktor gab Kuihua Schmerztabletten und führte sie für eine Unterleibsuntersuchung nach hinten. Zwei Minuten später hielt er Zhuang Zigui mit einer Pinzette ein grässlich stinkendes Bündel unter die Nase: »Was für ein Lehrer bist du eigentlich?«

Er hätte sich gerne gerechtfertigt, er habe selbst ja keine Ahnung von Menstruationshygiene, doch schämte er sich zu sehr, der Klumpen vor seiner Nase, ein um Strohasche gewickelter alter Lappen prangerte ihn an, er war der Lehrer, für Schüler war der Lehrer ein Universum, das alles in sich fasste. Der Arzt stieß einen Seufzer aus: »Ihre Vagina ist vollkommen vereitert! Das bittere Los der Mädchen auf dem Land, selbst ein Packen Klopapier kostet ja zwei Mao.«

Darauf folgte aus heiterem Himmel gleich der nächste Donnerschlag: Tongzhu war vom Büro für Öffentliche Sicherheit verhaftet worden – wegen Raubes. Zhuang Zigui schnitt sich einen Stock zurecht, hetzte, von zwei kräftigen Schülern gestützt, meilenweit über die Bergstraße, suchte, den inzwischen zu einem Ziegelstein geschwollenen linken Fuß hinter sich her ziehend, überall nach Sekretär Li, unterverhandelte den halben Tag, bis er endlich in einer Arrestzelle der Kommunemiliz seinen Schüler, an Händen und Füßen gefesselt, zu Gesicht bekam. Als der Junge seinen finster dreinschauenden Lehrer erblickte, trat er trotz der eisernen Fußfesseln vor, verbeugte sich mit gesenktem Kopf, eine sehr lebendige Inszenierung einer Szene der *Räuber vom Liangshan-Moor*, in der Li Kui im Gefängnis Song Jiang trifft.

»Wie ist denn das passiert?«, fragte Zhuang Zigui, als er sich wieder gefasst hatte.

Tongzhu antwortete tränenüberströmt nur: »Herr Lehrer, Sie sind so nett zu uns, noch nie ist jemand aus der Stadt zu uns so nett gewesen wie Sie, ich möchte in zwanzig Jahren gern wieder Ihr Schüler sein.«

Erst nach mehrmaligem Nachhaken klagte Tongzhu ihm, noch immer unter Tränen, den Tathergang. Er kannte Kapitel wie »Mit Klugheit eine Geburtstagslieferung abfangen« und »Li Kui stiftet Unruhe in Jiangzhou« aus dem Roman *Die Räuber vom Liangshan-Moor* in- und auswendig und hatte schon beim Verlassen der Schule die Idee, wie seine Helden plündernd durch das Land zu ziehen. Er besorgte sich zwei zum Holzhacken gedachte Äxte, schlich tagelang spätnachts in den dunklen Bergwald und trainierte dort heimlich und hart. Als er das Gefühl hatte, gut genug zu sein, legte er sich in der Abenddämmerung eines Markttages an einer Stelle auf die Lauer, an der Besucher und Händler vorbei mussten, um ihnen zu zeigen, was er drauf hatte. »Ich habe aber wirklich keinen überfallen«, beklagte Tongzhu seine Unschuld, »ich war nicht so stark wie Li Kui, ich habe das nicht geschafft. Die Berge sind zwar hoch und der Kaiser ist weit weg, aber ich hätte doch weit und breit nirgends Unterschlupf gefunden.«

»Du hast also niemanden überfallen?«, fragte Zhuang Zigui ungeduldig.

»Zuerst waren es zu viele, die da vom Markt nach Hause gegangen sind, und ich hab mich nicht getraut; als es schummerig wurde, kam so eine Alte daher, ich wollte gerade mit der Axt in der Hand runter, da habe ich gedacht, dass es nicht gerade toll ist, eine Frau zu überfallen; dann ist so ein verhutzelter Alter gekommen, schon mehr tot als lebendig, ich wollte raus und mich ihm in den Weg stellen, aber da ist mir die Luft weggeblieben, mein Herz hat wie verrückt geschlagen, ich hab Krämpfe in den Beinen gehabt und die Axt geschwungen, ein paarmal, aber der Alte war längst weg. Es ist nicht so, dass ich ein Feigling bin, Herr Lehrer, aber einen alten Mann überfallen ist auch nicht gerade das, was ein Held vom Liangshan-Moor tut…«

Zhuang Ziguis Wangen zuckten, am Ende lächelte er, fühlte sich aber so schlecht, dass er nicht einmal heulen konnte.

»Dann war es stockdunkel und windig, man konnte die Hand nicht vor den Augen sehn, ich wollte schon heim, da ist auf einmal das Licht von einer Taschenlampe durch einen Spalt gekommen. Jetzt musste ich was machen, jetzt oder nie! Das war ein Geschenk des Himmels, mir hat sich zwar alles zusammengezogen, aber ich bin los wie

Li Kui, der Schwarze Wirbelwind, und hab mit der Axt in der Hand geschrien: ›Wegzoll!‹ Wie der andere mich mit der Taschenlampe angeleuchtet hat, ist er vor Schreck fast tot umgefallen, ich hab mir nämlich Ruß aus dem Herd ins Gesicht geschmiert gehabt, er ist auf die Knie und hat gerufen: ›Werter Geist, verschont mein Leben!‹ Dann hat er sich niedergeworfen, das hat richtig gebumst, und ich hab nicht mehr gewusst, was ich machen soll. Ich hab daran gedacht, Herr Lehrer, wie Sie erzählt haben, die Teufelskerle aus den *Räubern vom Liangshan-Moor* hätten die Händler, die vorbeigekommen sind, immer ganz gefilzt, aber ich hab gezittert und mich nicht getraut, so einem auflauern ist gar nicht so einfach, echt, da braucht man ganz schön Mumm ...«

Zhuang Ziguis Wangen verkrampften, jedes Wort von Tongzhu war wie eine schallende Ohrfeige. »Hör auf!«, fauchte er.

Tongzhu aber kroch auf den Knien zu ihm, hängte sich an seinen Rockzipfel und fuhr fort: »Herr Lehrer, ich hab keinen überfallen! Ich bin nur auf den Scheißkerl zu, da hat der einfach an mir gezogen und mich ausgehebelt, der ist über mich her wie ein Hund über den Knochen, setzt sich auf mich drauf und legt mir die Handschellen an. Mir ist es gegangen wie Li Kui, wie er den Yan Qing getroffen hat, einmal gestolpert und schon am Boden. Ich hätte nicht im Traum gedacht, dass das einer von der Öffentlichen Sicherheit ist.«

Zhuang Zigui rannte von Pontius zu Pilatus, um Tongzhu herauszuholen, doch ohne Erfolg, und er wurde bei der Gebildeten Jugend zunehmend zur Zielscheibe des Spotts. »Der Kerl ist mit den Dorfheinis ein Kopf und ein

Arsch«, hieß es, als redeten sie über Abschaum, »wie man hört, soll der Hinterwäldler, den sie erwischt haben, mal sein Schwager werden.« Und die Mädchen unter ihnen waren eine wie die andere der Meinung: »Der Zhuang Zigui wird immer mehr zum Bauernheini, der stinkt meilenweit gegen den Wind nach Schweiß und ist bestimmt von oben bis unten voll mit Läusen.« Er galt bei allen als »verwurzelt«, wer mit Absicht seinen Ruf als Gebildeter Jugendlicher aufgab, hatte sich selbst als solcher »disqualifiziert«.

Abgesehen von Gougou hatte er keine Freunde mehr, und der war ständig in der Weltgeschichte unterwegs, um mit einer Wanderzahnärztin seinen Lebensunterhalt zu verdienen. Einmal, an einem Straßenstand auf dem Markt eines Nachbarkreises, traf Zhuang Zigui ihn schließlich in Begleitung einer kräftigen Frau mit rußigen Zähnen. Gougous Kopf steckte in einem Buch, seine Chefin zog einem alten Bauern mit nackten Armen den Mund auf und in einem Zug alle verbliebenen acht Zähne, der übel entstellte Hohlraum ließ an eine Mordtat denken. Schnell ging er hin und grüßte mit einer tiefen Verbeugung, Gougou hob den Kopf und sagte lächelnd: »Zhuang Zigui, geh zum Eingang des Markts und zieh ein paar Kunden mit kaputten Zähnen an Land, wenn wir was verdient haben, spachteln wir was Vernünftiges.«

Er entgegnete ganz unverfroren: »Ich will sowieso nicht mehr unterrichten, frag doch mal deine Chefin, ob sie nicht noch einen Lehrling gebrauchen kann, ihr Geschäft wird garantiert davon profitieren.«

Als die Chefin das hörte, legte sie schnell die Zahnzange beiseite, reichte ihm mit blutiger Hand eine Zigarette und sagte mit einem entschuldigenden Lächeln: »Einer von euch Brüdern als Geleitschutz reicht, und zwar völlig.« Zu Gougou sagte sie: »Zieh mit deinem Freund ruhig los, lasst es euch schmecken, ich schaff das hier allein.« Gougou erwiderte zu ihrer Beruhigung: »Mach dir keine Sorgen, Chefin, ich geh nur kurz und bin gleich wieder da. Wenn irgendwer Ärger macht, soll mich jemand aus dem Laden am Eingang holen.«

Dort erzählten sie sich, was sie erlebt hatten, und Gougou meinte: »Die Gegend hier ist einfach zu weit ab vom Schuss, wenn wir noch lange bleiben, werden wir vielleicht wirklich noch richtige Bauerndeppen.« Zhuang Zigui, noch ganz gefangen von der Tragödie um Tongzhu, fröstelte bei Gougous Worten. Er hörte gerade noch, wie der Prophet in seiner weisen Voraussicht ergänzte: »Aber diese Tage dürften gezählt sein.«

Zhuang Zigui fragte hastig: »Welche Tage?«

»Unsere Tage hier. Diese endlose Verschickung der intellektuellen Jugend aufs Land und in die Berge ist für den Staat die gleiche Katastrophe wie für jeden Einzelnen, das war eine Intrige des Vorsitzenden Mao, er wollte in der Krise der Kulturrevolution von sich ablenken. Was glaubst du denn, was allein für die Unterbringung der Gebildeten Jugend an Kosten auf den Staat zukommt? Auf wie viele Familien ihr Schicksal Auswirkungen gehabt hat? Und wie viele dieser verbannten Sun Wukongs die Umerziehung durch die armen und niederen Kleinbauern ernsthaft akzeptiert und von der Arbeit so profitiert haben, dass sie sich selbst ernähren können? Wir sind seit Jahren eine Last für den Staat, früher oder später werden wir abgeladen, inzwischen ist die Stimmung im Land gespannt, und Politik und Wirtschaft stehen am Rande eines Kollaps.«

»Aber was hat das denn mit uns zu tun? Wann hätte den Vorsitzenden Mao das Los des Volkes je gekümmert? In den drei Jahren zwischen 1959 und 1962 sind über dreißig Millionen Menschen verhungert und der Vorsitzende Mao hat nichts weiter gesagt, als dass man aus Schaden klug wird. Sie haben das Militär und die Staatsmacht in ihrer Hand und damit alles.«

»Das ist schon richtig. Aber du warst schon jahrelang nicht mehr im Kino, oder? Lach nicht, ich geh regelmäßig ins Kino, natürlich nicht, um die acht revolutionären Modellopern zu sehen, sondern wegen der Wochenschau vorher. Der Vorsitzende Mao steht mit einem Bein im Grab, wenn er einem ausländischen Besucher die Hand schüttelt, ist immer eine junge, robuste Sekretärin bei ihm und stützt seinen Arm, und das Lächeln, das man immer so bewundert hat, ist eine starre Maske. Sein Heimgang wird definitiv ein politisches Erdbeben auslösen. Egal, wer nach Mao an die Macht kommt, um die Stimmung im Volk zu halten, brauchen wir auf alle Fälle Reformen, die dem erstarrten Organismus der Gesellschaft frisches Blut injizieren. Eine gesellschaftliche Randelite, die ›mit dem Hammelkopf wirbt und Hundefleisch verkauft‹, wird sich der Zeit anpassen, sie werden in die Partei eintreten, Beamte werden, als Nächstes wichtige Posten übernehmen und befördert werden, bis sie als superfrische rote und weiße Blutkörperchen auf der höchsten Ebene der KPCh angekommen sind. Dieser Blutaustausch wird das diktatorische System allmählich verändern, die ›Kapitalistische Klasse innerhalb der Partei‹, von der Mao nur phantasiert hat, wird sich erst jetzt herausbilden, und das faule Fleisch der orthodoxen feudalistischen Diktatur, das die ganzen Kriegsjahre überdauert hat, wird mit dem natürlichen

Ableben der Gründerväter nach und nach ausgeschabt werden, wir aber werden ein wirkliches Vaterland sehen, wo ›rote Fahnen gegen rote Fahnen rebellieren‹ – und das endgültige Verschwinden dieser gigantischen Missgeburt bedeutet das endgültige Aus für die weltweite Epidemie Kommunismus.«

Während Zhuang Zigui unentschlossenen vor sich hin brummelte, trat die Halluzination, die sich bei seiner ersten Begegnung mit Gougou eingestellt hatte, wieder deutlich vor seine Augen, diese frevelhaften, ketzerischen und klugen Ansichten schienen aus einer anderen Welt zu kommen, aus einem anderen Verstand – dieser Verstand, der sich im Kern des Universums befand, lenkte dieses Wesen namens Gougou auf höchst mysteriöse Weise – diesen verlotterten Gelehrten, der sich über Wasser hielt, indem er mit einer Wanderärztin durch die Gegend zog. Ihr Aufeinandertreffen war ein Wendepunkt, dem Zhuang Zigui jedoch unbewusst auswich: »Ich bewundere dich sehr, Gougou, möchte mich aber nicht in Gedankenspiele verlieren. Du weißt mehr als jeder andere über Metaphysik und Physik, du schreibst nicht nur ein Buch über deine Theorien, du schaffst es auch noch, eine Chefin aus dem Hut zu zaubern, die dir das Überleben sichert. Und ich hab mal gedacht, du wärst ein Märtyrer. Es sieht aber eher so aus, als könntest du überleben, dich verstellen und wie im Winterschlaf abwarten, bis die Zeiten sich ändern. Für mich geht das nicht mehr, ich bin geistig und körperlich am Ende.«

»Geh in die Stadt zurück, schlag dich durch, vielleicht steht die Wende ja, ohne dass wir es ahnen, schon vor der Tür, wer kann das schon sicher sagen. Ich schätze, noch maximal ein Jahr, dann wird unsere Arbeit in den Bergen und auf dem Land zusammen mit dem Vorsitzenden Mao das Zeitliche segnen. Ich glaube, Mao ist nicht normal, kein Politiker mit gesundem Menschenverstand würde doch nur aus persönlicher Gier – der Gier nach Zerstörung, Besitzgier oder einfach aus Machtgelüsten – skrupellos das diktatorische System vernichten, das er selbst über Jahre organisiert hat. Das ist und bleibt ein Rätsel. Oder sollte das Schicksal des Volkes von Kaiser Yan und Huang samt seiner fünftausendjährigen Geschichte sich erfüllen und wir einen Weg ohne Wiederkehr gehen, wie alle, die nicht mehr ganz bei Trost sind? Im Weltmaßstab gesehen ist der Niedergang der alten Ethnien eine notwendige Tendenz, China, Indien, die arabischen Länder und Afrika, je unwissender und rückständiger ein Volk, umso größer seine Bevölkerung, wie die Ameisen und Insekten sichern sie über eine wahnwitzige Vermehrung ihre formale Existenz.«

»Ich jedenfalls bin für nichts gut«, sagte Zhuang Zigui, »ich bekomme nichts auf die Reihe.«

»Was soll's. Irgendwann wird die Geschichte dich auswählen oder ausrangieren und bis dahin lass die Dinge laufen und bleib am Leben. Am Leben bleiben, das ist wichtig! Im Fell eines Hundes, eines Schafs oder in der Haut einer Kröte, am Leben bleiben und den Pöbel glauben lassen, dass unsereins noch unter ihm steht. Wenn du dann eines Tages neu geboren wirst, wenn du die Menschengestalt wieder erlangst, wirst du sehen, ob die Sonne nun auf- oder untergeht, groß ist es immer, Untergang und Geburt, groß ist es immer. Als jemand, der rein die Seele des Han-Volkes verkörpert, wirst du größer sein als der Vorsitzende Mao. Aber nein, was ist am Vorsitzenden Mao schon groß? Da man einem Verhängnis kaum entgehen kann, hätte sich China statt einen Mao Zedong einen Zhang Zedong oder Li Zedong geboren. Du allerdings, Zhuang Zigui, du wirst Zeuge und Protokollant des Höhepunktes und Untergangs dieses Imperiums. Denn der Untergang dieser sich durch Gestern und Heute ziehenden Doppelutopie verdient das Hinsehen!«

Nachdem er sich von Gougou wieder verabschiedet hatte, kehrte Zhuang Zigui in seine Dorfschule zurück, schrieb seinem Vater in einem langen Brief, wie es ihm in der letzten Zeit ergangen war, wollte seine Antwort abwarten und dann entscheiden, wie es weitergehen sollte. Das war Ende '75, es goss in Strömen, tagein, tagaus, ab und zu rollte ein Winterdonner durch die Schlucht, für einen achtzig Jahre alten Bauern hieß das: Spielt das Wetter so verrückt, hat das Land kein Glück.

Klassenkämpfe gab es nur noch dem Namen nach. Die für Jahre niedergehaltenen Magier, Magierinnen und Meister des Yin-Yang gewannen klammheimlich an Boden zurück und herrschten praktisch wieder über das geistige Leben auf den Dörfern. Als Zhuang Zigui eine fiebrige Erkältung bekam und nach zwei Wochen immer noch nicht gesund war, bat der Vater der Rotznase, seines Zeichens Parteigruppensekretär der Produktionsbrigade, doch tatsächlich höchstpersönlich die im Umkreis von hundert Meilen bekannteste Magierin zu ihm; die sprang, singend und keinerlei Einwände duldend, vor seinem Bett herum und flößte ihm durch Verbrennen eines magischen Symbols von bösen Geistern gereinigtes Wasser ein. An dieser Stelle war es mit seiner Geduld vorbei, er brüllte: »Schmeißt ...« Die rotnasige Magierin unterbrach in mit einem herzhaften Lachen: »Geist? Der Kranke ruft den Geist!« Dann ahmte sie das Schlagwerk der Sichuan-Oper nach und kreiste *gongtschiang, gongtschiang, gongtschiang* ein paar Dutzend Mal im Zimmer, sprang schließlich unvermittelt auf sein Bett und rief: »Komm jemand her! Helft der heiligen Frau, den Geist fangen!« Mehrere lange und kräftige Kerle drückten Zhuang Zigui fest auf das Bett, der Sekretär packte ihn am Hals und hielt ihm mit der anderen Hand, eher aus Mitgefühl, den stinkenden Mund zu, aus dem weißer Schaum quoll: »So kommt der Wahnsinn, der Geist setzt dem Lehrer ja schlimm zu.« Zhuang Zigui biss zu, ein kurzes »Gatsch« und er hätte sich an einer kupfermünzendicken Hautverhärtung fast die Vorderzähne ausgebissen. Die Hexe hockte sich rittlings auf ihn, trommelte in regelmäßigem Tambourrhythmus eine Viertelstunde lang auf seinen Körper, schabte unversehens in seinen Achselhöhlen herum, und als das kaum auszuhaltende Kitzeln ihn lachen machte, fühlte sich das so grausam an, als werde er bei lebendigem Leib in Stücke gerissen. Da gab sein Anus auf einmal ein paar harte Kotklümpchen frei, die Magierin breitete sie mit den Fingerspitzen auf der flachen Hand aus, polkte ein intaktes Maiskorn heraus, bepustete es, war, wie ein Fisch aus dem Wasser, mit einem Sprung aus dem Bett und sagte erleichtert aufatmend: »Der Geist flieht nach Südwest, wir ziehen uns zurück.«

Die Quälerei hatte ihm ordentlich Schweiß aus den Poren getrieben, und weil auf dem Höhepunkt notwendig alles ins Gegenteil umschlug, ging Zhuang Ziguis hohes Fieber in der Tat langsam zurück. Als er sich etwas umwarf und aufstand, um sich die Beine zu vertreten, stärkte das Ruhm und Ansehen der Heiligen Frau enorm. Am ersten Unterrichtstag nach seiner Krankheit sah er schon beim Eintritt in den Tempel die Rotznase Li Beidou auf dem Tisch hocken und buchstäblich große Töne spucken: »Die Zauberin ist echt der Hammer! Sogar den Geist im Bauch vom Lehrer hat sie sich fangen getraut, dabei muss man wissen, dass das ein Fremdgeist war, ein Fremdgeist aus der Provinz Chengdu!«

Zhuang Zigui rief so laut: »Li Beidou!«, dass der Kleine vor Schreck kopfüber von der Schulbank fiel. Er stellte sich an den Schrein und verdammte den ganzen feudalistischen Aberglauben in Bausch und Bogen, während die Dorfkinder wie eine Bande kleiner Verschwörer miteinander tuschelten. Vor dem Klassenzimmer tauchte ein Rind auf, muhte und muhte und als es schließlich auf dem schlammigem Weg durch die Tempeltür kam, fegten finstere Windstöße Zhuang Ziguis Unterrichtsskripte vom Lehrerpult, denen er samt seinen Schülern eine gute Weile nachjagen musste – als im Unterrichtsraum wieder Ordnung herrschte, war ihm die Lust vergangen.

»Wir hören auf«, sagte er träge. »Wir hören auf«, flutete ihm eine noch teilnahmslosere Stimme durch den Kopf. Seine Schüler verwandelten sich in grimmige Wesen mit grünen Gesichtern und langen Fangzähnen und versanken der Reihe nach im Fußboden; er schrumpfte zu einem irgendwo zwischen den Bergen steckenden Stahlstift, am düsteren Himmel wackelten ein paar Schüler mit den Köpfen. Nach und nach platzten diese Köpfe, formierten sich neu, trennten sich wieder, bis sie neu erstanden, als Sarg mit Leiche, der quer über den Gipfel stand. Funkelnd und glitzernd drehten sich Dorfkinder um den Sarg und sangen: »Nehmt das Gewehr von Lei Feng, Lei Feng ist unser Held; nehmt das Gewehr von Lei Feng und Millionen Lei Fengs sind in der Welt.« Der Rhythmus des

Gesangs zog sich auseinander, wurde langsamer und verwandelte sich, erst regelmäßig und majestätisch wurde er melancholisch-schleppend und verlor sich im Nichts: »Nehmt – das – Gewehr – von – Lei Feng ...« Wie hatte aus der Marschmusik Maos so ein schluchzender Grabgesang werden können? War das ein Spuk? Trieben Geister ihr Unwesen, die sich tief in der Erinnerung der Menschen versteckten? Ob nun bei *Der Osten ist rot* oder der *Internationale*, man musste den Rhythmus nur genug in die Länge ziehen und aus verborgenen Wunden trat ein grauenerregendes schwarzes Blut.

Missbrauch mit Folgen

Zhuang Zigui klopfte auf das Lehrerpult, um seine Schüler zurückzurufen, aber die irdischen oder die himmlischen? Die Tür des Tempels stand sperrangelweit auf, der Tag streckte seine gleißende Zunge herein und leckte an ihm. Es war ihm unmöglich herauszufinden, was für ein Wochentag war und was für ein Unterricht. Auf einmal tauchte die kleine Rotznase wieder auf, zog ihn am Ärmel und tuschelte, mit Honghua, der stellvertretenden Klassensprecherin, sei schon wieder was. Er schüttelte den Unglücksboten wütend ab und brüllte: »Was geht mich das an? Sie war seit zwei Monaten nicht mehr im Unterricht.« Doch die Rotznase gab sich nicht so leicht geschlagen und brüllte zurück: »Wie, was geht mich das an? Wie, was geht mich das an? Das ist Ihre Schülerin!«

Wie ihn Trance und vollkommen neben sich rannte er mit der Rotznase unter dem Arm los. Die Gebirgskette war ein vielfach gefalteter Paravent, der nach hinten abfiel und auf dem er klackend dahinrannte. Schon stürmte er auf das hochstehende Maisfeld zu. Ein Abgrund, ein Wirbel, in der Mitte des Maisfelds ein Schlachthof. Er sah mit an, wie Zhang Hongqi auf Honghua, seiner Schülerin mit den großen Brüsten, lag, während sie »Herr Lehrer! Herr Lehrer!« klagte. Das schlug ihn in die Flucht, weg, weg, nur weg aus der Gefahrenzone! Noch immer hatte er die Rotznase unter dem Arm, diesen kleinen Hexenmeister, warum erfuhr er eigentlich von jedem Unglück durch ihn? Wie konnte ein durch die harte Schule des Lebens gegangener Veteran der Gebildeten Jugend überhaupt unter der Fuchtel eines solchen Dorflümmels stehen? Er rannte hangaufwärts, noch immer thronte der Sarg mit der Leiche über den Gipfeln. Er ließ die Rotznase zurück, und der kleine Teufel, der mit den Geistern im Bunde war, kreischte ihm hinterher: »Herr Lehrer, warten Sie auf mich!« Hinauf oder hinunter? Diesen Berggipfel, diesen Stein in der unwirklichen Hand Gottes, hinunter oder hinauf? Nehmt – das – Gewehr – von – Lei Feng ...«, schluchzend, verhauchend schien es zunächst und wurde dann wirkliche Trauermusik. Er schreckte auf, auf halber Höhe des Berges kam aus einem Bauernhof über das Kommunenradio tatsächlich Trauermusik! Er zögerte zwei Sekunden und raste wie von der Tarantel gestochen zu einem Haus mit Strohdach. Die Trauermusik vermengte sich in der Hütte mit einem herzzerreißenden Schreien und machte aus der Welt einen hohldrehenden Fleischwolf. Zhuang Zigui trat die Holztür auf, aus dem grauenerregenden Geheul wurde auf der Stelle ein klägliches Wimmern. »Herr Lehrer! Herr Lehrer!« Es folgte ein Schluchzen der plötzlichen Errettung aus tiefster Verzweiflung.

Das Licht fiel über seine Schultern ins Innere der Strohhütte, die kreisende Trauermusik brachte immer wieder einen Hauch von Wärme herein, wo er gegen das Licht nur Geistern und Dämonen gegenüberstand. Honghua, das lange Haar offen über den Schultern und unten herum nackt, schien ihm ein böser Geist, um sie herum standen Eltern und Brüder, ein ganzer Haufen Helfershelfer. Zuletzt entdeckte Zhuang Zigui die »Zauberin«, die durch Exorzismus seine Krankheit kuriert hatte, sie wandte sich gerade von Honghuas Bauch ab und zog sich murmelnd ans Bettende zurück. Mit ein, zwei Sätzen war er bei ihr, packte sie, zerrte sie hinaus und brüllte mehrmals unmissverständlich: »Raus!« Die Berge warfen es aus allen Himmelsrichtungen zurück, die Hexe stampfte mit dem Fuß, wedelte mit den Ärmeln ihrer Jacke und riss die Augen auf, als gäbe sie die berühmte komische Alte aus der Sichuan-Oper, und machte sich, wieder *gongtschiang, gongtschiang, gongtschiang* das Schlagwerk der Sichuan-Oper imitierend, aus dem Staub.

So fand ein primitives, nicht Abtreibung zu nennendes Gemetzel ein vorzeitiges Ende, er entfernte den Stock eines Goldorangenstrauchs, mit dem Honghuas Unterleib malträtiert worden war, zog seinen schweißnassen Baumwollmantel aus und wickelt ihn um das knapp der Katastrophe entronnene runde Gesäß. Vorsichtig umwickelte er das Stück Fleisch, das brutal aus dem Körper getrieben worden war, es glich einem Katzenbaby und zuckte kaum wahrnehmbar. Wie über Wände schwankende Schatten zog sich Honghuas Familie still und leise zurück.

Das Blut von seinen Handflächen reibend, eilte er zurück und dachte nur noch daran, sich Zhang Hongqi zu schnappen und ihm kurzerhand die Zähne einzuschlagen. Die Rotznase, so naiv und unschuldig wie schmutzig-durchtrieben, immer dicht hinter ihm her. Mittlerweile brachte jeder verkabelte Lautsprecher in den Bergen vom Knistern des elektrischen Stroms unterlegte Trauermusik, so, als kichere hinter der klagenden Melodie der Klassenfeind. Zhuang Zigui war den ganzen Weg davon in Anspruch genommen, bei dem Wüstling den Helden zu spielen, dass er die unheilvolle Stimmung, die überall herrschte, gar nicht bemerkte, erst in der Dorfschule wurde er gewahr, dass der ausrangierte Tempel inzwischen eine Trauerhalle war. Ein Querbanner mit der Aufschrift »Dem Premierminister Zhou Enlai in tiefer Trauer« versperrte schockierend den Blick zum Schrein, der beiderseits von grünen Kiefern, blaugrünen Zypressen und den krakeligen Trauersprüchen der Schüler überquoll, während der abgenutzte Lautsprecher, von knisterndem Kichern begleitet, verkündete, der Lehrer solle sich in der Kommune einfinden, um an einer Massenversammlung teilzunehmen.

Der Impuls, Zhang Hongqi ordentlich einen einzuschenken, war wie weggewischt, Partei, Heer und Volk waren in den Tod dieser für das Land so bedeutenden Persönlichkeit gehüllt, eine riesige Beileidsarmee wälzte sich aus den entlegensten Orten heran und erhob im Nieselregen ein lautes Wehklagen. Sekretär Li und Direktor Guo standen in Tränen aufgelöst eine ganze Weile völlig bewegungslos auf der provisorischen Bühne, selbst ihre Trauerreden hielten sie unter Tränen, auch Magier, Magierinnen und die Meister des Yin und Yang fanden sich in der Menschenmenge, schlugen sich gegen die Brust und stampften mit den Füßen. Sie beherrschten alle Trauerklagen der ländlichen Bestattungsriten aus dem Effeff, und so wurde ihre Klage gleichmäßig und glasklar in harmonisch abgestimmtem Wechselgesang intoniert, und bald waren alle anderen Trauergesänge niedergerungen. Die rotnasige Magierin übernahm, wahrscheinlich zum ersten Mal am helllichten Tag, eine leitende Rolle, engagierte sich entsprechend und kreischte, wann immer sie zum Himmel aufschaute, gellend: »Aaah, mein

Präsident ...« Die Kollegen um sie herum antworteten: »Aaah ... Aaah ...« Die Repräsentanten der armen und niederen Kleinbauern, der Gebildeten Jugend, der Schulkinder und wer weiß von sonst wem defilierten im Gänsemarsch über die Bühne, wo sie sich verneigten und Entschlossenheit demonstrierten. Zhuang Zigui sah Zhang Hongqi auf zwei groß gewachsene Schülerinnen gestützt eine ganze Schlammpfütze zusammenheulen, während auch ihm selbst haltlos die Tränen herausschossen. Von jetzt auf gleich war der Wüstling vergessen und an die Stelle der Abtreibungshöhle war in Nieselregen und Nebel das Bildnis des verstorbenen Premierministers getreten. Ausdrücke wie »gütig«, »schlicht«, »arm, aber ehrsam«, »Staat«, »Stütze des Staates«, »Talent«, »Superstar«, »Hingebung«, »Yangzi und Gelber Fluss«, »Mutter Erde« oder »ewiger Ruhm« wurden wie per Telegraph direkt ins Großhirn gemorst. Er fühlte sich in dem aufgewühlten Tränenmeer eines Achthundert-Millionen-Volkes mehr als gering und unbedeutend und um zu zeigen, dass es ihn noch gab, schrie er: »Ich liebe Sie, aaah, mein Premier! Aaah, wie gern wär ich statt Ihrer tot!« Eine solche Kreativität im Ausdruck lag natürlich außerhalb jeder Norm, zuerst nahmen sich die Schüler an ihrem Lehrer ein Beispiel, reckten den Hals wie kleine Gockel beim Krähen und legten mit metallisch durch Mark und Bein gehenden Stimmen los: »Aaah, wie gern statt Ihrer tot!« Die Massen folgten ihrem Beispiel in Scharen und am Ende überdeckten sie den Chor der Magierinnen und Magier, »Tot – aaah, aaah! Tot – aaah, aaah!«, lärmte die Trauer Woge um Woge zu den Bergen hinauf und eine ganze Reihe von Frauen, pitschnass vom Kopf bis zu den Füßen, fiel, wie zu erwarten, in Ohnmacht.

Als Zhuang Zigui wieder an seine offene Rechnung mit dem perversen Zhang Hongqi dachte, war alles anders und seine Wut hatte sich in einer Lache toten Wassers aufgelöst. Er setzte Himmel und Erde in Bewegung, kaufte Zucker, Kekse, Milchpulver und andere stark nachgefragte Nahrungsmittel, die Kuihua ihrer geschwächten Schwester bringen sollte, selbst brachte er ihr mehrere große Packen hygienisch einwandfreies Toilettenpapier. Nach dieser guten Tat ging es ihm schon erheblich besser, und er packte alles für die Reise zusammen, zum Frühlingsfest wollte er nach Chengdu zurückkehren. Unbewusst begann er wieder »Übernehmt das Gewehr von Lei Feng« vor sich hin zu singen, was ihm erst nach der Hälfte auffiel: Warum sang er ständig dieses Lied? Er mochte es nicht, warum also sang er es die ganze Zeit? Er hatte natürlich keine Ahnung, dass genau auf dieser mechanischen tausendfachen und abertausendfachen Wiederholung der kommunistische Glaube beruhte, das bohrte sich wie ein Nagel in die Familien und wurde so zu einem Teil der kollektiven Erinnerung eines ganzen Volkes.

Im Stillen nahm er von seinem ausrangierten Tempel Abschied und beim Zusammenstellen der Hausaufgaben für die Winterferien versagte ihm zitternd die Stimme, ähnlich wie dem Französischlehrer in der Geschichte *Die letzte Schulstunde*, wenn er die Kinder anhält, nie ihre Muttersprache zu vergessen. Auf einmal war die Rotznase wieder da und zupfte ihn am Ärmel, er dachte, der kleine Kerl wolle sich diesmal sicher aufgrund besonderer Zuneigung persönlich von ihm verabschieden, und ging mit ihm in seinen Schlafraum. Aus der Thermosflasche goss er bis zur Hälfte heißes Wasser in die Waschschüssel, um ihm höchstpersönlich das Gesicht zu waschen, aber die Rotznase wusste das nicht zu schätzen, wich dem Waschlappen aus, stattdessen näherte sich das stinkende Maul, das stetig neues Unglück heraufbeschwor, dem Ohr seines Lehrers: »Es ist was Schlimmes!«

Der inzwischen so oft vernommene Tonfall ließ Zhuang Ziguis Herz verkrampfen. Diese achtjährige Petze machte ihm ständig Ärger, nicht einmal kurz vor der Abreise konnte er ihn in Frieden lassen. Er sah ihn kurz aus zusammengekniffenen Augen an, aber die Rotznase schenkte dem keine Beachtung, sondern sagte in höchster Ungeduld: »Xiaoyong aus der zweiten Klasse hat mir erzählt, dass der Lehrer Zhang mit ihm schlafen will!«

Xiaoyong war so alt wie die Rotznase, ein hübscher kleiner Kerl. Zhuang Zigui starrte den hektisch atmenden kleinen Teufel verdutzt an: »Schlafen? Was soll das heißen?«

»Xiaoyong hat Angst, das ihm der Piephahn von Lehrer Zhang ins Poloch pickt.«

»Red keinen Unsinn.«

»Beim Vorsitzenden Mao«, bekräftigte die Rotznase, »Lehrer Zhang hat schon mit Zhang Xiaoqi, mit Liu Wazi und mit Dong Wazi geschlafen und sie gepickt, das hat geblutet und beim Haufenmachen ganz schön weh getan.«

Zhuang Zigui hatte die *Seltsamen Geschichten aus dem Liao-Studierzimmer*[49] gelesen und wusste, dass es in den inoffiziellen Geschichts- und Lebensbeschreibungen von privater Hand, die auf eine lange Tradition zurückblickten, sehr wohl Geschichten über Würdenträger und andere hohe Tiere, Privatschullehrer und kaiserliche Prüfungskandidaten gab, die mit Freudenjungen intim waren. Diese Freudenjungen der alten Zeit waren zum größten Teil persönliche Bücherburschen, mit schönen roten Lippen, strahlend weißen Zähnen und einem Teint wie aus Jade, mit denen man eben nicht nur studierte, sondern auch schlief, dass allerdings auch Zhang Hongqi solch arge Vorlieben teilte, überraschte ihn doch sehr. Im Gedanken an die zu alledem noch nicht beglichene alte Rechnung rutschte Zhuang Zigui zwischen den Zähnen ein »Bastard!« heraus.

Die Rotznase fühlte sich dadurch immens ermutigt: »Das ist er, ein Bastard! Macht mit Mädchen rum und mit Jungs, und das ist doch ein Bastard!«

Zhuang Zigui bereitete heimlich eine Falle vor und bedeutete Xiaoyong, so zu tun, als lasse er sich auf den Beischlaf mit Zhang Hongqi ein. Nach dem Mittagessen war im und um den Tempel nichts zu hören als das vom Dachvorsprung tropfende Wasser. Zhuang Zigui verkündete laut, er müsse zur Kommune, als er aber nach gut einer halben Meile den Pass erreichte, machte er unauffällig kehrt, schlich in sein Zimmer zurück und wartete in aller Stille auf den Sekretär der Produktionsbrigade, Rotznasens Vater, doch dieser den ganzen Landstrich beherrschende Regionalkaiser wollte und wollte nicht auftauchen. Voller Ungeduld hörte er nebenan schon vage ein erstes Geräusch. Zhuang Zigui horchte an der Wand und bekam mit, wie Zhang Hongqi mit unterdrückter Stimme eine Geschichte aus dem Volk erzählte: »Es war einmal dummer Mann, der war seit drei Jahren verheiratet und wusste immer noch nicht, was man bei einer ganz bestimmten Sache tun muss, seine Frau machte sich Sorgen und überlegte deshalb drei Tage und Nächte, was zu tun sei. Dann sagte sie zu dem dummen Mann: ›Heute Abend kommen Räuber.‹ Der dumme Mann war ganz durcheinander: ›Was wollen die hier?‹ – ›Die wollen dir dein Hähnchen stehlen.‹ – ›Aija, was machen wir denn da?‹ – ›Schon gut‹, beruhigte ihn die Frau, ›mach in der Nacht einfach, was ich dir sage, wir finden einen Ort, wo wir das Hähnchen verstecken können.‹ Am Abend zogen beide Oberkleider und Unterwäsche aus, um so wie wir jetzt unter der Decke zu schlafen. Plötzlich schrie die Frau: ›Räuber, versteck dein Hähnchen schnell!‹, packte das Ding von dem dummen Mann und steckte es sich in die Fut. Als es drin war, schrie die Frau wieder: ›Die Räuber sind weg, schnell raus mit dem Hähnchen!‹ Kaum hatte der dumme Mann seinen Fleischrettich wieder draußen, rief sie, was eine Überraschung, schon wieder: ›Die Räuber!‹, und der dumme Mann steckte ihn schnell wieder rein. ›Sie sind weg!‹, wieder raus; ›Sie kommen!‹, wieder rein. Je länger die Frau rief, umso aufgeregter wurde sie, je länger der dumme Mann Verstecken spielte, umso vergnügter wurde er, und als irgendwann das Hähnchen kurz vor dem Platzen war, rief er: ›Ich muss mal!‹, und seine Frau antwortete ihm: ›Mein Bester, mach in mir.‹«

Xiaoyong musste Kichern, was Zhang Hongqi schamlos ausnutzte: »Xiaoyong, mein braver Junge, wollen wir nicht auch ein bisschen Hähnchen-Verstecken spielen?«

»Aber wir sind Männer, wir haben kein Versteck.«

»Doch, wenn du dich auf den Bauch legst, geht's auch im Hintern.«

»Nein, das will ich nicht!«

»In Ordnung, ich leg mich auf den Bauch und lass dich deins zuerst verstecken, dann versteck ich meins, so darf jeder mal.«

»Nein. Nimm die Hand weg.«

»Hab ich dir die Geschichte umsonst erzählt?«

»Mein Hintern stinkt.«

»Ich sage, er duftet.«

»Er stinkt.«

»Er duftet, er stinkt, egal, er wird frisch sein und zart.«

»Ich schreie!«

»Schrei nur. Hier hören dich nicht einmal die Geister.«

»Aua! Herr Lehrer Zhuang!!«

Es wurde höchste Zeit! Zhuang Zigui musste alleine in den Kampf, er brüllte ein paarmal wie ein wildgewordener Löwe, brach durch die Tür und schoss wie ein Pfeil auf das Bett zu, wo er das brillante Schauspiel *Lu Zhishen verpasst dem Räuber weiblicher Tugend eine schmerzhafte Tracht Prügel* aufführte. Als er nicht mehr konnte, setzte er sich Zhang auf die schon ziemlich durchgewalkte Brust, verschnaufte und schlug dann nochmal *patsch*, *patsch* ordentlich auf die dickeren, fleischigeren Stellen ein und obwohl auf diese Weise wieder reichlich Zeit verstrich, war von Rotznasens Vater noch immer keine Spur. Irgendwann musste Zhuang Zigui den Sodomisten wohl oder übel eigenhändig der Produktionsbrigade übergeben, Xiaoyong lief wie ein minderjähriges Prostitutionsopfer, das die Öffentliche Sicherheit bei der Aufklärung eines Falls unterstützt, die Hände über dem Gesäß direkt hinter ihnen her und schaute so grimmig er konnte – der unverhohlene Schuldbeweis in Person.

Rotznase senior, der Sekretär der Produktionsbrigade, konfrontierte den Teufel in Menschengestalt, der den jungen Menschen und Kindern derart übel mitspielte, mit einem gerechten und außerordentlich heftigen proletarischen Zorn, handhabe die Sache dann aber auf eine sehr überraschende Art und Weise. Er löste Zhang Hongqi die Fesseln und befahl ihm, mehrere großformatige Schuldeingeständnisse zu schreiben und zu unterzeichnen: »Bastard, Hundsfott, Eierlutscher, Schwanzgelehrter! Über achtundachtzig Generationen deiner Ahnen hast du Schande gebracht! Sieh gut hin, hier steht es schwarz auf weiß, bezeugt und bewiesen, daran wirst du nichts mehr ändern können. Du wirst bis an dein Ende in dieser armseligen Einöde den Lehrer spielen, und zieh bloß den Schwanz ein, du Bastard, sonst stehst du ruckzuck vor Gericht und landest im Knast.«

Zhang Hongqi fiel krachend auf die Knie und und schlug mit dem Kopf gegen den Boden, bis er blutete: »Lieber Herr Sekretär, für diese Gnade wird Euch im nächsten Leben ein wiedergeborener Zhang als Ochse oder Pferd danken. Für jetzt schwöre ich beim Großen Führer, dem Vorsitzenden Mao, dass ich meine Fehler zutiefst bereue und mich gründlich ändern werde, nie wieder werde ich mir solche Gräuel gegen die Natur und die Vernunft erlauben.«

Rotznase senior packte ihn an den Ohren und schmierte ihm dabei eine Handvoll Kodder über den lasch herabhängenden Kopf: »Ich kenne die Schwächen eines Mannes, wenn der Schwanz erst steht, vergisst sich jeder Schwur! Bastard, du kennst bestimmt die pockennarbige alte Liu am Hang der Luans, die, die auf Stütze ist? Sie ist zwar blind und hat Pockennarben, ist aber eine arme Bäuerin im besten Sinne. Der Volksmund sagt: ›Auch die hässlichste Alte hat eine Spalte.‹ Wir sprechen zwar nicht gerade von einem jungen Mädchen, aber sie war ihr Lebtag nicht verheiratet, folglich sollte alles intakt sein. Ich werde die Heirat vermitteln, wie wär das?«

»Das, das …«

»Das, was, du verdammter schwuler Eunuch! Du stinkender Intellektueller«, als sein Blick auf Zhuang Zigui fiel, veränderte Rotznase Senior seine Ausdrucksweise sofort wieder, »du bist sie gar nicht wert. Ich sage dir, die pockennarbige alte Dame hat viel durchgemacht und ist voller Bitterkeit, in der alten Gesellschaft hat sie die Pocken gekriegt und der Grundherr hat ihr kein Geld für die Behandlung geliehen – seither hat sie nur noch ein Auge. Schlimm! Gleich morgen kümmert ihr euch in der Kommune um die Heiratsformalitäten, auf eine Brautsänfte können wir verzichten, aber nicht auf eine Feier, mehrere Tische für Gäste, es muss ordentlich was los sein. Und jetzt verschwinde!«

Rotznase senior kodderte eine letzte Handvoll hinaus und die Sache war entschieden. Nach Abschluss des Falls drängten Rotznase senior und junior Zhuang Zigui beharrlich zum Bleiben. Beim reichhaltigen Bankett brachte der Vater mit dem Sohn einen Trinkspruch aus: »Mein Beidou hier hat im letzten Jahr einiges gelernt, Sie haben anscheinend viel für uns Dorfbewohner übrig, Herr Lehrer.« Weil sein Gegenüber nichts erwiderte, fuhr Rotznase senior fort: »Sie verübeln mir, dass ich der Unzucht nicht weiter nachgegangen bin? Aber sehen Sie, das wäre nicht leicht zu handhaben gewesen. Zhang Hongqi war vor der Befreiung bis zur Anfangsklasse auf der Mittelschule, er gilt als Gelehrter, er ist von hier, ist hier geboren und aufgewachsen, da ist das alles nicht so einfach. Wenn ich ihn ins Gefängnis gebracht hätte, wer sollte dann unterrichten? Ihr Gebildeten Jugendlichen seid früher oder später wieder weg. Hahaha, und jetzt hat er eine Alte, die ist zwanzig Jahre älter als er, hat Pockennarben im Gesicht und nur ein Auge, das ist, als wäre sie seine Mutter, die wird er nicht vögeln, und das wird keine Wellen schlagen.

Was wäre ein Kader der Kommunistischen Partei, wenn seine politischen Richtlinien nicht ein gewisses Niveau hätten?«

Als gehöre er überhaupt nicht dazu, schüttete Zhuang Zigui mit apathischem Gesichtsausdruck einen Schnaps nach dem anderen in sich hinein und begann den Alkohol allmählich zu spüren. Erst konnte er dem Geplapper von Vater und Sohn Rotznase noch folgen, aber irgendwann schienen sie ihm sehr weit weg, die Gesichter verschwammen, übrig blieben zwei auf der anderen Tischseite schwebende Lippenpaare. Er fing an, sich selbst zu bedienen, bis er am Ende mit einem Aufschrei die Schnapskanne umarmte und völlig vergaß, wo er sich befand und wer er war. »Sie nennen mich Lehrer? Wer ist hier Lehrer?«, lachte er, durch das Glas gesehen war der Schnaps ein Brunnen, auf dem glitzernden Grund sah er Nie Honghong, Erya und Honghua. Dazu drehte sich die kleine Luan im Kreis und suchte einen stinkenden Pups, drehte sich und drehte sich, alles im Brunnen drehte sich, alle drehten sie sich, bis ein Hund aus ihnen wurde. Luans Hund, das erste Wesen hier, das ihm Sympathie entgegengebracht hatte, und drehte sich jetzt in seinen Gedärmen, wollte sich dort in den eigenen Schwanz beißen. »Nicht so schnell!«, rief Zhuang Zigui: »Sonst platze ich!« So drehte sich auch das Leben im Kreis. Freigekämpft aus dem Fruchtwasser, wurde der Unterleib der Mutter zum Brunnengrund, von dem man Kreis um Kreis nach oben gezogen wurde, hinaus aus dem Brunnenschacht, Kontakt mit der Weite von Himmel und Erde, nichts anderes als eine größere Gebärmutter, aus der man vielleicht ohnehin stammte.

Zhuang Zigui hatte seine Zunge verloren, auch die

Kehle, die jeden Schnaps mit einem Gluckern unten hatte, vom Grund des Brunnens sah er den anderen oben beim Trinken zu, hoch oben das Himmelsgewölbe war überfüllt, riesige Schuhabdrücke trieben auf dem Meer. Rotznase senior beugte sich herab und nahm ihn in die Arme wie Gott, im gurgelnden Wasser erklomm er das andere Ufer, Meerwellen umtosten seine Hüften. Er hätte sich gewünscht, auf seiner gefährlichen Reise durch das Leben immer so von jemandem im Arm gehalten zu werden, aber sie hatten ihn im Stich gelassen. Gott hatte sich abgewandt, und er lag rücklings auf einem Schiff aus Stein. Zwar fuhr das Schiff, aber er kam nicht voran, würde auf immer und ewig an der gleichen Stelle bleiben. »Durst!«, krächzte er heiser und kraftlos und fuhr dabei auf dem Brunnengrund dahin, über Land und Meer, die Gliedmaßen eisig und das Herz ausgedörrt vom Durst.

Ein romantischer Dichter konnte beim endgültigen Abschied von einem Ort, an dem er lange gelebt hatte, seinen Gefühlen auf zwei Arten Ausdruck verleihen: »Ach, das alles nehme ich mit!«, oder: »Ach, mein Herz bleibt hier!« Zhuang Zigui hingegen hatte das Gefühl, als sei ihm von innen nach außen Schicht für Schicht die Haut abgezogen worden, und der Flegel fand, als er wieder nüchtern war, folgenden tragisch-heroischen Abschiedsgruß: »Verdammte Scheiße, in *die* Himmelsrichtung werde ich nicht mal mehr pissen.«

Drei

Die Flucht nach Tibet

Yang Dong, die Revolutionärin

Am Vorabend des Qingming-Festes kam Zhuang Zigui nach Chengdu zurück, der dunkle Schatten von Zhou Enlais Tod lag noch immer über dem ganzen Land. Er stieg auf sein Fahrrad und drehte im feinen Nieselregen eine Runde im Zentrum, die Chengduer mit ihrem ewigen Hang zur Melancholie hatten ihre Heimatstadt zu einem gigantischen Mausoleum herausgeputzt, Trauerbänder, Gedichte, weiße Blumen und Gerüchte über das »Testament des Premierministers« füllten Straßen und Gassen. In der Zongfu-Straße trat Zhuang Zigui auf die Bremse, schob sich in die drängelnden Menschenmassen und sah mit gerecktem Hals einen mageren Affen mit Brille eine Rede halten. Nicht wenige hatten auf dem Rücken eines anderen ihre Notizbücher aufgeschlagen und schrieben mit. Neben ihm machte ein Kerl in militärischer Regenkluft heimlich Fotos, in einiger Entfernung gegenüber war noch eine ganze Reihe von Agenten, die aus verschiedenen Richtungen auf den Redner zuhielten. Die Leute standen ihnen absichtlich-unabsichtlich im Weg, einem Agenten wurde sogar wie von Geisterhand die Pistole aus der Hand geschlagen. Zhuang Zigui hatte den historischen Revolutionsroman *Der rote Fels*[50] gelesen, in dem die Autoren in der Art von Comiczeichnern beschrieben, wie die Agenten der Guomindang sich unter die Menge mischten und auf eine Gelegenheit warteten, der Untergrundpartei, die Demonstrationen und Streiks von Arbeitern und Studenten organisierte, habhaft zu werden, was ihm damals ausgesprochen kindisch vorgekommen war. Erst jetzt begriff er, dass Polizeibeamte in Zivil, ob nun von den Kommunisten oder der Guomindang, noch immer genau so kindisch waren und ihnen das Wort »Agent« buchstäblich ins Gesicht geschrieben stand – selbst kleine Kinder mussten sie nur sehen und wussten Bescheid. Der magere Affe bemerkte schon, dass der Kreis um ihn enger und enger wurde, warf sich aber in die Brust, und die Bewegung, mit der er nach vorne gestikulierte, war ganz die von Xu Yunfeng, dem Märtyrer aus dem *Roten Fels*: »Präsident Zhou ist gegangen, Deng Xiaoping ist gestürzt, das chinesische Volk ist an einem sehr kritischen Punkt angelangt! Eine Gruppe von Neureichen hat die politische Bühne betreten, ihre Verschwörung wird in Kürze die Oberhand gewinnen, eine Verschwörung von Leuten, die düsterer und skrupelloser sind als Großgrundbesitzer und Kapitalisten. In der alten Gesellschaft machten die Kapitalisten ihr Geld mit kleinem Kapital, doch diese Bande von Spielern, die aus der Not des Landes Profit schlagen, sie machen ihr Geld ohne Kapital . . .«

Donnernder Applaus, die Emotionen der Menge schlugen hoch, jemand stimmte die »Internationale« an, die Sänger nahmen einander bei der Hand und hakten sich unter, die Agenten kamen nicht bis ins Zentrum, also blieben sie notgedrungen, wo sie waren. Der magere Affe bekam mächtig Auftrieb: »Das Qingming-Fest ist für das chinesische Volk traditionell ein Tag der Grabpflege und Ahnenverehrung, wir haben die Freiheit, unseres Premiers zu gedenken! Die Asche des Premiers ist längst über das Land verstreut, er hatte keine Angst, dass jemand seinen Leichnam schänden könnte, wovor haben dann wir Angst? Der Text der ›Internationale‹ hat recht: ›Es rettet uns kein höh'res Wesen, kein Gott, kein Kaiser, noch Tribun.‹ Chinesen, erwacht, der Tod des Premiers ist ein Signal, ein Signal für eine neue Bewegung für Demokratie und Aufklärung...«

Große Truppenkontingente von Miliz und Polizei stürmten fast gleichzeitig heran, Knüppel und Gewehrkolben flogen, und auf der Stelle stob die Masse wie die Vögel auseinander. Der magere Affe machte laut schreiend einen Satz nach oben, konnte die starken Arme der Berufssoldaten aber nicht abschütteln. Er wollte sich würdevoll in Haft nehmen lassen, im Stil eines revolutionären Märtyrers, doch hatte er kaum die Zeile: »Steht auf, seid keine Sklaven« gesungen, als er unter einem Faustschlag zusammensackte. Zhuang Zigui dachte, dass diese Szene nicht recht zum Roman *Roter Fels* passte, wenn dort jemand aus der Kommunistischen Partei verhaftet wurde, dann rief er ungerührt seine Parolen, sang rote Lieder und mobilisierte unterwegs wie ein Traktor die Massen.

Zhuang Ziguis Rad war niedergetrampelt worden, er schulterte es in dem ganzen Durcheinander und suchte eine Werkstatt. Er setzte sich unter einen Dachvorsprung und betrachtete sich das Verkehrschaos im Nieselregen. In einem Autobus flimmerten gespenstische Fahrgäste, eine Frau in Schwarz streckte die Hand aus dem Fenster. Die blutleere Hand erinnerte Zhuang Zigui vage an seine Kindheit, an den großen, schäumend rauschenden Fluss seiner Heimat, wo einmal eine ähnliche, allerdings abgerissene Hand angespült worden war. Ganz unwillkürlich erhob er sich, rief dem Besitzer der Werkstatt einen Gruß zu und lief hinterher. Der Autobus verringerte langsam seine Geschwindigkeit und hielt schließlich zwei Minuten vor einem Haltestellenschild, wo er, bevor die Hintertür sich schloss, im letzten Moment auf den Wagen sprang. Aus dem Wagen hatte man einen guten Blick auf beide Seiten der Straße als einer endlosen Bühne, auf der das Leben Vorhang um Vorhang vorbeizog wie fallende Blüten. Zhuang Zigui zwängte sich durch in Richtung auf die Frau in Schwarz, eine schicksalhafte Szene begann, er sah ihr direkt in die Augen.

Ein Bär von einem Kerl war der Frau in Schwarz so dicht auf die Pelle gerückt, dass Zhuang Zigui zuerst dachte, die beiden seien ein Paar, sonst hätte der sich auf keinen Fall derart eng an sie gedrückt. Er war frustriert wie von einem plötzlichen Verlust, nahm eine Zigarette und bat um Feuer, nutzte aber die Gelegenheit, um nach vorn gebeugt einen verstohlenen Blick in das geheimnisvolle, von einer militärischen Regenkluft verdeckte Gesicht zu werfen, und entdeckte dabei ungewollt, dass sich zwei schmutzige Handschellen eng um die Handgelenke der beiden schlossen.

Schnell zwängte er sich, kalten Schweiß auf der Stirn, weiter durch. Die Welt war einheitlich trübe, die Autos fuhren am hellen Mittag mit Licht, verschwommene Schultern, zwischen die kein Blatt Papier passte, gaben ruckartig den Weg frei, das Ende der langen Straße wurde, wie an einem Gummiband, langsam herangezogen, an diesem Gummiband wurde die Erde zum Himmel, der Bus, in dem er fuhr, war die auf dem Kopf stehende Spiegelung einer Wolke, er zog sich zusammen auf einem rumpelnden schwarzen Gewölk, die Ohren erfüllt vom Stöhnen der Geister. Es war Bestimmung, jäh packte ihn die Erinnerung an die Hand, die einsam aus dem Bus hängende Hand verwandelte sich in eine Faust, aus der sich der Zeigefinger herausstreckte und direkt auf ihn deutete. Nein, nein, schrie es in ihm, ich habe nicht das geringste Interesse an Politik! Aber der Zeigefinger verwandelte sich erneut, der Lauf einer Pistole deutete auf seine Stirn. Gougou, der Prophet der Gebildeten Jugend lächelte ihm aus dem finsteren Lauf entgegen. Nein, nein, heulte er stammelnd, ich habe nicht das geringste Interesse an Politik! Aber Finger und Lauf waren da, sichtbar, zum Greifen nah. Die Hand der Frau in Schwarz, diese Hand, die Nie Honghongs Fischschwanz glich und eigentlich nur zu den Saiten eines Instrumentes oder zum Sticken passte, zum Streicheln und zur Liebe, hatte den Widerstand gewählt.

Wie von Geisterhand geführt hängte er sich an sie und stieg aus dem Bus, der Regenvorhang verwandelte die Stadt in einen Hölleneingang ohne Sonne und ohne Mond. Laut- und atemlos folgte er beiden auf der anderen Seite der Straße, am Theater bogen sie ab zum Städtischen Büro der Öffentlichen Sicherheit. Jemand summte ihm ein wortloses Lied ins Ohr, er schaute nach rechts und links, sah aber nicht einen einzigen Passanten. Sein Herz hob sich augenblicklich! Es zog durch Bronchien und Unterkiefer zur Stirn und tat einen jähen Sprung! Er hob einen Backstein auf, schoss wie ein finsterer Windzug quer über die Straße und ließ ihn aus der Bewegung heraus auf den in öffentlichem Auftrag arbeitenden Hinterkopf herabsausen.

Das erwischte den Agenten auf dem falschen Fuß, er drehte sich wie in Zeitlupe eine halbe Umdrehung um die eigene Achse, als ihn, dieses Mal an der Schläfe, der Backstein noch einmal traf. Die Handschellen klirrten und die

Gefangene wurde mit zu Boden gezogen. Wie in Trance suchte Zhuang Zigui fieberhaft nach dem Schlüssel, öffnete das Schloss, warf die Handschellen weit von sich, zog die verstörte Frau hoch und rannte.

Sie rannten in voller Panik, eine Bö hob den Regenvorhang, als wäre eine schwarze Wolke Polizisten hinter ihnen her, wechselten sie unzählige Male den Bus, umkreisten zu einer guten Hälfte die Stadt, bevor sie an der Haustür anlangten. Zhuang Zigui lehnte sich dagegen und rang eine Weile schwer nach Atem, dann betrat er wie ein Traumwandler die Wohnung. Er rieb sich die Augen und starrte die durchnässte Frau lange ausdruckslos an, bis seine Mutter herauskam und leise unter ihrem Strohhut hervor sagte: »Wer ist das, Xiao Gui?«

Die Frau in Schwarz nahm reaktionsschnell den Gesprächsfaden auf: »Guten Tag, ich heiße Yang Dong, ich bin eine Freundin Ihres Xiao Gui.«

»Eine Gebildete Jugendliche?«, murmelte die Mutter, drehte sich um und ging, Zhuang Zigui schob seinen Gast in sein eigenes Zimmer, suchte etwas Trockenes zum Anziehen und wollte schon hinausgehen, als ihn die Frau, die Yang Dong hieß, mit beiden Händen festhielt: »Genosse!«

Eine kalte Flamme schoss ihm in die Arme, und Yang Dong brach wie ein in der Luft mäandernder Fluss mit erhobenem Gesicht plötzlich zusammen. Das war eine Bewegung aus dem Ballett, von unglaublicher Schönheit, unversehens war er in der männlichen Hauptrolle, umfasste ihre schmale Taille und trug sie quer auf beiden Armen zum Bett. Sie rief weiter »Genosse!«, diese Bezeichnung, die ganz die Atmosphäre der Zeit atmete, aus dem Mund einer schwachen Frau hatte eine unvergleichliche Anmut, doch sie markierte auch präzise die Distanz zwischen beiden. Zhuang Zigui setzte wie ein Springbock aus dem Zimmer, hockte sich auf die Bank am Esstisch, zog tief den Rauch einer Zigarette ein, stockte und bekam einen so fürchterlichen Hustenanfall, dass seine Mutter alarmiert hereinwehte wie fallendes Laub, ihm die Kippe aus den Fingern nahm und selbst einen Zug machte, bis dichter Nebel unter dem Strohhut hervorwaberte: »Xiao Gui, lügen kannst du immer noch nicht.«

»Mama.« Zhuang Zigui machte den Mund auf, gab aber weiter keinen Ton von sich, der Strohhut drehte sich langsam vor ihm wie eine schwarz glänzende, Mutterliebe verströmende Schallplatte, was er genoss. Er halluzinierte, die Distanz zwischen den beiden Frauen an seiner Seite würde geringer, doch die Verletzung, die er dem Agenten zugefügt hatte, lenkte ihn von ihren unscharfen Gestalten ab, er hatte Angst, zum Mörder geworden zu sein, das durfte nicht sein, er durfte nicht zum Mörder geworden sein.

Zhuang Zigui schloss sich einen Tag und eine Nacht zu Hause ein und hörte sich halbherzig die Lebensbeichte von Yang Dong an. Wie Gougou war sie die aus der Art geschlagene Tochter eines hohen Armeekaders, kam ursprünglich aus Peking, ihr Vater hatte der alten Truppe von Marschall Peng Dehuai unterstanden, und als Peng nach der Lushan-Konferenz[51] 1959 den Dienst quittierte und ins Zivilleben zurückkehrte und die chinesischen Kommunisten innerhalb der Truppe eine großangelegte Säuberung durchführten, war sie ihrem Vater, dem Offizier a.D., in einen Vorort von Chengdu gefolgt. 1964 stellte sie dann in eigener Initiative den Antrag, aufs Land gehen zu dürfen, in eine Grenzregion von Yunnan. Ihre

Eltern ertrugen die Entehrungen zu Beginn der Kultur-revolution nicht, ihre Mutter ging ins Wasser, und ihr Vater stürzte sich von einem Hochhaus, sie war mutter-seelenallein, änderte den Namen, trieb sich im ganzen Land herum, lief zunächst ein paar »verwahrlosten Adels-sprösslingen« in die Arme, die alle das gleiche Schicksal hatten, und kam mit verbotenen, damals nur hohen Mili-tärkadern zugänglichen Büchern in Berührung. Da solche Bücher durchweg einen gelben Einband hatten und nicht gebunden waren, hießen sie auch »Gelbe Blätter«. Zhuang Zigui saugte ihr viele seltsame und nie gehörte Ausdrücke von den Lippen: Dissident, der Geist des Sisyphos, Ödi-puskomplex, Freud, Nietzsche, Solschenizyn, Pasternak sowie die Namen von Exilanten aus Osteuropa und der Sowjetunion. Von einem Satz wurde er im Innersten ge-troffen:

> Auf diesem Gestirn sind wir alle Fremde, der Leib ist das Grab der Seele, doch wir werden ihn um nichts auf der Welt aus eigenen Stücken verlassen, denn wir sind Gott zu eigen.

Der ungehobelte Kerl, der er damals war, sperrte den Mund auf und hatte das Gefühl, ihm würden die Knochen einzeln auseinandergenommen. Yang Dong hatte ein schmales Gesicht und war ein bisschen von oben herab, eine asketische Predigerin, die Steine spalten konnte. Die Fensterläden waren dicht geschlossen, man konnte Tag und Nacht nicht unterscheiden, außer beim Essen und während der Notdurft war da nichts als Yang Dongs tiefe melancholische Stimme. Seine Eltern, die zu viele Stürme erlebt hatten, waren es müde, sich um die privaten Dinge ihres Sohnes zu kümmern, beim Essen hielt sich jeder auf seiner Seite, und gegenseitiges Zunicken signalisierte offensichtlich unergründliche Geheimnisse. Bis eines Abends aus einem Hochtonlautsprecher draußen plötzlich eine ernst-entrüstete Stimme platzte: »Auf dem Platz des Himmlischen Friedens in Peking ist es zu konterrevolutionären Aufständen gekommen ...«

Yang Dongs Stäbchen fielen klappernd zu Boden. Vater stand auf, ging ins Schlafzimmer und holte ein Kofferradio der Marke *Rote Laterne*, zog die lange Antenne aus und lauschte. Alle lehnten beinahe mit den Stirnen aneinander, als ob der rauschende Plastikkasten einen geheimen Weg direkt zum Platz des Himmlischen Friedens verberge: »... die Trauer um Premier Zhou Enlai war nur ein Vorwand für den Versuch, die größte Fraktion der Parteigänger des Kapitalismus in der Partei zu fördern ... vor der Großen Halle des Volkes versammelten sich Hunderttausende ... sie brachten den Verkehr zum Erliegen und verbrannten Autos ... ein junger Kerl mit Bürstenschnitt schrie herum ... *wir trauern und die Teufel lachen, wo ich wein', opfert Wein und feiert unsren Helden, steckt das Schwert nicht wieder ein.*[52] China ist nicht mehr das China, das es war, das Volk ist nicht mehr so dumm, die feudale Gesellschaft der Kaiser kehrt nicht mehr zurück...«

Yang Dong stand auf und ging nach draußen, Zhuang Zigui trat ihr in den Weg, die beiden schauten sich einen Augenblick in die Augen, als auch der Vater dazukam und sie beschwichtigte, lenkte Yang Dong ein, sagte jedoch mit einem bitteren Lachen: »Früher oder später werde ich gehen müssen. Überall werden Leute verhaftet, Chengdu ist kein Ort zum Bleiben.«

»Was hast du denn getan?«

»Nicht der Rede wert. Reden gehalten, Flugblätter verteilt, etwas, was eine unbewaffnete und wehrlose Bürgerin angesichts einer Krise im Land tun sollte. Aufgrund meines familiären Hintergrunds hat die Öffentliche Sicherheit sich an mir festgebissen.«

Vater murmelte: »Gerade deshalb, Mädchen, können wir dir nicht helfen.«

»Papa!«

Vater achtete nicht auf ihn und fuhr fort: »In den vergangenen Jahrzehnten hat unsere Familie genug politische Scherereien gehabt, die Mutter von unserm Jungen hier ist darüber krank geworden.«

»Danke. Ich gehe sofort.«

»So war das nicht gemeint«, sagte Vater schuldbewusst, »wenn der Spuk vorüber ist, dann sprechen wir noch mal darüber, Mädchen, mach kein Theater.«

Yang Dong befreite sich von Vater, ihre rechte Hand fiel auf die Türklinke. Doch ein erfahrungsvoller Seufzer hielt sie zurück: »Du darfst uns nicht falsch verstehen, du darfst aber auch nicht denken, dass jeder Chinese sich in die Revolution stürzen muss. Warum hörst du nicht auf mich, Kind? Wenn du verhaftet wirst, werden auch wir traurig sein.«

Ein paar Stunden später war Yang Dong ohne Abschied verschwunden. Die Wanduhr tickte, Zhuang Zigui, der im Esszimmer schlief, machte das Licht an, es war zwei Stunden nach Mitternacht. Die Tür zu Yang Dongs Zimmer war nicht verschlossen, mit einem Schrei stürzte er hinein, doch der Vogel war ausgeflogen.

Zhuang Zigui spitzte durch die Gardinen hinaus auf

die Straße, zwei Männer in militärischer Regenkluft standen unter der Straßenlaterne. Sofort bekam er eine Gänsehaut, und die alten Geschichten über die Rebellen, die am Anfang der Kulturrevolution verhaftet und zum Tode verurteilt worden waren, stiegen in ihm auf. Peinlich genau durchsuchte er das Zimmer, fand aber nur einen Fetzen Papier, auf dem kreuz und quer mehrfach das Wort »Tibet« stand. Ohne viel nachzudenken, weckte er seine Eltern, zeigte ihnen die beiden Agenten, die Mutter drückte unbewusst seine Hand, der Vater konnte nur den Kopf schütteln. Der alte Konterrevolutionär aus den fünfziger Jahren wusste, dass ein Land, wo ideologische Vergehen verfolgt werden, politisch ein Minenfeld ist, in dem man bei der geringsten unachtsamen Bewegung in die Luft fliegen konnte. Intelligente Menschen verstanden sich darauf, dem jeweiligen Wind klug aus dem Weg zu gehen und aus dem Ganzen das Beste zu machen – dann bekam er aus den Händen seines Vaters einen Packen Geldscheine und Essensmarken, etwas Kleidung wurde in eine Tasche gestopft und er machte sich aus dem Staub. Die ganze Stadt stand unter Kriegsrecht, an die Lkws, Motorräder, Soldaten und Alarmsignale, die den Vorhang der Nacht zerrissen, war man schon ein reichliches Jahrzehnt gewöhnt. Als Sichuan-Maus wusste er genau, wie man in das dichte Spinnennetz der hässlichen kleinen Gassen eintauchte und, wenn sie das Gebiet durchkämmten, entwischte. Von den Truppen Li Xiangyangs, von denen in der Mitte der Kulturrevolution eine Weile alles sprach, erzählte man, ein Dutzend Leute hätte aufgrund ihrer Ortskenntnis des alten Chengdu ein gutes Jahr mit mehreren tausend Mann von Polizei und Armee Katz und Maus gespielt, außerdem seien sie mit der Zeit immer mutiger geworden und hätten die ganze Stadt in ein heilloses Durcheinander gestürzt. Zum Schluss wurden sie aber verraten und damit ausgelöscht. Li Xiangyang, der begnadete Schütze, der ein gutes Dutzend Soldaten und Polizisten auf dem Gewissen hatte, setzte mit einer Kugel seinem Leben ein Ende.

Vom Westen zog Zhuang Zigui durch eine ganze Reihe von Straßen und Gassen in den Süden der Stadt. Undeutlich machte er auf dem Platz an der Südlichen Straße des Volkes die zig Meter hohe Statue des Vorsitzenden Mao aus, derselbe Mao, der in einem Brief an seine Frau Jiang Qing geschrieben hatte: »Vom großen Chaos unter dem Himmel zur großen Ordnung unter dem Himmel – in sieben, acht Jahren wird es so weit sein.« Der Tonfall des großen Magiers, des Herrn über die Geschichte. Seit dem Beginn der Landverschickungen waren sieben, acht Jahre vergangen, und die Gebildeten Jugendlichen hatten keine Ahnung, welche Rolle sie in dem gegenwärtigen politischen Durcheinander spielen sollten. Erya zeigte sich inzwischen von ihrer besten Seite und würde vermutlich keine Aktion starten; der Jäger allerdings war ein verbohrter Wichtigtuer, um im Mittelpunkt zu stehen, hatte er auf der Polizei nicht gezögert, so zu tun, als gehöre er zu Li Xiangyangs Truppe; und dann der Meisterdieb Hao'er, der würde sich doch hoffentlich nicht in der Menschenmenge am Geldbeutel eines Geheimagenten vergreifen? Am meisten Sorgen aber machte er sich um Gougou, er war aus dem Holz geschnitzt, aus dem man den Dachfirst für das zukünftige Vaterland baute. Zhuang Zigui ging alles Mögliche durch den Kopf, er kam vom Hundertsten ins Tausendste, letztendlich war sein eigenes Schicksal düster genug, dabei hatte er nie das Ideal gehabt, »sich zuerst um die Probleme der Welt zu kümmern und sich dann erst am Glück der Welt zu erfreuen«, und er hatte keine Ahnung, was für ein verfluchtes Etwas ihn jetzt vorantrieb, doch er konnte nicht rechts und links schauen, er konnte nicht einmal über seine eigene Zukunft nachdenken, so wie es sein Vater einst nicht geschafft hatte, seiner Mutter, die den ganzen Tag über nur ihren Träumen nachhing, aus dem Weg zu gehen. Er hatte keine Ahnung, was das eigentlich war, das Schicksal, aber Nie Honghong, Erya, Gougou und Yang Dong schien der Schöpfer auf verschiedene Stufen seines Lebens platziert zu haben, wo sie jeweils darauf warteten, ihn auszuliefern und zu dem zu machen, der er jetzt war: ein undefinierbarer Flüchtling.

In den endlosen Straßen waren an manchen Stellen große und kleine Wandzeitungen wie Muscheln aufeinandergeklebt und schälten sich von den Wänden. Größtenteils standen darauf Trauergedichte und -lieder für Premierminister Zhou, auch lange Abhandlungen und kurze Kritiken mit hundert Schriftzeichen – es war alles da, was man brauchte; am meisten abgeschrieben wurde »Das Testament des Premierministers«, je nach Gusto weitergegeben und ausgeschmückt, so dass sich der Inhalt des »Testaments« auf tausend Metern vier-, fünfmal änderte. Zhuang Zigui schaute nicht rechts und nicht links, er musste vor Sonnenaufgang den südlichen Stadtrand erreichen und auf einen Lkw aufsteigen, der Richtung Kangding unterwegs war. Yang Dong versuchte, heil aus dem Ganzen herauszukommen, und konnte das nur auf dieser wilden Route nach Tibet – eine ledige Frau, ihm brach der Schweiß aus, wenn er daran dachte. Töricht, wie er war, fragte sich Zhuang Zigui in diesem Augenblick nicht, warum er ihr folgte. Anders als Nie Honghong und Erya war sie für ihn nicht übermäßig attraktiv.

Als er am Wuhou-Tempel vorbeikam, erlebte Zhuang Zigui eine kleine Episode. Er bog um eine 90-Grad-Ecke, brach plötzlich aus einer Gasse hervor und sah dabei, wie ein Nachtschwärmer mit dem Gesicht zur Mauer stand, auf deren gesprenkelte Ziegelsteine, noch schemenhaft, mit Kreide geschrieben war: »Nieder mit Jiang –!« Er schlich auf Zehenspitzen hin und scherzte: »Prima, du Bastard willst also unsere Landesmutter stürzen.« Dem Jungen rutschte das Herz in die Hose, und er stritt schwer atmend alles ab: »Ich, ich, ich habe nicht, habe das, das, das auch erst beim Pinkeln entdeckt.« Anschließend brachte er noch: »Genosse, sehen Sie…« heraus.

Zhuang Zigui tat das leid und er klopfte ihm schnell auf die Schulter: »Ich bin kein Agent, pinkel ruhig weiter, tu dir keinen Zwang an.« Um sein Gegenüber zu beruhigen, hob er die auf den Boden gefallene Kreide auf und fügte zu »Jiang« noch ein reisschüsselgroßes »Qing« hinzu. Diese erstaunliche Begebenheit gab Zhuang Ziguis fluchtartiger Reise eine unerwartet helle Grundierung, die Illusion von Heroismus gab ihm für einen Augenblick einen festen, gesunden Schritt.

Die Kolonne auf der Autobahn Sichuan-Tibet

An einer Kreuzung kletterte er heimlich auf einen Laster der Marke *Befreiung*. Es wurde gerade hell, als sie das siebzig Kilometer entfernte Qionglai erreichten, eine kleine, überall nach Mist stinkende Kreisstadt, die Sima Xiangru, das Genie der Westlichen Han-Dynastie[53], in der Welt bekanntgemacht hat, indem er mit dem Lied *Phönix sucht Phönix* die schöne Witwe Zhuo Wenjun dazu verführte, mit ihm hierhin durchzubrennen. Als der herrenlose Hund, der er war, hatte Zhuang Zigui natürlich keinerlei Sinn für historische Betrachtungen, die Gegend um die Busstation war tapeziert mit »Anzeigen« über die Arretierung von Konterrevolutionären der Bewegung vom 5. April[54], Polizei und die Miliz mit ihren roten Armbinden zeigten nach Osten und schlugen im Westen zu, hielten wahllos Autos an und verhörten Passanten. Zhuang Zigui war noch keine drei Minuten vom Lkw herunter, als in seiner Nähe zwei Verdächtige festgenommen wurden, die wütend ihre Unschuld beteuerten. Er beeilte sich, in einen kleinen Imbiss an der Straße zu kommen, bestellte etwas zu essen und ein Gläschen dazu und tat so, als ließe er es sich schmecken, behielt aus dem Augenwinkel aber alles im Blick. Unter den Lkw-Fahrern an den Nachbartischen dominierte der Zungenschlag von Chengdu, sie spielten ungeniert Fingerraten, Einsatz ein Gläschen, auf den ersten Blick war zu erkennen, dass sie zu der Vollgas-Fraktion gehörten, die oft an diesen Ort kam. Während der Mangelwirtschaft zu Maos Zeiten gehörte Fahrer, Mediziner und Schlachter gesellschaftlich zu den drei angesagtesten Berufen, selbst die Polizei sah sie mit einem Lächeln. Zhuang Zigui als alter Gebildeter Jugendlicher kannte sich in der Welt aus, er verteilte Zigaretten, gab Feuer, erzählte ein paar unanständige Witze, und die Wachsamkeit der jungen Fahrer war wie weggeblasen. Als er auch noch mit großer Geste die Zeche übernahm, war er endgültig jedermanns Liebling und fühlte sich wie ein Fisch im Wasser. »Gao Feng«, sagte ein dicker Kerl von 1,80 zu einem kleinen Dicken von 1,60, »nehmen wir den Landsmann hier doch mit, das vertreibt unterwegs die Langeweile!« Der kleine dicke Gao Feng warf ihm einen schiefen Blick zu, schnappte sich die noch halbvolle Flasche Schnaps und stieg steifbeinig auf den Fahrersitz. Zhuang Zigui murmelte: »Der wird sich doch nicht überschlagen?«

»Überschlagen?« Gao Fengs Schlappohren wurden lebhaft, »wenn wir uns überschlagen, überschlagen wir uns halt. Mit der Revolution keine Angst vor dem Tod, mit der Angst vor dem Tod keine Revolution!«

Der Wagen hatte sich kaum in Bewegung gesetzt, als die Augen von Gao Feng lebhaft wurden, je weiter sie fuhren, desto mehr Alkohol dünstete sein Körper nach und nach wieder aus. »Wohin eigentlich?«, fragte er.

»Tibet.« Zhuang Zigui wusste, dass substanzielle Antworten knapp zu sein hatten. Aber Gao Feng war ein großes Baby und einfach gestrickt, er blies die Backen auf und sagte lachend: »Dass noch jemand eine Reise macht, in diesen Zeiten?! Leider fahren wir nicht bis Tibet, wir können dich nur bis Batang mitnehmen.«

Batang lag seitlich im Canyon des Goldsandflusses, von dort konnte man auf der anderen Seite die tibetische Präfektur Changdu sehen, immerhin, dachte Zhuang Zigui.

Das Reden über die gemeinsame Heimat hatte das Eis schnell gebrochen, die großen Straßen und kleinen Gassen, die alten Namen, von vor der Kulturrevolution, die immer mit einem Seufzer genannt wurden. »Wie hieß die Straße des Antiimperialismus früher?«

»Frühlingsstraße, das weiß doch jeder.«

»Und die Straße der Befreiung?«

»Na Jadegürtelbrücke.«

»Und die Südliche Straße des Volkes?«

»Das war das Kaiserstadtgelände!«, rief Gao Feng, »die können nichts lassen, wie es ist, die machen aus allem ein Scheißspielzeug.«

Zhuang Zigui schaute in die Ferne – kaum hatte er den Fuß vor die Tür gesetzt, fand er sich im dicksten Heimweh wieder: »Ade, Hibiskusstadt«, wie von ungefähr war ihm dieser Seufzer über die Lippen gekommen – und Gao Feng rief sofort: »Das ist ein Lied von den Gebildeten Jugendlichen! Mein großer Bruder ist einer und du bestimmt auch!«

Zhuang Zigui hatte seine Herkunft preisgegeben, es war zum Auswachsen, doch Gao Feng hatte seinen Spaß: »Sing, Mann, sing, ich mag das. So landverschickt werden, macht das Spaß?«

Die Kolonne fuhr auf Serpentinen über den Goldfasan-Pass und dann den Hang wieder hinunter nach Ya'an, dem großen Verkehrsknotenpunkt auf dem Weg nach Tibet. Gao Feng erklärte: »Hier war vor der Befreiung die Provinzhauptstadt von Xikang, damals Tibet, hier sind die Karpfen, wie man so sagt, frei und frisch und die Mäd-

chen lebendig, frisch und frei.« Als er sah, wie Zhuang Zigui sich ein Lächeln abrang, rüffelte er ihn: »Bruder, was
nimmst du das Leben so schwer? Wir fahren jahraus, jahrein hier an der Grenze von Sichuan und Tibet herum und
verbreiten auch nicht so ein trübes Wetter wie du!«

Der Grünkleidfluss, der so klar war, dass man bis auf
den Grund sehen konnte, trennte Ya'an in einen alten und
einen neuen Teil, am Ufer standen gelbe Feigenbäume
Spalier, Passanten und die Sonne schienen tropfnass. In
einem Imbiss am Ende der Brücke nahmen die Fahrer
hastig etwas zu sich, nichts von Fingerraten, nichts von
einem Gläschen, Zhuang Zigui fühlte sich seltsam, aber
unter dem Vorwand, aufs Klo zu müssen, suchte er doch
in einer Pension in der Nähe nach Yang Dong. Als er un-
verrichteter Dinge zurückkam, war die Kolonne bereits
weg, nur Gao Feng wartete noch auf ihn und der kleine
Dicke brüllte schon von weitem: »Wenn ich dich nicht
für einen Gebildeten Jugendlichen halten würde, wär ich
längst weg!«

Sofort ging es in rasanter Fahrt weiter, auf einer Seite der
Fluss, auf der anderen die Berge, durch einen Wolkenspalt
warf die schräg stehende Abendsonne zitternd-bunte, den
Blick verschleiernde Nebelflecken. Gao Feng schimpfte
über alles, was er sah, bis er an einer kleinen Spelunke am
Fuß des Erlang anhielt. Hier standen sieben, acht gleich-
farbige Jeeps der Marke *Befreiung* am Straßenrand, es war
noch früh am Abend, Gao Feng konnte es dennoch kaum
erwarten, Zhuang Zigui den Wagenschlüssel in die Hand
zu drücken, brüllte: »Abschließen!«, und stürzte plump
wie ein Wildschwein hinein.

Als Zhuang Zigui in den Laden kam, saß dort an einem Treppenaufgang lediglich eine ältere Frau mit großen Brüsten und schmaler Taille und nähte an einer Schuhsohle. In dieser malerischen Landschaft erschienen die Frauen wegen der besonderen Lage des Ortes weiß und zart, diese hier war keine Ausnahme, sie blickte erst finster, lächelte dann, und zwei Pfirsichblüten tauchten auf ihren Wangen auf. »Der kleine Dicke?«, sie stand auf und kam auf ihn zu, »alles Freunde, also geht es ohne Formalitäten. Sind alle oben, keine Sorge, ich halte die Augen auf.«

Zhuang Zigui stieg nach oben, ging um eine Ecke und durch zwei Türen, und Wolken von dichtem Rauch quollen ihm aus der Zimmerhöhle entgegen. Er musste husten, doch niemand nahm von ihm Notiz. Etwa zehn Spieler standen eng um den Spieltisch herum oder saßen oder standen oder hockten auf Bänken, die Scheunenlaterne über den Köpfen schaukelte unter ihrem perversen Gegröle, und im schwankenden Schein wirkten die Visagen wie Tiefseeungeheuer. Gao Feng leckte sich unablässig mit ins Auge stechend roter Zunge die Oberlippe, schluckte an seinem Speichel, und Tränen schimmerten in seinen Augen, was noch mehr nach der Gier aussah, mit der Krokodile Fisch und Shrimps verschlangen. »Ich bin dran, ich bin dran«, murmelte er unablässig.

»Nächste Runde!« Der große Dicke schüttelte seine essschalengroße Faust und schlug damit auf den Tisch: »134, acht Punkte!«

Ein anderes Set wurde sofort hingelegt: »Hehe, 135, neun Punkte, gefressen!«

»Verflucht, das glaube ich nicht, noch mal sehen!«

Unter der Lampe drängten sich gut zehn Köpfe über-

und untereinander. »Fleischkloß, bleib auf dem Teppich, Mann! Gefühl bei den Nutten und fair im Spiel!«, riefen die anderen.

Der Fleischberg fiel in sich zusammen und reichte dem Gewinner einen Packen Scheine: »Wann wäre ich dir etwas schuldig geblieben? Zähl nach, es sind fünfzig!«

»Einen Scheiß werde ich tun«, atmete der Gewinner heftig den Zigarettenrauch aus, »beim nächsten Mal hast du vielleicht mehr Glück.«

»Pause, mir klebt heute das Pech an den Fingern, Gao Feng, komm!«

Der Fleischberg schob sich zur Seite, und der kleine Dicke quetschte sich hastig in die Lücke: »Ich gebe!«

Alles spielte konzentriert, bis der Mond über den Ostbergen herauskam, und auch dann war nicht Schluss. Zhuang Zigui zog sich aus der Mitte des Raums zurück und baute sich neben dem Fenster auf, der Erlang verdeckte den halben Himmel und verschloss strategisch die Türen nach Westen, ein frostiger Wind, der bis auf die Knochen ging, presste sich in Schüben aus den Nähten der Berge, wie die Schneide eines heimtückischen Messers, vor der das Menschenherz bebt, jemand sang am Fuße des Berges: »Er – ach, ach – Erlang, hoch – ach, ach – zehntausend Klafter hoch«, und die Stimme hallte berauscht wider. Dieses jahrhundertealte Lied kam bei solchen Gefühlen und solchen Landschaften unweigerlich auf, und es tröstete Zhuang Zigui über seine Traurigkeit hinweg.

Er ging nach unten, die ältere Frau, die die Augen aufhielt, saß der Tür gegenüber und nähte jetzt im Mondlicht an ihrer Schuhsohle, neben ihrem Bein lag eine tibetische Dogge mit krausem Fell.

»Wie, schon aufgehört?«, lachte sie süß, stand halb auf

und sagte: »Essen steht in der Küche warm, gleich oder noch was warten?«

»Noch etwas warten, wie heißen Sie eigentlich?«

»Wang, Bäschen Wang, die Fahrer nennen mich alle so, ach, hat der kleine Dicke Ihnen nichts erzählt?«

»Was erzählt?« Er verstand nichts.

»Der leichtsinnige Kindskopf!« Bäschen Wangs Tonfall war der eines liebevollen Tadels: »Mein Mann war auch Fahrer, letztes Jahr hatten wir früh Schnee, er wollte zeigen, dass er trotzdem über den Berg kommt, und ist am ›Teufelswink‹ abgestürzt. Das war ein schwerer Schlag, aber das Unglück war im Job, wie eurer, und da haben die Führung und alle mir geholfen, den kleinen Laden hier aufzumachen. Es gibt Dinge, die erlaubt der Staat nicht, aber die Fahrer der Route Sichuan-Tibet haben es nicht leicht, und gefährlich ist es außerdem, man steht eben mit einem Bein auf dem Gaspedal und mit dem anderen im Gefängnis, kurz, der Erlang ist ein richtiges Höllentor, wie viele Fahrer da schon in die Schlucht gestürzt sind, nicht mal die Knochen hat man nachher noch alle zusammenbekommen, deshalb – es ist ziemlich normal, wenn die Tag und Nacht spielen und auch mal über die Stränge schlagen.«

»Keine Kontrollen der Öffentlichen Sicherheit?«

»Solange ich hier die Tür im Auge behalte, passiert nichts.«

Während die beiden immer vertrauter miteinander plauderten, kam oben auf einmal ein heftiges Getrampel auf und Gao Feng, bis auf die Unterhosen keinen Faden am Leib, aber schweißüberströmt, im gleichen Augenblick schreiend heruntergestürzt. Zhuang Zigui bekam ihn nicht zu fassen, er stieß das Bäschen, das ihm im Weg stand, zu Boden und rannte hinaus.

In der Finsternis schlug ein Hund an, Bäschen Wang rief »Guizhen« und ein Mädchen mit großen Augen steckte, eine Jacke über der Schulter, den Kopf aus dem Fenster der Rezeption: »Mach die Tür gut zu, ich schaue mal oben nach dem Rechten.«

Auf dem Korridor trafen sie auf den großen Dicken: »Was ist los?«, fragte Bäschen Wang scharf.

Der kicherte: »Nichts, gar nichts, Gao Feng halt, der Widerling, spielsüchtig wie was, hat aber kein Händchen, erst hat er sein Geld verloren, dann die Uhr, dann die Klamotten, zum Schluss war auch noch seine Unterwäsche weg, wir haben alle dabei zugeschaut, wie er sich nach und nach aus der Schale pellt wie eine Grille, das war eine Schau!«

»Ihr habt es übertrieben!«

»Ausgelassen halt und irgendwer fand dann seine Klamotten eine Rarität.«

»Der kleine Dicke schien sich aber gerade nicht sonderlich zu amüsieren, er ist fast splitterfasernackt hier raus!«

»Der muss sich abkühlen, wenn er sich erst mal ein bisschen abgekühlt hat, kommt er wieder«, der große Dicke war voller Zuversicht, »kleine Schlammspringer kommen über große Wellen nicht rüber, er hat gesagt, er geht sich Geld leihen, so ein Unsinn, wo will der mitten in der Nacht Geld herbekommen.«

»Für heute ist Schluss«, sagte das Bäschen, »ihr solltet was essen und dann Ruhe geben!«

»Keine Aufregung, mein liebes Bäschen«, beruhigte der große Dicke mit dem Lächeln eines Maitreya-Buddha, »ich geh ihn suchen und bring ihn zurück.«

»Nicht nötig, hier bin ich schon«, antwortete Gao Feng vom Vorplatz unterhalb des Hauses.

»Scharfe Ohren!«, lobte Zhuang Zigui.

Unter dem Gebell einer ganzen Reihe von Hunden sprang Gao Feng wie ein schwerfälliger fetter Fisch, dabei selbstzufrieden mit dem Kopf wackelnd, wieder ins Haus, die Fächerhand des großen Dicken wollte ihn am Genick packen, der Kleine wich zur Seite aus und schlüpfte durch. Der Große setzte ihm schimpfend nach: »Und wenn du noch so rennst, für heute Abend ist es vorbei, das Bäschen ist stinksauer!«

Bis die Drei bei den anderen drin waren, hing Gao Feng schon schwer atmend wieder am Spieltisch. Die anderen riefen: »Packt ein! Packt ein! Der muss morgen früh noch fahren!«

Gao Feng war gereizt, mit seinen zwei bloßen Armen hielt er die Pokerkarten nieder: »Nichts da, der Verlierer sagt kein Wort, der Gewinner bleibt am Ort.«

»Du bist schon ein richtig reinrassiger Proletarier«, sagte ein schwarzgesichtiger Fahrer, »im ›Manifest der Kommunistischen Partei‹ heißt es: ›In dieser Revolution verliert die proletarische Klasse Reisschüssel und Unterwäsche und gewinnt die ganze Welt dafür‹.«

»Ich hab noch Spielkapital«, knirschte Gao Feng.

»Hier hast du zehn Yuan wieder.«

Gao Feng packte den schwarzgesichtigen Fahrer am Kragen und brüllte: »Der Schwarze hier, der schaut auch auf alle runter, und wenn ich, Gao Feng, für nichts gut bin, aber ich bin ein anständiger Mensch, ich fresse einen Pott Blut mit Reis, und wo du Teufel mir schon die Hosen ausgezogen hast, spielen wir heute aber auch bis zum bitteren Ende!«

Der Große kam herüber und versuchte, die Situation zu entschärfen: »Schwamm drüber, der Schwarze nimmt dich nur auf den Arm. Deine Klamotten sind hier, zieh dich schnell an, das Bäschen schaut schon.«

Gao Feng hörte gar nicht hin, in seinen Augen strahlte ein ungewöhnlicher Glanz: »Mein Kapital ist hier unter den Karten, wer deckt auf? Hundert Yuan für den Gewinner!«

»Gut, ein letztes Mal.« Der Schwarze zog Gao Fengs Hände auseinander, drehte die Karten und ließ sie fallen, dann sagte er jäh und entgeistert: »Du ...?«

Ein halber kleiner Finger lag, noch leicht zuckend, unter den Karten. Gao Feng war sehr mit sich zufrieden: »Ich werde mir heute Nacht einen Finger nach dem anderen abhacken, noch Angst, dass ich dich nicht kleinkriege?«

Die Temperatur wurde eisig, alles schien schockgefroren, niemand brachte ein Wort heraus. Es dauerte eine Weile, bis ein leises Wimmern die Totenstille durchbrach und die schockgefrorenen Seelen der Anwesenden auftaute. »Das Bäschen!« Die Kerle verließen den Spieltisch, und wie aus einem großen Traum gerissen, standen sie mit hängenden Armen um die schluchzend an der Tür lehnende Witwe. Wieder auf Gao Feng geschaut, lag der zusammengerollt in einer Ecke wie eine alte graue Maus, er konnte einem leidtun.

Der Schwarze steckte ihm einen Packen Scheine zu: »Das sind die dreihundert, die ich dir abgenommen hab und ich hab noch hundert draufgelegt, hier hast du, Dicker.«

Gao Feng ruderte beschämt mit den Armen, sein Grinsen war den Tränen nah. Es war richtig übel, der große Dicke zog den Schwarzen weg, griff sich Gao Feng, zog ihn vor das Bäschen Wang und *dong, dong, dong*, eine dreifache Verbeugung. Als das Bäschen das bemerkte, drückte sie sich aus der Tür, schnaufte einmal tief Richtung Mond und ging dann still nach unten. Und ein gutherziger Gao Feng heulte mit gebrochener Stimme: »Schwesterchen, liebes Bäschen, ich höre mit dem Spielen auf! Ja, ich höre auf, reicht das?«

Keine Antwort, nicht einmal ein Hund bellte. Wie ein Unterteller neigte sich der Mond nach Westen, eine Sternschnuppe ging einem Kristall gleich nieder und schlug klingend gegen den Teller; auch die sensible Dogge mit dem krausen Fell wusste in diesem Augenblick nicht, wohin mit sich. Dass die Fahrer weder zechten noch Fingerraten spielten, war ein nie dagewesener Vorgang, sie versuchten sogar, leise aufzutreten, aus lauter Angst, sie könnten das Bäschen, das sich so rührend ihrer annahm, stören. Weit und breit kam das einzige Licht von der Laterne hoch über der Kaschemme am Fuß der Berge, in der Geister ein und aus zu gehen schienen. Am nächsten Tag räumten die Fahrer in aller Frühe in und vor dem Laden auf, nahmen hastig etwas von dem Essen, das vom Vorabend übrig geblieben war, zu sich, schwangen sich ins Führerhaus und warteten auf das erste Tageslicht für die Fahrt in die Berge. Gao Feng sagte, das sei das erste Mal, seit er aus dem Bauch seiner Mutter gekrochen sei, dass er von sich aus etwas Gutes getan habe, dann gab er in gespielter Ernsthaftigkeit ein falsches Zitat aus der »Mao-Bibel« zum Besten: »Dass einer Mist baut, ist kein Kunststück, ein Kunststück ist es, ein ganzes Leben lang nur Mist zu bauen und nichts Gutes zustande zu bringen.« Er ließ die Stimme nicht sinken, doch als er das Bäschen Wang in der Morgensonne herankommen sah, ging er ruckartig in Deckung, sie aber drückte das Gesicht gegen die Scheibe: »Warum versteckst du dich, Kleiner?«

Das Bäschen hatte einen Arzt bei sich, der schweigend die unordentlich gewickelte Mullbinde öffnete und Gao Feng mit einem messerscharfen Blick ein paar Mal musterte. Zhuang Zigui half ihm daraufhin umgehend aus der Patsche: »Ein Hund hat ihn gebissen.«

»Schsch-timmt, schsch-timmt«, presste Gao Feng stotternd zwischen den Zähnen hervor, »eine ganz schreckliche Dogge!«

Der Motor dröhnte, Bäschen Wang stand noch auf dem Trittbrett und mahnte Gao Feng: »Fahr langsam, denk an den ›Teufelswink‹!«

Gao Feng wagte nicht, ihr direkt in die Augen zu schauen, aus Angst, Tränen könnten herauskullern. Sie waren schon eine gute Strecke gefahren, als sie beide noch immer seufzten und schnauften. Zhuang Zigui vergaß für eine Weile völlig, dass er auf der Flucht war, Gao Feng hingegen war ganz und gar anders als zuvor, er war so grundlos sentimental, als sei er über Nacht erwachsen geworden.

Der Erlang lag zweitausend Meter über dem Meeresspiegel, an der Pforte zum tibetisches Hochplateau, Temperatur- und Luftdruckanzeige fiel senkrecht nach unten. Im Kreis Shanyin gab es jahrein, jahraus kalten Regen und Schnee, Nebel versperrte überall den Weg, auf der nationalen Autobahn des Kreises Panshan, die in den fünfziger Jahren gebaut worden war, kam es zu Bergrutschen und Steinschlag und das Straßenbett sank immer wieder ein. Seit über zwanzig Jahren ereigneten sich hier die meisten schweren Verkehrsunfälle, Kollisionen und Abstürze. Gao Feng sagte, zwei seiner älteren Kollegen hätten hier ihr Leben gelassen, einmal, auf halber Höhe des Berges, sei der Bach plötzlich explodiert, Geröll und Holz seien regelrecht vom Himmel geschossen und hätten dem Wagen einen solchen Stoß versetzt, dass er sich überschlagen habe und in die Schlucht gestürzt sei; das zweite Mal sei am »Teufelswink« gewesen, auf einmal sei ein anderer Lkw hinter der scharfen Kehre bergab entgegengekommen: »Leute, die die Verkehrskontrolle abgehört haben, haben erzählt, dass das Führerhaus eingedrückt worden ist, das Lenkrad hat sich dem Kollegen direkt in den Unterleib gebohrt, es ist gar nicht so einfach, eine Leiche aus so einem Fahrerhaus rauszuschaffen.«

Die aufgehende Sonne war nur kurz zu sehen und wieder verschwunden, je höher der Wagen kam, umso steiler und kurviger wurde die Straße, ein übler, böiger Wind fegte über sie weg und wirbelte feinen Nieselregen durch die Luft. Jäh ragten riesige Felsen wie Mühlsteine, die Fahrbahn drehte sich, um die Mitte des Mühlsteins kreisend, in diese hinein, eine Schwarm alter Krähen kreiste träge, schrubbte über die Lkw-Plane wie verwandelte Hexen, und ein heiseres Krächzen zog einem Sägezähne über die Nerven. Gao Feng hatte längst heruntergeschaltet, das Gaspedal unter seinem Fuß bockte in seinem eigenen Rhythmus und schob den Wagen an der Felswand entlang den Berg hinauf, die Reifen hatten im Schlamm zwei tiefe Furchen ausgehoben. Er schürzte die Lippen Richtung Zhuang Zigui: »Der Teufelswink.«

Ein gewaltiger Überhang schob sich über das Führerhaus, hoch oben stürzte ein schlammiger Wasserfall in die Tiefe. Zhuang Zigui schaute mit langem Hals nach hinten, der Anhänger hing schon halb über die Straße hinaus, der Wagen schien durch die Luft zu fahren, in der Tiefe brandeten die Wälder, in weiten Nebelfeldern trieben

grüne Lichtpunkte wie winkende, leuchtende Teufels-
pranken.

Der Wagen erreichte den Gipfel und plötzlich öffnete
sich der Horizont, was einem das Herz selbst noch hell
machte. An der Kluft stand, wie auch schon am Fuß des
Berges, eine Kontrollstation, Gao Feng pfiff auf den Fingern und brüllte den Ortspolizisten, die mit einer roten
Binde am Arm vor der Schranke standen, zu: »Männer,
diesmal haben wir nichts Amüsantes auf der Karre, wenn
ihr was von dem gepressten Tee aufgießen wollt, dann
brecht euch zwei Stücke ab.«

»Ach, der Meister Gao, immer dabei, wenn es nach
Tibet geht, nicht ungeschickt!«

»Von wegen, beim Teufelswink hat nicht viel gefehlt
und wir wären abgeschmiert, eine schöne Fee hat die
Hand unter die Räder gehalten, ein Glück, meine Karre ist
dann über die Klamm ihrer Brüste rüber.«

»Haha, der Meister Gao, romantisch wie immer. Hast
du einen Fahrgast dabei?«

»Nein.«

»Und der?«

»Gao Cang, mein älterer Bruder.«

»Na, dann können wir uns die Passkontrolle schenken.
Ist ziemlich unruhig dieser Tage, Peking, Chengdu, über-
all sind konterrevolutionäre Tumulte, ihr solltet auf der
Hut sein und keine Fremden mitnehmen!«

»Seit den Affen ist meine Familie rechtgläubiges, arbei-
tendes Volk, unser Klassenbewusstsein ist höher als du
Dreikäsehoch.«

Schnell wie ein Rauchfähnchen fort, war der Wagen unten in der Präfektur Luding, Motor aus, mittaggegessen

und Zhuang Zigui dachte daran, zur berühmten Brücke von Luding zu laufen: »Vielleicht gibt es ja noch ein paar Einschusslöcher von den Rotarmisten«, sagte er versonnen.

»Scheiß kleine Löchlein«, sagte der große Dicke, »und, also, ein paar verrottete Eisenketten schaukeln über dem Fluss. Völlig langweilig.«

Auch wenn es die Fahrer zu Tode langweilte, sie gingen mit. Am Kopf der Brücke hatte man eine Gedächtnishalle gebaut, Spezialleute hielten Wache und ließen niemanden auf die Brücke. Am Fuß der Steinskulptur für die achtzehn, die die Brücke von Luding im Handstreich genommen hatten, hatten zwei Tibeter, nach ihrer Kleidungsweise den einen Arm nackt[55], auf der Erde einen Straßenstand aufgeschlagen und verhökerten Salben gegen jede Art von Verstauchung. Vor den Fahrern standen sie sofort auf und reckten den ausgestreckten Daumen nach oben, ein nicht enden wollendes »hällo-hällo«. Der Schwarze ging in die Hocke, inspizierte das alles eine Weile und sagte zweifelnd: »Und das wirkt?«

Die Tibeter nickten hastig und mit einem breiten Lachen im Gesicht.

Der Schwarze zeigte auf die Raupenpilze, das Schneelotuskraut und den tibetischen Safran neben den Salben und sagte: »Aus dem Zeug hier zusammengerührt?«

Die Tibeter strahlten noch mehr.

Doch dann sagte der Schwarze unvermittelt: »Verschwendung.«

Sofort goss Gao Feng Öl ins Feuer: »Ja, ja, die Pilze und das Schneelotuskraut nimmt man viel besser mit einer Schmorfleischbrühe, das ist einfach und direkt.«

Als die Tibeter das hörten, wechselten sie die Farbe,

würgten in steifem Chinesisch: »Ba-star-de!« heraus und zogen Messer. Die Fahrer stoben auseinander, die Tibeter ein paar Meter hinter ihnen her, bis sie die Sache verärgert drangaben.

Kangding – Zheduo-Gebirge – Kreisgefängnis Xinduqiao

Gegen Abend erreichte die Kolonne Kangding, die Hauptstadt der Präfektur Garze, mit altem Namen »Dartsendo«, die, wie es hieß, frühere Grenze zwischen Sichuan und Tibet. Der Himmel färbte sich, eine große lodernde Wolke zog sich wie eine gigantische Laterne von den Schneegipfeln im Südosten zu den flachen Hügeln im Südwesten. Gao Feng sagte gestikulierend: »Kangding ist ein fauler Hund, so verschrumpelt zwischen den Schenkeln des Paoma – das ist der ›Berg, wo die Pferde abgehen‹ –, ein Schwanz, der in diesem Leben nicht mehr hochkommt. Vor der Kulturrevolution sind die Tibeter jedes Jahr am Achten des Vierten Monats nach dem Bauernkalender hier in Scharen um den Berg gezogen, haben den Gott des Berges angebetet, haben Buddha angebetet und dann gab es ein Pferderennen, und am Ende war Markttag. ›Stadt, wo die Pferde abgehen‹, das kommt daher.«

Zigui lachte: »Im *Liebeslied von Kangding* heißt es: ›Am Berg, wo die Pferde abgehen, ging eine ganze Stadt ab.‹ Keine leere Floskel, Berg und Stadt sind sehr steil.«

»Die steilen Hänge sind typisch für Kangding, von hier direkt nach oben, zur Stadt raus, kommt man in zwei, drei Stunden zu den fünffarbigen Seen auf der Bergkuppe«, sagte der Große, »wenn man in der Oberstadt eine Stange Wasser in die Ecke stellt, dann läuft das direkt in die Wasserfässer in der Unterstadt.«

Unter allgemeinem Gelächter und Geschwätz kamen die Wagen zum Stehen und man bog in ein Gasthaus ein, um etwas zu essen und zu trinken. Die Häuser rechts und links der Hauptstraße von Lucheng in Kangding-Stadt waren bis zur Hälfte in den Boden eingegraben, die Ziegeltraufen nur etwa einen Meter höher als die Straße, als ein paar Hunde einander quer über die Straße jagten, rettete einer sich auf eines der Dächer. Zhuang Zigui schaute aus der Kneipe nach draußen und konnte nichts sehen als Waden, Waden in allen Formen und Farben. Er lehnte sich mit dem Kopf gegen das Fenster, schloss die Augen und verschnaufte ein bisschen, als es auf einmal neben seinem Kopf Schläge tat, irgendjemand, der vor dem Fenster mit den Füßen aufstampfte. »Nichts passiert«, beruhigte ihn die Wirtin, »in Kangding ist der Wind sehr stark, das kann ein ausgewachsenes Yak in den Himmel wehen, da ist es sicherer und wärmer, wenn die Häuser so im Boden stecken.«

Der sechzigprozentige Gerstenschnaps war klar wie Wasser, aber kaum dass er in den Mund kam, kratzte er einem wie ein glitzerndes Messer jeden Laut aus der Kehle, Zhuang Zigui nahm ein paar kräftige Schlucke, seine Schläfen fingen jählings an zu pochen, und er kaute langsam ein großes Stück in Öl gesottenes Yakfleisch, während die Fahrer Schnapsschalen mit Silberintarsien mit beiden Händen hochhielten, anstießen, die Augen zusammenkniffen und sehr glücklich waren. Die Tibeter an den Nachbartischen hatten jeder eine ganze Flasche und schütteten sich das Zeug mit hochgereckten Hälsen hinein, wobei der Geruch nach Schaf und Fisch, den sie von der Hochebene mit sich brachten, in Wellen herüberschwappte. Die Spielsucht des Schwarzen und des großen

Dicken kam wieder durch, klirrend warfen sie Münzen auf den Tisch und wer richtig geraten hatte, welche Seite oben war, hatte gewonnen. Gao Feng stippte hin und wieder seinen Fingerstumpf in die Schnapsschale, gegen die Entzündung, doch sein Blick hob und senkte sich mit den Münzen, schließlich hielt er es nicht mehr aus und mischte mit. Zhuang Ziguis Kopf begann sich, wie ein Mühlstein summend, zu drehen, er rutschte unruhig hin und her und glitt wie eine Strumpfbandfisch von der Bank unter den Tisch. Gao Feng zerrte ihn mit einem schwungvollen Griff an den Fuß der Wand und kümmerte sich nicht weiter um ihn. Er entdeckte auf einmal, dass zwischen den Menschen- und Tischbeinen bereits ein paar Tibeter stocksteif auf dem Boden lagen und irgendetwas Unverständliches auf Tibetisch brabbelten und dabei unentwegt bereits leere Flaschen ansetzten, als wollten sie sie auf ex leeren. Die Wirtin kam, das elektrische Licht hinter ihrer Schulter stieg höher und höher und verwandelte sich am Ende in einen am Firmament verborgenen Stern. Zhuang Zigui murmelte: »Kümmern Sie sich nicht um mich!«

Die Wirtin sagte: »Mit den Tibetern ist das etwas anderes, aber Sie sind Chinese, wie kann ich mich da nicht kümmern?« Sie winkte zwei Fahrer heran und schenkte ihm privatissime eine große Schale Suppe ein, die sauer war und scharf und die nüchtern machte.

Er war gerade, auf ihre Schulter gestützt, hochgekommen, als man draußen einen Schrei hörte: »Ein Mord!«

Die Kneipengäste stürzten hinaus. Auch die Wirtin ließ ihn los und lief nach draußen, um nachzusehen, was los war. Seines Haltes beraubt, folgte er der Massenträgheit, drehte sich halb um sich selbst und schlug mit den Schneidezähnen schmerzhaft gegen einen niedrigen Tisch. Er presste das Gesicht gegen die Scheibe und schaute hinaus. Der Mondschein war heller als die Straßenlampe, Blut und Gehirn bildeten eine silbrige Fläche, die dem Toten verbliebene Gehirnhälfte sah aus wie ein in seine Richtung aufgerissener Löwenrachen. Ein paar Blutspritzer, die auch auf der Fensterscheibe gelandet waren, tropften ihm, dem Schweiß auf seinen Wangen erstaunlich ähnlich, von der plattgedrückten Nasenspitze. Das Essen kam ihm unweigerlich hoch, und das mit dem Gefühl, der Tote draußen wäre dabei mit von der Partie. Er fiel in seinen eigenen Dreck, die Tibeter lagen noch immer an ihren Plätzen, stemmten unentwegt ihre leeren Flaschen und schütteten sich einen nicht vorhandenen Schnaps hinein. Die Wirtin kam zurück, brüllte ihnen etwas zu, sie lachten dumpf, wurden von ihren Kumpanen hochgezogen und gestützt. Die Wirtin spuckte ein paarmal aus, sie war rasend wütend wie eine trächtige Hündin.

Bis die Polizei auf dem Plan erschien, hatte sich auf die Leiche vor dem Haus schon Reif gesenkt. Der Mörder war verschwunden wie ein gelber Kranich[56]. Die Polizisten nahmen die großen Schirmmützen ab und schauten benommen zum Sternenhimmel, als sei der Täter mit schlagenden Flügeln im Mond verschwunden. Die Fahrer setzten sich wieder und tranken weiter, als sei nichts geschehen. Ein Fall ohne Beweise wurde augenblicklich zu einer fernen Geschichte. Die Polizei kam in die Kneipe, stellte Fragen und lud sämtliche Fahrer zu einer Zeugenaussage über die näheren Begleitumstände der Tat vor. Der Leichnam wurde weggeschafft, die Passanten draußen wurden weniger, dunkle Wolken zogen vom Paoma, dem »Berg, wo die Pferde abgehen«, heran, das Mondlicht war noch nicht verdeckt, als ein leichter Nieselregen einsetzte.

Die Fahrer drückten sich im Schlepptau der Polizisten aus der Tür und im Nu war die Kneipe menschenleer. Zhuang Zigui unter seinem Tisch hatten sie vergessen. Bis kurz vor der Sperrstunde ein tibetisches Mädchen mit einem Besen vorbeisah, er halbwegs zu sich kam und sich langsam aufrappelte. Er versuchte mühsam wegzukommen, als auf einmal ein heftiges Prasseln auf das Dach niederging. Ach, diese seltsamen Städte auf der Hochebene, gerade noch hatte der Mond geschienen, schon ging Hagel nieder. Das tibetische Mädchen half ihm, sich zu setzen, goss ihm einen kochend heißen Buttertee auf, wandte für ein paar Sekunden den Blick nicht von ihm und in ihre klaren Pupillen trat der Ausdruck eines Lächelns. Zhuang Zigui wurde allmählich wieder nüchtern und hatte das Gefühl, dass der Hagel zur rechten Zeit gekommen war, denn die Fahrer waren alle auf der Wache, wenn er allein zurück in die Pension gehen und die Angestellten dort sich an ihre Vorschriften halten würden, müssten sie sich das landesweit einheitliche »Reisezertifikat der zuständigen Einheit« ansehen, und wenn er keins vorweisen konnte, würde er als Illegaler zwangsweise inhaftiert werden und man würde auf unbestimmte Zeit untersuchen, ob er vielleicht vorbestraft war.

»Das ist Guanyin, die Göttin der Barmherzigkeit, die einen aus allen Schwierigkeiten befreit«, dachte er in einer jähen Gefühlsaufwallung. Der Hagel wurde dichter und in die ohrenbetäubende Angriffsmusik des alten Himmelsvaters hinein sagte das tibetische Mädchen: Ich heiße Zhuoma. Zhuang Zigui sagte, in Tibet heißen sehr viele

Zhuoma. Zhuoma sagte: »Ja, Zhuoma ist die Arya-Tara, das heißt die Göttin.«

»Hältst du dich für eine Göttin?«, sagte Zhuang Zigui.

Zhuoma sagte: »Ja, Zhuoma hat mir das Leben gegeben, Zhuoma ordnet meine früheren und meine kommenden Leben.«

Zhuang Zigui schaute verblüfft, es war das erste Mal in seinem Leben, dass er jenseits der Vergötterungsbewegungen der Zeiten Maos auf einen religiösen Glauben traf, und dann auch noch einen, der weit in die Vergangenheit zurückreichte und von einiger Tiefe war.

»Zhuoma ist sehr hübsch, und ihr Glaube ist sehr geheimnisvoll«, er musste ihr einfach schöntun. Und dann bramarbasierte er wie ein Traumwandler von wegen, was er alles an Abenteuern erlebt und wie er sich gegen die herrschende Doktrin aufgelehnt habe, es nahm gar kein Ende mehr. Er war noch jung und rettungslos naiv, Zhuoma jedoch war noch jünger und noch naiver als er, nach einem bewundernden Seufzer lud sie ihn schließlich unversehens in ihre Kammer ein. Die war in einer versteckten Ecke im ersten Stock, man musste sich auf allen vieren wie ein Hund durch die Tür zwängen, dann konnte man auf einer tibetischen Matte aufrecht sitzen. An allen vier Wänden umgaben sie buntprächtige tibetische Bildteppiche, während Zhuomas Zopf im Lampenschein lackschwarz glänzte, als sei ihr Haupt von einer schwarzen Python gekrönt, die mit all den Schlangen- und Menschenfiguren auf den Wandbehängen zu einem Ganzen verschmolz. Zhuang Zigui spürte, wie sein Fleisch und sein Blut von den Schlangen des Geistes um- und verschlungen wurden. Zhuoma begann, aus einem Buch vorzulesen. Ihr wie ein Bach murmelndes Tibetisch war anders als das alltägliche auf der Straße, es war eine Sprache, die nur für Opfer, Befehle, Prophezeiungen, Gebete und letzte Worte zu passen schien. Zhuang Zigui hielt den Atem an und lauschte, doch seine Blicke wanderten, bis er schließlich im dunklen Schatten hinter Zhuoma ein etwa handtellergroßes Foto entdeckte – das erste Mal in seinem Leben bestaunte er das Porträt des vierzehnten Dalai Lama, die Hände gegeneinander gelegt, voller Mitleid für die Welt, ein Mann, der nicht das Geringste mit dem Schakal aus der Propagandamaschinerie der Kommunistischen Partei zu tun hatte.

Der Hagel hörte auf, worauf auch Zhuoma ihre Lesung unterbrach. Zhuang Zigui nahm das Buch, blätterte darin, alles in Tibetisch. Zhuoma sagte leise: »*Om mani padme hum*. Das ist *Mein Land, mein Volk*, die Memoiren des ehrwürdigen Dalai Lama.«

Zhuang Zigui war wie vom Donner gerührt, sie schrieben das Jahr 1976, am Übergang vom Frühling zum Sommer, und auch wenn die Kulturrevolution sich ihrem Ende näherte, stellte doch, was Zhuoma hier tat, immer noch ein konterrevolutionäres Verbrechen dar, das viel schlimmer war als sein eigenes – wenn sie jemand denunzierte, würde sie für Jahre ins Gefängnis gehen, und nicht nur sie, sondern auch ihre Familie. »Wie kommst du an das Buch?«, die Frage konnte er sich nicht verkneifen.

»Als der Ehrwürdige 1959 das Land verließ, ist die Seele Tibets mit ihm auf die andere Seite des Himalaya gegangen«, wich Zhuoma der Frage aus, »und eines Tages werde auch ich gehen.«

Aus einer namenlosen Angst heraus, mit hängendem Kopf verabschiedete er sich. Aber das Vertrauen Zhuomas hatte ihn tief berührt: »*Tashi Delek*, alles Gute.«

Zhuang Zigui war als Erster in der Herberge, die Fahrer, die als Zeugen auf der Wache gewesen waren, folgten auf dem Fuße, sie plauderten ein paar Sätze miteinander, gingen dann auf ihre Zimmer und legten sich hin. Am nächsten Morgen waren sie in aller Frühe auf den Beinen und frühstückten gerade im Speiseraum der Herberge, als überraschend der große Lautsprecher vom Elektromast vor der Tür brüllte: »Revolutionäre Genossen! Die neue Richtung des Klassenkampfes: In harter Arbeit die ganze Nacht hindurch haben die Beamten der Öffentlichen Sicherheit der Präfektur Garze und des Kreises Kangding den konterrevolutionären Mordfall, der sich am gestrigen Abend ereignete, grundsätzlich schon gelöst, obwohl Gêlêg Namgyä, der unmittelbare Mörder, noch flüchtig ist, haben sich die Drahtzieher im Hintergrund bereits verraten. Aus diesem Grund wird hiermit bekanntgegeben, dass alle der Präfektur Garze und dem Kreis Kangding unterstellten staatlichen Einheiten, Fabriken und Gruben, Straßenkomitees, Viehgüter und die Produktionsbrigaden und Produktionsgruppen auf den Dörfern gebeten werden, sich heute Vormittag um neun Uhr am Jin'gang-Tempel am Fuß des Paoma kollektiv einzufinden und eine Massenkritikversammlung abzuhalten. Alle sollen jetzt mit uns in den Ruf einstimmen: Schlagen wir entschieden die ungezügelten Angriffe des Dalai Lama, dieses Landesverräters, und seiner Komplizen zurück! Fortsetzung der Revolution! Permanente Revolution! Es lebe das rote Land! Es lebe die revolutionäre Linie des Vorsitzenden Mao! Hoch lebe der Vorsitzende Mao, er lebe hoch, er lebe hoch, hoch, hoch!«

Die Fahrer waren reichlich erstaunt: »Ein Fall, der so schnell gelöst ist?«, murmelte Gao Feng, »Sherlock Holmes muss in Tibet wiedergeboren worden sein!« Als Zhuang Zigui das hörte, wusste er, dass dieser kleine dicke Mann im Untergrund aktiv von Hand kopierte verbotene Manuskripte mit verbreitete.

Die Weiterfahrt wurde daraufhin verschoben, alles rieb sich die Hände und krempelte die Ärmel hoch, um bei dem Spaß dabei zu sein. Doch kaum waren sie wenige Minuten aus dem Haus, als die Stadt zu brodeln anfing, überall dichtgedrängte Köpfe, zwischen die keine Zeitung passte. Die Leute liefen Brust an Rücken, es ging nur zentimeterweise voran. Die wilden Hunde konnten nicht mehr über die Straße streunen, sie mussten sich auf die Dächer verziehen, wo sie kauerten oder standen und die Menschen mit traurigen Blicken verfolgten. In diesem Gedränge erreichten die Fahrer erst nach gut einer halben Stunde den Jin'gang-Tempel, der ein paar hundert Meter vor der Stadt lag. Und was hatte es mit diesem Tempel auf sich? Als in der Anfangsphase der Kulturrevolution die Vier Alten zerschlagen und dem Erdboden gleichgemacht worden waren, war davon nichts übrig geblieben als Mauerreste und Trümmer, aus denen sie einen Pferdestall für das Kollektiv gemauert hatten. Am Kopf, den die Rotgardisten dem Shakyamuni-Buddha abgeschlagen hatten, wurden vor dem Stall die Pferde angebunden. Es hieß, von den über tausend Tempeln auf tibetischem Gebiet seien bis auf den Potala-Palast in Lhasa alle restlos vernichtet worden.

Der Himmel war klar und weit, ein aufsteigendes Sonnenrad schien, und die Schneegipfel glitzerten wie Türme aus tibetischen Schwertern, ein Glitzern, das in den Augen schmerzte. Im letzten Augenblick war noch eine Bühne für den Kritikkampf in der Nähe des Jin'gang-Pferdestall-Tempels errichtet worden, nicht lange und eine lange Reihe von Rindergeistern und Schlangengöttern wurde hinaufgestoßen, alle neunzig Grad nach vorn gebeugt, beide Arme wie Flügel in Flughaltung nach hinten hochgerissen, anschließend Parolengeschrei von zehntausend Leuten, bis schließlich durch die Hirnwäsche mit Mao-Zedong-Ideen gegangene Mönche und Hirten die Bühne bestiegen und lebende Buddhas und Stammesführer bekämpften, alles auf Tibetisch, die Fahrer verstanden kein Wort, aber die Aufgewühltheit der Massen unterschied sich kaum von der Kulturrevolution in China selbst. Ein revolutionärer Mönch gab einem konterrevolutionären lebenden Buddha eine Ohrfeige und schlug und trat mit Fäusten und Füßen auf ihn ein; Zhuang Zigui konnte sich gar nicht beruhigen und schimpfte über »dieses Vieh«, als ihm einfiel, wie er selbst, vor nahezu zehn Jahren, dem Slogan »Gerechtigkeit geht vor Familie« folgend, seinen Vater vor aller Augen geohrfeigt hatte – seine Aufnahmeprüfung zu den Roten Garden.

Die Fahrer trieben in diesem Meer von Menschen, und weil sie kein Tibetisch verstanden, wurde ihnen zu keinem Zeitpunkt klar, welche Verbindung zwischen den lebenden Buddhas, den Stammesführern und dem Mordfall von gestern Abend bestand. Ihr Interesse erlahmte, der Große konnte sich ein Grummeln nicht verkneifen und ging.

Die anderen drängten ebenfalls wie in einem unwiderstehlichen Sog nach draußen. Zhuang Zigui bildete den Schluss, er sah zufällig Zhuoma, allerdings ging es um Haaresbreite an ihr vorbei. Sie war in einem Spalt der dichtgedrängten Köpfe, sah sich lachend nach ihm um, er verliebte sich auf der Stelle Hals über Kopf und dachte

wieder an den Augenblick seiner ersten Liebe vor knapp
zehn Jahren.

Nicht lange nach der Abfahrt aus Kangding begann die
Kolonne, über eine zickzackförmige Straße die Zheduo-
Berge zu überqueren. Das Wetter auf der Hochebene
konnte von einem Augenblick auf den anderen umschla-
gen: Auf halber Höhe und aus heiterem Himmel tat es einen jähen Donnerschlag, zwei schwarze Wolken drängten von Südosten und Nordwesten herein und sperrten
mit dem Krachen wie von einer eisernen Himmelstür die
Sonne ein. Seltsame Nebel wallten herab, nicht lange und
die Straße war nass. Zhuang Zigui konnte schon nicht
mehr weiter sehen als drei Meter und hatte das Gefühl,
der Himmel sei wie in der Legende ein fest verschlosse-
ner Topfdeckel und die Lastwagen wänden sich unter
dem Druck dieses Himmelsdeckels mit großer Mühe vorwärts – zweimal hätte man die Fahrt fast unterbrechen
und anhalten müssen. Am Ende näherte man sich dem
Pass aber doch, in dicken Ballen schlugen die seltsamen
Nebel wie Geröll achtlos über sie hinweg, die Scheiben-
wischer flogen über die Windschutzscheibe, und die Fahrer konnten selbst mit Nebelscheinwerfern die Rückseite
des vorausfahrenden Wagens nur mit großer Mühe ausmachen. Als es über den Pass ging, nahm der Nebel ein
wenig ab, der schneeweiße Zheduo reckte sein Haupt in
den hohen Himmel wie ein alter, im Sitzen schnarchen-
der Mönch, aus dessen Nasenlöchern zwei lange Nebel-
bänder strömen. »Schau dort!«, rief Gao Feng – an der
Felswand klebte auf einmal ein Schneemensch! Er winkte
ihnen gerade zu, als Zhuang Zigui zwei vage Wörter in
hartem Chinesisch vernahm: »Hallo! Anhalten!«, und

das Fenster hochdrehte. »Meister, anhalten!« Der Schneemensch rückte heran, reckte seinen Oberkörper vor und
schlug zweimal scheppernd mit der flachen Hand auf den
im Schneckentempo dahinkriechenden Wagen.

Gao Feng trat wie wild auf das Gaspedal und das Löwengebrüll des Motors schreckte den Schneemenschen
zurück auf seinen Schneefelsen, Gao Feng lachte: »Tibetischer Bastard, willst du immer noch mitfahren?«

»Nicht gut!«, rief Zhuang Zigui, Gao Feng machte einen
langen Hals, schaute und bremste auf der Stelle, denn der
Schneemensch hatte einen großen Stein in der Hand und
war im Begriff, ihn herunterzuwerfen.

»Landsmann!«, rief Gao Feng.

Der Schneemensch kam mit dem Stein von seinem Felsen, Gao Feng schlug gegen die Tür und bedeutete ihm,
sich auf das Trittbrett zu stellen und am Außenspiegel
festzuhalten. Der Schneemensch warf den Stein weg, ließ
seine Zunge sehen und hob den Daumen mit einer ganzen
Reihe von »Hällo« und »Meister«.

»Kräutersammler«, lachte Gao Feng bitter, »da kann
man nichts machen.«

Die Kolonne folgte dem langen Abhang hinab, die
Hochebene flappte auf wie ein Fächer, mit einem *Wusch*
tausend Meilen, und der nebel- und dunstverhangene
und -verschlossene Zheduo zog auf dem Strom der Zeit
in die Ferne, nur der in Fell gekleidete tibetische Schneemensch blieb wie das Überbleibsel eines Traums fest an
der Tür kleben. Wie immer am Rand der flachen Hochebene waren Berge, waren Wolken, waren Flüsse, die
ruhten im fischschuppenglitzernden Universum, sichtbar
jetzt und gleich wieder verborgen. Ob das Wasser oben
war, ob die Berge oben waren, ob das Wasser die Substanz

war, ob die Berge die Substanz waren, es war nicht auszumachen. Plötzlich wies der Schneemensch draußen geradeaus und pfiff. Das unerwartete Schrillen drang wie eine
Klinge in Zhuang Ziguis Stirn, er schaute dem Ton nach,
der Pfiff des Schneemenschen schien wie eine unsichtbare
lange Peitsche in die Ferne zu schlagen, an deren äußers-
tem Punkt wurden aus den peristaltischen Sandkörnern
Yaks, die näher und näher und in beträchtlicher Breite aus
dem Boden spritzten. Die Steine auf der Hochebene, die
Brombeersträucher und der Staub füllten sich augenblicklich mit Leben, unwirkliche Hufe hoben sich und mischten sich unter die Yak-Herden.

Hirten, nackt bis auf die Hüfte, tauchten aus verschiedenen Richtungen auf, entfernten sich nach und nach von
ihren Yak-Herden und stürmten auf Pferden Richtung
Straße. Pferde und Wagen kamen einander näher und näher, die Geschwindigkeit der Pferde und die Geschwindigkeit der Wagen entsprachen einander fast. Gao Feng
schielte auf das offene Feld und trat das Gaspedal durch
bis zum Anschlag, aber die Luft auf der Hochebene war
dünn, der alte *Befreier* aus landeseigener Produktion, der
in den fünfziger Jahren die Fabrik verlassen hatte, wurde
nicht schneller, Stress, auf Gao Fengs Stirn traten feine
Schweißperlen. Ein Reiter hatte schließlich zum Führerhaus aufgeschlossen und lieferte sich mit ihm die Straße
entlang ein Kopf-an-Kopf-Rennen … einen Wimpern-
schlag später sprang der Schneemensch wie ein Lichtbo-
gen auf den Pferderücken, hielt sich mit einer Hand an der
Schulter des Reiters und verbeugte sich zum Dank wie
ein Artist. Gao Feng atmete lange aus, schlug mit beiden
Händen gleichzeitig auf den Lenker, und sein angespannter Körper wurde weich.

»Was für ein Talent!«, lobte Zhuang Zigui.

»Falscher Alarm«, sagte Gao Feng. »Wenn unterwegs die Karre verreckt, werden uns unsere tibetischen Landsleute in ihr Lager einladen.«

»Und wovor hast du da Angst?«

»Wie sollte ich nicht? Auf dem Wagen sind Teeziegel, aus denen man Buttertee macht, nichts lieben die so sehr wie Buttertee, aber wer wagt ihnen etwas zu verkaufen?«

»Ja, richtig, der Staat subventioniert ja Waren aus Tibet, eigenmächtig damit zu handeln, ist illegal.«

»Und selbst wenn es nicht illegal wäre, niemand wagt es, mit Tibetern Geschäfte zu machen, die meisten von ihnen sind Analphabeten und Geld haben sie auch keins, sie sind auf der primitiven Stufe des Tauschhandels stehengeblieben. Wenn sie zum Beispiel deine Teeziegel wegschaffen, dann geben sie dir Yakfleisch dafür, Butter, Tsampa, Raupenpilze, Schneelotuskräuter, Safran und sogar tibetische Dolche.«

»Das rechnet sich aber, wenn man das Zeug im Inland verkauft, bekommt man dafür bestimmt ein paarmal so viel.«

»Ist aber illegal, ›konterrevolutionäres Spekulantentum‹, wird schlimmstenfalls mit dem Tod bestraft.«

»Wissen die tibetischen Landsleute, dass es illegal ist?«

»Keine Ahnung. Hier auf der Hochebene ist noch das Wort des Dalai Lama Gesetz.«

»Der hat doch schon lang das Land verraten und verlassen. Hast du den Film *Der Leibeigene* gesehen? Auf tibetischem Gebiet hat es die Bodenreform gegeben, die Kulturrevolution, die Leibeigenen haben sich emanzipiert und sind befreit worden. Gerade in Kangding hat ein Mönch noch einen lebenden Buddha geschlagen.«

»Der war entweder plemplem oder nicht echt. Keine Ahnung ... denn viele von den ›emanzipierten Leibeigenen‹ haben am Anfang der Kulturrevolution die Tempel auseinandergenommen, aber als dann die ›höchste Devise‹ des Dalai Lama aus achtzehntausend Meilen Entfernung ins Land geschmuggelt worden ist, hatten auf einmal alle ein schlechtes Gewissen, heulten Rotz und Wasser und pilgerten. Bei jedem Schritt machten sie dabei einen Kotau, so vermessen sie mit ihrem Körper den Weg. Auf dem Rücken schleppten sie Mani-Steine, mit denen sie Tag und Nacht die Tempel wiederaufbauten. Hätte man sie daran gehindert, hätte es Ärger mit ihnen gegeben. Als das alles passierte, hat nicht mal das Amt für Öffentliche Ordnung die Courage gehabt, einfach in die Lager zu gehen und die Leute zu verhaften, wenn da irgendwer auch nur laut gerufen hätte, wäre die ganze Bande mit Kind und Kegel aus ihren Nestern gekommen und hätte sich wie die Wespen auf sie gestürzt.«

Man konnte das Himmelsgewölbe mit der Hand berühren. Vereinzelte Wolken, im Wind schaukelnd wie Fallschirme, hätte ein Vagabund im Sprung packen und mit ihnen an einen Ort seiner Träume schweben können. Ein Schwarm Geier nahm mit gespreizten Schwingen im glasklaren Auftrieb eine kleine Auszeit, der größte nicht größer als eine Walnuss, dass man ihn für eine Sommersprosse auf Gottes Antlitz halten konnte. Als er sich dann plötzlich kopfüber nach unten stürzte, am Führerhaus vorbeistreifte und wie eine Feuerwerksrakete wieder nach oben schoss, begriff man, was das heißt: frei geboren zu sein. Die Hirten trieben die Yak-Herden rumpelnd an den Rand der Hochebene, wo sie allmählich zu vagen Farbpunkten zusammenschrumpften, und die Zukunft kehrte zurück zu Leere und Stille. Gao Feng ließ mit einem Mal seiner Phantasie freien Lauf: »Die Mädchen hier mögen chinesische Männer, sie brauchen einen hübschen jungen Kerl nur zu sehen, und schon sind sie hinter ihm her, zieh'n ihm einen Hanfsack über den Kopf, laden ihn auf einen Gaul und ab geht die Post, über die Schneeberge, über das Grasland, tagelang, nächtelang, da weißt du nicht mehr, wo Osten, Norden, Süden und Westen ist. Am Ende sperren sie dich in ein tibetisches Haus, sorgen für Essen, sorgen für Trinken, und wenn du in eine Heirat einwilligst, lassen sie dich raus, aber erst dann.«

»So seltsame Dinge gibt es?«, lachte Zhuang Zigui.

»Die Kollegen erzählen es alle, eine ganze Reihe von Fahrern der Spedition ist spurlos verschwunden. Das Amt für Öffentliche Ordnung hat Untersuchungen angestellt, in Bergrinnen, in Flussbetten haben sie die Wracks von Lkws gefunden, die hatten sich überschlagen, aber von den Leuten keine Spur.«

Zhuang Zigui nickte ein, als er die Augen wieder öffnete, machte die Kolonne schon in einem kleinen Städtchen auf der Hochebene Halt. »Xinduqiao, das größte Gefängnis für Umerziehung durch Arbeit in der Präfektur Garze«, lachte Gao Feng. »Aussteigen, Essen fassen!«

Außerhalb der grauen Ummauerung standen lediglich ein paar heruntergekommene Flachbauten, die Reisenden etwas zu essen und Unterkunft boten. Die Fahrer schoben sich in eine Verpflegungs- und Herbergsstation der Umerziehungsfarm, Zhuang Zigui blieb für zwei Minuten auf der Mitte der Straße, soweit man sah, alles trostlos und menschenleer, in beide Himmelsrichtungen durchzog die Straße als vereinzeltes Band, verschlungen wie ein

Darm, endlos die Totenstille. Auf dem von den Gefangenen urbar gemachten Boden fanden sich hie und da ein paar grüne Tupfer, unklar von welchem Getreide; unter einem Dachvorsprung nahm ein Jagdhund kühl an ihm Maß. Zhuang Zigui fühlte sich fast schon wie auf dem Mond, er hörte sogar das knackende Brennen der trockenen Scheite im Ofen der Sonne. »Das ist ein natürliches Gefängnis«, erklärte Gao Feng, als er sich an den Tisch setzte und in seiner Schale herumstocherte. »Eine Senke in der Hochebene, rechts und links die hohen Schneehänge, über die selbst Geier schwer rüberkommen, an den Pässen an beiden Enden der Straße jeweils Wachposten und der Herr im Himmel hat ein paar tausend Verbrecher im Sack.«

Zhuang Zigui war die Haut an Mund und Nase aufgeplatzt, er nahm einen Löffel von seiner Suppe, sie war so salzig und scharf, dass er sie prustend wieder ausspuckte. Die spärlichen Gemüseblätter, die im Suppentopf einmal kreisten, hatten die Fahrer als Erstes herausgefischt, er legte die Stäbchen hin, während ein dicker Polizeibeamter von der Geheimgesellschaft der Älteren Brüder[57], feierlich den Mantel eines Gesetzeshüters um die Schultern, heraneilte, eintrat und in die Runde grüßte: »'tschuldigung! Hoffe, die Herren hatten keine allzu großen Unannehmlichkeiten durch mein Zuspätkommen!«

Der Schwarze ließ theatralisch seine Armbanduhr aufleuchten: »Der Herr Politkommissar Zhang, wir müssen leider, müssen heute noch in die Kreisstadt Yajiang, übernachten dort.« Politkommissar Zhang setzte hastig ein Lächeln auf: »Meine Herren, immer auf den großen Straßen unterwegs, da sieht man viel, da hört man viel, das weitet den Blick, da sieht man über so was hinweg.«

Sprach's und rief aus der Küche ein paar Gefangene, kahl und in blauer Kleidung, und sagte in scharfem Ton: »Was setzt Ihr den Herren hier so einen Dreck vor? Weg damit und Wildbret her!«

Die Stimmung wurde schlagartig besser, die Fahrer nahmen erneut ihre Plätze ein. Nicht lange und ein Festmahl der Hochebene aus Wolfs- und Geierfleisch, Wildhasen und Moschus stand auf dem Tisch. Politkommissar Zhang legte Uniformrock und Polizeimütze ab, öffnete die obersten Knöpfe des Hemdes, ließ eine dichte und dunkle Brustbehaarung sehen und brüllte: »Los geht's!«

Zwei Gefangene rannten mit großen Schritten auf ihn zu, stellten auf einen Schub ein Dutzend irdene Schalen auf, öffneten ein Dutzend Gaoliang-Flaschen und füllten gluckernd die Schalen. Politkommissar Zhang nahm als Erster eine Schale in beide Hände, trank sie in einem Zug aus und sagte: »Wir sind Soldaten, uns muss keiner zum Trinken zwingen, die erste Schale habe ich geleert zur Freude der Herren hier. Heute wollen wir uns mäßigen, jeder eine Schale und so langsam, wie es einem gefällt.«

Da lud ein richtiger Oberboss ein, Zhuang Zigui war schon darauf eingestellt, auf Biegen und Brechen mitzuhalten, als Gao Feng ihm heimlich einen kleinen Tritt versetzte, er begriff intuitiv, trank einen Schluck und begann im Lärm des Trinkens und Fingerratens kräftig zu kauen und zu futtern.

Das Bankett dauerte den ganzen Nachmittag, wenn das Essen kalt war, wurde es aufgewärmt und wieder kalt, das Bruderschaftsgefühl der Männer wuchs mit ihrem Appetit, groß war das Bedauern, einander nicht früher begegnet zu sein, man legte seinem jeweiligen Gegenüber als

Leckerei zum Schnaps mit dem Messer geschnetzelten Darm auf: »Dicker, so groß und dick wie du und keine Ahnung«, Politkommissar Zhangs Doppelkinn schlug gegen den Bauch des anderen Maitreya Buddha, »in dieser Ecke hier besteht das Wachpersonal gut zur Hälfte aus tibetischen Landsleuten, Spezialisten für die Jagd mit der Waffe, verstehe einer die Menschen und die Welt! Und jetzt das, kein gutes Thema!«

Um sich dem Busenfreund erkenntlich zu zeigen, wankten beide Dicken Arm in Arm zum Lkw, wiesen die Gefangenen an, ein paar Jutesäcke mit Saisongemüse wie Lauch, Laternenchili, Knoblauch und Blumenkohl von den Feldern Westsichuans abzuladen, alles Dinge, die man hier auf der Hochebene kaum zu Gesicht bekam. Im feisten Lachen des Politkommissars Zhang versanken mit einem Mal seine Augen: »Wow! Dicker! Ich besorge es deiner alten Mutter!« Er führte einen Veitstanz auf und boxte seinen Busenfreund; der große Dicke wich aus, faltete und drehte im Abendschein seine gewaltige Pranke und packte den Politkommissar wieder und wieder am Genick: »Es hätte nicht viel gefehlt und ich hätte die frische Ware meiner Liebsten in Yajiang geliefert.«

Die beiden sahen sich an und lachten laut, die Gefangenen, die mit hängenden Armen hinter ihnen standen, fingen auch an, dumm zu lachen, als sich plötzlich die Miene des Politkommissars veränderte, er streckte die fünf Finger von sich, drehte sich um und gab einem der Gefangenen eine schallende Ohrfeige: »Was gibt es hier zu lachen!«

Aus den Augen des Gefangenen sprühten Funken, die aber augenblicklich wieder erloschen, er senkte den Kopf und wischte sich das Blut von der Nase.

»Warum schlägst du ihn?«, sagte der Große mit zusammengezogenen Brauen.

»Gefangene müssen sich wie Gefangene benehmen, wo kommen wir denn hin, wenn jeder lacht, wie und wann er will!«, sagte der Politkommissar, wieder lachend. »Wir haben hier lauter Wiederholungstäter, Gewohnheitsverbrecher, Ausbrecher, zu allem entschlossene Konterrevolutionäre, kurz, den ganzen Müll, der ihnen in den anderen Umerziehungsgefängnissen Kopfschmerzen macht, schicken sie samt und sonders nach Xinduqiao, darunter machen sie es nicht.«

»Und von hier flieht keiner?«

»Eine einzige einsame Straße, an beiden Seiten zu, wo sollen sie denn hin?«

Am Ende lagen die Fahrer ohne Ausnahme unter dem Tisch, nur Politkommissar Zhang, der unter dem Himmel unangefochtene Säuferkönig, saß aufrecht und unterhielt sich köstlich. Er winkte, zwei von den kahlgeschorenen Gefangenen in blauer Kluft bugsierten die Schnapsleichen in ihre Zimmer, wuschen ihnen Gesicht und Füße in warmem Wasser, zogen ihnen die Klamotten herunter und massierten sie, kneteten sie durch, bis die Haut rot war und sie friedlich wie die Schweine schliefen. Gao Feng sollte später sagen, das sei der beste Schlaf seines ganzen Lebens gewesen: »Augen zu und Augen auf, warum musste es wieder hell werden?«

Zhuang Zigui hatte gut die Hälfte der Schnapsschalen ausgeschüttet, doch weil die anderen alle betrunken waren, musste auch er tun, als sei er voll wie ein Eimer und überließ sich zwei Gefangenen. Das war um die Abendzeit, die Hitze der Sonne hatte sich schlagartig verflüchtigt wie ein unwirklicher farbiger Luftballon, der beim ersten Windhauch hinter den Schneegipfeln versank und zu einem dünnen Eisball gefror. Als Zhuang Zigui in den hinteren Hof geschafft wurde, rieselten ein paar Schneefetzen herab, er hatte das Gefühl, die Wände des Hofs fingen an zu schwanken und flappend wie die Flügel eines seltsamen Vogels zu schlagen, die Schneegipfel draußen schienen leicht und kühl und wirkten wie ein weißes Zelt, das sich jederzeit zum Himmel heben konnte. Glücklicherweise war sein Zimmer nur ein paar Schritte entfernt, wo es warm war wie im Frühling, und bei dem in der eiskalten Nacht der Hochebene gut brennenden Kohlefeuer kamen einem so sentimentale Worte in den Sinn wie Mutter, Geliebte, Heimat. Zhuang Zigui kam nicht dazu, weiter darüber nachzudenken, er wurde nackt und bloß auf den Bauch geworfen, im Zwielicht sprangen zwei Gefangene auf das Bett, einer knetete sein Rückgrat, einer klopfte seinen Kopf, wie zwei Meister der Musik rührten und berührten sie in schweigendem Einverständnis leicht und langsam die Saiten seines Leibes, eine unsichtbare Tastatur schlug unter seiner Haut an, er stellte einen langen stinkenden Furz in die Ecke, entließ die faulige Luft aus seinem Körper, sein Darm war vollkommen durchsichtig, die Farbe seines Blutes wurde heller, in seinem Blut aufscheinende feine Kerne verbanden und stießen einander ab mit dem Klang von Jade und Perle. Nach und nach hatte er das Gefühl, sein Rücken werde zerteilt und im Widerschein des Kohlefeuers hingen die Eingeweide einzeln in der Luft wie Unmengen von Granatäpfeln auf unwirklichen Zweigen und Ästen. Das Auge in seinem Auge zwinkerte, als spottete die nach innen gerichtete Schau des Teufels der Trunkenheit der simplen körperlichen Hülle. »Entspannen, entspannen«, rief eine Stimme, es war eine nie erlebte Entspannung, längst hatte er Form und Struktur verloren, versank im Bett, fiel in die Tiefe der Hochebene, auf seiner Haut fanden Pferderennen statt, wurde Vieh gehütet. Er atmete lange aus und in diesem Ausatmen wurde der Himmel allmählich weiß.

Die beiden Gefangenen sprangen vom Bett, rangen nach Atem und betrachteten geistesabwesend den wie Kohlefeuer glühenden Körper, das leuchtende Hinterteil, den Rücken und den Kopf – ihr Werk, das sie ungern sich selbst überließen. Am Fenster klopfte es zweimal, das Gesicht eines bewaffneten Soldaten und ein im kalten Licht blendendes Bajonett blinkte. Es war wie das langsame Erwachen aus einem Traum, die beiden Gefangenen durchlief ein Zittern und ihre tierhaften Fänge bewegten sich gegeneinander, sie schimpften leise: »Bastard!« und spuckten an den Ort, den sie mit so viel Sorgfalt beackert hatten. Doch Zhuang Zigui war ganz woanders, er hatte noch nie begriffen, wieso sich unter einem trunkenen Boot immer ein derart gefährlicher Höllenfluss wälzte.

Die Kolonne hatte in Xinduqiao einiges an Zeit verloren und die Fahrer wollten möglichst viel Strecke gutmachen, doch die Hochebene war zwar flach, aber man konnte nicht schnell fahren, Gao Feng schaltete immer wieder hoch, aber am Ende musste er jedes Mal in den dritten Gang zurückschalten, es war, als werde der Wagen von einem Kobold nach hinten gezogen, was die bedauernswerte Maschine zu einem endlosen Röhren zwang. Glücklicherweise klarte das Wetter auf, der Horizont weitete sich, und die Leute waren ausgeruht. Gao Feng sagte, letzte Nacht habe ihm jemand im Traum den Augapfel gepflückt und ihn in heiliges Wasser gelegt: »Ich kann jetzt durch Berge sehen und habe keine Angst mehr vor ultravioletten Strahlen.« Um zu beweisen, dass er keineswegs die Kuh fliegen ließ, streckte er den Kopf in Richtung der brennenden Sonne aus dem Fenster: »Wie ist das?«

Zhuang Zigui musste lachen: »Du hast aber ganz kleine Augen.«

Gao Feng stieß einen Lacher aus: »Ich sehe vielleicht nicht so gut aus, aber einem mit dem Lenker in der Hand zeigen die jungen Dinger nicht die kalte Schulter. Ein Mann besteht nicht aus seinem Aussehen, der Verbrecher, der uns gestern den Schnaps eingeschenkt hat, der mit den großen Augen und den dichten Brauen, der sah haarklein aus wie der Held aus *Die Einnahme des Tigerbergs mit geschickter Taktik*[58] und sein Leben ist trotzdem das Letzte.«

»Du klingst, als würde er dir leidtun?«

»Mit einem Hundesohn hab ich kein Mitleid, nicht zu reden von den Hundesöhnen, die aus dem Haufen Hundesöhne in Xinduqiao herausgepickt wurden. Aber hey, wie hat dir die Behandlung durch die Hundesöhne gestern geschmeckt?«

»Sie hatten keine Lust, irgendjemanden zu behandeln.«

»Die Umerziehungspolitik der Partei ist einfach großartig.«

»Großartig sind in meinen Augen eher die Gewehrläufe der Partei.«

»Keine konterrevolutionären Reden bitte«, machte Gao Feng erst auf seriös, redete dann jedoch gleich selbst ohne Skrupel weiter: »Dass sie das Gefängnis in dieser Einöde gebaut haben, ist schon ein starkes Stück, die Hundesöhne wollen hier nicht hin, aber anständige Leute wie der Politkommissar Zhang auch nicht, das ist hier einfach das Territorium der tibetischen Landsleute.«

Zhuang Zigui muckste sich nicht, im Spiegel seiner Erinnerungen tauchte Zhuoma auf, aufrecht über ihrem Buch sitzend. Er wünschte sich sehr, sie wiederzusehen, und wenn es nur wäre, um eine Weile zuzuhören, wie sie mit ihrem murmelnden Tibetisch vorlas. Er war dabei, Schritt für Schritt zum Kern des Hochlandes vorzudringen, hatte sich längst an Butter, Tsampa, den Geruch der Rinder- und Schafherden gewöhnt, auf der Welt gab es viele Märchen von Wiedergeburten, vielleicht durchlief er selbst gerade eine. Das eigentliche Motiv seiner Reise, die Suche nach Yang Dong, war für ihn in diesem Augenblick hingegen kaum noch auszumachen.

Yajiang – Armeestation
der Hochebene – Litang

Yajiang ist der Name eines Kreises, in Wirklichkeit besteht das Ganze aber nur aus ein paar verfallenen Gebäuden, die über den Abhang am Fluss verstreut sind und aus großer Entfernung aussehen wie ein paar kleine braune Flicken am Hosenladen der Hochebene. Als die Kolonne ankam, war noch helllichter Tag, aber die Wagen brauchten dringend Pflege und Wartung, Zhuang Zigui ging der Arbeit aus dem Weg und stromerte durch die Straßen, alles war kahl und graudiesig, nirgends ein Grashalm. Und es gab mehr Hunde als Menschen, das war das Kennzeichen dieses Ortes, Hunde jeder Form und Rasse schlafwandelten wankend vor sich hin und gähnten Passanten ungeniert ins Gesicht. Unvermittelt entdeckte ein schlappohriger mit Schwären übersäter Köter seine Liebe zu Zhuang Zigui, ging, wenn er ging, blieb stehen, wenn er stehen blieb, wie ein Schatten. Unerklärlicherweise war Zhuang Zigui beunruhigt, er drehte sich um und scheuchte ihn, er zog sich träge ein paar Schritte zurück und starrte ihn mit abwesenden roten Augen an. Als Zhuang Zigui in die Hocke ging, um zu sehen, was er dann tun würde, legte er sich lang, riss in einer ganzen Reihe von Gähnern das Maul weit auf und von schlechten, gelben Zähne troff Sabber wie Lotuswurzelfäden zu Boden. Zhuang Zigui fing unwillkürlich selbst zu gähnen an. Am Straßenrand waren ein paar Anwohner, die ihn mit weiten Hundeaugen anschauten. Das Rauschen des Flusses unter der Stadt war seit Äonen das gleiche, der Boden zeigte ein leichtes, rhythmisches Wiegen, er richtete sich mit Mühe auf, ging ein paar Schritte weiter und immer mehr Hunde hefteten sich an seine Fersen. Die Welt war ein mit Hundefell bezogenes Lager, er trieb auf Hundefell umher, sein Fußbett juckte und tat weh, Läuse und Flöhe standen besser im Futter als die Menschen, unter dem Lampenschirm des Gewölks hing die sinkende Sonne wie eine Glühbirne, Zhuang Zigui hatte das Gefühl, sein wahres Selbst liege auf der Erde und nur sein Schatten schreite aufrecht voran.

Urplötzlich explodierte hinter ihm ein wüstes Gekläff, er drehte sich um, das Vieh war schon kopflos auseinandergelaufen, unter dem Hals des Hundes mit den Schlappohren klaffte ein Loch, aus dem Blut quoll, ein Tibeter wischte sein Messer am Rücken des zuckenden Tieres ab, hob den Kopf und lächelte in Richtung Zhuang Zigui: »Freund, Messer, gutes Messer.«

Er zog sich eine scheckige große Stoffweste von der Schulter und zeigte der Reihe nach die tibetischen Messer, die darin steckten, lange, kurze, Griffe mit Karneolintarsien, aus Silber, aus Bronze, alles, was das Herz begehrte. Zhuang Zigui kam in Versuchung, er wollte eins kaufen als Erinnerung an diese einsame Reise: »Was kostet eins?«

Der Tibeter wies auf den toten Hund: »Gutes Messer.«

Er nickte und fragte noch einmal: »Was kostet eins?«

Der Tibeter machte mit leuchtendem Gesicht eine umarmende Bewegung: »Viel geben.«

Vor dem strahlenden Pickelgesicht hatte Zhuang Zigui etwas Furcht.

»Viel geben.« Der Tibeter tanzte mit Händen und Füßen.

Zhuang Zigui fragte jedes Wort genau abwägend: »Wie viel ist viel geben? Fünf Yuan? Zehn Yuan? Fünfzehn Yuan?«

Das Lächeln des Tibeters gefror: »Du nicht genug Freund!«

Zhuang Zigui sah die jäh aufsteigende Feindseligkeit und beeilte sich, ihm einen Zehn-Yuan-Schein hinzuhalten: »Ich kaufe eins!«

Der Tibeter zog ein beleidigtes Gesicht: »Wenige!«

Zhuang Zigui legte noch zehn Yuan drauf.

Der Tibeter hob den kleinen Finger: »Das deins!«

Zhuang Zigui legte noch drei Yuan drauf.

Der Tibeter zog das Messer: »Witz machen?!«

Zhuang Zigui nahm die Beine in die Hand und lief, verdammt nochmal, eine ganze Meute von Tibetern und tibetischen Hunden tauchte auf einmal aus dem Nichts auf. Kreiste ihn ein. Hier hätte es kein Entkommen gegeben, wären als Retter nicht die Fahrer auf den Plan getreten.

Der große Dicke schnappte sich den tibetischen Landsmann, der den Anführer machte, streckte den Daumen aus: »Hällo, Freund, das deins!«

Der Tibeter hielt ein ellenlanges schneeleuchtendes Messer fest in der Hand: »Er nicht genug Freund!«

»Er kennt die Regeln nicht«, sagte der große Dicke erklärend und ging das Thema, einer Eingebung folgend, auf der Stelle anders herum an: »Gutes Messer!«, lobte er, und noch bevor sein Gegenüber antworten konnte, streckte er die Hand aus und nahm das Messer.

Aus der Meute schrie jemand: »Die Kerle taugen nichts!« Aber der Anführer der tibetischen Landsleute zögerte bereits, der Chinese, der ihn um einen halben Kopf überragte, nutzte das, zog seinen Kameraden der Reihe nach ein paar Münzen aus der Tasche und stapelte das klingelnde Spielzeug vor aller Augen auf den Boden, winkte dem Tibeter, sich mit ihm auf die Hacken zu setzen, und sagte gestikulierend: »Was da liegt, ist alles, was wir haben.« Mit diesen Worten teilte er das Ganze in zwei ungleich große Haufen und schob den größeren dem Tibeter hin: »Wenn du den willst, behalte ich den.«

Das Gesicht des Tibeters blühte augenblicklich auf, und er warf einen Kittel über die beiden Münzhaufen: »Freund, viel! Hällo!«

Der große Dicke zögerte mit Absicht: »Freund, das.«

Der Tibeter steckte ihm zwei Messer zu, ein langes und ein kurzes, und, eine Erklärung war nicht nötig, strich das Geld mit sichtlichem Behagen ein. Bevor er ging, klopfte er noch Zhuang Zigui auf die Schulter, streckte die Zunge heraus und bekundete sein Bedauern.

Der Große führte den zu einem Holzhuhn erstarrten Zhuang Zigui am Arm fort und ging mit breiten Schritten in der Straßenmitte. Der große Münzhaufen mit Ein-, Zwei- und Fünf-Fen-Münzen ergab zusammen nicht mehr als zehn Kuai, nicht einmal die Hälfte von Zhuang Ziguis »wenige«, während das lange und das kurze tibetische Messer mit den Silberintarsien, gering geschätzt, gut hundert Yuan wert waren. Gao Feng sagte: »Großer, ein Jammer, dass du in China zur Welt gekommen bist, in Amerika wäre bestimmt ein Millionär aus dir geworden.«

Der Große sagte lachend: »Keine große Sache, einen Tibeter über den Tisch zu ziehen, diese Barbaren weigern sich einfach, Zivilisation anzunehmen, da kommt man nie auf einen Nenner, rote Augenbrauen, grüne Augen, wenn man ihnen um den Bart geht, sind sie wirklich unglaublich großzügig. Wenn die Partei es erlauben würde, könnte ich bestimmt mit derem Geld ganz Tibet kaufen.«

Der Schwarze warf ein: »Dann wärst du der Sklavenhalter aus dem Film *Der Leibeigene*, bei der nächsten Landreform würdest du die Kugeln zu spüren bekommen.«

Zhuang Zigui, noch immer verunsichert, sagte: »Die tibetischen Landsleute glauben doch an Buddha, wie können sie da einfach so etwas Lebendiges töten?«

Der Große sagte: »Die Männer vom Stamm der Khampa sind unglaublich tapfer und wild, wenn sie kämpfen, wenn sie das Messer ziehen, dann wollen sie Blut sehen, oder sie ziehen Röcke an und gehen als Frauen. Früher haben die lebenden Buddhas sie gezähmt, da waren sie noch freundlich; aber seit der Dalai Lama, der höchste der lebenden Buddhas, abgehauen ist, seit in der Kulturrevolution die Tempel dem Erdboden gleichgemacht worden sind, seit die Mönche nach Hause geschickt worden sind und der Vorsitzende Mao ja auch kein Wort Tibetisch spricht, seitdem kommt die Wildheit der Khampa immer wieder und überall durch.«

Die Fahrer kehrten plaudernd und lachend in ihr Hotel zurück und nach einem kurzen Nickerchen wurde im Speisesaal zu Abend gegessen. Auf dem Tisch war keine Spur Grün, weswegen in der Truppe viel geseufzt und gestöhnt wurde. Ein Fahrer namens Tiantian sagte: »Man sollte dem Dalai und dem Penchen Lama diese ganze trostlose Gegend zurückgeben, verdammt, die ganze Abrackerei hier, Monat für Monat und Jahr für Jahr irgendwelches Zeug durch die Gegend zu fahren, können wir uns dann sparen.«

»Was du da redest, nennt man Landesverrat. Unter

der Hochebene liegt Gold, verstehst du?«, kritisiert der Schwarze.

»Wieso sieht man dann keine Goldgruben?«

»Das wird denen nach uns überlassen, wenn unsere Generation schon alles ausbeutet, was sollen die nach uns dann noch machen?«

»Du klingst wie die *Volkszeitung*«, rümpfte Tiantian die Nase, »Hundertjahrespläne für das Wohl der Enkel, in Wahrheit würden sie nur zu gern den Boden zehn Meter tief aufreißen.«

Gao Feng stimmte zu: »Wie beim Großen Sprung '58, da haben sie die Bäume gefällt und die Spatzen totgeschlagen.«

»Ihr seid wirklich durch die Gehirnwäsche der Kulturrevolution gegangen, ihr mit eurem Gezänk«, sagte der Große sarkastisch.

Gao Feng fragte: »Großer, ich habe gehört, unter die Befreiung Tibets hat noch Premier Zhou seinen Namen gesetzt?«

»Chen Yi[59]«, sagte der Schwarze.

»Der Premier«, korrigierte der Große.

»Chen Yi«, beharrte der Schwarze.

»Wer unterschrieben hat, macht keinen Unterschied«, glättete Zhuang Zigui die Wogen, »sind sowieso alle hin.«

Die Fahrer lachten, der Große trank von seiner Suppe und sagte: »So gesehen ist ja alles egal, trotzdem, es gilt immer noch, je größer das Land, umso besser, ein großes Land ist reich. Ganz früher soll Korea, Vietnam, Japan, alles mal zu China gehört haben.«

»Dieses Jahr ist ein echtes Katastrophenjahr«, sagte Tiantian, »im Frühjahr ist der Premier gestorben, dann haben sie den Zwerg Deng voll auf die Knie gezwungen, am

Qingming-Fest gab es in Peking die konterrevolutionären Aufstände vom 5. April, das ganze Land war ein aufgeschreckter Hühnerhaufen und auch der Vorsitzende Mao hat lange keine ausländischen Gäste mehr empfangen.«

»Den Premier verehre ich am meisten«, sagte Gao Feng, »was der draufgehabt hat, wie der geredet und was der hergemacht hat, *hehehe*, ich habe gehört, zu seinem Tod hat auch der Dalai Lama ein Beileidstelegramm geschickt.«

»Der Premier war der Dalai Lama von uns Chinesen«, verkündete der Große.

»Und der Vorsitzende Mao?«, fragte Gao Feng.

Der Große kratzte sich verblüfft an der Stirn: »Wie heißt der Chef vom Dalai?«

»Tathagata Buddha«, half ihm Gao Feng aus.

»Quatsch, völlig daneben. Der Tathagata ist aus dem Ausland, das ist wie der deutsche Verwandte vom Vorsitzenden Mao, dieser Marx.«

Der Schwarze schlug sich gegen die Stirn und sagte: »War das nicht was mit ›Zen‹?«

Der Große schlug mit der flachen Hand auf: »Ich weiß es wieder, der Penchen, das habe ich vor einiger Zeit in der ›Wochenschau‹ gesehen.«

»Anders herum«, sagte Gao Feng mit einem Schmollmund, »der Dalai ist der Chef vom Penchen …«, auf einmal stutzte er und der Bissen Reis blieb ihm im Hals stecken. Sein Blick war auf einen tibetischen Landsmann gefallen, der ihn unverwandt anstarrte, woraufhin von draußen noch ein paar von ihnen hereinkamen und einander begrüßten, in schwarz nachgedunkelten tibetischen Fellmänteln, den Kopf voll kleiner Zöpfe, auf einen Blick war klar, dass es sich um Hirten von der Hochebene handelte.

Sie bauten sich hinter den Fahrern auf, alle nur Haut und Knochen wie der Hungergeist selber, ihre gleichermaßen grauen Gesichter von Fliegen umschwirrt. Die Fahrer legten wie auf Verabredung Schalen und Stäbchen hin, wie auf ein stilles Zeichen kamen von den tibetischen Landsleuten ein paar Hällos und die düsteren Wolken verzogen sich.

Sie kippten sich ununterbrochen Suppen- und Essensreste unter ihr Brustteil und streckten dann die Hand hinein und rührten matschend darin herum, Zhuang Zigui war verwirrt und fragte Gao Feng unauffällig: »Sind ihre Fellmäntel wasserdicht?«

Gao Feng wusste das auch nicht und stupste den Großen an. Der Große nickte und zeigte einem Tibeter den aufgerichteten Daumen: »Hällo!«

Der Tibeter lachte dumpf wie ein freundlicher Vogel Strauß.

Der Große bildete mit beiden Armen einen Kreis.

Der Tibeter begriff und zog aus dem Mantel beschämt einen Aluminiumtopf, mit der linken knetete er darin sorgfältig Tsampa, zog ein Stück ab und reichte es dem großen Dicken zum Probieren. Der lehnte hastig dankend ab. Die Fahrer verzogen keine Miene. Zhuang Zigui seufzte: »Jetzt sind die Leibeigenen schon so lange frei, und die Not ist noch so groß!«

Die Fahrer gingen zum Gästehaus zurück, legten sich vollkommen geschafft etwas hin, und Gao Feng sagte: »Ja, so eine Gelegenheit wie die Muskeldehnung und die Massage von den Gefangenen kommt nicht wieder. Nächster Halt ist Litang, die höchstgelegene Kreisstadt der Welt, Bruder, ruh dich gut aus, damit du ordentlich fit bist.«

Zhuang Zigui hatte kaum die Augen geschlossen, als er im Traum schon den Aluminiumtopf in der Jacke des Tibeters sah und im Topf den weit aufgerissenen Rachen des schlappohrigen Hunds, er selbst tunkte Tsampa in das Hundeblut, eine Weile und der Hund war zu feinem Puder zerrieben. Er atmete kurz und schnell, überall Hundefell zwischen den Zähnen wurde er wach, weil er musste. Im Raum nebenan plauderten die Fahrer, ohne daran zu denken, dass Wände Ohren hatten.

»Wir wissen nichts Genaueres über ihn«, sagte der Schwarze.

»Sieht nach einem Studierten aus.«

»Und wenn er die Höhenkrankheit bekommt und es ihn umhaut, was dann?«, fragte Gao Feng.

»Wir sind jetzt schon so weit, selbst wenn er Lepra hätte, müssten wir ihn mit hoch nehmen«, sagte der Große, »in der Oper *Der See der Familie Sand* singt die Schwägerin A Qing: ›Das ganze Land ist brüderlich, das ist der erste Pflock.‹«

»Und wenn er ein Konterrevolutionär ist?«

»Das steht ihm doch nicht auf die Stirn geschrieben, dafür können wir doch nichts.«

»Man kann auch erkennen, was nicht auf die Stirn geschrieben steht«, sagte Gao Feng, »im letzten Monat konnten sie in der Ningxia-Straße, am Gaosun-Deich und in der Zhuangyuan-Straße die Gefängnisse nicht mehr schließen, alles wegen der Trauer um den Premier Zhou am 5. April, dem Qingming-Fest, und dann sind die, jeder einzelne, nach Strich und Faden verprügelt worden. Unser Landsmann ist ein Kapaun, melancholisch und empfindlich, kein Kampfhahn, der mit geschwellter Brust irgendwelche Parolen in die Welt kräht.«

»Bestimmt ein Undercover-Agent«, machte Tiantian sich lustig.

»Verdammt, da bist eher du ein Agent, schaut euch die Gaunervisage nur an, die braucht nicht mal Schminke.«

Kaum aus Yajiang heraus, ging es bergauf, die Wagen erreichten den engen Pass, als es gerade erst hell wurde, von hinten war Gehupe zu hören, Gao Feng sah im Seitenspiegel einen Militärkonvoi herankommen, wich zur Seite aus und ließ ihn vorbei. »Da vorn ist ein Militärstützpunkt, dort essen wir was«, sagte er.

Eingepackt in weißem Nebel stieg die Morgensonne vor einem gigantischen blauen Hintergrund aus Glas auf, nicht warm, nicht blendend. Zhuang Zigui hatte das Gefühl, seine Schläfen würden von zwei unsichtbaren Händen wie von einem Ring umschlossen und seine Hirnflüssigkeit schlüge Blasen, als wolle sie aus der Schädeldecke heraus, seine Augäpfel schmerzten fürchterlich, er konnte nicht anders, als bei Gao Feng Halt zu suchen. »Das ist die Hochebene«, Gao Feng gab ihm sofort ein Mittel, um den Druck zu verringern. Es ging die Hochebene Stufe für Stufe immer höher, im Augenblick fuhren sie auf 4500 Meter über dem Meeresspiegel, die Schneeberge auf beiden Seiten der Straße waren niedrig und geduckt, auch die in Gedichten über das Schneeland oft besungenen Felsadler konnten nur noch niedrig fliegen, sie streiften schon das Führerhaus.

Nach zwei Stunden hatten die Wagen die Militärstation erreicht, dem harten und glänzenden Himmel wurde ein großes Loch geschlagen, die Sonne zwängte sich hinaus und Glassplitter in allen Farben des Regenbogens besteckten die Hochebene. Ein brennendes Gefühl, das die

Haut zerschnitt, die Blutstropfen der Sonne trieben Kirschen in dürrgelbem Gesträuch, an den Hängen ruhten Adlerschwärme, die sich zur Sonne reckten und mit dem Gesträuch verschmolzen; ihr Gefieder sah welken Kirschblättern verblüffend ähnlich.

In der großen Senke am Fuß des zur Sonne zeigenden Abhangs lag die Militärstation, der vor ihnen dort angekommene Konvoi stand in ordentlichen Reihen zwischen den Kasernenblocks. Soldaten strömten aus den Unterkünften, die Gesichter fleischig rot wie Kinderpopos, im Grunde alles tibetische Landsleute in Uniform. Diese achtzehn, neunzehn Jahre alten großen Kinder zerrten an den Fahrern herum, fragten dieses, fragten jenes und luden sie zum Frühstück in die Baracken wie zu einem Fest.

Reis, scharf eingelegte Senfwurzeln, rot gebratenes Yakfleisch, die Küche hatte für die Fahrer eigens ein paar Dosen grüne Bohnen aufgemacht für einen Topf Suppe mit etwas Grün darin. Nach ein paar Happen schon waren die Schalen der großen Soldaten leer und sie drängten sich mit dem leeren Geschirr lärmend um sie herum. Nach einer Weile kam der Feldwebel und brüllte in feurigem Ostsichuan-Dialekt: »He, da laus mich doch der Affe, da bekomme ich nicht mit, dass wir Gäste aus dem Inland haben! Wenn ihr schon bei Männerbesuch so durchdreht, wie wär das erst bei Frauen!«

Ein alter Haudegen antwortete: »Wie wohl? Wir würden uns die Augen aus dem Kopf glotzen und am langen Arm verhungern.«

Der Saal dröhnte vom Gelächter der Soldaten, auch der Feldwebel konnte sich das Lachen nicht verkneifen: »Benimm dich, was sollen die Landsleute von uns denken!«

Die Meute löste sich auf, der Feldwebel sagte: »Ist auch kein Wunder, die Rotärsche hier, ihre Kaserne liegt am Arsch der Welt, die bekommen das ganze Jahr kaum jemand von draußen zu sehen, die Umerziehungslager haben noch häufiger Besuch, so gut haben die Soldaten es hier auf der Hochebene nicht. Ach, alles für ein neues Tibet, muss ja wohl sein.«

»Kommen hier nie Angehörige zu Besuch?«, fragte Zhuang Zigui neugierig.

»Letztes Jahr war nur die Frau vom politischen Instrukteur da«, sagte der Feldwebel, »die unerfahrenen Rotärsche sind vorn und hinten um sie herumscharwenzelt und konnten die Augen nicht mehr von ihr lassen, am liebsten hätten sie die Dame bei lebendigem Leibe aufgefressen – dies Jahr hat sie sich nicht mehr hergetraut.«

Ein älterer Soldat mischte sich ein: »Feldwebel, du musst deine Frau auch mal für eine Beschau herschaffen!«

»Geht nicht, sie ist zu schwach, kann sich kaum auf den Beinen halten, die Hochebene wäre ihr Tod.«

Gao Feng zeigt auf Zhuang Zigui und sagte: »Mein Bruder hier hatte auch die Höhenkrankheit, hätte ihn fast umgebracht.«

»Da muss man aufpassen«, sagte der Feldwebel, »nach Neujahr haben wir in einer Nacht zwei neue Rekruten verloren. Sind am Tag noch putzmunter rumgesprungen, haben auf der Willkommensparty noch ›jinzhuma-miyalasuo‹ gesungen – was auf Tibetisch »Dank den Brüdern von der Volksbefreiungsarmee« heißt –, dann hatten wir die halbe Nacht üblen Schneesturm, da hat der Boden gewackelt, aber alles hat tief und fest geschlafen – und beim Morgenappell haben wir dann zwei stocksteife Leichen rausgetragen. Es heißt, die tibetischen Landsleute haben eine besondere Medizin zur Behandlung der Höhenkrankheit, aber unsere Disziplin erlaubt keinen Kontakt mit Einheimischen.«

Danach war die Stimmung im Keller, der große Dicke wechselte das Thema: »Habt ihr hier denn gar keine Unterhaltung?«

Ein Soldat sagte: »Meistens spielen wir Tischtennis, in der Halle Basketball, Schach oder Karten. Oder wir liegen eingemummelt in der Falle und unterhalten uns.«

»Was redet ihr denn da?«, wurde der Große wach.

Der Soldat starrte auf den Feldwebel. Der winkte mit der Hand: »Sind alles Landsleute, und keine Genossinnen anwesend – passt schon!«

»Auf dem Militärposten gibt es keine Frauen, aber auf den Wandkalendern von den acht revolutionären Modell-Opern. Li Tiemei in der *Legende der Roten Laterne* ist total verschrumpelt, aber Ke Xiang[60] genauso wie Wu Qinghua[61] haben solche Dinger, die Kameraden schreiben hier und dort was drauf, so an den wichtigsten Punkten. Unanständige Geschichten eben, einer wie der andere, und wenn einem der Sack platzt, rubbelt man sich einen unter der Decke. He, rubbeln ist besser als ficken, und im Kopf ziehst du die paar Dutzend Schauspielerinnen vom *Roten Frauenbataillon* durch ...«

»Das reicht!«, brüllte der Feldwebel schnell dazwischen, »das nimmt ja kein Ende mehr, seid ihr noch Soldaten?«

Die Kameraden brüllten vor Lachen, selbst die Neuen wurden übermütig, einer, dem die Naivität aus dem Gesicht sprach, meinte: »Was'n das, Soldat? Wenn man keinen Schwanz hat?«

»An Neujahr war die Bezirkspropagandatruppe der Provinz in Yajiang, die wollten auch nicht hier rauf, vielleicht hatten die Soldatinnen Angst, ihnen frieren die Titten ein?«

»Wer will da Soldat sein?«

»Wer will da nicht Soldat sein?« Ein eisig schneidendes Heulen schlug plötzlich von draußen in den Raum.

»Politinstrukteur!«, der Feldwebel sprang vom Tisch auf und nahm knallend Haltung an. Die Atmosphäre war schlagartig frostig, die Soldaten bildeten mechanisch ein Spalier.

»Wer da nicht Soldat sein will, soll gehn! Die Fahrzeuge stehn draußen«, sagte der Politinstrukteur scharf, »aber, in welche Ecke der Welt du auch gehst, auf der Stirn wird ein Wort eingegraben sein: De-ser-teur. Der Vorsitzende Mao, die Kommunistische Partei und das revolutionäre Volk haben uns diese Militärstation anvertraut, um die Grenze zwischen Sichuan und Tibet auszubauen und zu verteidigen, das ist unsere Mission, und das wiegt schwerer als der Berg Tai, Ruhm, Mensch, Genossen! Ihr dürft nicht vergessen, hier ist der Ort, an dem unsere Waffenbrüder ihr wertvolles Leben geopfert haben!«

Die Augen des Politinstrukteurs wurden feucht, der Schneesturm heulte vor den Baracken, als pfeife die Sonne mit ihren weißen Lippen. Die Soldaten ließen die Köpfe hängen. Gao Feng trat dem großen Dicken heimlich auf den Fuß, der schoss hastig hoch und sagte: »Wir danken den Genossen der Volksbefreiungsarmee für die freundliche Unterhaltung! Wir Fahrer von der regionalen Spedition werden gewiss von eurem erhabenen, Wind und Wetter trotzenden Geist lernen: Mehr und schneller, für den Aufbau von Tibet! Die Zeit drängt, das tibetische Volk wartet auf unsere Fracht, wir müssen!«

»So eilig?«, sagte der Politinstrukteur, um sie zu halten, »die Kämpfer und Kommandeure der Militärstation erwarten doch, dass ihr uns etwas über die revolutionäre Lage im Inland erzählt.«

»Die Lage ist *ganz* gut, nicht nur ganz *gut*, die Volksmassen sind längst voll mobilisiert.« Die Fahrer zogen sich zur Barackentür zurück, wobei sie wie aus einem Munde die neuesten Politparolen herunterbeteten.

Als der Politinstrukteur sah, dass sie nicht zum Bleiben zu bewegen waren, griff er die Eingangstür und schüttelte den Gästen einem nach dem anderen die Hand, mit feierlicher Miene, wie ein älterer Beamter, der auf einer Trauerveranstaltung die Familienangehörigen des Verstorbenen tröstet.

»Auf dem Rückweg seid ihr Gäste der Militärstation! Unbedingt! Nach dem Tod von Premier Zhou sind die Politinstrukteure voll brennender Sorge um Land und Partei, doch Informationen kommen nicht schnell über See und Gebirg, Zeitungen kommen nur alle zehn, vierzehn Tage einmal, wir alle, Offiziere wie Soldaten, hoffen so sehr auf diesen realistischen Bericht über die Linienkämpfe durch Sie.«

Entsetzt machten die Fahrer, dass sie wegkamen, Zhuang Zigui vergaß sogar, auf die Höhenkrankheit zu reagieren, wie ein gut abgerichteter Wolfshund war er mit drei Sätzen im Wagen. Als die Fahrer ein letztes Mal durch das von Eisblumen verzierte Fenster zur Militärstation zurückschauten, sahen sie lediglich noch ein großes, vor grünen Militärameisen wimmelndes Nest vor den Baracken, die ostentativ langsam die vorderen Gliedmaßen bewegten. »'dammt«, murmelte Gao Feng, »fast wie eine Beerdigung.«

Die Stimmung war auf null, den ganzen Weg fiel kein Wort, und Zhuang Zigui machte das Beste daraus: ein Nickerchen. Ihm träumte, Himmel und Erde seien zwei brummend kreisende, von einem blinden Esel gezogene Mühlsteine, in dessen Mitte er, nicht größer als ein Sesamkorn, versank. Durch die gewellt miteinander verzahnten Steine erspähte er, wie der Kopf des Esels beständig in die Länge gezogen und wieder zusammengedrückt wurde. Als er unterwegs wach wurde, war er ganz woanders und hatte das Gefühl, die Sonne sei mit dem Wagen auf einer Horizontlinie und ein mit schwankenden Lichtern frontal auf sie zukommender Lkw, der unterwegs den violetten, von den Mühlsteinen Himmel und Erde gemahlenen Staub verstreute; Gao Feng hielt das Lenkrad fest und hatte Goldstaub auf Handrücken und Unterkiefer. Träumend schloss er wieder die Augen, und im Nu stürzten ihm Himmel, Erde, Sonne, Mond, Hochebene und Wagen in die Pupille, der Eselskopf Gottes wurde kleiner, und aus dem tiefen Maul des Esels kam eine Stimme: »He, he, wir sind da.«

Zweifelnd rieb er sich die Augen, starrte Gao Feng konzentriert an und fragte: »Hng?« Er konnte sich seinen Tagtraum nicht erklären und murmelte: »So schnell?«

»Schnell? Du hast über fünf Stunden gepennt, mein Lieber, in der Sänfte sitzen ist nicht dasselbe wie die Sänfte tragen!«

Er stand auf einer Kreuzung der Kreisstadt von Litang wie ein Astronaut, der weich auf einem fremden Stern gelandet war, und musterte die Schneegipfel ringsum: »Über fünf Stunden? Nicht möglich.«

Er hob den Kopf zum Himmel, die Hochebene lag unter einer gigantischen Glasglocke. Entsprechend dünn war die Luft. Zhuang Zigui atmete mit offenem Mund, und die

Lehmhäuser, die unordentlich zur Straße blickten, rangen nach Atem wie er. Die Fahrer aßen hastig etwas in einem kleinen Imbiss neben dem Parkplatz und eilten zum Gästehaus des Kreiskomitees. Die untergehende Sonne war ein roter Papierdrache, angebunden jenseits der Glasglocke, die kalten Strahlen wirbelten wie Luftschlangen im Wind, der Stallgeruch von Rind, Schaf, Hund, Pferd und den Menschen der Hochebene erfüllte die Abenddämmerung, Tibeter mit dem Messer quer im Gürtel waren hier und da geschäftig unterwegs. Plötzlich flammte rechts an der Lehmmauer ein schweres Löwengebrüll auf, allen flogen unisono die Köpfe herum, doch ebenso unisono flogen sie auch wieder zurück, und sie hasteten ihres Wegs. Zhuang Zigui, der nicht wusste, was los war, hatte gerade einmal »Ach!« gemacht, als er von dem großen Dicken am Arm gezogen wurde und weitertaumelte, aber das Zeichen war ihm bereits in die Stirn gebrannt.

Da hatte ein Paar Sex auf offener Straße, im Stehen! Den Mann umwirbelte ein an der Taille hochgebundener Militärmantel, den Unterleib vollkommen entblößt, seine breiten Schultern verdeckten die Frau vollständig, Zhuang Zigui erhaschte lediglich einen kurzen Blick auf zwei dürre Arme, die von den Schultern des Mannes hingen. Der Papierdrache der untergehenden Sonne krachte auf die Erde, zerbrach den Horizont und war augenblicklich verschwunden. Doch die beiden hatten ihren Höhepunkt noch nicht erreicht.

Und die Sichel des Mondes steckte schief auf dem Gipfel eines Schneebergs.

Eingecheckt im Gästehaus, lehnte Zhuang Zigui mit dem Mantel um die Schultern am Bett, als auf einmal eine erstickende Einsamkeit seine Kehle packte. Er wollte nach Hause, ohne Wenn und Aber zurück zu einem Ort, an dem er mit der chinesischen Gesellschaft atmete, ihr Schicksal teilte, wo die Leute tiefen Anteil nahmen an den großen Angelegenheiten des Staates und durch die Straßen und Gassen Gerüchte weitergegeben wurden. Zhuang Zigui war gewohnt, Lügen, Katastrophen, Hungersnöte, die Leitartikel der *Volkszeitung* und die Artikel der Kommentatoren gegen den Strich zu lesen, für ihn war ein mieses Leben besser als ein guter Tod.

Und diese Reise ging ihm jetzt wirklich zu weit, das Weltall war derart endlos, das Leben bewegte sich derzeit ganz im Staub der Erde. »Mama«, murmelte er unwillkürlich. In diesem Augenblick galt der Ruf nicht nur der Frau, die ihn geboren und aufgezogen hatte, sondern hatte eine abstrakte Implikation. Er wurde von dem Wort »Mama« bedrängt, als sehe er, wie dieses Wort in der Leere den ersten Blitz auslöst, der Augenblick, in dem Ei und Same aufeinandertreffen – war Gott in diesem Augenblick anwesend? Er nahm einen Stift und schrieb:

Du gehst auf dem Meeresboden, das Meer steht auf, eine Barriere aus Kristall. Du hast viele Barrieren überwunden, da vorn bleibt noch ein ähnlicher Bergzug. Eine gelassene Riesenhand liegt auf ihm, Menschen im Tiefschlaf erscheinen zwischen den Fingern, rollen sich ein und vergehen mit der Zeit. Du siehst verstohlen die nackten Körper der Eltern beim Sex, eine geschlossene, vollkommene Muschel. Du wirst in Form gepresst in der Plazenta, Stimmen erzählen dir abwechselnd die Geschichte deiner Geburt.

Der 27-jährige Zhuang Zigui schien an den Ufern der Zeit in wenigen Tagen Jahrhunderte weit gewandert, die Heimat war in seinen wiederholten Rückblicken wie eine Eierschale allmählich in die Ferne getrieben. Wegen Yang Dong, dieser zufälligen Begegnung, hatte er sich spontan auf den Sichuan-Tibet-Trail gemacht, doch war Yang Dong noch vor ihm? Seit der Überquerung des Erlang hatte er Schritt für Schritt das Jahr 1976 mit seinen großen historischen Veränderungen verlassen und war in dieses weite, fremde Land vorgedrungen – es hatte einen eigenen Körper, ein eigenes Herz, und das hatte mit der Kommunistischen Partei und mit Zhuang Zigui nichts zu tun.

Er wälzte sich herum. Die Zudecke war gut eine halbe Elle dick und drückte einem wie eine Gesteinsschicht die Luft ab. Die Hochebene hatte nicht genug Elektrizität, Lampen mit hundert Watt waren nicht mehr als flackernde Funzeln, und kaum war es zehn Uhr, hörte selbst das Flackern nach und nach ganz auf. In Zhuang Ziguis Schädel wurde es heiß, er bekam Nasenbluten, setzte sich rasch auf und riss Baumwolle aus der Zudecke, um die Blutung zu stillen. Der Wind auf dem Dach stürmte sehr rhythmisch, *huuu-hu-hu*. Einmal lang, zweimal kurz, und dann wieder von vorne, als wären über ihm zwei große entzündete Nasenlöcher.

Er zog den Vorhang hoch und schaute in die Ferne. Die Schneeberge wogten durchnässt und mit hochgezogenen Schultern auf und ab wie ein wanderndes Seeungeheuer, das kopfüber in einem mit weißer Jade ausgelegten Brunnengrund hing, in dessen Öffnung kaskadenartig das Mondlicht stürzte. Winzige Schneeflocken rieselten müßig, die Fischschwänze schwingend, im klaren Glanz der das Licht reflektierenden Schuppen herab. Zhuang Zigui hatte das Gefühl, die Schneeberge kämen geradewegs auf ihn zu, die fleischigen Hufe hoch in der Luft, und er ließ den Vorhang herunter. Im Zimmer war es feucht und kalt, eine lange, schwer zu ertragende Nacht, draußen fingen die Hunde wieder zu bellen an, eine Kettenreaktion, erst einer, dann zogen ein paar, dann ein paar Dutzend weitere nach, und schließlich klang es, als würden sie einander jagen und in Stücke reißen.

Tshangyang Gyatshos[62] Liebeslieder

Gao Feng schrie: »Hey, hey, wir müssen los!«

Die Fahrer traten aus dem Hotel, der Himmel war voller Sterne, die Erde lag in silbrigem Licht. Sie entzündeten auf der weiten Schneedecke ein paar große Feuer, um das Eis von den Schnauzen der Wagen zu schmelzen, danach steckten sie die Kurbeln hinein und drehten energisch, um die Motoren anzuwerfen. Die Lkws heulten einer nach dem anderen auf und verstummten wieder; heulten auf und verstummten erneut. Der Wagen des großen Dicken brauchte über zehn Minuten, und es brauchte ein paar Mann, bevor er ein Brummen von sich gab.

Gao Feng fuhr als Erster los, stippte seine Finger in Wasser und wischte an seinem ölverschmierten Gesicht herum, aber ein Flecken Motoröl war bereits in die Haut gedrungen und bildete ein blasses Muttermal. Zhuang Zigui nannte ihn ein Gespenst, Gao Feng löschte das Licht im Führerhaus und wurde in der Dunkelheit noch mehr zu einem Gespenst, das sich schimpfend einen hinter die leuchtend weißen Schneidezähne goss, während es langsam seinen Gespensterwagen fuhr. Als der Himmel aufhellte, erreichten sie auf 5000 Meter über dem Meeresspiegel den Berg Haizi. Zhuang Zigui wollte erneut schier der Kopf platzen, Gao Feng schaltete das Nachtlicht aus und wandte ihm gerade den Kopf zu, um zu zeigen, dass er sich Sorgen machte, als er urplötzlich wahrnahm, wie vor dem Wagen irgendetwas kerzengerade zu Boden ging. Er rief: »Mist!«, zerrte wild am Steuerrad und stieg in die Eisen, doch der Wagen rutschte quietschend noch ein Dutzend Klafter an den Straßenrand und das rechte Vorderrad versank in einem Schneegraben. Die Fahrer kamen von hinten heran und der große Dicke fragte: »Was'n los?« Gao Feng antwortete: »Gespenst angefahren.«

Zhuang Zigui stieg aus dem Wagen und machte den auf dem Boden sich windenden Körper aus, ohne Gesicht, ohne Fleisch, wie es den Anschein hatte, auch ohne Blut und Eingeweide, wirres Haar, zerrissene Fetzen am Leib, das Knochengestell wüst verklebt mit geronnenem Blut. Man sah nur, wie es ein wenig den Rücken nach oben krümmte, eine Weile kniete, den mit den Händen greifbaren blauen Himmel auf Augenhöhe musternd, sich dann hochstemmte, aufrichtete, wieder zu Boden fiel und eine lange Furche in den Schnee zog. Die Fahrer schwiegen und ließen ihn eine halbe Ewigkeit nicht aus den Augen, bis Gao Feng sagte: »Ach so, ein Pilger.«

Mit jedem Niederwerfen wurde der Pilger langsamer, einmal reckte er sein Hinterteil gut zwei Minuten in die Luft, bevor er seinen Hinterkopf hochriss.

»Er wird unterwegs sterben!«, rief Zhuang Zigui.

»Jeder stirbt unterwegs«, sagte Gao Feng.

Schscht, Schweigen; *schscht*, Schweigen. Die Schneehügel auf beiden Seiten der Straße waren ziemlich flach, wie zwei breite Glasplatten, die sich bis zu den undeutlichen Gipfeln dehnten. So bildeten Gipfel und Himmel eine gebogene Linie, wie ein langsam sich öffnender Mund, die Schneidezähne glitzernd wie Jade, silberne Strahlen, die schwer und rot zur Sonne gestreckte Zunge trat aus den Lippen heraus und leckte über die kalte große Glas-

platte. Über dem Scheitel des Pilgers erhob sich ein fünf-
farbiges kleines Feuer und er entbot den Morgengruß:
»*Tashi Delek.*«

Die Fahrer gingen vorsichtig um ihn herum. Zhuang
Zigui fragte: »Bis wohin muss der noch mit seinen Kotaus?«

Gao Feng antwortete: »Minimum bis Changdu, Maxi-
mum bis Lhasa. Diese Tibeter begreife, wer will – lebens-
müde.«

Zhuang Zigui sagte: »Aber das ist eine Form von Glück.«

»Hm, die tibetischen Landsleute glauben das«, sagte
Gao Feng, »nur die Stärksten und Mutigsten, die Helden
in einem Lager haben die Statur, um für alle auf Pilger-
schaft zu gehen, Alt und Jung, Männer wie Frauen erzählen ihm ihre innersten Wünsche, wenn sich so einer auf
den Weg macht, ist das wie ein Fest, sie laufen ein Stück
mit, singen und tanzen, der Pilger badet, wechselt die
Kleider und erhält den Segen der Ältesten und der Eltern.
Und die jungen Frauen verehren ihn und hoffen für sich,
dass er zurückkommt.«

»Kommt er denn nicht zurück?«

»Oft kommt er nicht zurück. Ein Weg von Hunderten
von Kilometern, wie die Nummer hier gerade, der über-
steht vielleicht nicht den heutigen Tag. Wenn ein Pilger
nach ein, zwei Jahren nicht zurück ist, findet im Lager
seine Beerdigung statt, ein Lama betet Sutren für das Jenseits, man macht aus duftendem Holz eine Statue und
stellt sie in einen Schrein. Volkskünstler besingen seine
Taten, verlassen Dorf und Lager und verbreiten sie auf der
Hochebene, damit man sich noch in Generationen an ihn
erinnert.«

»Die Chinesen haben so eine Sitte nicht, sie haben nicht

einmal ein mündlich weitergereichtes Epos«, dachte Zhuang Zigui. Die Chinesen schrieben alles in Textbücher und ließen ihre Kinder Tag für Tag studieren, unter der stupiden Langeweile solcher Predigten stöhnten sogar schon die Grundschüler. Die Hymnen auf den Vorsitzenden Mao gingen in die Tausende, doch keine konnte mit der *Epos von König Gesar*[63] mithalten, den Geschichten über einen alten König von Tibet, der mit Hilfe der Götter nach allen Seiten Krieg führte und am Ende Tibet einte. »Kennst du König Gesar?«, fragte Zhuang Zigui.

Gao Feng antwortete: »Der Held, das Idol der tibetischen Landsleute, so was wie ein Dalai Lama der alten Zeit?«

Zhuang Zigui lachte unwillkürlich. Gao Feng sagte großspurig: »Du musst nicht meinen, der alte Gao ist völlig unbeleckt, der hat viel gesehen und kennt sich aus. Zum Beispiel, was in so einem Pilger vorgeht, begreife ich schon auch, ist nicht viel anders als bei den Roten Garden am Anfang der Kulturrevolution. Damals, wenn da was von oben gekommen ist, da musste man auch auf Maul und Nase nach Peking zum Platz des Himmlischen Friedens rutschen, damit man vom Vorsitzenden Mao empfangen werden konnte, und es ist nicht gesagt, dass so was wie du und ich uns nicht unterwegs schon den Kopf blutig geschlagen und zu Tode gekotaut hätten.«

»Das ist etwas anderes«, sagte Zhuang Zigui, »dieser kollektive Fanatismus war wie ein Fieber, bei dem die Temperatur schnell steigt und genauso schnell wieder fällt; das hier hingegen, diese uralte, tausendfache Suche, das allein ist durch und durch religiöser Glaube!«

»Das ist mir zu hoch«, sagte Gao Feng resigniert, »aber vielleicht habt Ihr recht, mein General.«

Die Sonne war unversehens über den halben Himmel getrieben, die Seen des Haizi rückten mehr und mehr in den Blick, sie zogen sich, mal groß, mal klein, einer am anderen zwischen den sich hinschlängelnden Schneegipfeln dahin. Ein Schrei rührte in den Gipfeln ein Echo auf, das wie eine Kristallkugel rollte und lange nicht verklang. Eine große Yak-Herde kam Kopf an Schwanz von einem der Schneegipfel herab, lief um einen tiefen klaren See herum und stieg einen anderen Schneegipfel wieder hinauf, aus der Ferne sah das gerade aus wie die Große Mauer auf Wanderschaft. Die Fühler der Sonne sprangen über die Zinnen, zwei Hirten, einer hinter dem anderen, ließen lange Peitschen hören und brüllten Hirtenlieder. Zhuang Zigui konnte ihnen seine Anerkennung nicht versagen: »Hätte nicht gedacht, dass auf der Hochebene auch das Schreien eine spezielle Art, sich zu vergnügen, ist.«

Gao Feng sagte: »Die tibetischen Landsleute haben ganz andere Lungen als wir, auf über fünftausend Meter können die noch nach Herzenslust herumschreien. Versuch das mal!«

Zhuang Zigui nahm alle Kraft zusammen, sofort hatte er von Kopf bis Fuß elektrische Entladungen, seine Schläfen knisterten. Gao Feng sagte kichernd: »Trink einen Schluck Zuckerwasser, das nimmt den Druck. Ich hab mich immer gewundert, wieso die Lieder der Tibeter so hart klingen und sie ihre Kehlen kaum in Bewegung bringen, aber dann ist mir klar geworden, dass man auf der Hochebene nicht singen kann, man kann nur brüllen, so ein Lied wie dieses etepetete und nachgeäfft tibetische *Auf dem Goldenen Berg von Peking*, wenn man das hier oben singen würde, würde einem nach ein paar Zeilen die Puste ausgehen.«

Die Große Mauer der Yaks verlor sich allmählich in der Endlosigkeit wie in einem geheimnisvollen Tunnel, und als sie am Himmel wieder zum Vorschein kamen, hatten sie sich in weiße, mit dem Wind wandernde Wolken in der Form von Yaks verwandelt. Die Wagenkolonne umfuhr den größten See, folgte einer geologischen Stufe bergab, umfuhr weitere zwei, drei kleinere Wasserflächen, dann ging es die nächste Stufe hinab. Eine braune Wildnis stürmte plötzlich den Blick, ein Fluss floss zügig dahin, was die Stimmung aufhellte. An einer jähen Biegung des Flusslaufs schäumten ein paar rote, ockerfarbene und schwarze Lichtflecken, wie Gischt oder Eisschollen, an denen sich Sonnenlicht bricht. Es schäumte eine halbe Ewigkeit, bis Zhuang Zigui erkannte, dass es sich um Menschen und Pferde handelte, und noch etwas näher wurden die Umrisse von Mädchen mit langen, fliegenden Zöpfen sichtbar. Sie stießen scharfe Pfiffe aus, sahen zu, dass ihre gedrungenen Pferde des Hochplateaus sich auf der Erde die Bäuche sauber scheuerten, die Anführerin unter den Reiterinnen, weiße Kleidung, weiße Mütze, weißes Pferd, verschmolz mit dem kristallscharf ins Auge stechenden Schneeberg, dem Haizi, eine lebende Legende wahrhaftig.

Im Nu hatten die Reiterinnen die Verfolgung der Kolonne aufgenommen und waren blitzschnell vorbeigesaust. Als die Kolonne vom Haizi-Gebirge abbog und ins offene Land fuhr, hatten sie ihre Pferde bereits gewendet und kamen ihnen entgegen.

»Zhuoma!«, rief Zhuang Zigui tonlos.

Zwei Menschen ein Gedanke, hatte auch Gao Feng sie gesichtet, die Anführerin gesehen, Prinzessin auf weißem Pferd, wie sie ihre Fellmütze abnahm und ein rotbackiges Gesicht zeigte.

»Das ist wirklich Zhuoma«, seufzte Zhuang Zigui.

»Sie wohnt in Kangding, wie kann sie da auch hier sein?«, sagte Gao Feng zweifelnd.

»Die Nomaden auf der Hochebene sind heute hier und morgen dort, das ist ganz natürlich«, mutmaßte Zhuang Zigui mit seinem Herumtreiberherzen.

»Die hat wohl einen Narren an dir gefressen«, sagte Gao Feng, öffnete das Fenster, winkte und rief: »Was willst du?«

»Einladen!«, sagte sie mit dem Wind im Gesicht.

Die Kolonne kam an der Seite zum Stehen. Zhuoma wies ihre Leute an, am Straßenrand Feuer zu machen, lud vom Rücken des Pferdes ein frisch erlegtes Blauschaf und schnitt von dem noch leicht zuckenden Bein ein frisches Stück Fleisch in halb durchsichtige Scheiben, drückte sie in etwas Speisesalz, reichte sie Zhuang Zigui – und ließ ihn nicht mehr aus den Augen.

Bebend schob Zhuang Zigui sich das rohe Fleisch in den Mund. Er kaute vorsichtig, mit angehaltenem Atem, doch wider Erwarten war es ganz zart und schmeckte. Er aß gleich ein paar Stücke nacheinander und wässriges Blut trat zwischen seinen Zähnen vor. Hastig packte er den Schnapsbecher, nahm zwei Schluck und unterdrückte sein Herzklopfen. Zhuoma senkte den Kopf, verzog den Mund zu einem Lachen und ein Dutzend tibetischer Mädchen rief: »*Tashi Delek!*«

»Mein Zuhause ist dahinten.« Zhuoma zeigte in Richtung der Schneeberge.

Das Blauschaf steckte jetzt quer über einem Kuhfladenfeuer, briet knisternd, und ein verführerischer Duft breitete sich unter der Mittagssonne aus. Blauer Himmel, weiße Wolken, Wiesen, der Haizi, die lebenslustig umeinander hüpfenden tibetischen Mädchen, das alles brachte die Fahrer in eine Hochstimmung ohne Ende. Dann wurde tapfer gegessen und getrunken, gelacht und geflirtet. Als Dank für die Gastfreundschaft nahmen die Fahrer gegen die offizielle Politik ein paar Teeziegel von den Wagen und schenkten sie den Mädchen. Die freuten sich riesig, sangen und tanzten, wiederum zur großen Freude der Fahrer. Zhuoma sang einen Toast auf Tibetisch, den sie nicht verstanden und sich lärmend erklären ließen. Danach nahm Zhuoma Zhuang Zigui fest in den Blick und sang eine Strophe auf Chinesisch:

Ach, lieber Kranich,
leih mir dein weißes Gefieder!
Fliege bis Batang nur,
dann komme ich wieder.

Die Fahrer klatschen Beifall. Gao Feng fragte töricht: »Warum ›bis Batang nur‹?«

Zhuoma sagte: »Das ist ein Liebeslied von Tshangyang Gyatsho, dem sechsten Dalai Lama, es bedeutet, dass er seinen Schatz nicht verlassen kann; er war dann nicht mehr der lebendige Buddha, er hat in einer Vollmondnacht den Potala-Palast verlassen und ist mit seiner Geliebten spurlos verschwunden.«

»Bevor es dunkel wird, sind wir sicher in Batang«, sagte Gao Feng völlig aus dem Zusammenhang, »aber ihr wollt doch wohl nicht, dass wir wiederkommen?«

»Ach, das geht nicht, Mädels«, der große Dicke tat so, als würden seine Gefühle erwidert, »wir müssen noch nach Changdu, nach Linzhi, bis wir wieder hier sind, dauert es zehn, vierzehn Tage, wer weiß, ob wir uns wiedersehen.«

Gao Feng knuffte Zhuang Zigui, der die Augenbrauen zusammenzog, und flüsterte ihm ins Ohr: »Bruder, das ist *die* Gelegenheit.«

»Was für eine Gelegenheit?«

»Die Fahrer wissen längst, was mit dir los ist, sie haben bloß nicht das Herz, dich zu schassen.«

»Mit mir ist überhaupt gar nichts los.«

»Hm, in Kangding hingen in den Straßen von Lucheng ›Dringliche Haftbefehle für Konterrevolutionäre‹, ein paar Dutzend Fotos, handtellergroß, da warst du dabei.«

»Ach?!«

»Ist die Katze aus dem Sack? Haha, im Krieg und in der Liebe ...«

»Wollt ihr mich hier raussetzen?«

»Hier immer nur runter bis an den Fuß des Bergs, da ist der Kreis Batang, hat ein warmes Klima, von dieser Seite der großen Schlucht vom Goldsandfluss über die lange Brücke hinüber, dort ist die Grenze von Changdu, Chamdo, Tibet. Zwischen Sichuan und Tibet sind auf beiden Seiten Checkpoints, die Gewehre der Grenzposten sind geladen, die kennen keine Verwandten. Deine Papiere sind in Ordnung?«

»Ich hab keine Papiere.«

»In diesen Zeiten wagst du dich noch ohne Papiere vor die Tür?«

»Hab selbstgemachte Papiere.«

»Was, was, das gibt Ärger, das können wir nicht verantworten.«

»Wenn wir in Batang sind, steige ich aus.«

»Ach, wozu noch, deine Bodhisattva, deine Lebensretterin, steht da vorn.«

Zhuang Zigui bebte am ganzen Körper, er war wie vor

den Kopf geschlagen. Schon riefen die Fahrer wie aus einem Munde auch noch: »Tschüss, Landsmann!«, stiegen in ihre Wagen und waren ohne einen Blick zurück davongerauscht. Zhuang Zigui lief ihnen ein paar Schritte nach, alles drehte sich, und er brach zusammen.

Die Mädchen trugen ihn vielarmig zum Straßenrand und wachten eine Weile über ihn, doch da es schon spät am Tag war, konnten sie ihn nur in einen Leinensack stecken und quer auf Zhuomas Pferd packen. Die Reiterinnen durchquerten das Ödland langsam Richtung Schneeberge; und Zhuoma sah in der Sonne gerade so blendend weiß aus wie ein Schneeberg in Miniatur. Die Hufe klapperten, Zhuang Zigui sah im Traum die Hochebene aufrecht schreiten, ein Vagabund am Rande des Universums, die Menschheit in seinem Bündel, auch die Gehöfte waren auf Wanderschaft, Sex und Fortpflanzung waren auf Wanderschaft, der Sternenhimmel jenseits seines Bündels aber war unendlich weit, war jemand noch jenseits seines Bündels auf Wanderschaft?

Die Pferde fielen schließlich in Trab, das Geschaukel vertrug er nicht und kam stöhnend zu sich. Zhuoma ließ ihn aus dem Leinensack.

»Kannst du reiten?«, fragte sie besorgt; er schüttelte mit bitterem Lachen den Kopf. Also ließ sie ihn hinten aufsitzen und gab dem Pferd die Sporen. Er klammerte sich krampfhaft an ihre Hüfte und die besondere Hitze der Menschen vom Hochland drang nach und nach in ihn ein. Von einem Augenblick auf den anderen senkte die Nacht sich herab, ein beißend kalter Wind wehte den Mädchen ins Gesicht, sie rangen nach Atem und überquerten zwei große Eisflächen zwischen zwei Schneegipfeln. Der aufsteigende Mond war wie ein Himmelstor, das in dem Augenblick erschien, als die Sonne unterging. Die Mädchen stiegen von den Pferden und waren kurzerhand in dem Mondtor verschwunden, Zhuang Zigui schaukelte alleine weiter zwischen den Pferderücken, bis er schließlich aus Sauerstoffmangel erneut das Bewusstsein verlor.

Er hatte keine Ahnung, wie weit die Zeit rückwärtsgeflossen war; als er erneut zu sich kam, hatte er das Gefühl, die Reiterinnen wanderten zwischen den Sternen, weichgerundete, milchweiße Gebirgszüge mäanderten auf und ab, ein in die Knochen schneidender Nachtwind zog mit wogendem Rauschen über seine Wangen und verwob sich mit dem Geklapper der Hufe zu einem paradiesischen Duett, als Zhuoma plötzlich ein tibetisches Lied anstimmte:

> Yarlung Tsangpo, lieber Fluss, ach,
> Wohin so schnell fliehst du?
> Tshangyang Gyatshos Herz, ach,
> Wo findet es Rast, findet es Ruh?

Die anderen Mädchen stimmten ein:

> Yarlung Tsangpo, heilig Wasser,
> verschmilzt dem fernen Reinen Land;
> Tshangyang Gyatshos wandernd Herz
> im Traum Verliebter Ruhe fand.

Zhuoma zog aus dem Lederkleid einen Eisberg-Schneelotus, schob ihn Zhuang Zigui in den Mund, und es dauerte nicht lange und er hatte wieder einen klaren Kopf und Blick. Doch seine Angst war nicht weniger geworden.

Wo war er? Wohin würde man ihn bringen? Zhuoma wiederholte die alte Weise mehrere Male, das war die besondere Art von Dialog hier im Hochland, man konnte so mit Menschen, aber auch mit Göttern oder Geistern reden. Zhuoma schien für etwas zu beten. Für Zhuang Zigui, der die Stürme der Kulturrevolution mitgemacht hatte, war es natürlich nicht so leicht zu verstehen, dass in tibetischen Landen Tshangyang Gyatsho jedem als ein zugeneigter lebender Buddha ein Begriff war. Er hatte viele, überall verbreitete Liebeslieder geschaffen über die Sehnsucht, sich mit der Frau seines Herzens zu verbinden, bis er schließlich in einer mondhellen Nacht das politisch wie religiös höchste Amt des Dalai Lama aufgab, sich aus dem Potala-Palast stahl und nie wieder etwas von ihm gesehen oder gehört worden war. Jahrhunderte waren vergangen und Tshangyang Gyatsho, in einer Person lebender Buddha, Liebender und Dichter, war für die Tibeter zu einer Quelle der Kunst geworden, der unzählige Volkslieder, Volksweisen und Mythen inspiriert hat.

Vielleicht war das eine im Himmel geschlossene Verbindung? Vielleicht rezitierte Zhuoma diesen vor langer Zeit verstorbenen Tshangyang Gyatsho deshalb mit einem gewissen Schluchzen in der Kehle. Während Zhuang Zigui auf der anderen Seite beim Klang des Liedes immer wieder eine Erscheinung hatte: Ein von den Zeiten weißgewaschener Morgen, er ein heruntergekommener klappriger Pilger, der auf Maul und Nase mit langen Kotaus nach Hause rutschte. Er hatte längst vergessen, welcher Monat und welches Jahr es war, er war ein Fremder im eigenen Land, so wie in der Blütezeit der Tang-Dynastie der Dichter He Zhizhang[64], der, als er im Alter von 86 Jahren von Chang'an nach Hause zurückkam, seufzte:

Jung ging, der alt nun wiederkehrt,
die Mundart noch, die Schläfe licht.
Kinder einst, erkennen sie sich nicht,
lachen, fragen, wo ist der Gast denn her.

Zwei diametral entgegengesetzte Seelen klebten eng aneinander auf dem gleichen Pferd, sollte auch das wirklich
der Wille des Schöpfers sein?

Geliebte Zhuoma

Das Zuhause Zhuomas lag in einer Senke am Ausgang der Hochebene, rechter Hand ernste und stille Flur, nach links gewandt, konnte man deutlich die Öffnung zwischen zwei Schneebergen erkennen, Zhuang Zigui war sich noch immer nicht darüber im Klaren, ob der Ort nun konkret in Tibet, in Sichuan oder in Qinghai gelegen war. Kurz gesagt, hießen vor ein paar Jahrzehnten sämtliche höher gelegenen Gebiete von Tibet, Sichuan und Qinghai noch nach der alten Bezeichnung aus historischen Aufzeichnungen »Tufan« – ein weites, beständig neues Leben schenkendes Buddhaland, in dessen damaligem Ostteil auch der 14. Dalai Lama, bevor er über hunderttausend Menschen nach Indien ins Exil führte, in einem Ort namens Taze reinkarniert worden war – nahe des heute auf dem Gebiet der Provinz Qinghai liegenden Ta'er-Tempels. Landschaft und Gelände von Zhuomas Zuhause waren dem ähnlich, vor dem Tor ein kleiner Bach, der sich murmelnd nach Osten in einen großen Fluss ergoss. An ihrer Mündung lag ein großes tibetisches Lager. Wie in Dörfern der Vorzeit lagen die Lehm- und Steinhäuser, in denen jeweils Familien für sich lebten, in einem Kreis, verbunden von Straßen, Steintreppen, Erdterrassen und freien Flächen zum Flanieren, Handeln, Entspannen und für die Zusammenkünfte. Seltsam war, dass Zhuomas Familie sich einen zur Sonne gewandten Abhang fünf Meilen außerhalb ausgesucht hatte. »Mama mag es ruhig, so kann sie das Lachen von Paps im himmlischen Königreich hören«, erklärte sie Zhuang Zigui.

Zhuoma wohnte wie alle Tibeter der Hochebene in einem Lehm-Stein-Gebäude, das einem Wachturm glich, im Erdgeschoss wurden Rinder, Ziegen und Pferde gehalten, in einem kleinem Raum neben dem Hauptgebäude, wo ein paar wilde Mastiffs an festen Eisenketten lagen, wohnten zwei Knechte, die Hirten. Der erste Stock mit über 100 Quadratmetern teilte sich in mehrere quadratische Wohn- und Gasträume; das Dach war Sonnenterrasse und Lagerraum. Die Mädchen verabschiedeten sich vor dem Haus von Zhuoma, gaben den Pferden die Zügel frei und galoppierten zurück ins große Lager.

Danzhu, Zhuomas Mutter, war blind, hörte aber außergewöhnlich gut. Seit dem frühen Morgen stand sie auf der Sonnenterrasse und ließ, das Gesicht in die Richtung gewandt, aus der ihre Tochter heimkehren würde, die Sandelholzperlen einer buddhistischen Gebetsschnur durch ihre Hände gleiten. Zhuang Zigui hatte aus einer Meile Entfernung bereits einen weißen, in der Sonne blendenden Punkt erkannt, etwas näher schließlich hatte sich der weiße Fleck als schneeweißes Haupt entpuppt.

Zhuoma führte Zhuang Zigui hinauf, um Danzhu ihre Aufwartung zu machen. Mutter und Tochter sprachen über eine Stunde Tibetisch miteinander, bevor Zhuoma ihm enttäuscht den Kopf zuwandte: »Mama macht sich Sorgen, du darfst fürs Erste hier auf dem Speicher wohnen, sie tut dir Unrecht.«

Zhuoma brachte ihn auf den Speicher, sie sahen sich einen Augenblick in die Augen, umarmten und küssten sich. Gerade, als sie dabei waren, vollständig den Kopf zu verlieren, drang der Ruf von Danzhu herauf. Zhuoma schob ihn von sich und lief mit rotem Kopf nach unten. Nach einer Weile kam sie wieder nach oben und bat ihn zum gemeinsamen Essen. Buttertee, Tsampa, halbgar gekochtes Ziegenfleisch und Gerstenschnaps. Danzhu verstand kein Chinesisch, nickte dem Gast nur zu und verschmolz reglos mit dem Schatten der Lampe. Zhuang Zigui konnte als jemand gelten, der in der Kulturrevolution herumgekommen war und viel gesehen und erlebt hatte, auch wenn er darum nicht viel Aufhebens machte. Jetzt jedoch zeigte er sich erstaunt darüber, dass Zhuomas Familie Knechte hatte: »Zahlst du ihnen Lohn?«, scherzte er in angetrunkenem Zustand. »Wenn ja, dann ist das der kapitalistische Weg; wenn nein, dann ist es Ausbeutung des arbeitenden Volkes.«

»Was meinst du damit?«, sagte Zhuoma. »Das verstehe ich nicht.«

»Sind das befreite Leibeigene?«

Da ging Zhuoma ein Licht auf und sie schürzte die Lippen: »Natürlich sind das ›befreite Leibeigene‹, die euer Vorsitzender Mao so mag. Sie waren 1966 bei der Rebellenfraktion, haben Tempel zerstört, lebende Buddhas und die Lamas bekämpft und den ehrwürdigen Dalai als Teufel beschimpft. Mein Paps, er ist schon lange nicht mehr da, gehörte zum Adel in diesem Gebiet, da standen sie vor der Tür, haben alles durchwühlt, und Mama hat durch ihre Schläge das Augenlicht verloren. Aber in den letzten Jahren hat sich die Stimme des ehrwürdigen Dalai heimlich über das ganze tibetische Land verbreitet, vor allem in diesem Jahr, am 10. März, als der Ehrwürdige in Indien eine Rede gehalten hat. Plötzlich sind ihnen die Ohren aufgegangen, sie haben zum *Om mani padme hum* bitter geweint, sie haben bereut und waren bereit, jeden Tag Steine zu schleppen, die Tempel wiederaufzubauen, Geld zu sammeln und die Buddhastatuen wiederherzustellen. Und sie haben sich vor unserer Tür niedergeworfen, Mama um Vergebung gebeten und sind aus eigenen Stücken geblieben, als Knechte.«

»Kein Wunder, dass sie ständig nicken und buckeln und einem nicht ins Gesicht schauen«, sagte Zhuang Zigui seufzend, »mal ganz davon abgesehen, dass ich das für typisch tibetisch halte.«

»Wenn man nicht sofort bereit ist, zu bereuen und Gutes zu tun, kommt man in den Sechs Reichen der Wiedergeburt[65] nicht zu einer höheren Inkarnation, das ist schlimmer, als als Vieh wiedergeboren zu werden. Beim Vieh gibt es noch die Möglichkeit, Gebetsfahnen aufzuhängen und es freizulassen.«

»Aber das ist doch feudalistischer Aberglaube«, stichelte Zhuang Zigui mit voller Absicht, »im Inland gibt es gar nicht wenige Tibeter, die Chinesen geworden sind. Der Vorsitzende Mao hat sogar mal einen empfangen, den Namen habe ich vergessen, der hat das Lied gesungen: ›Über Pekings Jinshan der strahlende Schein, muss des Vorsitzenden Goldsonne sein, an der wir uns wärmen, erfreun, scheint uns Leibeigenen ins Herz hinein‹.«

»Grauenhaft, schlimmer als das Gekläff von Hunden.«

»Du bist extrem konterrevolutionär!«, lachte Zhuang Zigui mit weit offenem Mund und bekam prompt heftiges Nasenbluten. Zhuoma hielt ihm eine Kupferschale mit heißem Wasser hin, damit er sich das Gesicht wasche und die Blutung stoppe. »Das ist die Hochebene, wenn ihr Chinesen das erste Mal hier seid, solltet ihr nicht so viel Schnaps trinken.«

»Die Nacht ist lang, der Weg ist weit, was kann man machen als trinken.«

»Sutren beten. Schau die Mama an.«

Zhuang Zigui lehnte schief in der Ecke und sah, wie Danzhu im trüben Schatten der Butterfunzel die Lippen bewegte und die Gebetsperlen durch die Finger gleiten ließ. Die Dinge ringsum zogen sich weit zurück und hatten nichts mehr mit ihm zu tun. Die Lider wurden immer trockener, er stützte sich ab, der an der Wand entlang mäandernde mythische Gobelin loderte matt, winzige Personen bewegten sich wie Kaulquappen. Zhuoma sagte noch irgendetwas, aber Danzhu hörte es nicht. In einer anderen Welt durchschauten ihn ihre blinden Augen: »Die Seele von Zhuomas Papa hat dich hierher geführt.«

»Ich weiß.« Eine Stimme aus der anderen Welt antwortete, während der wirkliche Zhuang Zigui mit offenen Augen zu schlafen schien.

»Seit ihr Papa im himmlischen Königreich ist, will ich diese Welt auch nicht mehr sehen.«

Er sank unwillkürlich auf die Knie, eine Bewegung des Menschen, noch bevor er den aufrechten Gang erfand. In Danzhus blinden Augen leuchtete eine Flamme, seine Knie zitterten leicht.

»Zhuomas Papa hat im Traum zu mir gesagt, dass ich zu ihm gehöre. Dann kann ich mich aber nicht mehr um Zhuoma kümmern.«

»Ich weiß.«

Der Teppich, der sich bis vor das Haus erstreckte, erfüllte die Luft mit dem lehmigen Geruch der Weiden, auch Zhuoma verneigte sich lautlos, wie eine Leopardin im Dschungel.

»Ihr müsst für die kommende Generation sorgen und

euch über der Hochebene ausbreiten wie Rinder und Ziegen. Ihr müsst warten, bis der Dalai Lama zurückkehrt.«

»Ich weiß.«

So kniete er wie in tiefem Weidegras. Ein unsichtbarer
Tempel umhüllte den Speicher von Zhuomas Zuhause,
die gesamte Hochebene war ein imaginärer Potala-Palast,
sich übertürmende gelbe Emailleziegel, Buddhastatuen
und Gebetsfahnen verschmolzen mit der Schneeland-
schaft. In seiner Schimäre galoppierte er bis zum Potala,
doch die Palastmauer wich, mal schnell, mal langsam,
zurück, in einem Augenblick war ein halbes Leben vergangen. Die blinde Danzhu hatte die ganze Zeit auf dem
Dach des Hauses gestanden, das Haupt weiß wie Schnee.
Sein Haar war nun noch weißer als das ihre. Was war das
Geheimnis für Danzhus langes Leben? Hatte sie womöglich die zehn dunklen Menschheitsjahre von 1966–1976
verschlafen?

Am Himmel die Sterne, unter Wasser die Fische, würden eines Tages ihre Nachfahren auch zahlreicher sein
als diese Sterne und Fische, würde die Kommunistische
Partei noch immer da sein und der Dalai Lama noch nicht
zurück? Zhuang Zigui hatte das Gefühl, draußen zu liegen, mit einer mittelgroßen Delle im Kopf, aufgebahrt für
eine Himmelsbestattung, der Bestattungsmeister hebe einen Stein und schlage zu. Ringsum drängten sich in dichten Haufen die Geier, sie lauerten darauf, satt zu werden,
dann geräuschvoll aufzufliegen und sein Fleisch in das
himmlische Königreich mitzunehmen, während seine
transparente Seele am Rande der Wolken verweilte – das
war etwas, was die an Erdbestattungen gewöhnten Chinesen in alle Ewigkeit nicht würden verstehen können.

Eine Vollmondnacht, Zhuang Zigui und Zhuoma verei-
nigten sich, die ganze Nacht bis zum Tagesanbruch, wie
die Fische im Wasser. Er musste sich insgeheim eingestehen, dass er vor Zhuoma ein bedauernswerter Versager
beim Sex gewesen war. Dann hatte er den Namen »Yangjin«, »Goldbettler« erhalten, das war, als Zhuoma ihn zu
einem Gelbmützen-Tempel[66] mitnahm, wo er Bambusstäbchen zog; als der dafür zuständige Lama sie ihm deutete, standen gut zwanzig Lamas im Hof und bliesen mit
ihren tibetischen Trompeten zum Himmel hinauf. Er ging
auf die Knie, berührte mit der Stirn den Boden und bemerkte zwei menschenförmige Vertiefungen im Boden,
während Zhuoma sich mit einem dumpfen Ton bereits
den Kopf in ihrer Vertiefung blutig geschlagen hatte.

Der Lama, das Haupt in rotem Licht, kreuzte die Hände
vor der Brust und sprach einen tibetischen Segen: »Yangjin und Zhuoma, Seele und Fleisch sind einander das
himmlische Königreich.«

Die blinde Danzhu

Eine Reihe von Tagen versanken die beiden miteinander in die Freuden des Schlafs, vergaßen sogar die blinde Danzhu in ihrem dunklen Winkel, wie sie dasaß, alleine, wie eine Holzstatue, und Sutren sprach. Danzhu war die Tochter eines großen Clanchefs in der Stadt Barkam, man nannte sie die schönste Maulbeerblüte im Grasland der Präfektur Ngawa, doch niemand wagte sie auch nur zu berühren. Bis zu dem Jahr, als sie achtzehn war und Tashi, der wilde Wolf, hereinstürmte, ein gutes Dutzend ihr nicht von der Seite weichende Leibwächter treffsicher niederstreckte und sie raubte. Auf dem Pferderücken, mitten im Galopp, hob der ungeduldige Tashi ihren Lederrock und nahm sie, dass die Blütenblätter flogen. Gegen Abend erschien der Clanchef an der Spitze eines großen Aufgebots an Männern und Pferden auf dem Plan und kreiste Tashi in einem verfallenen Tempel ein. In diesen Ruinen eines buddhistischen Tempels, den die Rote Armee damals auf ihrem Langen Marsch von 25 000 Meilen niedergebrannt hatte, maß Tashi mit dem Clanchef die Kräfte, bis der Mond am Himmel stand, ohne jedoch einen einzigen von dessen Männern zu töten, und das, obwohl keiner seiner Schüsse jemals fehlging. Als ihm dann die Munition ausging, stieg er mit Danzhu unter dem Arm auf die Mauer und suchte Frieden: »Sie ist längst meine Frau, großer Clanchef.«

»Mutig, du Menschenräuber! Heut Nacht musst du sterben.«

»Ich bin kein Räuber, ich bin wie Ihr, ein Nachkomme adliger Ahnen mit Ruhm und Ansehen. Lange schon hörte ich von Eurer Tochter Schönheit, dreimal stand ich vor Eurer Tür, dreimal hielt ich um ihre Hand an, jedes Mal wurde ich von Euch, großer Herr, abgewiesen. Ich liebe sie, ohne sie kann ich nicht leben, ich tat, was ich tat, aus Not. Ich schwöre bei Buddha, dem Herrn, ich werde mit Danzhu alt werden und, wenn ich unterwegs mein Wort breche, will ich gefickt sein vor Göttern und Menschen.«

»Zuerst gib Danzhu heraus.«

»Eure Leute sollen nicht näher kommen! Danzhu und ich sind Mann und Frau, wir werden uns in Leben und Tod nicht trennen. In meinem Gewehr sind nur noch zwei Patronen, wenn du dieser Heirat nicht zustimmst, werden wir beide das himmlische Königreich suchen. Dann lebt wohl, großer Mann.«

Alles hing an einem seidenen Faden, und der Clanchef musste einwilligen.

»Ihr müsst das schwören, bei Buddha, dem Herrn!«

»In Ordnung, ich schwöre.«

Tashi warf das Gewehr herunter, sprang die gut zehn Meter hohe Ruine hinunter: »Großer Mann, macht mit mir, was Ihr wollt!«

Der Clanchef zog ihm hundert mit der Lederpeitsche über, Mantel, ledernes Beinkleid, Unterwäsche, Schuhe, Strümpfe, Mütze, alles, was seinen Körper bedeckte, flog nur so unter der pfeifenden und dämonisch gellenden Peitschenspitze. Er krümmte sich in einer Lache von Blut, das war sein Preis für die Heimführung von Danzhu,

Dutzende Narben waren für immer auf seinen Körper gebrannt.

Die blinde Danzhu lachte in ihren Erinnerungen.

Die Wunden ihres frischgebackenen Ehemanns waren noch nicht verheilt, als er sie schon in das Brautgemach führte. Zunächst tat sie alles, um sein Ungestüm zu ertragen, und gab keinen Laut von sich, irgendwann hielt sie es schließlich nicht mehr aus. Die Wunden auf seiner Brust waren aufgebrochen, klebten an ihren Brustwarzen und das kochende Blut floss und floss. Als dieser losgelassene Deckhengst ihr dann noch auf den nackten Rücken sprang, war es mit ihrer Beherrschung vorbei und sie fing an zu schreien wie eine Wildgans, das Hinterteil hoch in der Luft, die Fingernägel in den vollgebluteten Tibetteppich gekrallt.

Erst am Mittag des darauffolgenden Tages kamen sie aus dem Bett und machten ein paar Tage Verwandtschaftsbesuche. Ob Gobi, Flussufer, Unterholz, Felsen oder Gletscher, ihr Hochzeitslager stand überall. Tashi hatte übermenschliche Kräfte, einmal kamen sie in der Abenddämmerung zurück, sie hatten noch gut dreißig Meilen vor sich, als Tashi es wieder einmal nicht erwarten konnte und sie auf einem Kieselsteinstrand niederwarf. Wasser floss über die Haut, kleine Steine drückten sich mit stechendem Schmerz in ihr Steißbein, Wolfsrudel strichen aus der Ferne heran, ihr immer näher kommendes Geheul erschreckte sie derart, dass sie in allen Gliedmaßen Krämpfe bekam, Tashi jedoch brachte die Sache in dem dramatisch sich zuziehenden Kreis in aller Ruhe zu Ende, bevor er sich auf ein Bein kniete und mit dem Gewehr den Leitwolf niedermähte.

Die Flitterwochen waren gerade vorbei, und Danzhu wechselte vor dem Spiegel ihre Kleider, als sie unwillkürlich erstarrte. Das runde Gesicht eines jungen Mädchens von achtzehn Jahren hatte sich, ohne dass sie es bemerkt hätte, in die Länge gezogen, in den Augenwinkeln tauchten feine Linien auf, ihr vorher hoher und kräftiger Busen hing traurig herab, die schwarzen Trauben ihrer Brustwarzen schienen über das Dahinschwinden des Frühlings zu klagen.

Nach und nach beruhigte sich ihr Liebesleben, und sie kam wieder zu Kräften. Sie schenkte Tashi drei Söhne und eine Tochter. Als Zhuoma im dritten Jahr auf der Welt war, kam das Unheil über sie. Unter dem Vorwand, »bewaffnete Aufstände zu befrieden«, drangen die chinesischen Kommunisten mit Hunderttausenden Soldaten in Tibet ein, besessen von einer Idee: Der Dalai Lama, der selbst Gewalt nie mit Gewalt beantwortete und sich gezwungen sah, nach Indien ins Exil zu gehen, würde in Lhasa, Shigatse, Changdu, Ngawa und Batang Zehntausende gegen die chinesischen Kommunisten aufmarschieren lassen und der Ruf nach Unabhängigkeit würde über der gesamten Hochebene erschallen. Tashi trat mit seinen drei Söhnen der »Widerstandstruppe des tibetischen Volkes« bei, machte sich mitten in der Nacht auf, wartete am anderen Ufer des Lhasa-Flusses und bot dem Dalai Lama bei seiner Überquerung der Berge sicheres Geleit. Erst an der indisch-chinesischen Grenze wandte er das Pferd, stürzte sich in den verzweifelten und blutigen Kampf und opferte sein Leben auf dem Schlachtfeld. Als die schlimme Nachricht überbracht wurde, gab Danzhu ihrem Pferd die Sporen und gelangte zwei Wochen später zu einer vor Lhasa gelegenen, von Bergen umgebenen Ebene. Das dortige

Lager war von Kanonen zerstört worden, es lag kein Stein mehr auf dem anderen. In der lockeren verbrannten Erde war alles, Schrapnelle, Fingernägel, Ohren, zerrissene Kleidung und Knochen, nur noch vage voneinander zu unterscheiden. Ihr Mann und ihre Söhne hatten ihr Land bereits einen Tag und eine Nacht verteidigt, als sie nach Dutzenden von Angriffen der Übermacht der regulären Truppen weichen mussten. Die tibetischen Truppen waren gut verpflegt und ausgestattet gewesen, dabei tapfer und erfahren im Kriegshandwerk; das tibetische Lager lag in strategisch gutem Gelände, war leicht zu halten und schwer anzugreifen; in den Lagern waren Männer und Frauen, Alt und Jung vereint im Hass gegen die Feinde, die unter ihren Schlägen heulten wie Wölfe und Dämonen. Später zog die Volksbefreiungsarmee ein paar Dutzend Kanonen zusammen und ein Regen von Tausenden Geschossen ging wahllos auf alles und jeden nieder, das befestigte Dorf mit einer der Legende nach Geschichte von mehreren Jahrhunderten ging in Rauch auf, und an die tausend Tibeter wurden innerhalb kürzester Zeit in ihrer eigenen Heimaterde begraben. In dem Moment, in dem Tashi zu Fall kam, sah er noch, wie Dawa, sein Ältester, vom Luftdruck in die Luft geschleudert wurde und sein Kopf und sein Leib an verschiedenen Stellen herabstürzten, die abgetrennte, das tibetische Schwert fest umklammernde Hand hatte sich hoch oben in der Luft ein paar Mal gedreht und ihm zuletzt den eigenen Kopf abgeschlagen. Als Tashi floh, schrappte ein seltsames Pfeifen an seinem Ohr vorbei, entsetzt schrie er: »Buddha!« und warf seinen Körper über ein Kind, das Wasser gebracht hatte. Das Geschoss explodierte genau auf seinem Rückgrat, ein Berg von Fleisch, nicht mehr auszumachen, was einmal Tashi und was einmal der Junge gewesen war, nur die Wasserkanne war erstaunlicherweise heil geblieben. Danzhu entdeckte in den Trümmern später eine ganze Reihe solcher Wasserkannen.

> *König Gesars Heldenseele, ach,*
> *was bist voller Wunden du?*
> *Des Schneebergs Löwenflagge, ach,*
> *weht in Tibets Herzen immerzu.*

Die Finger der blinden Danzhu durchrieselte es kalt, als hielten sie noch immer die Wasserkanne, in die hinein Tashi singe, hörbar nur für sie. Dies Leben, diese Zeit, alles versenkte sich für sie in die Leere des Gefäßes.

Im Handumdrehen waren acht Monate vorbei, Zhuang Zigui hatte reiten und jagen, Schnaps zu trinken und rohes Fleisch zu essen gelernt, sein zauseliger Bart lockte sich, die ultravioletten Strahlen der Hochebene hatten um den Backenbart herum das für die Rasse der Hochebene so typische frischrote Brandzeichen hinterlassen, äußerlich unterschied er sich in nichts von einem normalen Tibeter. Als die Sinnesverwirrung der Flitterwochen vorüber war, las ihm Zhuoma, mit oder ohne Hintergedanken, häufig aus den Erinnerungen des Dalai Lama vor: *Mein Land, mein Volk,* unter diesem Titel übersetzte sie mündlich ins Chinesische: »Ich kenne sehr viele bewundernswerte Chinesen. Auf der Welt gibt es niemanden, der liebenswürdiger und zivilisierter wäre als die Besten unter ihnen es sind, aber es gibt auch niemanden, der grausamer und böser wäre als die Schlechtesten unter ihnen.« Dem folgte ein längeres zustimmendes Seufzen, nebenbei wurde ihr

eigener als ein »Bester der Chinesen« in den Himmel gehoben.

Zhuang Zigui stellte sich dagegen taub, versunken in
knietiefes Wildgras, schaute er, ohne zu blinzeln, zum
schweigenden Himmel hinauf, wartete, bis eine ferne
kleine Wolke wuchs, zunahm und heranrollte. Selbst das
Flüstern der Schneegipfel und Wolken, das seit Jahrhunderten ein tiefes, jenseits aller Bedeutung geführtes Gespräch fortsetzte, konnte er hören. Im Stillen ließ er alles
Revue passieren, den eigenen Milchnamen[67], den Dialekt
der Heimat, die Jahre als Gebildeter Jugendlicher und seinen Berggott-Tempel, wobei ihm immer wieder die Revolutionärin Yang Dong in den Sinn kam. Zhuoma wurde
von seinen wechselnden Mienen bewegt: »Buddha-Herr«,
rief sie, »in deinen Augen fliegen Steinadler.«

Zhuang Zigui schnaufte spöttisch.

Zhuoma packte vorsichtig und feierlich das Buch ein,
bevor sie sich in seine Arme warf: »Was gibt es denn da
am Himmel, dass du so schaust?!«

Sofort brannte er vor Verlangen, die beiden rollten zwischen den Grasbüscheln hin und her, er drang ein, sie
klammerte sich fest, er dachte an gar nichts mehr, stieß
nur noch, sie fing an zu wiehern wie ein Pferd, woraufhin die wirklichen Pferde vor Schreck ein paar hundert
Meter davonliefen. In einer Atempause machte Zhuang
Zigui zwei Finger frei, pfiff und die Pferde trappelten zurück. Zhuomas Brüste strahlten wie Jade, als er kam, fiel
ihm jäh Nie Honghong ein, seine erste Liebe, die in den
Tiefen ihrer grünen Armeekluft auch solche Brüste hatte,
die er streichelte, knetete, er hielt es schon fast nicht mehr
aus, sie aber murmelte wie in Trance: »Ich will vor deinen
Augen sterben. Guigui, ich bin bereit, vor deinen Augen

zu sterben.« Und tatsächlich, weitere drei Stunden später schrie sie laut »Lang lebe der Vorsitzende Mao« und war nur noch ein Fleischfladen. Er weinte. Zhuoma dachte, er weine vor Glück, und nannte ihn immer wieder »Yangjin, Schatz«.

Sie brachten ihre Kleider in Ordnung, standen auf und ritten weitere fast vier Stunden den Bergweg entlang, bis sie an eine Felsnase gelangten. Der Schneegipfel des Nimu, den man von hier aus sah, war vollkommen ein-farbig, noch weiter in der Ferne konnte Zhuang Zigui das ganze unendliche Wogen der Haizi-Seen überblicken, sie selbst schienen sich auf dem Grund eines Sees zu befin-den.

Die beiden stiegen vom Pferd, entledigten sich erneut ihrer Kleider und verschwanden in die dampfbrodelnde heiße Nimu-Quelle, in der glitzernd Eis und Schnee schmolzen und das Wassers um ihr Kinn Kreise aus sil-bernen Halsketten zog. Die heiße Quelle war etwa zehn Meter breit und sie schwammen nach Herzenslust nackt darin. Zhuoma löste die Zöpfe, ihr über die Knie hinabrei-chendes Haar trieb träge auf dem Wasser, der Körper un-wirklich, Beine und Füße undeutlich, man hätte an einen fetten tropischen Fisch denken können. Zhuang Zigui starrte sie benommen an, wurde im Schritt wieder steif. Der brodelnde Dampf und die blasse Sonne über ihren Scheiteln war wie eine auf den Kopf gestellte tiefrote Ba-dewanne – und die vielfarbigen Schatten, die vom Boden des Beckens hervordrangen, war das der nackte Körper Gottes?

Wie Wassertiere spielten die beiden in der Quelle. Er blieb eine Weile in ihr und verhedd. sich derart in ih-rem wirren Haar, dass er eine ganze Weile brauchte, um sich zu befreien. Zhuang Zigui bekam Beklemmungen, wurde kurzatmig, das Wasser der Quelle wurde von einem Augenblick auf den anderen tuschgrün, es war, als brannten flüssige Flammen auf der Haut. Er streckte seine Hand über Zhuomas Scheitel hinweg, griff in den Schnee am Rand der Quelle und rieb sich damit das Gesicht, doch seine Brust blieb eng und das versetzte ihn in Panik, hastig kletterte er aus der Quelle, hockte sich an das Schneeufer und rang nach Luft.

Zhuoma beugte sich zu ihm herab, das Gesicht ganz Zärtlichkeit, Haar und Schamhaar mit Wassertropfen bestickt, wie eine gerade dem Schneeberg Nimu entsprungene nackte Prinzessin. Zhuang Zigui konnte seinen Unmut kaum zügeln und warf sie plötzlich zu Boden. Zhuoma heulte auf wie ein wildes Tier, ging zum Gegenangriff über und zwei nackte Körper wälzten sich eine ganze Weile in Eis und Schnee, bis sie erschlafften und schlotternd wieder in die heiße Quelle mussten. Sie nahm Schneelotuskraut vom Eisberg vom Rücken des Pferdes und schob es ihm in den Mund.

Das Sprichwort sagt: »Im höchsten Glück entsteht die Trauer«, als sie unter der im Westen untergehenden Sonne nach Hause kamen, war die blinde Danzhu gestorben. Zhuoma stürzte zu ihr hin, berührte sie, ihre Gliedmaßen waren eiskalt. »Mama!«, sie schüttelte sie und Strähnen von Danzhus weißem Haar fielen auf den Boden, es dauerte nicht lange und sie war vollkommen kahl. Ein diesiger Abend, Zhuang Zigui half Zhuoma auf und sie betrachteten einander für Minuten, bevor sie sich gemeinsam für die Dahingeschiedene frisch machten, die Kleider wechselten und Totenwache hielten. Das Mondlicht war wie gewaschen, der grelle Wind der Hochebene schlug wie eine klirrende Waffe gegen das tibetische Haus, mit einem Mal flackerte die von Butteröl gespeiste Altarlampe, die in der Nacht wachte, ein paarmal und erlosch. Zhuang Zigui lief über die offene Veranda, um Licht zu machen, und stellte, als er zurückkam, fest, dass der Tibetteppich, in den Danzhu gewickelt im Sitzen Halt gefunden hatte, sich geöffnet hatte. Er hob ihn hoch und deckte sie wieder zu, dabei hatte er das Gefühl, Danzhus Mundwinkel habe gezuckt und aus den blinden Augen liefen zwei Feuerströme, seine Hand zitterte, und die nächste Altarlampe erlosch.

Die Himmelsbestattung Danzhus fand sieben Tage später statt, die Lamas aus dem benachbarten Tempel lasen reihum ihre Sutren, Tibeter aus einem Umkreis von ein paar Dutzend Meilen eilten zur Totenfeier heran. Die Knechte der Familie Zhuomas trugen den Leichnam Danzhus zum Platz für die Himmelsbestattung, alles trat seitlich zurück und wartete im Dunkeln auf den Anbruch des Tages. Der Bestattungsmeister war offenbar genau mit dem Sonnenaufgang eingetroffen. Geier kreisten kreischend zu zweien und dreien um die Bergzinnen; als das Knochenhorn[68] erklang, wurden die Schneegipfel fern und nah jäh von einer unsichtbaren Peitsche geschlagen, die Funken, die von ihren Spitzen stoben, verwandelten sich augenblicklich in Geierschwärme, die Himmel und Sonne bedeckten und überfallartig die größere Hälfte der Aufbahrungsstätte besetzten. Scheuchte der Bestattungsmeister sie, wichen die blutgierigen Jagdvögel faul flatternd nur ein paar Schritt zurück.

Aus der Menschenmenge heraus sah Zhuang Zigui auf Zehenspitzen, wie der Bestattungsmeister mit einer schnellen Handbewegung ein Messer zog und Danzhu in Stücke schnitt, an seinen Knien rollten eine Hand und ein Bein herab. Er brach Brust und Leib auf, die Eingeweide flossen zu Boden, der Gehilfe des Meisters leerte rasch einen Beutel mit Tsampa-Mehl, zog die Ärmel hoch und rührte es ein.

Nach gut einer Stunde waren die sterblichen Überreste in drei Haufen geordnet: Knochensplitter, Fleisch und die Eingeweide, je mit einem Leichentuch bedeckt. Der Bestattungsmeister enthüllte den ersten Haufen und die seit einem halben Tag auf der Aufbahrungsstätte immer hungriger gewordenen Geier stürzten darauf los und verschlangen das in kleine Stücke zersplitterte Festmahl restlos, im Nu war alles weg. Einige Tiere haderten miteinander über ein etwas größeres Stück Knochen und pickten, dass die Federn flogen; der glückliche Sieger, ein altes Tier, reckte den Hals, sperrte den Schnabel auf, der Hals schwoll an. Noch mal zwei Minuten später waren auch Fleisch und Eingeweide vertilgt. Diese Boten des Himmels pickten die Aufbahrungsstätte vollkommen sauber, nicht das kleinste Stückchen Fleisch ließen sie übrig. Anschließend stiegen sie rauschend auf und flogen in einem dichten schwarzen Geschwader zum Horizont – das war das wahre Ende der Zehntausend Dinge. Während in der Welt wieder Stille einkehrte, lag der Aufbahrungsfels spiegelblank und die Sonne sank stetig in diesen bronzeartigen Steinspiegel hinein.

Die Flucht aus Tibet

Während der Totenwache verloren Zhuoma und Zhuang Zigui übereinstimmend den Impuls für die körperliche Liebe. Haus und Herz waren leer, auch wenn sie einander hielten, fühlten sie sich einsam und trostlos. Deshalb nahm Zhuoma Zhuang Zigui mit zu ihrer Freundin Zhuma. Zhumas Mutter war Chinesin, 1949, in der Anfangszeit der Befreiung, hatte es einen kleinen versprengten Haufen von Guomindang-Truppen auf die Hochebene zwischen Tibet und Sichuan verschlagen, ihr Mann, ein Regimentskommandeur, war von den Verfolgern erschossen worden und auch die paar hundert Truppen, die er anführte, wurden im Schneeland eingekreist und vernichtet. Es war ein Mann namens Gesang aus Khampa, der sie vor dem Kugelhagel in Sicherheit brachte. Inzwischen waren sie über zwanzig Jahre verheiratet und hatten noch keinen Mund voll Worte miteinander gewechselt, doch Zhuma, ihre einzige Tochter, war beider Augenstern.

Zhuang Zigui seufzte in einem fort vor sich hin, bis er zu seiner Überraschung feststellte, dass die Hausherrin sich die traditionellen Sitten des chinesischen Volkes bewahrt hatte, sie war ordentlich gekleidet, im dämmrigen Zimmer gab es Papier, Pinsel, Tusche und Reibestein. Über dem Schreibtisch hing eine Schriftrolle: »Ödland, einsam steigt der Rauch, / der lange Fluss und rund die Sonne sinkt«[69]; an der gegenüberliegenden Wand stand:

»Schau von der Großen Mauer ostwärts weit / Fluss und Berg, doch ohne Herrn.«[70] Zhuang Zigui glühten die Augen, und er musste einfach einmal »Tante!« rufen.

Die Hausherrin stutzte, dann schmolz ihre gefrorene Miene.

Im Treppenhaus wurde es laut, Gesang lupfte den Türvorhang und betrat das Zimmer, dieser Held, den hier nah und fern jeder kannte, nickte Zhuang Zigui mit einem dämlichen Lachen zu. Er sah aus wie der Mönch Sha aus der *Reise nach Westen*, sein Scheitel glänzte kahl, ringsum fiel ihm das lange Haar auf die Schultern, es hieß, er habe das von einer Jagd in seiner Jugend als Andenken von einer Bärentatze zurückbehalten. Zhuang Zigui saß einen kurzen Augenblick still da und fragte dann unverblümt direkt: »Tante, in welcher Gegend sind wir hier?«

Die Hausherrin seufzte und wich der Frage aus: »Setzt Euch, ich mache uns etwas zu essen – ein paar chinesische Speisen.«

»Wollt Ihr denn nicht nach Hause zurück, Tante?«

»Sie reden zu viel, junger Mann«, ging die Hausherrin mit einer ärgerlichen Handbewegung aus dem Zimmer.

Gesang starrte Zhuang Zigui konsterniert an: »Was redet ihr denn da?«

»Ich habe ihr gesagt, dass sie eine ungewöhnliche Chinesin ist, das Kompliment hat sie verlegen gemacht.«

»Ja, ja, sie ist meine Bodhisattva.« Gesangs lachendes Gesicht war unschuldig und naiv.

Zhuang Zigui saß, Gesang gegenüber, mit gekreuzten Beinen in der Mitte des Kangs und trank mit ihm. Er kaute rotgebratenes Rindfleisch südchinesischer Art und geschmorte Sehnen, und in ihm erwachten viele Gefühle. Urplötzlich kam von draußen der matte Klang einer Bambusflöte, er legte die Stäbchen hin und fragte Zhuoma: »Wer spielt da?«

»Meine Mama«, drängelte Zhuma sich vor und zog das Kirschmündchen, das zu ihrem chinesischen Erbteil gehörte, nach oben, »die alten Leute im Dorf sagen, der Ton, der aus dem Bambusrohr kommt, klingt wie Mama, wenn sie weint, das Mitleid einer Bodhisattva.«

Zhuang Zigui hörte genauer hin, das war keine Melodie aus dem Gebiet der Han[71], glich aber auch nicht den tibetischen Volksweisen. Während der Mao-Zeit, in der überall revolutionäre Lieder gesungen wurden, zählte die Bambusflöte, die die Melancholie alter Zeiten in sich trug, zu den »Vier Alten« und hatte eliminiert zu werden, und jetzt, ach – vielleicht einfach weil der Himmel hoch und der Kaiser weit weg war. Zhuang Ziguis Herz verhedderte sich wie Hanf.

»Hat sie diese Melodie nicht schon letztes Mal gespielt?«, fragte Zhuoma leise Zhuma.

»Das ist *Su Wu hütet die Schafe*, das spielt Mama sehr selten.«

Zhuang Ziguis Herz schlug laut. Su Wu war ein Offizier der Westlichen Han-Dynastie, der vom Hof in die westlichen Gefilde gesandt wurde, um eine Amnestie der Xiongnu-Rebellen auszusprechen und in die Armee einzugliedern. Doch zu seinem Pech geriet er in Gefangenschaft und wurde zur Strafe in das Gebiet der Präfektur Haixi, der heutigen Provinz Qinghai, versetzt, wo er über zehn Jahre Schafe hütete, was seiner Entschlossenheit zum loyalen Dienst für das Reich jedoch keinen Abbruch tat. Dass die Hausherrin in diesem Augenblick diese Melodie spielte, war das als eine Demonstration ihrer Überzeugung gedacht oder spielte sie auf noch mehr an?

Von Zhuma zurück, legte sich Zhuang Zigui hin und schlief einen Tag und eine Nacht, Zhuoma wachte wie eine Leopardin über ihn. Ein tiefer, traumloser Schlaf, und als er dann die Augen wieder aufschlug, sah er Zhuoma mit gekreuzten Beinen, die Zöpfe hoch auf dem Scheitel, in dem Bachgemurmel der tibetischen Sprache in *Mein Land, mein Volk* lesen. Das verschwommene Morgenlicht drang aus verschiedenen Richtungen in den Raum, große, runde Pupillen, mit denen Zhuoma verwoben war wie eine klare Träne. Das mythische Thangka-Banner im Zimmer bildete dazu einen dunklen Hintergrund, Mensch und Schlange schienen im tibetischen Buddhismus aus dem Thangka treten zu können, sobald man nur nach ihnen riefe. Hinter Zhuomas Kopf hing ein handgroßes Foto des Dalai Lama.

Zhuang Zigui hielt den Atem an und die Szene in Kangding, als er Zhuoma zum ersten Mal begegnet war, stieg vor ihm auf wie eine Fata Morgana. Er schloss die Augen erneut, und sogleich flossen ihm die Tränen. Ach, die Heimat, ach, dieses rote Meer, die Zeiten Maos, und ach, das vergeudete Leben des Gebildeten Jugendlichen, er war jetzt fünf Monate auf der Flucht und ertrug mit einem Mal das Heimweh nicht mehr. Doch seine geliebte Zhuoma konnte er nicht aufgeben. In seiner Kindheit hatte Vater ihm Wort für Wort und Vers für Vers ein altes Yuefu-Lied[72] aus der Westlichen Han-Dynastie beigebracht:

Der Tölös' Steppe
unterm Yin-Gebirg,
der Himmel: Jurte
auf vier Weiten.
Himmel weit und Weite weit,
Gras im Wind, und man sieht Rind und Schaf.

Und heute befand er sich mitten in diesem uralten »Ideal-reich« und war erfüllt von der Melancholie des Wanderers im fremden Land.

Auf einmal schlug die Tür mit einem lauten Krachen, beide erbebten, Zhuang Zigui steckte den Kopf aus dem Fenstergitter, Zhuoma hingegen griff unbewusst nach dem Gewehr am Kopf des Bettes. Aber es waren nur die beiden Knechte, sie kamen murmelnd herauf, Zhuoma stand rasch auf, sprach mit ihnen auf Tibetisch und gab das Gesagte für Zhuang Zigui auf Chinesisch wieder. Es stellte sich heraus, dass vor zwei Stunden die Volksbefrei-ungsarmee mit ein paar hundert Mann aus dem militäri-schen Unterbezirk Changdu in voller Bewaffnung ein fünf Meilen entferntes Lager angegriffen hatte. Ohne dass den Leuten Zeit blieb zu reagieren, wurden Männer, Frauen, Kinder und alte Menschen in Handschellen abgeführt. Die großgewachsenen Soldaten durchsuchten Haus für Haus nach Waffen und Munition. Seit der Dalai Lama 1959 die tibetische Regierung nach Indien ins Exil geführt hatte, gab es derartige Militäraktionen mehrmals im Jahr. Bei dem Nomadenvolk der Tibeter mit ihrem weiten und spärlich besiedelten Territorium und den herumziehen-den wilden Tieren gehörten Gewehre (in früheren Zeiten waren es Pfeil und Bogen) schon immer zum wertvolls-ten Besitz, der streng gehütet wurde, und so konnten sie bei Durchsuchungen niemals vollständig ausgehoben und beseitigt werden.

»Aber dieses Mal war es nicht wie sonst«, sagte Zhuoma, »der Schwerpunkt der Durchsuchungen waren nicht Ge-wehre und Munition, sondern der Dalai Lama.«

»Der Dalai Lama?«, Zhuang Zigui war verdutzt. »Ist der denn hier?«

»Ja.«

»Du hast gesagt, er ist auf der anderen Seite des Himalaya.«

»Sein Herz ist in Tibet. Am 10. März hat der Ehrwürdige eine Rede zum Gedenken an den Aufstand der Tibeter 1959 gehalten. Aufnahmen davon sind von Daressalam mitgebracht und heimlich auf der ganzen Hochebene verbreitet worden. Alle schreiben sie ab und die Hirten, die nicht lesen und schreiben können, lernen sie auswendig, selbst die tibetischen Rotgardisten, die einmal den Verlockungen des Teufels erlegen waren und an der Zerstörung der ›Vier Alten‹ in der Kulturrevolution teilgenommen haben, sind auf den rechten Pfad zurückgekehrt und richten zur Buße Tempel und Buddhas wieder her. Der Ehrwürdige hat gesagt: ›Seit die Tibeter begonnen haben, für ihr Recht auf Unabhängigkeit zu kämpfen, sind siebzehn Jahre vergangen. An diesem Tag gedenke ich mit dankbarem Herzen der Landsleute, die für Tibet ihr Leben geopfert haben, und der Tibeter, die weiter für dieses oberste Ziel alles opfern …‹ Unter den Tibetern, an die der Ehrwürdige denkt, ist auch mein Papa, der bei uns immer lebendig bleiben wird.«

»Von alldem hab ich früher überhaupt nichts gewusst – und der Vorsitzende Mao hat auch dafür gesorgt, dass die einfachen Leute bei uns davon nichts erfahren. Ich, ich …«

»Du, du«, fuhr ihm Zhuoma in die Parade, »du bist ein Han-Chinese, aus dem Inland, was kommst du von so weit her gelaufen und fängst mit einer Tibeterin eine unehrenhafte Beziehung an? Sei ehrlich!«

»Ich, ich«, Zhuang Zigui war ganz dumpf im Kopf.

»Du, du«, spottete Zhuoma, »du kannst es nicht sagen.

Die Chinesen haben keinen Tshangyang Gyatsho, die Welt der Chinesen ist ohne Liebe.«

Die Knechte unten pfiffen. Zhuoma sagte: »Ich bring dich auf der Stelle von hier weg.«

»Geh mit mir.«

»Wohin soll ich denn mit dir gehen?«

Die Antwort musste er schuldig bleiben. Denn, ja, in den Zeiten Maos mit der Wohnsitzüberwachung, wohin sollte sie da mit ihm gehen außer in das weite tibetische Grasland, wo kaum einmal der Rauch einer menschlichen Behausung zu sehen war?

Die beiden führten die gesattelten Pferde, ein Knecht beugte sich zum Boden hinab und lauschte, das Ohr an der Erde, einen Augenblick später sprang er auf und deutete nach rechts auf einen flachen Hügel: »Drei Jeeps, sie werden in dreizehn Minuten hier sein.«

Die beiden gaben den Pferden die Peitsche und galoppierten einen kleinen Bach entlang. Erst als sie annehmen konnten, aus der Reichweite der Ferngläser zu sein, machten sie einen Neunzig-Grad-Schwenk und wandten sich dem Nimu zu. Auf halber Höhe des Berges an der heißen Quelle vorbei, klapperten Reiter und Pferde immer weiter hinauf, mit Tränen in den Augen sahen sie einander an, es war, als flohen zehntausend Pferde in ihnen. Bevor die Abendsonne nach und nach erlosch, hatten die beiden schließlich die Klamm überwunden, der Gipfel des Nimu war ganz nah und der Türrahmen des Mondes erschien am Himmelszelt. Dann ging es mit ihren schmerzlichen Erinnerungen, die ihnen schier den Atem raubten, den Hang hinab. Am Fuß des Berges lag ein See, um den sie einen Halbkreis zogen und sich vor einem nahezu gleichen

See wiederfanden. Er sagte: »Zhuoma, sing noch einmal das Liebeslied von Tshangyang Gyatsho.« Zhuoma schüttelte den Kopf: »Haben die Lieder uns das Herz noch nicht genug gebrochen?«

Der See blies den Bauch auf, lachte gurgelnd und kalt, auch Schneegipfel und Mond stimmten in das kalte Lachen ein, Sternlicht troff Gott durch die Finger, als lache er sich ebenfalls ins Fäustchen. Jäh verlangsamten die Pferde den Schritt und wieherten. Zhuoma murmelte: »Wölfe«, zügelte ihr Pferd, zog die Flinte heraus und zielte auf das andere Ufer des Sees. Zhuang Zigui riss den Kopf seines Pferdes herum, stand Rücken an Rücken zu ihr, in der Hand eine doppelläufige Jagdflinte.

Eine Armee der Hochebene, an die hundert Wölfe, umkreiste auf zwei Routen den See. Die beiden erstarrten zu Statuen, und erst als die zwei Leitwölfe in einer Schussweite von hundert Metern waren, krachte es zweimal. Das war wahrhaft telepathisch, beiden Wölfen wurde gleichzeitig das rechte Ohr weggerissen, wildes Geheul hallte, das Wolfsrudel, das wie eine Maschine, in der ein Glied in das andere griff, seine Bögen gezogen hatte, machte im Gefolge der Leitwölfe abrupt halt. Einige von ihnen fielen ins Wasser und kletterten platschend wieder ans Ufer.

Mensch und Wolf standen einander still gegenüber. Die beiden waren noch immer zwei Statuen, das Gewehr im Anschlag, die Wölfe hingegen hockten, duckten sich auf den Boden und krochen so voran, manche rannten vor und wieder zurück, sie spielten ein Kreisziehen-Spiel. Nach einer Stunde änderten die beiden ihre Taktik und zogen Schulter an Schulter langsam auf das Wolfsrudel zu. Die Leitwölfe mit den zerschossenen Ohren richteten sich hoch auf, vielleicht das Signal für einen weiteren Angriff. Zhuoma eröffnete das Feuer, ein Leitwolf war auf der Stelle tot und wurde von den anderen in Stücke gerissen. Die beiden gaben, immer noch Schulter an Schulter, den Pferden die Peitsche, und als sie sahen, dass das Wolfsrudel gleich erreicht war, zogen sie wie auf ein Zeichen die Messer aus dem Gürtel und stachen den Pferden in die Kruppe. Die Pferde bluteten wie die Schweine, sprangen jäh an, schossen ohne Rücksicht auf irgendetwas vorwärts und durchbrachen die Umzingelungsketten.

Die beiden hasteten vier Stunden mit eingezogenen Köpfen dahin, ließen schließlich das unendliche Schneegebiet hinter sich und hatten auf einmal eine weite Landschaft vor Augen.

Den grenzenlosen Sand der Gobi. Die beiden drängten sich in einen tibetischen Schafederschlafsack, liebten sich ein letztes Mal, Zhuoma hielt mit einer Hand sein schweres Gewicht und schützte mit der anderen ihren leicht angeschwollenen Leib: »Dein Kind ruft hier drin nach seinem Paps, Yangjin.«

Er erschlaffte auf der Stelle, und es regnete Tränen: »Es tut mir so leid, Zhuoma, wir hätten so viele Kinder haben können wie Rinder und Schafe.«

Mitternacht, ein leise heulender, schluchzender Wind erinnerte ihn an die Flöte von Zhumas Mama. »Eigentlich wollte ich es dir nicht sagen«, meinte Zhuoma, »der Papa von Zhuma ist tot. Er hat sich mit dem Gewehr hinter der Tür verteidigt, war aber im Handumdrehen von zig Kugeln der Volksbefreiungsarmee getroffen. Zhumas Mama ist festgenommen worden, sie ist schon eine altgediente Konterrevolutionärin und hat während der Kulturrevolution fünf Jahre gesessen.«

Er schlotterte vor Angst und brachte kein Wort heraus.

»Unsere Familie hat mehr Glück gehabt als die von Zhuma. Buddha, der Herr, hat uns gesegnet und be-schützt.«

»Ach, Zhuoma, könnte ich dich doch nur heiraten, aber...«

»Geh, geh, red keinen Unsinn. Immer die Gobi entlang Richtung Osten, kannst du in drei Tagen die Schienen se-hen, die von Xinjiang kommen. Heut Nacht ist der Mond sehr groß, gerade recht, um noch reichlich Weg hinter dich zu bringen.«

»Und was ist mit unserem Kind?«

»Wird aufwachsen.«

»Werdet ihr mich besuchen? Meine Adresse habe ich dir ja gegeben.«

»Schon möglich. Wenn das Kind groß ist.«

»Schreib mir.«

»Ist das nicht gefährlich? Der Briefverkehr bei euch im Inland wird überwacht.«

»Woher weißt du das?«

»Als ich in Kangding war, in Luding und in Ya'an, wäre ich fast noch nach Chengdu weiter, ich kenne mich aus. Yangjin, vertrau auf Buddha. Wenn offizielle Briefe nicht gehen, dann inoffizielle, guten Menschen wird guter Lohn. *Om mani padme hum.*«

Der Mond war hell wie frisch gewaschen. Zhuoma ver-machte ihm Wasserbeutel, Essensrationen, Jagdgewehr, ließ ihrem Pferd abrupt die Zügel schießen und war fort. Mutterseelenallein schaute Zhuang Zigui sich um und konnte es nicht lassen, ihr ein Stück weit nachzureiten, aber er hatte keine Wahl, er musste umkehren. Die Ratio-nen und der Wasserbeutel waren noch warm von ihrem

Körper, dieser anheimelnde Geruch nach Schafherde, er presste die Abschiedsgeschenke an sich, sein Geist war erfüllt von ihrem nackten Körper, dem Haar, den Zöpfen, den Stellungen der Liebe und dem murmelnden Vorlesen...

Dann eine nicht zu füllende Leere.

★

Viele Jahre später, Zhuang Zigui war Astronom und Dichter geworden, der, nachdem er bereits das alte Jahrhundert überschritten hatte, unsicheren Schrittes dahinstolperte, schwatzte er seinen Enkeln gerne etwas von der alten Geschichte von Zhuoma und der blinden Danzhu vor. Der Ältere konnte es schon nicht mehr hören und gähnte, der Kleine jedoch kaute sabbernd an einem Stück Schokolade und hörte interessiert zu. In einer Sommernacht unter der Weinlaube, seinen eigenen tibetischen Namen hatte er niemals offenbart, spielte er mit seinem Bart, ganz wie ein stiller alter Mann, der an ein Leben im Studierzimmer gewöhnt ist. Der Kleine fragte: »Opa, und Zhuomas Kinder?«

Gütig schüttelte er den Kopf.

Der Kleine schaute in den Nachthimmel und überlegte eine Weile, dann ging ihm ein Licht auf: »Verstehe, sie ist ja in die Milchstraße geflogen, der Herumtreiber ist der Kuhhirte und Zhuoma die Weberin, jedes Jahr am Siebten Siebten des Bauernkalenders treffen sie sich auf der Elsternbrücke und Zhuoma bringt die Zwillinge mit.«[73]

Der Große schnarrte geringschätzig: »Kalter Kaffee, tausendmal aufgewärmt.«

»Wenn du nicht zuhören willst, hau doch ab!«

»Ich habe es dir schon tausendmal gesagt«, belehrte der Ältere ihn, »Kuhhirte und Weberin sind Sterne, heiße, leuchtende Himmelskörper im Universum, von wegen Treffen an der Elsternbrücke!«

»Und der Herumtreiber und Zhuoma?«

»Sind auch ausgedacht.«

Zhuang Zigui war eingenickt und bemerkte nicht, wie der Kleine hilfesuchend an seinen Knien zog, Sternenlicht fiel durch das Weinlaub auf ihn, seine Zhuoma, die sich in diesem fern-verschwommenen nächtlichen Dämmerlicht versteckt hielt.

Bevor ihm die Totenglocke läutete, fuhr Zhuang Zigui in Begleitung seiner erwachsenen Tochter noch einmal mit dem Wagen quer durch die Gobi. Zwischen den vielen Spiegelungen der Fata Morganen versuchte er die Häuser, das Grasland, die Seen und die bei Sturm wie Schneelöwen mit dem Kopf wackelnden Schneegipfel zu erkennen. »Yarlung Tsangpo, lieber Fluss, ach, wohin so schnell fliehst du? Tshangyang Gyatshos Herz, ach, wo findet es Rast, findet es Ruh?« Zhuomas heiße, scharfe Singstimme stieg und fiel mit der Flöte des *Su Wu hütet die Schafe*, klärte und verschleierte sich, starb ab und belebte sich, schäumte über und trauerte, wie eine Vermählung zwischen sengender Sonne und dunklen Wolken. Seine Seele verließ die Höhle und kreiste über seinem todgeweihten Körper.

Die Tochter schlug ihm den Mantelkragen hoch und ließ ihn sich in seinen Körper zurückziehen.

Der allseits geschätzte alte Dichter Zhuang Zigui blieb, auf seinen Stock gestützt, ein paar Tage im Stadtgebiet von Xining, die Spuren der Diktatur der chinesischen Kommunisten waren längst nicht mehr sichtbar, in der strategisch wichtigen, extraterritorialen Stadt wehte überall, weißer Mond auf blauem Himmel, die Flagge des Islam. Der Himmel klarte auf, von der Moschee im Stadtzentrum wurden die Klänge heiligen Gesangs herübergetragen, Moslems der Volksgruppe der Hui in weißen Gewändern und mit weißen Turbanen strömten aus Straßen und Gassen herbei und schlenderten durch den feinen Nieselregen. Endlose heilige Suren, mehr und mehr Moslems, sehr schnell war die breite Straße im Zentrum überfüllt. Auf den Ruf des Gesangs hin wuschen diese Kinder der profanen Welt, die normalerweise Rinder und Schafe schlachteten oder als Schmuckhändler ihr Leben fristeten, sich umgehend die Hände, öffneten ihre Türen und zogen, still einen Abschnitt des Koran rezitierend, zur großen Moschee. Zhuang Zigui, ebenfalls in weißem Gewand und Turban, mischte sich in den Strom der betenden Menschen, der alte Schwindler mit seinen gütigen Augen war gerade in der Nähe des Eingangs der Moschee, als die heiligen Suren jäh verstummten, die Musik kreiste über einem der höchsten Pausenzeichen, als steige ein dunkler Klang weiter und weiter nach oben. Der robuste, kräftig gebaute Imam erhob sich und verließ den Rezitationssitz.

Im Zentrum des Sprecherpodestes hockte nun ein alter Mann mit gesenktem Blick, schwach und zierlich wie ein Säugling, und sein heiserer Surengesang bildete das Gegenstück zu dem vorher strahlenden Ruf. Zhuang Zigui verstand den Text nicht, aber aus den Windungen der Kehle vermittelte sich ein tiefes, zeitlos heiseres Weinen, das ein ausgetrocknetes, rissiges Flussbett flutete und dessen Feuchtigkeit die Menschen der Wüste bis auf den letzten Tropfen aufsaugen würden. »Wasser!«, hatte auch Zhuang Zigui geschrien, »Wasser!« Das war im September 1976 gewesen, am vierten Tag nach seiner Trennung von Zhuoma, völlig konfus war er durch die Sanddünen gezogen und hatte, vor sich noch immer eine schier endlose Reihe von Dünen, gegen die auf seinen Kopf zuwallende sengende Sonne geheult: »Wasser, Wasser.«

Danach war ihm, Wasser zu sparen, zu einer Manie geworden, die Vorstellung zu verdursten, konnte er nicht mehr abschütteln. Ausgetrocknete Quellen, alte Städte unter der Wüste, undeutlich auszumachende Skelette und Knochen hatten sich bis ans Ende des Himmels erstreckt. In seinem Wahn war er vom Sattel gerutscht und eine Weile gelaufen, indem er sich am Schwanz des Pferdes festhielt; ohne dass es ihm recht bewusst war, leckte er dem Pferd den weißen Schaum vom Unterkiefer, und dieser salzig-faulige Geschmack verklebte ihm dann auch noch den ganzen Mund.

Mit letzter Kraft stieg er wieder auf, lockerte die Zügel und überließ sein Schicksal dem von Zhuoma gezähmten Tier. Als es mit seinen Kräften schließlich zu Ende ging und er in eine Senke mit Wasserpflanzen fiel, riss er mit großen Bissen, dem Pferd gleich, das Gras aus. Und mit dem sauren Grassaft auf der Zungenwurzel entrang sich ihm als erstes Wort auf Chinesisch wieder: »Wasser.«

Geräuschvoll wogten Abertausende Hui um ihn herum wie Sanddünen im Wind. »Amen!«, murmelte der Suren betende Alte mit immer schwächerem Atem und verhielt schließlich für Minuten. Er schien in seinen letzten Zügen, wie im Schlaf, vor sich hin zu sprechen und griff sich unwillkürlich an die Kehle. Das musste man nicht übersetzen, Zhuang Zigui verstand die Bewegung auch so, dieses einfache ursprüngliche Wort, das von den Stimmbändern dieser Wüstenmenschen kam: »Wasser.«

Sie waren in einem Sandkorn geboren, sie beteten ein Leben lang um Wasser, ihre Literatur und Geschichte beschrieb und besang das wieder und wieder: Wasser. Krieg und Frieden des Wassers, Glück und Unglück des Wassers, Himmel und Hölle des Wassers. Wie viele Jahrhunderte waren vergangen, vor wie vielen Jahren hatte der Fluss seinen Lauf verändert und sie hielten in der endlosen Gobi noch immer Ausschau nach einer Quelle.

»Amen.« Zhuang Zigui berührte mit der Stirn die Erde und vergaß in diesem Augenblick, dass er Chinese war.

Ein revolutionäres Wiedersehen

Nicht im Traum hätte Zhuang Zigui daran gedacht, die Revolutionärin Yang Dong noch einmal wiederzusehen.

Nachdem er sich in ein kleines namenloses Nest am Rande der Gobi gerettet und das tibetische Pferd verkauft hatte, legte er auch seine völlig zerrissene tibetische Kleidung ab und verbrachte eine halbe Nacht im Bad des Hotels, konnte sein wahres Antlitz einer durch und durch gehenden Unzivilisiertheit aber nicht mehr kaschieren. Also bediente er sich eben der tibetischen Sprache und trug sein Messer quer an der Hüfte, und er bekam damit erstaunlicherweise keinerlei Ärger, wie beispielsweise eine Überprüfung seines Wohnsitzes. Er fuhr mit einem Linienbus zu einem Meilen entfernten Bahnhof, bestieg einen aus Urumqi kommenden Zug nach Osten, das Abteil war wie eine Welt aus allen möglichen Völkern jenseits der Großen Mauer. Er war kaum aufgetaucht, als ihm gleich aus mehreren Kehlen, durchzogen von den kräftigen Nasallauten Xinjiangs, ein raues »Landsmann« entgegenbrummte. Er suchte sich einen Reisenden aus, der wie er einen Bart trug, ein Uigure, setzte sich und mehrere Händepaare wetteiferten darin, ihm den berühmten Tabak aus dem Kreis Mohe anzubieten, er zierte sich nicht, drehte sich eine, schluckte Wolken und blies Nebel aus. Ein Reisender aus Turfan mit blauen Augen zog einen Dolch aus der Jacke: »Landsmann, kaufst du ein Messer?«

Er schaute desinteressiert kurz hin.

»Ein Qualitätsmesser, vom Ili-Becken«, gab der Reisende mit den blauen Augen an, »in Lanzhou verkaufe ich das für zwanzig Kuai, du als Landsmann kannst es für zehn haben.«

Schweigend zog er das Messer, das ihm Zhuoma gegeben hatte, aus dem Gürtel, die Juwelen auf dem Griff schimmerten kalt.

Der Reisende mit den blauen Augen nahm es mit großem Respekt in beide Hände: »Bei Allah, das allerdings ist ein unbezahlbares Kleinod!« Womit er rasch den eigenen Dolch wegsteckte und sehr ehrerbietig sagte: »Ihr kommt wohl aus der Präfektur Haixi?«

Er sagte dazu nichts.

Der blauäugige Reisende gab ihm vorsichtig das Messer zurück und keinen Mucks mehr von sich.

Durch den beißenden Tabaknebel nahm Zhuang Zigui wahr, dass es im Zug auch noch verhältnismäßig viele Han-Chinesen gab, die jedoch allesamt zusammengerollt auf den harten Sitzbänken dösten, sie waren nicht so ungeniert und unbefangen wie die Reisenden, die zu den Minderheiten gehörten. Außerhalb des Zuges war die Luft von gelbem Sand erfüllt, der Schaffner kam und verkaufte Zeitungen, für einen kurzen Moment spürte er einen heftigen Tumult in sich und wäre um ein Haar in Tränen ausgebrochen. Immerhin konnte er jetzt sicher sein, dass es auf diesem Planeten noch Gedrucktes gab, er kramte Geld heraus, um was zu kaufen, als aber ein tibetischer Satz aus seinem Mund kam, starrte der Schaffner ihn völlig perplex an.

Er senkte den Kopf, der Blauäugige tat ihm sofort den Gefallen, kaufte eine *Volkszeitung* und legte sie ihm anbiedernd auf die Knie. Hua Guofengs[74] unstete kleine Äuglein fielen ihm in den Blick: »Wenn du es machst, bin ich beruhigt«, hatte der geschwächte und kraftlose Vorsitzende Mao zu seinem Nachfolger gesagt. Zhuang Zigui war mit einem Mal richtig schockiert.

Voller Ungeduld verschlang er den gesamten Artikel, als er den Kopf wieder hob, tauchte am anderen Ende des Abteils eine hochgewachsene Frau in einem langen Windmantel auf, das Gesicht kam ihm bekannt vor, doch konnte er sich nicht erinnern, woher. Die Frau kam näher und schaute, ungewöhnliches Benehmen, weder rechts und noch links. Der Windmantel wischte ihm über die Wange, ohne groß zu überlegen, kam er abrupt auf die Füße, die Frau wandte nicht den Kopf, ging ungerührt weiter, Zhuang Zigui hob witternd die Nase, als habe der besondere Duft, der von der Frau ausging, ihn augenblicklich zu Besinnung gebracht.

»Yang Dong!«, brüllte er auf einmal in seinem Sichuan-Dialekt.

Die Reisenden um ihn durchfuhr ein ordentlicher Schreck. »Yang Dong«, wiederholte er jetzt leiser, mit verhaltenerer Stimme.

Die Frau blieb reglos stehen, er trat zu ihr und berührte sie von hinten an der Schulter. Da wandte sie den Kopf und sagte im rumpelnden Rhythmus der Gleise: »Wer sind Sie?«

Er erstarrte.

»Ich kenne Sie nicht.« Die Frau streifte kalt seine Hand ab. Sie ging weiter, und er rief ungeduldig: »Verdammt, ich bin Zhuang Zigui!«

Die Frau erstarrte: »Bist du wirklich Zhuang Zigui?«

Sie gaben einander die Hand und schauten sich einen

Moment in die Augen, Zhuang Zigui senkte den Kopf und sagte mutlos: »Hab ich mich so verändert?«

Auf den Wangen Yang Dongs erblühte ein blasses Rot und sie seufzte: »Gott, du, das ist ja nicht zu fassen!«

Der Blauäugige war ihm nachgekommen: »Landsmann, dein Messer.«

Er bedankte sich, steckte das tibetische Messer weg, holte sein weniges Gepäck und ging mit Yang Dong. Ihr Abteil war im Schlafwagenbereich, in diesem Staat, in dem angeblich das Volk Herr im Hause war, gab es eine strikte Rangordnung – als Zhuang Zigui mit seinen stinkigen Füßen den mit Goldbrokatteppichen ausgelegten Gang betrat, fühlte er sich körperlich unwohl. Mit im Abteil von Yang Dong saßen zwei junge Offiziere, sie teilten mit Yang Dong das kalte Lächeln, an dem gewissermaßen kein Stäubchen war. Yang Dong stellte vor: »Das ist Zhuang Zigui, von dem ich euch schon so viel erzählt habe.«

Händeschütteln, Begrüßungsfloskeln, ihre frühlingszwiebelhaften Finger quietschten unter seinem Händedruck, dann stieg ihm der Duft von Aftershave in die Nase, er kam von den Soldaten, unwillkürlich zog er, wie auch die beiden, die Augenbrauen hoch: Man war den Körpergeruch anderer Menschen nicht mehr gewohnt.

»Das sind die Brüder Yan Jun und Yan Shui vom Kommandobezirk Xinjiang, seit der Kindheit meine Gefährten und heute meine Genossen.«

Als Zhuang Zigui nur die Namen hörte, war ihm klar, dass es sich bei den beiden um privilegierte, in Yan'an, dem heiligen Land der Revolution, während des Bürgerkriegs zwischen Kommunisten und Guomindang geborene höhere Sprösslinge handelte: Nutzlose Gesellen!, dachte er bei sich. Und tatsächlich verkrochen sich die beiden Schulter an Schulter in der Ecke hinter ihre Bücher. »Ich bin ein Wilder«, sagte er rau.

»Zhuang Zigui!« Yang Dong warf ihm einen tadelnden Blick zu, ergriff seine Hand und sagte: »Du hast keine Ahnung, wie ich mich über unser überraschendes Wiedersehen freue! Erzähl doch, wie ist es dir ergangen?«

Zhuomas Augen blitzten vorbei. Irgendwie war ihm die Hochebene längst zur Heimat geworden, sein Fleisch und Blut würden für immer dort sein; der Reisende aus Xinjiang mit den blauen Augen hatte ihn als alten Landsmann erkannt und ihn als noblen und geheimnisvollen Reisenden aus der Präfektur Haixi eingeschätzt. Er blickte auf sein spiegelblankes Messer, und Verlorenheit wogte durch sein Herz: »Ich war überall und nirgends und hätte nicht gedacht, dich noch einmal zu treffen.«

Yang Dong missverstand ihn: »Ich weiß, ich weiß, das war alles meinetwegen«, ihre Stimme stockte, »die Geschichte wird das Gestern klären, es ist den Preis, den wir gezahlt haben, wert.«

Ein tief bewegendes Schweigen, ihre Fingerspitze berührte sacht die symmetrischen Brandmale der Sonne auf beiden Seiten seines Gesichts. Widerstreitende Gefühle. »Tut das weh?«, murmelte sie.

Zhuang Zigui stand der Mund auf wie einem Idioten, ihre Rechtfertigung hatte er nur halb begriffen, doch ihre Berührung war sehr angenehm. Wie ein feines Wasserkräuseln drang sie in die von der Sonne versengte Haut und bildete ein kleines Rinnsal, auf dem er zum Ausgangspunkt der Geschichte zurücktrieb: das Qingming-Fest, der konterrevolutionäre Aufstand, wie er in der heimatlichen Straße mit einem Backsteinschlag zum Spitzel avancierte, eine ihm völlig fremde Frau mit sich schleppte, davonlief. Er hatte kein Motiv, kein Ziel gehabt, aber sein Herz daran gesetzt, das Unglück mit der Wurzel auszureißen, hatte sich von ihr an der Nase ziehen lassen, bis in das Grenzgebiet von Sichuan und Tibet. Um ein Haar wäre er nicht mehr zurückgekommen.

Der Zug fuhr durch einen Tunnel, aus dem dunklen Abteilfenster schaute ihn die eigene blöde Visage an und er beeilte sich, den Mund zuzumachen. Yang Dong wischte sich Tränen ab und sagte zu den beiden Aftershave-Soldaten: »Zhuang Zigui ist ein herausragender Vertreter der Klasse des einfachen Volkes, das Rückgrat Chinas.«

Dieser hehre Lorbeer gab ihm den Rest, Hüfte und Rücken versteiften sich, als hätte er eine gewischt bekommen, erst nach zehn Minuten spürte er, wie unbequem seine Sitzhaltung war. Yang Dong wandte sich ab und diskutierte mit den beiden Soldaten die politische Lage, er hielt sich mit Worten zurück, war aber, wenn auch unaufdringlich, ganz Ohr. Yang Dong versäumte nicht, ihm zwischen ihren Tiraden lächelnd zuzunicken, eine Vertraulichkeit, die ihm nicht erlaubte, sich ganz herauszunehmen.

»Mao hat schon einen Nachfolger bestimmt, vielleicht wird er dieses Jahr jetzt nicht überstehen«, sagte Yan Jun.

»Meinst du Hua Guofeng? Er ist Chinas Malenkow[75], die wirkliche Macht liegt nicht in seinen Händen«, sagte Yan Shui.

»Wer sonst könnte nach Mao die politische Lage kontrollieren? Ye Jianying? Jiang Qing, Zhang Chunqiao? Oder Wang Dongxing mit seiner Kontrolle über die Einheit 8341, die geheimnisvolle Wachtruppe des Zentralkomitees?«[76]

»Das ist noch nicht klar. Vielleicht Deng Xiaoping, der geschworen hat, ›niemals ein Urteil aufzuheben‹. Der Zwischenfall vom 5. April war ein Test für die Volksmeinung, der Politiker, der neu die Bühne betritt, muss sich nach dem Willen des Volkes richten.«

»Der Erfolg oder Nicht-Erfolg von irgendwelchen Politgrößen sind für dich und mich nicht wichtig«, betonte Yang Dong, »das Ende Maos wäre das Ende einer ganzen Epoche, jeder Chinese stünde an einem historischen Wendepunkt, wir können nicht einfach über uns bestimmen lassen wie die Masse der einfachen Leute ...«

»Yang Dong, Schwester, immer noch so wild«, seufzte Yan Jun. »Wie viel Einfluss haben wir denn? Wir können das Land nicht retten, und wir dürfen es nicht vernachlässigen.«

»Steter Tropfen höhlt den Stein, diese paar Jahre ...«

»Gut, liebe Schwester Yang Dong, wir streiten nicht mit dir«, sagte Yan Jun rasch, »du bist wie die Ritterin Qiu Jin[77], aber wir verlorenen Adelssprösslinge leiden an Knochenerweichung, wir können uns nicht mit dir zusammentun.«

»Yan Jun«, Yang Dong wechselte jäh die Farbe, »du Oberschlauberger, schlimm für China ist nicht das mangelnde demokratische Bewusstsein der einfachen Leute, sondern die Sklavenmentalität von euch Oberschichtlern.«

»Liebe Yang Dong«, bat Yan Shui für seinen Bruder um Verzeihung, »du weißt, wie es bei uns zu Hause aussieht, Vater und Mutter sind in der Kulturrevolution geblieben, wenn unser Onkel Dong nicht einen Weg gefunden hätte, uns in der Armee unterzubringen, würden wir uns womöglich heute noch auf der Straße herumtreiben. Mein

Bruder hat von der Welt da draußen ein Trauma weg. Am Ende vom *Traum der roten Kammer* heißt es ja auch: ›Die umherfliegenden Vögel finden Zuflucht im Wald.‹«

»›Wer nicht die gleichen Grundsätze hat, soll sich keine Ratschläge geben!‹[78] Ihr solltet euch wirklich nicht mit mir zusammentun.« Yang Dong rang noch immer nach Luft.

»Wir sind doch nicht in der Kulturrevolution und bilden hier Fraktionen, wo es keine zwei Meinungen geben darf«, lachte Yan Shui, »du bist unsere liebe große Schwester aus Kindertagen, wir beide würden für dich jedes noch so große Desaster auf uns nehmen.«

»Yang Dong, dir steht eben der Sinn nach Höherem, du machst dir Sorgen um das Land, machst dir Sorgen um das Volk und begnügst dich nicht mit leichter Konversation«, sagte Yan Jun, »wenn sie dich in den Knast stecken, können wir immer noch verhandeln und dich raushauen, aber wenn dir überraschend etwas zustößt ...«

»Macht euch keine Sorgen«, lachte Yang Dong traurig, »ich bin nicht hohl im Kopf, vor der Befreiung hat meine Mutter im Untergrund gearbeitet, ich habe das im Blut. Außerdem«, sie beobachtete Zhuang Zigui aufmerksam und machte plötzlich auf argloses, naives Mädchen, »gibt es die revolutionären Massen, die mich beschützen, sie sind mein Gott.«

Als sei es das Natürlichste von der Welt, legte sie den Kopf auf den Oberschenkel ihres Gottes, schloss die Augen und überlegte eine halbe Ewigkeit, bevor sie plötzlich die Augen aufriss und fragte: »Warum hast du mich damals gerettet?«

»Ich weiß nicht«, antwortete der Wilde rau, »alles in allem mag ich wohl die Volksbefreiungsarmee nicht.«

Die drei brüllten vor Lachen, Yang Dong bohrte weiter: »Unseren Onkel Lei Feng auch nicht?«

Für einen Augenblick wusste er nicht, was sagen.

Yang Dong ahmte seine raue Stimme nach: »Auch nicht, weil die Flinte in Onkel Lei Fengs Händen keinen Funken schlagen wird.«

Es war wieder wie früher, Yang Dongs Art zu reden nahm ihn unwillkürlich gefangen, in ihrer Gegenwart war er auf ewig der Schüler, der niemals seinen Mann stehen würde.

»Zhuang Zigui«, Yang Dong war entschlossen, ihn in ihren Gesprächskreis hineinzuziehen, »hast du auf tibetischem Gebiet keine versprengten Rotarmisten getroffen?«

»Habe davon gehört, aber keine gesehen, im Gegenteil, ich habe Angehörige von versprengten Weißarmisten getroffen, die tibetischen Landsleute machen keinen Unterschied zwischen Kommunisten und Guomindang, in ihren Augen sind einer wie der andere Chinesen.« Wirklich-unwirklich stieg wieder der Flötenklang von Zhumas Haus auf, hatte es dieses Lied von *Su Wu, der die Schafe hütet* wirklich gegeben?, fragte er sich.

»Ich habe auch davon gehört«, Yang Dong sah aus, als denke sie nach, »dass sich auf tibetischem Gebiet gut tausend Rotarmisten herumtreiben sollen, manche wurden von den tibetischen Landsleuten assimiliert, haben nach und nach ihre Muttersprache vergessen, und es ist ihnen sogar egal, ob sie Tibeter sind oder Chinesen. Stell dir das vor, der Lange Marsch ist schon ein paar Jahrzehnte her, so ein Zeitraum kann einen Menschen schon verändern, nicht?«

»Ich habe interne Dokumente dazu gelesen«, sagte Yan

Jun. »Über hunderttausend Offiziere und Mannschaften der Vierten Roten Armee sind damals durch den Korridor von Hexi, wo sie von Truppen der Guomindang und bewaffneten regionalen Einheiten eingekreist und gestellt worden sind. Mit viel Glück sind gerade mal zwei-, dreitausend nach Xinjiang durchgekommen; und als die Zentrale Rote Armee in Nord-Shaanxi eingedrungen ist und sich mit den Truppen von Liu Zhidan[79] vereint hat, waren das, wenn es hochkommt, noch zehntausend Mann, von mehreren hunderttausend Rotarmisten waren also noch diese paar übrig und die sind dann auch noch von Zhang Xueliang und Yang Hucheng[80] eingekesselt worden, die damals den Nordwesten verteidigt haben. Wäre der Plan der japanischen Teufel einer totalen Besetzung Chinas drei Monate hinausgezögert worden, wäre es das mit der 8. Marscharmee der Kommunistischen Partei gewesen!«

»Ja, die Rote Armee saß damals wirklich in der Falle«, sagte Yang Dong, »aber ein in die Enge getriebenes Tier kämpft und ist nicht so einfach zu erlegen. Es heißt, sie hätten ausgesehen wie verhungerte Gespenster, seien mit ihren wirren langen Haaren mehr gewankt als gegangen, wie besoffen, aber geschossen hätten sie wie die Teufel, und sobald Wind das Gras bewegte, waren sie bereit, ihr Leben zu geben. Die Völker auf der anderen Seite der Großen Mauer werfen sie mit den Taiping[81] gleich in einen Topf und nennen beide nur die ›Mähnen‹. Die ach so großartigen Gründungsväter des Neuen China allerdings, die haben damals, von einer lärmenden großen ›Mähnenschar‹ eskortiert, das Grasland und die Schneeberge hoch zu Ross oder in Sänften durchquert.«

»Das steht in den Büchern aber nicht so«, sagte Zhuang Zigui zweifelnd.

»Was sind schon Bücher?«, rümpfte Yan Shui die Nase, »die moderne Revolutionsgeschichte ist mindestens hundert Mal umgeschrieben worden, da ist längst nichts mehr, wie es einmal war. Mao hat auf dem Langen Marsch *Das Kapital* studiert und den *Spiegel für den weisen Herrscher*[82], nachher hat er auf dieser Grundlage über das Reich geherrscht, aber der Lange Marsch, das war ein einziges Gehetze von Pferd und Mann, wo hätte er denn da die Zeit finden sollen, Bücher zu lesen, wenn er sich nicht hat tragen lassen?«

»Gib nicht so an, Yan Shui«, stellte sich Yang Dong auf Zhuang Ziguis Seite, um ihm jedes kleinste Gefühl der Peinlichkeit zu ersparen, »ich erzähle euch eine Anekdote – wisst ihr denn, wo die Geschichte des roten Historienfilms *Am Goldfluss*[83] ursprünglich herkommt?«

»Du wirst es uns gleich erzählen, liebe Yang Dong«, säuselte Yan Shui.

»Braver Junge«, antwortete Yang Dong selbstzufrieden. »Es heißt, die Vorhut der Rotarmisten sei in das Grasland von Ngawa gekommen und hätte, weil sie mit den Sitten der tibetischen Landsleute nicht vertraut waren, voll revolutionärer Leidenschaft für die Ausmerzung des feudalistischen Aberglaubens einen Buddhatempel angezündet und niedergebrannt, was große Schwierigkeiten zur Folge hatte. Die tibetische Armee rückte in voller Stärke aus, ein paar tausend Mann, und machte den Rotarmisten Ärger; allerdings, auch wenn die Barbaren wild und tapfer waren, gegen die gut ausgebildeten regulären Truppen der Rotarmisten konnten sie im Grunde nichts ausrichten, so dass ihr großer Stammesführer einen Erlass herausgab, die Hirten sollten Rinder und Schafe wegtreiben, das Getreide sicher vergraben, die Gewässer vergiften und sich überall in den Hinterhalt legen. Diese Strategie der verbrannten Erde hätte für die Rotarmisten auf dem weiten Grasland fast das Ende bedeutet. Den Kämpfern blieb nichts anderes übrig, als von Baumrinde und Graswurzeln zu leben, was später dann in Tausenden von historischen Büchern immer wieder in bunten Farben ausgemalt worden ist, selbst Ledergürtel wurden gekocht und gegessen; waren in den in Wasserläufen und Gräben zurückgelassenen Exkrementen der Vorhut noch unverdaute Körner der Hochlandgerste zu finden, wurden diese von den nachrückenden Truppen herausgefischt und mit Begeisterung gekaut. In der Truppe grassierte das Fieber, Kranke und Verwundete lagen einfach da und warteten auf den Tod. Jeder Truppenteil hungerte sich die Augen rot, also plünderten sie die Dörfer, brandschatzten und mordeten. Einmal griffen die Rotarmisten ein tibetisches Lager an, die heftigen Kämpfe dauerten über einen halben Tag, die tibetischen Landsleute machten den Vorschlag, die Leichen der Gefallenen gegen Getreide zu tauschen, ein halber Sack für jeden Toten. Die Rotarmisten stimmten zu, es gab eine Feuerpause von einer halben Stunde, und als die Toten weggeschafft und die Hochlandgerste überreicht war, begannen die Kämpfe von neuem. Am Ende setzten sich die tibetischen Landsleute in der Nacht ab, die Rotarmisten stürmten eine leeres Lager, nichts zu essen, nichts zu trinken und in den rauchenden Ruinen stand überall in krakeligen chinesischen Schriftzeichen: »Giftig.«

Zhuang Zigui hörte hingerissen zu, er hatte schon zu viele Geschichten über Feindschaft und Morde zwischen Han-Chinesen und Tibetern gehört, von den Abenteuern des Langen Marsches bis zur Niederschlagung der Revolte in Westtibet Jahrzehnte später, ein Auf und Ab zwischen Eroberung und Rückeroberung, das in unregelmäßigen Abständen immer wieder weiterging. Abkommen hielten immer nur eine gewisse Zeit, der Dalai Lama war weiterhin im Ausland, sein Geist und seine Lehren aber waren tief in den Herzen der Menschen verankert, und er, Zhuang Zigui, hatte von der blinden Danzhu den Auftrag übernommen, auf seine Rückkehr zu warten.

»Und dann?«, fragte Yan Jun.

»Dann wurde daraus ein Drehbuch, die einzige Tochter des Stammesführers geht aus, lässt sich unvorsichtigerweise von den verkleideten Landräubern der Guomindang fangen, wird von den Rotarmisten befreit und von Grund auf umerzogen. Die Rotarmisten tun noch alles, um den Tempel der tibetischen Landsleute wiederaufzubauen und eskortieren die Prinzessin nach Hause; der Stammesführer nimmt seinen Befehl zurück, beendet die Politik der verbrannten Erde, die tibetischen Landsleute kümmern sich um ihre Alten und Kinder, singen und tanzen und geleiten die Rotarmisten durch das Grasland.«

Yang Dong war ein bisschen müde geworden, sie streckte sich und zog Zigaretten der Marke *China* heraus, eine interne Sonderanfertigung für hohe Kader. Die vier qualmten wie die Schlote und alles verschwand im Rauch wie in einem Ur-Chaos. Yan Shui sagte: »So waren die Zeiten damals, es war kein Kinderspiel, das Land rot zu machen! Auf dem Langen Marsch war der Vorsitzende Mao noch keine vierzig, heute vor zehn Jahren ist er noch fröhlich im Yangzi geschwommen und hat mit rotglänzendem Gesicht Millionen Rotgardisten empfangen, niemand hätte sich vorstellen können, dass er, der ›überzeugt war, dass der Mensch zweihundert Jahre leben und so dreitausend Meilen schwimmen kann«, so schnell . . .«

»Ist der alte Herr wirklich so weit?« Zhuang Zigui war am Ende in sein vertrautes gesellschaftliche Umfeld zurückgekehrt: »Wo fahrt ihr eigentlich hin?«

»Ich fahre nach Peking und die beiden haben in der Präfektur von Jiayuguan in Gansu etwas zu tun, und du?«

»Ich möchte nach Hause.« Er drehte sich um und schaute aus dem Fenster.

»Nicht in die Hauptstadt?«

Er starrte vor sich hin und murmelte erst nach einer halben Ewigkeit: »Ich habe zu viel Heimweh.«

»Es sind ereignisreiche Zeiten, die Leute in den großen Städten sind unruhig. Dann im Mai noch das große Erdbeben von Tangshan, wenn die einfachen Leute darüber reden, werden sie blass, viele Menschen haben kein Dach zum Schlafen mehr über dem Kopf. Wenn du nun alleine nach Chengdu zurückkehrst, was kannst du dort ausrichten?«

»Ein Erdbeben? Wieso habe ich davon kein Wort gehört?« Er schien nicht von dieser Welt zu sein.

Yan Jun sah ihn abschätzig an: »Bei dem großen Erdbeben von Tangshan sind in einer Nacht zweihundertvierzigtausend Menschen ums Leben gekommen, fast die ganze Stadt liegt in Trümmern; im Juni hat auch in Sichuan, in den Kreisen Pingwu und Songpan, die Erde gebebt, was man noch im tausend Meilen entfernten Chengdu deutlich gespürt hat, Schlamm- und Gerölllawinen sind auf die Autobahnen runter und haben den Rettungskräften den Weg versperrt, ein Fahrzeug ist im Flussbett begraben worden, aus den gewaltigen Geröllmassen hat nur noch ein handtellergroßes Stück vom Hinterteil des Wagens herausgeschaut. Ein paar Dutzend Leute werden so für die Archäologen in zehntausend Jahren als Versteinerungen erhalten bleiben.«

»Katastrophen und Unglücke, das ist das Los der Republik«, sagte Yang Dong seufzend, »Zhuang Zigui, wenn wir uns jetzt trennen, wird es mit einem Wiedersehen vielleicht schwierig werden.«

Zhuang Zigui brach der Schweiß aus, musste er sich wirklich zwischen Yang Dong und der Heimat entscheiden? »Lass mich einen Moment überlegen«, stammelte er.

»Unsere liebe Yang Dong ist nicht gerade noch ein junges Fräulein, das an die ewige Liebe glaubt«, sagte Yan Shui missgünstig, »außerdem ist gar nicht sicher, dass du sie beschützen könntest.«

»Es ist auch nicht sicher, dass jemand, nur weil er Macht und Einfluss hat, mich beschützen kann«, sagte Yang Dong dickköpfig. »Zhuang Zigui gehört nicht zu unserer Schicht, gut, aber er hat eine natürliche Hartnäckigkeit, ob er mir beistehen kann, ist fürs Erste völlig egal, wer von euch beiden hätte denn den Mut gehabt, alleine die große Gobi zu durchqueren?«

»Für dich würden wir auch das wagen«, Yan Shui gab sich nicht geschlagen.

Yang Dong stupste ihn mit dem Finger an: »Was sind diese Soldaten immer eifersüchtig!« Die Überheblichkeit in ihrem Tonfall bedrückte Zhuang Zigui, er kratzte sich am Kopf, ihm war nicht klar, was sie mit diesem ganzen Arrangement bezweckte. Die Frau war wirklich eine Nummer zu groß für ihn, Männer konnten ihr vermutlich nur als Leibwächter oder als Gefolge dienen. Zhuang Zigui war entmutigt und begann tatsächlich, an seiner Intelligenz zu zweifeln.

Der Schaffner brachte das Abendessen, gerade zur rechten Zeit, um ihn zu retten. Der vom Wind und Schnee der Hochebene getaufte Wilde zeigte sofort sein wahres Gesicht, griff sich das knusprig gebratene Hähnchen, riss ein Bein ab, stopfte es sich in den Mund und als er auf dem Hühnerknochen herumkaute, bewegten sich seine Backen krachend gegeneinander, als er dann das Fleisch samt Knochen im Bauch hatte, leckte er sich auch noch die Pratzen und saugte hochkonzentriert das Öl unter den Fingernägel hervor. Dieses heroische Unterfangen, vermittels eines übergroßen Appetits das Selbstvertrauen wiederzuerlangen, hatte für die Augenzeugen etwas Furchterregendes, die beiden Soldaten legten Stäbchen und Schale hin und schauten einander nur an. Als letzte Aktion trank Zhuang Zigui den Suppennapf in einem Zug leer und leckte mit der Zunge die Reste heraus. Erst als er wunschlos glücklich den Kopf wieder hob, bemerkte er, dass die anderen ihn anschauten wie erschrockene Tierärzte: »Schaffner, noch zwei Portionen für den Genossen!«, brüllte Yan Jun absichtlich laut.

»Augenblick!«, Yang Dong warf ihm einen Blick zu, stand auf und hielt den Schaffner, der auf den Ruf hin herbeieilte, zurück: »Es ist nichts, entschuldigen Sie bitte.«

Zhuang Zigui ging mit gesenktem Kopf hinaus, blieb sehr lange im Waschraum, bevor er tropfnass in den Gang zurücktrat. Durch den Durchgang am Ende des Speisewagens war in der einfachen Wagenklasse nur unklar etwas auszumachen, Schatten schwankten durch den Dunst, fielen über-, stießen gegeneinander, wie in einem öffentlichen Bad – dort war sein Platz, an der Seite des Messerverkäufers mit den blauen Augen. Seine Hand hielt eine Weile den Griff der Zwischentür fest, ließ ihn wieder los, hin- und hergerissen lehnte er an der Waggontür. Der Mond war eine schwebende Reisschüssel aus Silber, die Erde ein schmutziger Teller voll feinem silbrigen Sand. Gedankenverloren betrachtete er eine Weile dieses Schauspiel und vergaß dabei seinen Unmut, er rülpste wie ein vollgefressener Rüpel und stellte sich irgendeinen ewigen Schnorrer vor, der sich diesen leckeren, feinen Sand auf dem Teller der Erde, bestrichen mit einer Schicht Hühnerfett, einverleiben würde. Der Zug fuhr auf dem Tellerrand im Kreis, *tschtschtsch*, *tschtschtsch*, Millionen Füße liefen über den Sand, Millionen Herumtreiber vertrauten darauf, dass dieser lange stählerne Drache in einer schrägen Spirale bis in den Himmel auffahren würde, während er seinen Schwanz noch über die Erde zog, stieg der Kopf schon in die Luft.

Heimweh überfiel ihn, und im Gefolge des Heimwehs Yang Dongs Kinn. »Noch sauer?«, murmelte dieses rhetorisch herausragende Organ. Darauf folgte ein langes Schweigen, eine Stellung von Liebenden, die ewig ist und alles überdauert.

Der Vorsitzende Mao stirbt bei der Liebe

Die Brüder Yan verschwanden auf dem dunklen Bahnsteig, und der Zug setzte sich wieder in Bewegung. Der letzte Eindruck, den Zhuang Zigui von den beiden zurückbehielt, bestand aus winkenden Händen und Armen, wie verlorene Seelen, Kopf und Leib übersah er, obwohl beides unentwegt auf ihn herabschaute.

Der abnehmende Mond, der genau in der Mitte des Stadttors von Jiayuguan befestigt war, fiel mit einem dumpfen Knall, und auf dem alten Schlachtfeld vor dem Tor lag silbriges Porzellan wie Nebel, Knochen von Menschen und Pferden schrien in der Ferne, zahllose Gesichter, Impressionen, zersplitterte Stimmen und Dinge stürzten hervor. Erdbeben, Heimat, der verstorbene Premier Zhou und der todgeweihte Vorsitzende Mao, die Eltern, Zhuoma, Erya und die kleine Luan im Tempel des Berggottes, die erste Liebe Nie Honghong und das Hoch auf den Vorsitzenden Mao, all das waberte in diesem Augenblick um das alte Schlachtfeld und Berge von weißen Knochen beschienen einander. Yang Dong sagte, die Große Mauer ende durchaus nicht in Jiayuguan, im Hinterland der Taklamakan könne man auch noch Reste einer Lehmmauer finden.

Yang Dong wich seinem scharfen, hitzigen Blick aus und flüsterte ihm eine politische Anekdote ins Ohr. Mao leide an chronischer Verstopfung, oft könne er sich erst nach sieben, acht Tagen entleeren, deshalb hätten die Massen damals in Yan'an jedes Mal, wenn Mao mit erleichterter Miene vom Abort gekommen sei, ringsum die Nachricht unter die Leute bringen müssen: »Das Problem des Vorsitzenden hat sich gelöst!«

Diesmal verstand Zhuang Zigui ganz genau, er wunderte sich nur, wie ein so hübscher Mund so hingebungsvoll von Exkrementen reden konnte, selbst wenn es die Exkremente des großen Führers waren.

Er lachte, auch Yang Dong lachte, in schweigendem Einverständnis gingen die beiden zurück in ihr Abteil, schlossen die Tür und küssten sich. Wie es seine Gewohnheit war, ging er heftig zur Sache, packte sie mit beiden Händen am Po, sie jedoch machte sich los und strich sich graziös das Haar zurecht. Die beiden hatten ein vollkommen konträres Verständnis vom Küssen, seine Küsse waren primitiv, voll fleischlicher Gier, während ihre Küsse zunächst einmal Gedanken waren. »Du hast mir weh getan«, sie wischte sich das Blut fort, das zwischen den Zähnen hervortrat. »Kannst du nicht einfach noch ein bisschen nett mit mir reden? Zhuang Zigui?«

»Ich bin nicht gut im Reden«, murmelte er steif, »ich war zu lange in Tibet, ich bin gewohnt zu handeln.«

»Ich weiß, du willst mich haben, du bist schon so lange hinter mir her.«

»Von wegen!«, sagte er heftig. Die Selbstgerechtigkeit dieser Frau machte ihn rasend.

»Aber ich kann dich nicht heiraten.«

»Hatte ich auch nicht vor.«

Die beiden kamen eine Weile nicht weiter, Yang Dong lächelte süß: »Zhuang Zigui, willst du nicht doch mit mir nach Peking kommen?«

Kein Laut von ihm.

Auf einmal begann Yang Dong ganz natürlich und unaffektiert: »Ich verrate dir ein kleines Geheimnis, ich schreibe noch Gedichte.«

»Gedichte? Der Wind im Osten steht, die rote Fahne weht, was?«

Ohne seinen Spott zu beachten, deklamierte Yang Dong mit großem Ernst:

Vielleicht ist der letzte Augenblick gekommen
ich hinterlasse kein Testament
nur einen Stift
für meine Mutter
ich bin kein Held
in einer Zeit ohne Helden
will ich nur ein Mensch sein
am stillen Horizont
trennt sich der Weg der Lebenden und der Toten
ich kann nur den Himmel wählen
und nicht mit den Knien auf der Erde
zeigen, wie die großen Hände der Henker
den Wind der Freiheit aufhalten
aus den Einschusslöchern der Sterne
wird ein blutroter Morgen fließen

Zhuang Zigui musste sich erneut geschlagen geben, er musste zugeben, dass das ein konterrevolutionäres Gedicht war, das sah ein Blinder.

»Das hat ein Untergrunddichter geschrieben, als Erinnerung an den Propheten Yu Luoke, der wegen seines *Die Klassentheorie* erschossen worden ist.« Yang Dong starrte aus dem Fenster und hing ihren Gedanken nach.

Zhuang Zigui fühlte sich klein und beschämt. Natürlich wusste er von Yu Luoke, er hatte noch sein Abschiedsgedicht vor der Hinrichtung, das er im Gefängnis verfasst hatte, kopiert, ihn dann aber völlig vergessen.

»Achmatowa[84], die sowjetische Dichterin«, führte Yang Dong ihr murmelndes Selbstgespräch fort, »hatte an der Schwelle des Todes immer jemanden bei sich, der sie in der Dunkelheit beschützte, ganz mysteriös; meine Gedichte sind ganz anders als ihre, trotzdem, wir haben ein ähnliches Schicksal, du hast mich auch in dieser regen- und rauchverhangenen Straße von Chengdu beschützt. Sonst wäre aus mir möglicherweise ein weiterer Yu Luoke geworden ...« Sie schluchzte. Im Folgenden tauchten in ihrem Gespräch mehr und mehr fremde, ausländische Namen auf, Zhuang Zigui hatte noch nie von ihnen gehört, er war ein Herumtreiber, wusste nichts und konnte nichts, er bekam einen hochroten Kopf, intuitiv musste er sie herunterholen, durfte sie auf den Flügeln ihrer Gedanken nicht zu hoch hinaus lassen, sonst würde er sie niemals mehr erreichen können. Er kannte keine Gedichte, war aber auch nicht bereit, sich einfach kleinmachen zu lassen, und so griff er plötzlich an. Das Vorspiel zu einer die Weltverbesserin auslöschenden Bettschlacht war damit eröffnet.

Der erste Rückschlag war, dass Zhuang Zigui mit der Stirn heftig gegen einen Kleiderhaken knallte, und während sich alles drehte, drang ihm Yang Dongs Gekicher wie ein feiner Kupferdraht in das zentrale Nervensystem. Sein rechtes Auge schwoll an, er sah aus wie ein Pirat mit Augenklappe. »Nicht bewegen«, sagte Yang Dong lachend und wischte ihn mit einem Papiertaschentuch sauber, die Sommersprossen auf ihren Nasenflügeln bebten: »Männer!«

Kein Erdspalt tat sich auf, sich zu verkriechen. Hätte er nicht gebrüllt, hätte er nur heulen können, Zhuang Zigui entschied sich instinktiv fürs Gebrüll.

Yang Dong leistete lautlos, aber hartnäckig Widerstand, ihr Kopf ging mit einem gleichgültigen Blick hin und her, eine ganze Weile schaffte er es nicht, ihren Mund mit seinem zu treffen. Er änderte die Taktik, richtete seine Attacken direkt auf die Region unterhalb ihres Halses, zerriss Yang Dongs Unterhemd mit den Zähnen, der Gürtel flog heraus, das Gesicht verschwand im wirren Haar, aber sie zog, als koste es das Leben, beide Knie in die Höhe und hielt beide Arme vor die Brust.

Die Dampfpfeife tutete lange, der Zug flog durch die Luft, die rumpelnden Räder wurden immer unsichtbarer, Sternenlicht pochte von außen gegen das Fenster. Er erlitt eine Niederlage nach der anderen, es ging nicht anders, er musste sie mit Gewalt packen und in die Ecke des Bettes drücken. Die Augen traten ihr vor den Kopf wie einem Frosch, Speichel troff aus Mund und Nase. »Du erdrückst mich, Zhuang Zigui.« Sie gab ihre Brust frei, ihre kampferprobten Hände wanderten stattdessen zum Hosenbund.

Der Weltverbesserin Schaum-BH war mit einem Handgriff weggezogen, über den Rippen, die regelmäßig waren wie Eisenbahnschienen, wanden sich enteneigroße Brustspitzen. Verblüfft umkreiste er diese leichthin zweimal, dann riss er den Mund auf und stülpte ihn über die Brustwarzen, als wolle er ihnen Eigelb aussaugen. Wie von Sinnen küsste Yang Dong ihn auf den Scheitel.

Daraufhin gingen seine Finger auf Wanderschaft, er wollte sie ihr zwischen die Pobacken stecken, als das misslang, kehrte er zur früheren Taktik zurück, ihre Froschaugen schimmerten, würden aber auf keinen Fall kapitulieren.

Beide brachen erschöpft zusammen. Er presste sich gegen ihren Unterleib, kam zu früh und warf sich anschließend heftig auf die Seite. Erst jetzt lockerte Yang Dong die Hände vor ihrem Unterleib, rollte sich in sich ein und machte einen Katzenbuckel, ihr Rückgrat war das einer alten Frau, undeutliche blaue Adern durchzogen das hervorgewölbte Becken. Er ertrug es nicht, sie so im Detail zu sehen und bedeckte sie mit dem Laken. Im ersten Dämmerlicht stieg rasant die Morgensonne aus dem Schoß der großen Wüste und Zehntausende goldschimmernde Fäuste schlugen einem ins Gesicht. Schnell zog er den Vorhang vor und legte sich auf das Bett gegenüber. Unerbittlich erklang die Morgenmelodie: »Der Osten ist rot.«

Jeder zog für sich die Decke über den Kopf, jeder in seinem Schützengraben mit sich selbst beschäftigt. Yang Dong war schon zweiunddreißig, selbst gegen Ende der Kulturrevolution, wo man späte Heirat und späte Mutterschaft propagierte, sah man alte Jungfern aus der Oberschicht nicht häufig. Zhuang Zigui hörte sie bei den Morgennachrichten, die auf »Der Osten ist rot« folgten, leise weinen.

Jemand pochte an die Tür. Nach ein paar Sekunden wurde aufgeschlossen, der Schaffner räumte wortlos das Abteil auf und brachte nach einer Viertelstunde das Frühstück.

Sie schliefen weiter, zunächst indem sie lediglich so taten, aber dann schliefen sie wirklich.

Der Zug fuhr in einen Tunnel ein, über ihnen war ein großes Meer, Zhuang Zigui sah in weiter Ferne den Ausgang des Tunnels, dort war seine Heimat. Bei den alten vertrauten Gebäuden, in den Straßen und Gassen um den Platz an der Südstraße des Volkes kreuzten seine nächsten Verwandten umher. Mutter und Vater, viele vollkommen identische Mütter und Väter. Ein Geheimagent bahnte sich seinen Weg durch die Volksmassen, nahm Mutter den Strohhut vom Kopf, um sie zu identifizieren, gleichzeitig holte er Handschellen heraus und führte sie ab. Zhuang Zigui schrie laut, das gehe nicht, doch Yang Dong reichte dem Geheimagenten von hinten einen Backstein.

Yang Dong und Zhuang Zigui hatten einander einmal gerettet, sie waren quitt, als sie heirateten, waren revolutionäre Jugendliche aus dem ganzen Land dabei und gaben ihren Segen, unter ihnen ein hochgradig kurzsichtiger Schlaks, der für ihn deklamierte: »Gemeinheit ist der Gemeinen Passierschein ...«[85] Er fuhr wütend hoch: »Du schimpfst mich gemein? Was bist denn dann du, verdammte Scheiße!« Yang Dong ging dazwischen und erklärte: »Ein Missverständnis, er ist ein Genosse.«

Zhuang Zigui wankte in das Hochzeitsgemach, Yang Dong begrüßte ihn mit sehr respektvollen Gesten, als sei er ein mächtiger Feind. Jäh kam ihm in den Sinn, dass er in einem Zug Richtung Osten saß, das fliegende Brautgemach verblasste, Yang Dongs nackter Körper war wie ein glitschiges und dabei plumpes Ruder, er berührte dieses zwei Enteneier balancierende Ruder und sein Geschlecht richtete sich auf. Während sie sich verbanden, entdeckte er zwei Daten, eingraviert auf dem Ruderblatt: 8. Januar und 5. April, beides hatte mit der Trauer um den Premier Zhou zu tun.

Als sie aufwachten, war aus dem Frühstück ein Mittagessen geworden, Zhuang Zigui richtete sich auf und rief

Yang Dong zum Essen, die sah ihn eine halbe Ewigkeit vollkommen konfus an, ihr verschlafenes Aussehen ließ sie nicht gerade hübsch erscheinen, Sommersprossen, Falten und die graue Gesichtsfarbe ließen sie viel älter wirken, als sie war. Er drängte sie erneut, als sie plötzlich hochfuhr: »Essen, essen! Das ist das Einzige, was du kannst!« Und mit einer Handbewegung wischte sie die Teller vom Tisch.

Er ballte die Faust, entspannte sie wieder, griff sein Gepäck, drehte sich um und wollte weg. Yang Dong hielt ihn zurück. Die beiden rollten am Ende wie eine Kugel, im Nu hatte er ihren Unterleib entblößt. Yang Dong stand vollkommen neben sich und ließ ihn machen, wobei ihn das Knirschen ihrer Zähne reichlich irritierte. Schnell küsste er sie fest und drückte ihr seine Zunge hinein. Eine Leidenschaft, diese Fassade zu zerstören, durchströmte seine Glieder, er kniete sich auf, der entscheidende Augenblick, seine Seele, sein Körper, die immer auf der Erde herumgekraucht waren, ragten geradewegs in ein himmlisches Paradies, Fahnen wurden geschwenkt und man rief: »Lang lebe Zhuang Zigui!«

Da fiel er mit einem gewaltigen Schlag aus Himmel und Bett, krachte in das überall auf dem Boden verstreute Essen, zog sich ein paar Porzellansplitter in den nackten Hintern, blutete wie ein Schwein und von seinem pfeilrechten Glied hingen Fleisch und Fisch, von seiner Eichel ein Büschel Glasnudeln. Während Yang Dong mit gespreizten Beinen vom Bett kam, den Körper gerade wie eine Bogensehne, schlug aus ihren Augen Feuer: »Hör mal!«

Er brüllte wie ein Löwe und hörte nichts. Sein Hosenlatz war von der irre scharfen Sichuan-Suppe durchnässt, es brannte wie Feuer. Zischend und völlig hysterisch sog er die kalte Luft ein und stürzte sich auf sie.

Doch sie packte mit beiden Händen seine Klauen und rief noch einmal scharf: »Hör doch mal!«

Jemand wummerte an die Tür, *bum bum*, es klang wie Kriegsgetrommel.

»Augenblick!« In Windeseile schossen sie in ihre Klamotten, sprangen hoch und standen noch nicht richtig, als die Tür aufgestoßen wurde. Trauermusik schlug an ihr Ohr, eine Trauermusik, die in diesem Jahr schon ein paar Mal durch das Land geklungen war.

Zwei Schaffnerinnen mit zu Pfirsichen geschwollenen Augen steckten in der Tür: »Der Vorsitzende Mao ist tot!« Bebend und fürchterlich heulend reichten sie ihnen zwei schwarze Armbinden und wandten sich einander stützend dem nächsten Abteil zu.

Die Trauer um die große Persönlichkeit des Landes ließ schlagartig alle persönlichen Empfindlichkeiten verschwinden, beide kehrten erneut in die Stille des geteilten Leids zurück, säuberten den Boden von den Essensresten, räumten gründlich das Abteil auf, legten die schwarzen Armbinden an und überließen sich der Trauer.

Der Zug war von den Tränen zu einer fetten Seidenraupe aufgedunsen, und aus dem sonoren Rhythmus der Räder war auf einmal ein ruheloses Geruckel geworden. »Ach, der Vorsitzende Mao!« Die spitzen Schreie der Frauen nebenan klangen, als sei jemand aus dem Zug gefallen, es war furchterregend. Zhuang Zigui ließ Yang Dongs Hand los, streckte sich und ging hinaus, ihre Hand jedoch wollte ihn keinesfalls lassen und hakte sich in seine Armbeuge ein, der Gang war zu eng, sie nutzte das und klebte an ihm. Der schmutzige Bettkampf und der Hunger hatten Zhuang Zigui völlig entkräftet, er sah fortwährend Sterne. Die beiden waren wie zwei Verliebte in einer Tragödie, die im Rhythmus von Trauermusik zur Trauung in die Kirche schritten.

Im Abteil der einfachen Wagenklasse stand alles, sperrte den Mund auf wie Riesensalamander und konnte bei dem unentwegten »Mitteilung an Partei, Armee und Volk« des Ansagers seiner Trauer kaum standhalten. Ganz vorne nahm auf einem Farbbild Mao verbindlich lächelnd-nicht-lächelnd die Tränen der Welt entgegen. Auch Yang Dong vergoss Tränen, sie, die immer alles vorher wusste, sagte später, sie wisse selbst nicht, warum sie geweint habe. In Zhuang Ziguis Hose brannte es wie Feuer, der Chili und der Sichuan-Pfeffer entfachten unsichtbare Flammen, die die Haut an seinem ganzen Leib zu einem einzigen brutzelnden Grillofen machten. Er widerstand mit Mühe dem Drang, auf die Toilette zu gehen. Der konkrete Anlass für seine Tränen war der Anblick eines dreijährigen Kindes auf den Knien seiner Mama, das nach Kräften heulte. Nach einer Weile war das Kerlchen müde und hob die Augen – Mama hatte ihn längst vergessen und war nur damit beschäftigt, sich selbst die Tränen abzuwischen, der Junge fühlte sich ungerecht behandelt und fing mit noch mehr Einsatz wieder an, das schmutzige Gesicht schimmerte grün.

Yang Dong warf sich Zhuang Zigui in die Arme, er bezwang seinen Ärger und stieß sie nicht von sich. Sein Geschlechtsteil war längst übel angeschwollen, er sorgte sich, er werde nicht mehr in der Lage sein, Wasser zu lassen, und machte es dem Kleinen nach, heulte, als wäre niemand sonst da. Ungewöhnliche Horrorschreie lösten sich wieder und wieder, wie es schien, nicht aus seinem Mund, sondern direkt aus seinem Geschlecht; viele weinende Reisende warfen ihm heimliche Blicke zu, wenn er zurückschaute, duckten sie sich augenblicklich weg und konzentrierten sich auf ihre eigene Klage. Am Ende brüllte er vor Schmerz, seine Hose war nass, die Pisse lief ihm die Beine hinunter und durchnässte Schuhe und Strümpfe. Dieses entsetzliche Brennen aber quälte ihn noch, bis die Sonne rot im Westen unterging und die Staatstrauer zu einem ersten Ende kam.

Die röteste, röteste rote Sonne in den Herzen der Völker der Welt war untergegangen, und die Erde drehte sich dennoch weiter, der Zug eilte weiter seinem Bestimmungsort zu. In diesem Jahr waren bei dem Erdbeben von Tangshan in einer Nacht zweihundertundvierzigtausend Chinesen zugrunde gegangen, auf dem Weg in die Unterwelt herrschte reger Verkehr, der Jüngste Tag jedoch war noch weit, das Milliardenvolk des großen Reiches der traditionellen Dichtkunst, das einen Qu Yuan, einen Li Bai, einen Du Fu und einen Su Dongpo hervorgebracht hatte, würde noch jede Menge Zeit haben zu weinen, sich an die Brust zu schlagen, zurückzuschauen, innezuhalten, zu verzweifeln und das alles in Versen von Weltbedeutung festzuhalten.

Spät in der Nacht wurde es still, Yang Dong rauchte noch immer ihre Sondermarke und kaute in dem dämmrigen Lampenschein eine Weile an einem Stift. Zhuang Zigui hingegen hielt die Toilette besetzt und brauchte gut zwei Stunden, bis er seinen Unterleib komplett abgeschrubbt hatte. Als sie sich schließlich wieder in die Augen sahen, hatte Yang Dong ihr Gepäck bereits gerichtet:

»Ich wollte dir keinesfalls weh tun«, sagte sie sanft und mit verstecktem Bedauern in der Stimme.

Sein Niesen klang nach Erkältung im Anzug.

»Ich hoffe immer noch, dass wir zusammen nach Peking fahren«, sagte Yang Dong ehrlich, »nach dem Tod von Mao wird sich die politische Lage dramatisch ändern, egal in welche Richtung, das tote Wasser wird aufgewühlt werden.«

»Ich will nach Hause.«

»Das ist ein historischer Wendepunkt, wie es ihn nur selten gibt! In der Hauptstadt wird sich dein Leben von Grund auf ändern. Du bist begabt, du hast das gewöhnliche Leben satt, du hast von dir selbst nicht die geringste Ahnung.«

»Ich will nach Hause.«

»Die Elite des Landes wird sich in diesen Tagen in Peking versammeln, du würdest eine Menge lange im Verborgenen gebliebene Denker, politische Aktivisten, Dichter, Maler und Nachfahren außergewöhnlicher Berühmtheiten kennenlernen, in diesen Kreisen weht der Atem der Utopie.«

»Ich kann nicht länger bei dir bleiben«, sagte er schließlich die Wahrheit.

»Du bist zu schwach, Zhuang Zigui.«

»Menschen sind schwach, nur du nicht, Yang Dong.«

Ein Augenblick der Stille. Bald würden sie am Bahnhof von Lanzhou sein, die Schaffnerin kam zum Fegen ins Abteil, beide nahmen ihr Gepäck und standen auf dem Gang. Eine Sternschnuppe ging nieder, eine schnell erloschene Leuchtkurve, die ihnen im Gedächtnis bleiben würde. Am Ende des Korridors von Hexi machten sie vage schon die Silhouette der Großstadt aus. Aus Yang Dongs Augen rannen Tränen, sie kämpfte mit aller Macht dagegen an, aber sie rannen ihr doch über die Wangen.

»Tränen? Meinetwegen?«, fragte er mit einer grimmigen Freude.

»Ja, nur deinetwegen.«

Der Zug fuhr im dunklen Abendwind in Lanzhou ein. Im September 1976 waren alle Städte Chinas Stätten der Trauer, überall Trauermusik, Trauerspruchpaare, Trauergedichte und Papierblumen. Zhuang Zigui stand zum ersten Mal seit Monaten auf einer breiten Straße, Yang Dong nahm ihre Armbanduhr ab und legte sie ihm an.

»Ich habe nichts, das ich dir schenken könnte«, sagte Zhuang Zigui, »ich habe nur dieses Messer, ein Geschenk eines tibetischen Mädchens.«

Yang Dongs Lippen waren blass, sie starrte eine halbe Ewigkeit in die Gegend, bevor sie murmelte:

Nichts, was ich nicht an dir liebe,
Nichts, was ich nicht zu dir sage,
doch heute schließ ich traurig die Augen,
du hast dich verändert,
weites, weites Feld.

»Weites Feld?«. Jäh blieb er stehen und schaute ihr über die Schulter in die Augen: »Yang Dong, ich bin weit, sehr weit, aber ich bin nicht das Feld, das du dir vorstellst.«

Zwei Stunden später stieg Yang Dong in den Zug nach Osten, Zhuang Zigui scherte sich nicht um den Einspruch der Kontrolleure, hielt ihre Hand und lief auf dem Bahnsteig eine ganze Strecke mit dem Zug mit. Yang Dong schrie außer sich: »Zhuang Zigui! Zhuang Zigui!« Der Klang ihrer Stimme erinnerte ihn an ein Tier im Schlachthaus. Der Zug verschwand in der Ferne, er trug noch immer die schwarze Armbinde und schaute gedankenverloren auf die leeren Gleise.

»Was so leben heißt, ist eine endlose Schimäre.« Ohne es zu merken, hatte auch er einen Vers verfasst.

22. November bis 31. Dezember 1992, erste Fassung im Gefängnis
Nr. 3 der Provinz Sichuan, Brigade 2, Gruppe 11, Bett 11;

4. März bis 4. Juni 1994, geordnet im Haus der Eltern, Baiguolin,
Chengdu, Sichuan;

4. Mai bis 4. Juni 2002, überarbeitet im Haus der Eltern, Baiguolin,
Chengdu, Sichuan;

Januar bis März 2016, abgeschlossen fünfzig Jahre nach Beginn der
Kulturrevolution zu Hause in Berlin, Deutschland.

Anhang

Anmerkungen der Übersetzer

1 »Sanjiacun«, wörtlich »Dorf der drei Familien«, war der Titel einer Pekinger Zeitungskolumne, die von den Schriftstellern, Journalisten und Intellektuellen Deng Tuo, Wu Han und Liao Mosha von 1961 bis 1966 betrieben wurde. Alle drei wurden während der Kulturrevolution als Gegner Maos kritisiert.

2 »Die rote Sonne«, die im Osten aufgeht, ist eine Anspielung auf Mao Zedong, als dem zentralen Führer des »roten« Kommunismus, der die Welt erwecken wird wie die Morgensonne.

3 »Fordert mutig neuen Himmel ein« ist eine Zeile aus einem Gedicht Mao Zedongs mit dem Titel »Ankunft in Shaoshan« (*Dao Shaoshan*), dem Geburtsort Maos.

4 Lin Biao, 1907–1971, enger Kampfgenosse Mao Zedongs, Armeeführer und einflussreicher Politiker an Maos Seite, Initiator der »Mao-Bibel« mit gesammelten Zitaten des Vorsitzenden, die auswendig gelernt werden mussten, ab 1969 stellvertretender Parteivorsitzender nach Mao und sein designierter Nachfolger; kam am 13. September 1971 jedoch bei einem Flugzeugabsturz in der Mongolei, nahe der Stadt Öndörchaan ums Leben. Angeblich hatte er einen Staatsstreich geplant, der entdeckt wurde und ihn zur Flucht in die Sowjetunion zwang.

5 Zhou Enlai, 1898–1976, bedeutender Politiker Chinas, führender Intellektueller der Kommunistischen Partei, langjähriger Kampfgenosse Mao Zedongs und Premierminister der Volksrepublik China von 1949 bis zu seinem Tod 1976.

6 Jiang Qing, 1914–1991, ursprünglich Schauspielerin, ab 1939 Mao Zedongs vierte Ehefrau, spielte eine wichtige Rolle in der Kulturrevolution, war insbesondere tätig im Kultur-

bereich und treibende Kraft hinter der Entwicklung der neuen, im kommunistischen Sinne vorbildhaften acht Modellopern, die zeitweise zur Unterhaltung des Volkes ausschließlich aufgeführt werden sollten; nach der Kulturrevolution als Kopf der »Viererbande« (mit Zhang Chunqiao, Yao Wenyuan und Wang Hongwen) angeklagt und verurteilt. Nach Maos Tod und ihrer Verhaftung wurde sie oft für alles Negative der Mao-Zeit verantwortlich gemacht, um den Großen Vorsitzenden selbst in ein besseres Licht zu stellen.

7 Kang Sheng, 1898–1975, führendes Mitglied der Kommunistischen Partei, Geheimdienst- und Sicherheitschef, verantwortlich für zahlreiche Säuberungsaktionen gegen sogenannte »Rechtsabweichler«, also Kritiker – oder angebliche Kritiker – der Politik Maos und seiner Weggefährten, Politbüromitglied mit extrem radikal-linker Haltung während der Kulturrevolution, posthum wegen seiner extremen Vorgehensweise gegen politische Gegner in Verruf geraten und aus der Partei ausgeschlossen.

8 Zhang Chunqiao, 1917–2005, ursprünglich Schriftsteller, ab 1938 Parteimitglied, führender Politiker während der Kulturrevolution, 1975 stellvertretender Premierminister, 1976 als Mitglied der »Viererbande« verhaftet und verurteilt.

9 Yao Wenyuan, 1931–2005, führender Politiker während der Kulturrevolution, 1976 als Mitglied der »Viererbande« verhaftet und verurteilt.

10 Chen Boda, 1904–1989, führendes Mitglied der Kommunistischen Partei und Privatsekretär Mao Zedongs, einer der theoretischen Köpfe der Partei, in verschiedenen Schriften Kommentator des sogenannten Maoismus und führender Politiker während der Kulturrevolution; ein Gefolgsmann Lin Biaos, wurde 1971 mit ihm wegen eines angeblich geplanten Attentats gegen Mao angeklagt und später inhaftiert.

11 Liu Shaoqi, 1898–1969, führendes Mitglied der Kommunistischen Partei Chinas von Beginn an, 1959–1968, nach Maos nicht ganz freiwilligem Rücktritt in der Folge des katastrophal misslungenen »Großen Sprungs nach vorn« (1958–61), Vorsitzender der Volksrepublik China und Kritiker Maos; in

den 1960er Jahren insbesondere damit befasst, die desaströsen wirtschaftlichen Folgen des »Großen Sprungs« in den Griff zu bekommen, 1967 mit Beginn der Kulturrevolution festgenommen und bis zu seinem Tod inhaftiert, 1980 unter Deng Xiaoping rehabilitiert. »Nieder mit Liu Shaoqi« war ein offizieller Slogan der Kampagne gegen ihn während der Kulturrevolution.

12 Das *Buch der Lieder,* entstanden zwischen dem 10. und 7. Jahrhundert v. Chr., ist die älteste chinesische Sammlung von Gedichten.

13 *Die Legende der roten Laterne,* auch nur *Die rote Laterne,* uraufgeführt 1964, ist eine der sogenannten acht Modellopern, die während der Kulturrevolution gespielt werden durften. Li Tiemei ist neben ihrem Vater Li Yuhe und ihrer Großmutter eine der drei Hauptfiguren dieser Revolutionsoper. Li Yuhe, der 1939, während der japanischen Besatzung in China, im Untergrund auf Seiten der Kommunisten kämpft, bringt verschlüsselte Nachrichten in die Berge zu seinen Genossen, wird erwischt und verhaftet und soll den Code für die Verschlüsselung verraten, was er jedoch nicht tut, und wird ermordet. Als seine Mutter fürchtet, ebenfalls dem japanischen Militär in die Hände zu fallen, erzählt sie Li Tiemei die Geschichte der Familie. Die Großmutter wird tatsächlich getötet, Li Tiemei übernimmt die Aufgabe ihres Vaters und kämpft nun selbst für den Erfolg der Revolution und gegen die japanische Besatzung.

14 Deng Xiaoping, 1904–1997, faktisch Staatsoberhaupt der Volksrepublik China 1979–1997 (ohne jemals eines der obersten Regierungsämter offiziell zu übernehmen); Parteimitglied und zunächst enger Mitarbeiter Mao Zedongs, auch beim »Großen Sprung nach vorn«, mit Beginn der Kulturrevolution jedoch gemeinsam mit Liu Shaoqi und anderen in Ungnade gefallen und drangsaliert. Beim Tod des beliebten Politikers Zhou Enlai hielt er trotz nach wie vor bestehender Kritik an ihm die Totenrede und wurde prompt mit der »Bewegung vom 5. April«, der Trauerkundgebung Tausender Chinesen auf dem Platz des Himmlischen Friedens 1976 anlässlich des Todes von Zhou, in Verbindung

gebracht, seiner Ämter enthoben und unter Hausarrest gestellt. Nach Maos Tod wurde er 1977 aus dem Hausarrest in die Politik zurückgeholt.

15 Tao Zhu, 1908–1969, führender Politiker der Kommunistischen Partei, zusammen mit Liu Shaoqi und Deng Xiaoping in Ungnade gefallen, von der offiziellen Politik kritisiert, 1967 gestürzt und unter Hausarrest gestellt.

16 Li Jingquan, 1909–1989, Bewunderer und Gefolgsmann Mao Zedongs, erster Sekretär der Parteikomitees (oberster Statthalter) in Sichuan, freundete sich dort mit dem ebenfalls dort tätigen Deng Xiaoping an; wurde nach der Gründung der Volksrepublik China zu einem führenden Politiker in Sichuan, während der Kulturrevolution der politischen Gruppierung um Liu Shaoqi und Deng Xiaoping zugerechnet, seiner Ämter enthoben und inhaftiert, 1972 wieder freigelassen und 1973 rehabilitiert.

17 Zitat aus dem Roman *Die Räuber vom Liangshan-Moor*, ein Abenteuerroman aus dem 14. Jahrhundert, einer der vier klassischen chinesischen Romane; er handelt von einer Truppe Rebellen, die sich gegen eine korrupte und ungerechte Herrschaft auflehnen und gegen ihre Helfershelfer, Beamte und Soldaten, vorgehen, dabei am Rande der Zivilisation und außerhalb der Gesetze leben. Alle vier klassischen Romane, *Die Räuber vom Liangshan-Moor, Die Reise nach Westen, Der Traum der roten Kammer* und *Die Geschichte der Drei Reiche*, sind – teilweise gekürzt und bearbeitet – ins Deutsche übersetzt. Die ersten drei der vier Romane werden im vorliegenden Roman aufgegriffen bzw. in Zitaten erwähnt.

18 »Die Rote Fahne reißt die Hellebarden der Leibeigenen mit« ist eine weitere Verszeile aus Mao Zedongs Gedicht »Ankunft in Shaoshan«.

19 »Die Vier Alten« ist eine von Mao Zedong und Lin Biao aufgebrachte Kampfparole der Kulturrevolution, die sich gegen erstens: alte Denkweisen, zweitens: alte Kulturen, drittens: alte Gewohnheiten, und viertens: alte Sitten, richtete, das Ziel war, alte Traditionen zu vernichten und dafür eine neue Kultur zu erschaffen. Insbesondere die jugendlichen Roten

Garden wurden, ohne weitere Einzelheiten vorzugeben, damit betraut, diese Kampagne durchzuführen, die in ihrer Zerstörungswut schnell ausuferte und neben der massenhaften Zerstörung von Kulturgütern auch zu zahlreichen Todesfällen führte, demütigende öffentliche Kritik und Folter waren an der Tagesordnung. Schulen und Universitäten wurden geschlossen, so dass sich die Jugendlichen ganz auf die Zerstörung des Alten konzentrieren konnten.

20 Li Bing, lebte im 3. Jh. v. Chr.

21 Feng Yuxiang, 1882–1948, Militärführer in der Frühzeit der Republik nach 1912 und im nachfolgenden chinesischen Bürgerkrieg.

22 Chiang Kai-shek, 1887–1975, ab 1925 Führer der chinesischen Nationalpartei, auch Volkspartei, Guomindang, und führender Politiker in China bis zur Machtübernahme durch die Kommunistische Partei 1949, kämpfte im chinesischen Bürgerkrieg (1927–1949) gegen Mao Zedong und die kommunistische Bewegung um die Macht in China; nach der Niederlage 1949 mit seinen Gefolgsleuten Flucht nach Taiwan, wo er die Republik China erneut ausrief und sich als autoritären Herrscher installierte.

23 »... raus ein Haar« geht zurück auf die Kritik des chinesischen Philosophen Menzius an dem chinesischen Philosophen Yang Zhu, dem er vorwarf, dass er sich nicht einmal ein Haar ausreißen würde, um der Welt zu helfen. Zudem ein Wortspiel mit der Zeichengleichheit von Mao Zedongs Nachnamen Mao und dem chinesischen Wort für »Haar« (*mao*).

24 »Mit dem Rest Mut jagt den geschlagenen Feind, nicht auf Lorbeern ruh'n, wie einst der Tyrann es gemeint« sind zwei Zeilen (5 und 6) aus Mao Zedongs Gedicht »Die Volksbefreiungsarmee besetzt Nanjing« vom April 1949. Der Tyrann ist Xiang Yu, 232–202 v. Chr., ein Adliger, General und Politiker, der maßgeblich am Zusammenbruch der Qin-Dynastie, der ersten chinesischen Kaiserdynastie, mitwirkte.

25 Tan Zhenlin, 1902–1983, He Long, 1896–1969, und Zhu De, 1886–1976, waren wichtige Militärführer der Roten Armee bzw. Volksbefreiungsarmee und führende Mitglieder der Kommunistischen Partei.

26 Die Operationsbasis der Jiangxi-Fujian Sowjets lag in den Bergregionen der Provinzen Jiangxi und Fujian, wo 1931 von Mao Zedong und Zhu De im Chinesischen Bürgerkrieg die Chinesische Sowjetrepublik ausgerufen wurde (mit Mao Zedong als Staats- und Regierungsoberhaupt), die bis 1934 von der Roten Armee erfolgreich gegen die Nationalarmee der Guomindang verteidigt wurde und immer mehr Land umfasste. Mit der Einkreisung des Gebietes durch die Armee Chiang Kai-sheks jedoch und dem dadurch notwendigen Rückzug begann der berühmte Lange Marsch der Roten Armee vom Südosten Chinas in den Westen und Norden.

27 Das Qingming-Fest entspricht in etwa Allerheiligen, liegt jedoch im Frühjahr, auf dem 4., 5. oder 6. April. Die Familien gedenken ihrer verstorbenen Ahnen, gehen auf den Friedhof, schmücken die Gräber und bringen Opfergaben dar.

28 Nie Yuanzi, geb. 1921, Universitätsdozentin an der Peking-Universität, veröffentlichte ein Wandplakat, das als Beginn der Kulturrevolution gilt; Kuai Dafu, geb. 1945, war einer der Haupt-Studentenführer bei den Roten Garden, ebenso wie Han Aijing, geb. 1945; alle drei gehörten zu den fünf wichtigsten Anführern der Roten Garden und wurden nach der offiziellen Beendigung der »Bewegung der Roten Garden« für ihre Verbrechen jeweils zu mehrjährigen Haftstrafen verurteilt.

29 »Lernen von Dazhai in der Landwirtschaft«: Dazhai ist ein Dorf im Taihang-Gebirge mit ursprünglich sehr schlechten Bedingungen für die Landwirtschaft. Es wurde aber gerade deswegen von Mao Zedong ab 1964 als Vorbild sozialistischer Landwirtschaft propagiert, weil es in einer eigenständigen, kollektiven Initiative dort gelungen war, die Umstände erheblich zu verbessern und weitere kollektive Geldeinnahmequellen zu erschließen, wodurch sich die Lebensbedingungen für die Einwohner des Dorfes insgesamt verbesserten. »Lernen von Dazhai« bedeutet in diesem Sinne, sich gestützt auf die eigene kollektive Kraft und durch gute politische Führung vor Ort aus der Armut zu befreien.

30 Der Loyalitätstanz war eine während der Kulturrevolution aufgekommene Loyalitätsbekundung für Mao. Die Tänzer trugen (zumindest bei den offiziellen Aufführungen) Armeeuniformen und hielten die Mao-Bibel in den hoch erhobenen Händen. Der Tanz bestand aus angedeuteten Verbeugungen vor dem Großen Vorsitzenden und dem Schütteln der Faust zum Zeichen der revolutionären Begeisterung.

31 Zhu Bajie ist eine der vier Hauptfiguren im klassischen chinesischen Roman *Die Reise nach Westen*, geschrieben im 16. Jahrhundert, in dem sie, eine Mischung aus Schwein und Mensch, mit dem rebellischen Affen Sun Wukong, der übernatürliche Fähigkeiten besitzt, einem buddhistischen Mönch sowie einem Dämon in das Land westlich von China reist, um von dort die heiligen buddhistischen Schriften nach China zu holen.

32 Die chinesische Währung Renminbi unterteilt sich in Kuai (oder offiziell Yuan), Mao (offiziell Jiao) und Fen. Kuai ist die höchste Einheit und entspricht 10 Mao, ein Mao wiederum entspricht 10 Fen. Ein Kuai entspricht derzeit 0,13 Euro (Stand 28. April 2019).

33 Lin Chong, der Meister der Kampfkunst Lin, ist einer der Helden in dem Roman *Die Räuber vom Liangshan-Moor*.

34 Gao Yanei ist Lin Chongs Gegenspieler im Roman, er hat sich in dessen Frau verliebt, und um sie in seine Gewalt zu bringen, spielt er Lin übel mit, bis der verbannt wird.

35 Auf Mongolisch: Öndörchaan.

36 Projekt 571 ist eine in Zahlen verschlüsselte Bezeichnung für das angeblich geplante Attentat auf Mao Zedong durch Lin Biao und seinen Sohn 1971. Chinesisch ausgesprochen klingen die Zahlen wie das chinesische Wort für »bewaffneter Aufstand« (*wuqiyi*). Als Folge floh Lin mit seiner Familie in die Sowjetunion und stürzte in der Mongolei mit dem Flugzeug ab.

37 Zhuge Liang, 181–234, erfolgreicher Politiker und Militärstratege sowie später aufgrund seiner Verdienste Kanzler in Shu Han während der Drei Reiche (220–280); diese drei Reiche waren Wei im Norden, Wu im Süden und Shu Han im Westen.

38 Der Qin-Kaiser, 259–210 v. Chr., ist der erste Kaiser Chinas, er begründete die Qin-Dynastie (221–207 v. Chr., chin.: *Qin Shihuangdi*) und mit ihr das chinesische Kaiserreich, indem er die verschiedenen Königreiche in einem straff regierten Beamtenstaat einte. Er führte den Legalismus als Staatsphilosophie ein und herrschte mit harter Hand durch Belohnungen, aber vor allem auch durch harte Strafen und mit erbarmungsloser Gewalt, wodurch viele seiner Untertanen den Tod fanden und er zu dem Ruf eines grausamen Herrschers kam.

39 Cheng Gang, 1923–1949, Eintritt in die Kommunistische Partei 1939, seit 1947 Mitarbeit bei der damals (vor der »Befreiung« Chinas 1949 durch die Kommunisten) im Untergrund agierenden Fortschrittszeitung in Chongqing, 1948 während der Arbeit verhaftet, 1949 durch die Nationalisten (Chiang Kai-shek) wegen seiner Untergrundtätigkeit öffentlich hingerichtet.

40 Yu Luoke, 1942–1970, Verfasser mehrerer gegenüber der Politik Maos kritischer Schriften zum Thema familiäre Herkunft, Abstammung und deren Folgen für das weitere Leben, darunter auch »Die Klassentheorie« von 1967; 1968 durch die Kommunisten verhaftet, 1970 zusammen mit weiteren neunzehn politischen Gefangenen auf einer öffentlichen Massenversammlung kritisiert und hingerichtet. Der Vers »Erd' und Himmel wiegen schwer und leicht mein Kopf« ist die letzte Zeile aus seinem Abschiedsgedicht vor der Hinrichtung mit dem Titel »Für meine Freunde«.

41 »Des Sommers letzte Rose …« ist der Beginn eines Gedichts von Thomas Moore, »The Last Rose of Summer«, von 1805 zur Melodie eines traditionellen Volkslieds. Im Original lauten die Verse: »Tis the last rose of summer, / Left blooming alone; / All her lovely companions / Are faded and gone; …« Die deutsche Übersetzung folgt dem Liedsatz von Friedrich Silcher.

42 »*If Winter comes, can Spring be far behind?*« ist ein Zitat aus Percy Bysshe Shelleys Gedicht »Ode to the West Wind« von 1819.

43 Su Qin, 380–284 v. Chr., war ein einflussreicher politischer Stratege mit großem rhetorischem Geschick während der sogenannten »Zeit der Streitenden Reiche« (475–221 v. Chr.), er stritt mit Worten für eine Allianz der sechs Reiche Qi, Chu, Yan, Han, Zhao und Wei gegen das Reich Qin und war zunächst durchaus erfolgreich. Jahre nach seinem Tod jedoch besiegte das Reich Qin alle anderen und begründete 221 v. Chr. die Qin-Dynastie.

44 Cao Xueqin, der etwa 1715–1764 lebte, war der vermutliche Verfasser des Romans *Der Traum der roten Kammer*.

45 Dieses Kinderlied über zwei Tiger wird zur Melodie von *Frère Jacques* gesungen.

46 Xue Baochai ist eine Hauptfigur und Lin Daiyus Komplementärcharakter im *Traum der Roten Kammer* (vgl. dazu die Anmerkung oben). Lu Zhishen, auf den das Gedicht anspielt, das Xue Baochai im *Traum der Roten Kammer* zitiert, ist eine der Hauptfiguren im Roman *Die Räuber vom Liangshan-Moor*. Wegen eines unglücklichen Totschlags muss er fliehen und wird buddhistischer Mönch (Lu Zhishen wird sein Mönchsname), um sich vor seinen Verfolgern zu verstecken, wobei es ihm allerdings schwerfällt, die Anforderungen an das Mönchsleben zu akzeptieren; daraus ergeben sich immer wieder neue Schwierigkeiten für ihn, schließlich wird er zu einem der Rebellen / Räuber vom Liangshan-Moor.

47 »Würdigung von Legalismus und Kritik des Konfuzianismus« (*Ping fa pi ru*) war eine politische Kampagne von 1973 bis 1976, die sich gegen den 1971 beim Flugzeugabsturz getöteten ehemaligen Mitstreiter Maos, Lin Biao, und seine politische Gefolgschaft richtete. Mao warf Lin Biao post mortem vor, er habe wie die Nationalisten unter Chiang Kai-shek eine zu hohe Meinung vom Konfuzianismus gehabt und sei gegen den Legalismus gewesen, in der Kampagne gegen Lin und seine Leute stellte er diese Haltung deshalb auf den Kopf. Der Konflikt zwischen Mao und Lin wurde dadurch auf die Ebene eines Konfliktes zwischen den alten philosophischen Traditionen Chinas Konfuzianismus und Legalismus gehoben. Der Konfuzianismus geht auf den Philosophen Konfuzius und seine Schüler zurück, der Lega-

lismus auf Han Feizi, er wurde während der Qin-Dynastie (in deren Erstem Kaiser Mao sein Vorbild sah) zur Staatsreligion erhoben, was zur Verfolgung von Gelehrten und zu Bücherverbrennungen führte und der konfuzianischen Tradition großen Schaden zufügte.

48 »Drei Freiheiten und eine feste Quote« (*San zi yi bao*) war eine 1962 begonnene Kampagne, um die desaströse wirtschaftliche Situation und Hungersnot nach dem »Großen Sprung nach vorn« in den Griff zu bekommen und der Wirtschaft auf dem Land wieder auf die Beine zu helfen, indem Privatbesitz in die landwirtschaftlichen Kommunen und persönliche Verantwortung zumindest teilweise zurückkehrten. Die »drei Freiheiten« stehen für: (1) Land zur privaten landwirtschaftlichen Nutzung in der Kommune, (2) freie Märkte und (3) freie Geschäfte mit der wiedererlangten Eigenverantwortung für Verluste und Gewinne. »Eine feste Quote« bedeutet, dass die Höhe der staatlichen Abgaben pro Haushalt unveränderlich festgeschrieben werden sollte. Diese Politik wurde Liu Shaoqi später in der Kulturrevolution als eines seiner Verbrechen zur Last gelegt.

49 *Seltsame Geschichten aus dem Liao-Studierzimmer*, auch bekannt als *Liaozhai Zhiyi*, ist eine Sammlung unterschiedlicher kurioser Geschichten von Pu Songling, 1640–1715, von Legenden über Geistergeschichten und andere Kuriositäten bis zu bemerkenswerten Ereignissen und Situationen des Alltagslebens.

50 Der Roman *Der rote Fels* aus dem Jahr 1961 beschreibt Chongqing während des Bürgerkriegs zwischen den Kommunisten und den Nationalisten sowie die Untergrundarbeit der KPCh. Der Roman erlebte 98 Auflagen mit insgesamt 10 Millionen Exemplaren und wurde mehrfach verfilmt.

51 Auf der Konferenz von Lushan, ein Stadtbezirk der südchinesischen Stadt Jiujiang in der Provinz Jiangxi, trafen sich führende Politiker der Kommunistischen Partei 1959, um über die Entwicklung des »Großen Sprungs nach vorn« (1958–61) zu »diskutieren«. Da der damalige Verteidigungsminister Peng Dehuai, 1898–1974, offen Kritik an dieser Politik Maos formulierte, verlor er in der Folge seinen Posten als Verteidigungsminister.

52 »Wir trauern und die Teufel lachen ...«: »die Teufel« bezieht sich hier generell auf die radikalen Vertreter der Kulturrevolution, denen der verstorbene Zhou Enlai als positiver, liberaler Held gegenübersteht.

53 Sima Xiangru, 179–117 v. Chr., chinesischer Dichter und Beamter der Westlichen Han-Dynastie (207 v. Chr. bis kurz n. Chr.).

54 Die »Bewegung vom 5. April 1976«, auch als Tian'anmen-Zwischenfall bekannt, war eine Trauerkundgebung Tausender Chinesen für den verstorbenen beliebten Premierminister Zhou Enlai auf dem Platz des Himmlischen Friedens in Peking. Da dabei auch mehr oder weniger versteckte Kritik am Vorsitzenden Mao Zedong laut wurde, vor allem nachdem die Polizei abgelegte Geschenke für den als liberal geltenden Premierminister von Platz geräumt hatte, kam es zu einem Eingreifen der Polizei, zu handgreiflichen Auseinandersetzungen und schließlich zu Verhaftungen.

55 Die Kleidungsweise, bei der ein Arm frei bleibt, ist häufig bei tibetischen Mönchen, auch dem Dalai Lama, zu sehen.

56 Der Kranich ist ein heiliger Vogel des Daoismus, er bringt daoistische »Unsterbliche« (Heilige) zu den Orten der Unsterblichen.

57 Die »Geheimgesellschaft der Älteren Brüder«, chin.: *Gelaohui*, gab es seit der Qing-Dynastie (1644–1911) in China, sie setzte sich für Reformen ein und unterstützte Aufstände gegen die in China herrschenden Mandschus und schließlich auch die Revolution 1911, die zur Absetzung des letzten Kaisers und zur Gründung der Republik China 1912 führte. Ihren Ursprung hatte sie im Westen Chinas. In den 1930er Jahren begann ihr Einfluss zu schwinden, sie fand jedoch noch die Unterstützung Maos, erst nach der Machtübernahme 1949 wurde sie (offiziell) verdrängt.

58 *Die Einnahme des Tigerbergs mit geschickter Taktik* ist ebenfalls eine der acht Modellopern im Stil einer modernen Peking-Oper und basiert auf einem Roman, der eine wahre Begebenheit des Chinesischen Bürgerkriegs aus dem Jahr

1946 aufgreift: Der Soldat Yang Zirong schleicht sich un-
erkannt in eine Räuberbande ein und hilft so, die Bande zu
vernichten. Wurde bereits 1970 verfilmt und neu noch einmal 2014, im zweiten Fall durch den bekannten Hongkon-
ger Filmregisseur Tsui Hark.

59 Chen Yi, 1901–1972, Weggefährte Mao Zedongs, kommunistischer Politiker und wichtiger Militärführer, war 1958
der Nachfolger Zhou Enlais als Außenminister, in der Kulturrevolution wurde er später kritisiert und musste seine
Posten aufgeben.

60 Ke Xiang ist eine weibliche Hauptfigur der Modelloper *Aza-
leenberg* (*Dujuanshan*), die eigentlich nicht mehr zu den
acht ursprünglichen Modellopern gehört, sondern eine der
neueren Peking-Opern ist, die, um mehr revolutionäre Unterhaltung zu bieten, bis 1976 zusätzlich geschaffen wurden.

61 Wu Qinghua ist eine weibliche Hauptfigur des Balletts *Das
Rote Frauenbataillon* (*Hongse niangzijun*), das ebenfalls zu
den acht originalen Modellopern zählt und 1964 uraufgeführt wurde.

62 Tshangyang Gyatsho, 1683–1706, einer der wichtigsten
Liebeslied-Dichter der tibetischen Literatur und der zur damaligen Zeit politisch und religiös umstrittene sechste Dalai Lama, der Sinnenfreuden sowie Frauen nicht abgeneigt
gewesen sein soll. Um sein Leben und seinen Tod, der nicht
geklärt ist, ranken sich viele Geschichten.

63 König Gesar ist der positive Held vieler, nicht nur, aber auch
in Tibet, mündlich vorgetragener Geschichten, die alle
zusammen als *Gesar-Epos* bezeichnet werden, das als der
größte Epen-Zyklus Zentralasiens gilt und mit der Entste-
hung der Welt beginnt.

64 He Zhizhang, ca. 659–744, ein chinesischer Dichter der
Tang-Dynastie (618–907), zu dessen bekanntesten Gedichten »Bei der Heimkehr« (*Huixiang ou shu*) gehört.

65 Die »Sechs Reiche der Wiedergeburt« sind Teil des »be-
ständigen Wanderns« (*Saá¹f sara*) in der buddhistischen
Lehre von der Geburt über das Leben zum Tod und wieder zur Geburt: i.e. die Stufen der Götter, Halb-Götter,
Menschen, Tiere, Geister und Höllenwesen. Die oberen

drei Stufen gehören zu den angenehmen, die unteren drei zu den schmerzhaften. Durch ein gutes Leben steigt man nach oben bzw. durch ein schlechtes nach unten, insgesamt nimmt das Leid von unten nach oben stetig ab.

66 Die Gelbmützen-Schule, auch Gelug-Schule, »Gelbe Schule«, ist die neueste Schule des tibetischen Buddhismus, gegründet im 14. Jahrhundert, zu ihr gehören auch die Dalai Lama.

67 Der Milchname, chin. *ruming*, wird dem Säugling gleich nach der Geburt vorläufig gegeben, solange das Überleben des Säuglings nicht sicher genug ist und ein offizieller, passender glückverheißender Name erst noch gefunden werden muss.

68 Das Knochenhorn ist ein Instrument des tibetischen Buddhismus, das aus Schienbeinknochen von Tieren oder Menschen gefertigt und zu bestimmten religiösen Anlässen geblasen wird. Es symbolisiert den Übergang der Seele in die Unendlichkeit.

69 Die Verse stammen aus einem Regelgedicht von Wang Wei (701–761), Dichter der Tang-Dynastie.

70 Zwei Zeilen des Militärführers und Generals der Nationalarmee Zhang Xueliang, vermutlich 1901–2001, aus dem Gedicht »Wandern auf dem Huashan«. Verbrachte eine lange Zeit seines Lebens unter Hausarrest und widmete sich dabei unter anderen Künsten auch der Dichtung.

71 Die »Han-Chinesen« machen über 90 % der Gesamtbevölkerung Chinas aus und leben auch auf Taiwan und in anderen Ländern Asiens und der Welt. Sie bilden, abgesehen von Xinjiang und Tibet, die Mehrheit in allen festlandschinesischen Regionen. Der Begriff leitet sich von der Han-Dynastie (206 v.–220 n. Chr.) her, die auf das erste geeinte Kaiserreich, die Qin-Dynastie, folgte.

72 Yuefu sind, häufig balladenartige, Lied-Gedichte aus der Han-Dynastie.

73 Der Kuhhirte und die Weberin spielen auf eine im Volk überlieferte Liebesgeschichte zwischen einem Kuhhirten und einer Weberin an, die sich nicht lieben durften, weil er ein armer Kuhhirte und sie eine Fee war – *das* mythische Sinnbild für unglückliche Liebe in China. Sie wurden

dazu verdammt, als zwei Sterne auf verschiedenen Seiten der Milchstraße zu stehen, und können nur einmal im Jahr, eben am siebten Tag des siebten Monats nach dem Mondkalender, zusammenkommen, wenn die Elstern, die Mitleid mit ihnen hatten, für sie eine Brücke über die Milchstraße, die auf Chinesisch »Silberfluss« heißt, bauen.

74 Hua Guofeng, 1921–2008, führender kommunistischer Politiker, der 1976 Mao Zedong als Parteivorsitzender nachfolgte und provisorisch als geschäftsführender Premierminister dem verstorbenen Zhou Enlai, bis ab 1979 Deng Xiaoping faktisch an Macht gewann und ihn allmählich aus der Zentrale der Macht verdrängte. 1980 gab er das Amt des Premierministers ab, 1981 das Amt des Parteivorsitzenden.

75 Georgi Maximilianowitsch Malenkow, 1901/02-1988, ein Mitstreiter Stalins, war ein sowjetischer Politiker und 1953–55 Regierungschef der UdSSR, er folgte in diesem Amt Stalin nach dessen Tod nach, wurde jedoch 1955 in einem internen Machtkampf bereits wieder von Chruschtschow abgelöst.

76 Wang Dongxing, 1916–2015, führender kommunistischer Politiker und Leibwächter Mao Zedongs, später Kommandeur des Spezialregiments 8341, der Leibgarde der Parteiführung.

77 Qiu Jin, 1875–1907, berühmte Revolutionärin während der ausgehenden Qing-Dynastie, Dichterin und chinesische Frauenrechtlerin, im Rahmen eines misslungenen Anschlags verhaftet und hingerichtet. Sie wird immer wieder als chinesische Jeanne d'Arc bezeichnet.

78 Ein Zitat aus Konfuzius, *Lunyu*, 15/39. Das *Lunyu* oder die *Gespräche des Konfuzius* ist eine Sammlung der Lehren des chinesischen Philosophen Konfuzius durch seine Schüler und Anhänger (zum Teil erst lang nach seinem Tod kompiliert).

79 Liu Zhidan, 1902/03-1936, Militärführer der Roten Armee und führender Kommunist, Gründer des Yan'an Sowjet Stützpunktgebietes auf dem Gebiet von Shaanxi, Gansu und Ningxia im Nordwesten Chinas.

80 Yang Hucheng, 1893–1949, chinesischer General auf Seiten

der Nationalisten im Chinesischen Bürgerkrieg als Kommandierender der sogenannten Nordwestarmee, kämpfte 1935 gemeinsam mit Zhang Xueliangs Nordostarmee gegen das Yan'an Stützpunktgebiet der Kommunisten.

81 »Taiping« bezieht sich hier auf den Taiping-Aufstand (1851–1864), eine vom Christentum beeinflusste und politisch motivierte Bewegung, die sich wegen schlechter Zustände im Land, vor allem für ethnische Minderheiten, gegen die Qing-Dynastie richtete und 20–30 Millionen Menschen das Leben kostete. Ziel der Bewegung war das *Taiping Tianguo*, das »Himmlische Reich [*Tianguo*] des Großen Friedens [*Taiping*]«, das 1951 als Taiping-Königreich ausgerufen wurde und großen Zulauf insbesondere bei armen Außenseitern der Gesellschaft fand. Die Taiping-Soldaten, die das Reich harsch und fanatisch verteidigten und durch Eroberungen ausdehnten, trugen rote Jacken, blaue Hosen und aus Protest gegen den aufgezwungenen Mandschu-Zopf lange offene Haare, die »Mähnen«.

82 Der *Spiegel für den weisen Herrscher* (chin.: *Zizhi tongjian*) ist ein chinesisches Geschichtswerk von Sima Guang, 1019–1086, das von 403 v. Chr. bis 959 n. Chr. Jahr für Jahr wichtige Ereignisse aufzeichnet und fast 300 Bände umfasst, zusammengestellt und verfasst wurde es unter Mitarbeit weiterer Gelehrter in den Jahren 1065–1084.

83 »Am Goldfluss« ist ein Film von 1963. Die Geschichte beruht auf einem Roman von 1959 mit demselben Titel über (angebliche) Erlebnisse der Roten Armee auf ihrem Langen Marsch nach Norden am Goldfluss (Jinsha Fluss) mit der dortigen tibetischen Bevölkerung und lässt die Rote Armee, ideologisch motiviert, in einem äußerst positiven Licht erscheinen. Die Handlung des Films wird im weiteren Verlauf des Gesprächs von Yang Dong kurz zusammengefasst.

84 Anna Andrejewna Achmatowa, 1889–1966, ist eine bedeutende russische Dichterin und Schriftstellerin, die unter dem Terror Stalins durch Verfolgung ihrer Familie und Schreibverbote zu leiden hatte, immer wieder aber setzten sich auch andere Intellektuelle, Künstler, Schriftsteller für sie ein und unterstützten sie.

85 Die erste Zeile aus dem berühmten Gedicht »Antwort« (*Huida*) von Bei Dao, geb. 1949, chinesischer Lyriker und Essayist, geschrieben in der Folge der Trauerkundgebungen für Zhou Enlai am 5. April 1976 auf dem Platz des Himmlischen Friedens.